미래파

새로운 시와 시인을 위하여

권혁웅 비평집

미래파—새로운 시와 시인을 위하여

초판 1쇄 발행 2005년 10월 7일
초판 4쇄 발행 2018년 10월 2일
지 은 이 권혁웅
펴 낸 이 이광호
펴 낸 곳 ㈜문학과지성사
등록번호 제1993-000098호
주 소 04034 서울 마포구 잔다리로7길 18(서교동 377-20)
전 화 02)338-7224
팩 스 02)323-4180(편집) 02)338-7221(영업)
전자우편 moonji@moonji.com
홈페이지 www.moonji.com

ⓒ ㈜문학과지성사, 2005. Printed in Seoul, Korea

ISBN 89-320-1642-9 03800

권혁웅 비평집

미래파

새로운 시와 시인을 위하여

문학과지성사
2005

책머리에

1

"나는 달을 가리켰는데 그대는 왜 손가락만 보는가?" 이 상투어구가 우리 시 비평계의 현실을 설명하는 데에도 도움이 될 것 같다. 달이 초월적이고 형이상학적인 '실체'라면, 손가락은 내재적이고 형이하학적인 '수단'이다. 과연 그런가? 비평은 가치평가에 이르러야 한다는 점에서 도리 없이 형이상학을 편들 수밖에 없지만, 손가락의 도움 없이 그곳에 이르는 길이란 없는 법이다.

나는 우리의 비평이 늘 주제론에만 편향되어 있는 현실에 문제가 없지 않다고 생각한다. 분석 대신에 분류가, 해석 대신에 정의(定義)가 앞서는 게 현실이다. 주제론에 함몰되면 실질적인 작품 생산의 결과를 가늠하기보다는 작품을 낳았다고 생각되는 가상의 정신 작용에만 주목하게 된다. 의도와 결과는 같은 말이 아니다. 분류와 정의에 따른 영역들, 이를테면 환상시, 여성시, 생태시, 몸시 따위는 시가 구현하는 혹은 시를 산출하는 내재적인 감각의 도움 없이는 제 영역을 확보할 수 없다. 최근 시에 대한 적지 않은 오독은 대개 의도의 오류라고 불러야 할 이 착란 때문에 생겨난 것이다. 실제로 시를 낳는 것은 몸의 논리를 따라가는 바로 그 감각이다. 비평에서 가장 중시되어야 할 것이 이 감각의 논리를 재구하는 길이라고 믿는다.

시를 몸으로 쓰는 것이라고 했을 때, 이 말은 비유적인 표현일 수 없다. 시인의 몸은 세상의 여러 자극과 정보를 받아들이는 수용기(受容器)이거나 공명통이다. 시에서의 관념은 그런 여러 감각에 대한 상위개념으로서만 제 역할을 할 수 있다. 관념을 우선해선 안 된다. 한 시인의 시란 그가 세상을 관통해오면서 몸에 기록한 여러 흔적들이며, 비평은 그 흔적의 넓이와 깊이와 모양을 먼저 측정해야 한다. 과격하게 말해서 시인론은 작품론의 총합일 뿐이며, 그 역일 수 없다. 비평은 무엇보다도 먼저 이 감각의 기술론이 되어야 한다. 이 책에 실린 글을 쓰면서 늘 이 점을 의식했다. 감각이 어떻게 시를 낳는가? 그래서 앞의 말 역시 다음과 같이 수정될 필요가 있다. "나는 손가락을 가리켰는데, 그대는 왜 달을 보는가?"

2

처음에는 들뢰즈의 저서 이름을 빌려, 이 책에 '감각의 논리'란 제목을 붙이려 했다(이 책의 제1부 처음에 실은 글이 이런 고민의 산물이어서, 이어 쓴 머리말이라고 생각해주시면 고맙겠다). 그러다가 마지막에 '미래파'란 이름으로 바꾸었다. 이것은 최근의 젊은 시에 대한 내 편애 때문이기도 하지만, 이전 시이건 최근 시이건 좋은 시라면 모두 제 나름의 감각에 충실하고, 그 점에서 최근 시 역시 놀랄 만큼 생산 적이라고 보았기 때문이다. 시는 낡은 감각을 갱신함으로써만 그 미 래를 보장받을 수 있다. 사랑만 그런 게 아니다. 아름다움도 움직이 는 거다. 이것이 내가 새로운 감각의 출현을 무엇보다도 반기는 이유 다. 제1부에서 소개한 시인들은 모두 제 나름의 독자적인 문체와 어 법을 갖고 있는 이들이다. 이들 모두가 미래의 지평에 포함될 수는 없 겠지만, 적어도 현재적인 의미에서도 그 나름의 의의는 충분하다고 믿는다. 특히 제1부 마지막에 실은 두 편의 글, 「상사(相似)의 놀이 들」과 「미래파」에서 아직 비평의 조명을 받지 못한, 최근의 젊은 시인 들을 소개했다. 나는 이들을 포함한 새로운 시와 시인들에게 내 비평 의 미래를 투자하고 싶다.

제2부 전반부에 실은 다섯 편은 먼 훗날 쓰게 될 시사(詩史)의 밑 그림을 염두에 두고 쓴 글들이다. 나는 여전히 시의 역사가 감각의 역 사라고 믿고 있으며, 그래서 시사의 기술은 전대 시인과 후대 시인 사 이에 이루어지는 감각의 주고받음, 곧 시적 영향의 수수 관계에 대한 해명에서 시작할 필요가 있다고 생각한다. 하나의 감각적 현실이 이 후의 감각을 보증하고 예견하는 것, 시는 그런 형식으로 발전해왔다. 정신(精神)의 역사는 순수 추상의 역사다. 이 말로, 내가 정신사의 기 술을 반대한다고 말하려는 것은 아니다. 추상(抽象)이란 구상을 딛고 올라선 곳에서 비로소 생겨난다. 추상은 구상을 삭제하거나 배제하지 않는다. 요컨대 추상은 구상들을 종합하는 원리로서 기능하는 것이

다. 한 구절의 전이(轉移), 한 이미지의 유로(流路), 한 말투의 모사(模寫)들이 쌓이고 쌓여 시의 발화 주체를 만든다. 발화 자체에 주목하지 않고 이 주체들의 역사를 기술할 수는 없을 것이다. 제2부 후반부에 실은 다섯 편에서는 몇 가지 키워드로 좋은 시들을 소개하고자 했다. 이 키워드를 통해서 시가 가진 몇몇 속성이, 비유적으로나마, 해명되었길 바란다. 제3부는 몇몇 시인들에 대한 작품론이다.

책을 준비하면서 우리 시의 정점을 보여주는 중요 시인들에 관한 글들을 싣지 못했다. 책이 기본적으로 갖추어야 할 일관성 때문이지만, 못내 아쉽다. 시의 이론 전반을 검토한 원고를 쓴 후에, 우리 시의 크고 작은 별자리들을 본격적으로 탐색할 생각이다. 몇 년 후를 기약하고자 한다.

3

나는 지인들과 오랫동안 합평회를 해왔다. 내년이면, 시 두어 편을 두고 몇 시간씩 토론하는 지루하고 밋밋한 모임을 해온 지 20년이 된다. 하지만 바로 그 지루한 시간들이 내게 시를 쓰는 손과 시를 읽는 눈을 갖게 해주었다. 여전히 손은 무디고 눈은 어둡지만, 그나마 이런 책을 묶을 수 있게 된 것도 다 그 시간들 덕택이다. 그 시간을 함께 해준 지인들이 고맙다. 못나고 게으른 제자에게서, 장점은 억지로 찾아내고 단점은 애써 눈감아주신 스승들께 감사드린다. 이 책에는 그분들의 목소리가 많이 숨어 있다. 스승들께서 읽고 꾸짖지나 않으시면 다행이겠다. 텍스트가 되어준 시인들, 함께 문학의 운명을 나누기로 한 몇몇 비평가들에게도 안부를 전한다. 그들과의 만남이 없었다면 내 생각은 여전히 오리무중이었을 것이다. 오랫동안 좋은 책의 산실이 되어온 문학과지성사 여러분께도 특별한 감사를 드린다.

2005년 9월
권혁웅

제1부

감각의 논리

—이성복 · 김행숙 · 이덕규의 시

1

콩디야크는 『감각론』에서, 데카르트의 코기토에 반대하기 위해 특별한 조각상(彫刻像)을 상상하였다. 데카르트는 모든 감각을 의심하고 부정했으며, 그 이후에도 남는 선험적 영역에 의식의 확실성이 자리하고 있다고 믿었다. 데카르트에 따르면, 지각perception은 이성의 활동이다. 사물은 판단의 대상이지 감각의 대상이 아니다. 사물은 외부로 열린 감각을 통해 들어오는 것이 아니라 내부에서 수행되는 해석을 통해 생겨난다. 콩디야크는 여기에 반대하여, 감각이 우리 인식의 유일한 기원이라고 말했다. 감각이 주의, 기억, 판단, 반성, 상상, 의지, 이해 같은 여러 의식 현상을 낳는다는 것이다. 데카르트가 모든 감각이 절연된 암흑 상태에서도 스스로 드러나는 내부의 빛을 보았다면, 콩디야크는 캄캄하고 텅 빈 내부에 비쳐드는 외부의 빛을 보았다.

여기에 느낌도 움직임도 생각도 없는, 하나의 조상이 있다. 이 조상에 가장 단순한 감각, 즉 후각이 있다고 가정하자. 처음에 재스민 향이 퍼진다. 조상은 우주가 재스민 향으로 가득한 곳이라고 여길 것이다. 잠시 후에 장미 향기가, 그뒤에는 카네이션 향기가 스며든다. 조상에게 우주는 장미 향으로, 다시 카네이션 향기로 변할 것이다. 조상에게 주의력이 생긴 것이다. 자극이 없어진 후에도 향기는 조상의 감각 기관에 남는다. 이게 기억력이다. 조상은 과거의 인상과 지금의 인상을 비교하여 같은 점과 다른 점을 구별하게 될 것이다. 이제 그에게 판단력이 생겼다. 비교할 수 있는 능력과 판단할 수 있는 능력이 있다면, 이전의 판단을 지금의 판단에 비교하는 힘, 곧 반성적인 능력이 생겨난다. 기분 좋은 기억을 오래 간직하고자 하는 의지력, 불쾌한 기억을 지우고 좋은 기억을 덧붙이려는 상상력, 좋고 나쁨에서 생겨나는 사랑과 미움, 기대와 두려움 따위의 정서 능력이 뒤를 따라온다. 그다음에 청각, 미각, 시각, 촉각을 차례로 부여해보자. 이 조각상은 결국 인간이 될 것이다.

콩디야크의 조각상은 선험적인 의식이 인간의 본질을 이루는 게 아니라, 인간이 가진 감각이 의식을 구성한다는 것을 보여주는 특별한 예다. 플라톤의 동굴 이야기 이래 우리는 감각을 이성의 능력을 설명하는 예증으로만 사용했다. 하지만 그 감각이 없다면 우리가 갇혀 있다는 사실을 어떻게 깨달을 수 있을까? 감각을 통해 지각된 대상은 동굴 밖의 세상을 왜곡하는 허상이 아니라, 그 세상을 적어도 부분적으로나마 알게 해주는 참된 실상이다. 감각의 기술만으로도 우리는 인식의 지평을 구성해볼 수 있다.

시학에서만큼 감각이 중시되어야 할 영역도 달리 없을 것이다. 그런데 불행히도 우리 시학은 여전히 데카르트적이다. 통상적으로 한 시인의 시 세계를 말한다는 것은 그 시인의 의식 세계를 주어진 텍스트를 통해 추론한다는 뜻이다. 특별한 의식이 자기 진술을 낳는다. 모든 시는 궁극적으로는 시적 자아의 독백이다. 과연 그럴까? 시작(詩作)의 경험을 가진 이라면, 실제가 그와 정반대라는 것을 모르지 않을 것이다. 시적 대상──시에서 대상이란 한 문장에서 술부를 거느린 모든 것들을 말한다. 거기서는 나나 사물이 똑같은 자리에 놓여 있다──에 관한 이런저런 진술이 먼저 생겨나고, 그런 말들이 모여 한 편의 시를 이루는 것이다. 전언을 이루기 위해 시를 구성하는 것이 아니라, 이런저런 구절들이 모여 전언을 형성한다. 시가 동일성의 산물이라는 것은 시적 대상이 자아의 변체라는 걸 뜻하는 게 아니다. 그것은 이질적인 대상들을 하나의 지평에 놓고 생각한다는 뜻이다. 그래서 시적 자아는 그 모든 것들을 지배하는 실재의 주체가 아니라, 그것들을 단지 문법적으로만 연계하는 가상의 주체일 뿐이다. 이 순서를 뒤바꿀 때──대상이 의식의 산출이라고 생각할 때, 흔히 오독이 일어난다.

2

이성복의 시는 감각이 이미 독자적인 한 세계를 이룬다는 것을 보여주는 빼어난 예다. 그의 시에서 감각은 시인의 자기 진술에 선행한다. 처음부터 그랬으며, 지금도 그렇다. 이를테면 첫 시집 『뒹구는 돌은 언제 잠 깨는가』에서 "주간지 겉장의 딸아이들은 키스를 던지며/환송하지만, 약속된 불빛이 안 보인다"(「이동」)라고 했을 때, "약속"보다 먼저 있는 것은 주간지 겉장의 여자를 딸아이라고 부를 때 생겨나는 감각의 전이다. 가족의 논리에서는 성욕이 끼어들 수가 없다. 내가 성적인 대상으로 보았던 삼류 잡지의 표지 모델이 사실은 내 딸이었다는 발견은 당혹스럽다. 이 당혹감은 쾌락과 연민이라는, 공존하기 어려운 양가적인 감정의 소산이다. 뒷말은 이 감각을 보존하기 위해 덧붙인 진술이라고 해야 옳다. 쾌락의 끝자리라면 "약속된 불빛"은 홍등가의 불빛일 것이며, 연민의 처음 자리라면 그것은 스위트홈의 불빛일 것이다. 그러나 그 둘이 한 자리에서 빛나고 있다면 우리는 거기서 아무것도 누릴 수가 없다. "고통이라 불리는 도시의/근교에서 기차를 타고 가며 나는 보았다 장바구니를 든/임신부와 총을 멘 흑인 병사를"(「소풍」)이라고 말할 때, 이 나란히 선 인물들에게서 우리는 변두리 한국의 현실을 읽는다. "장바구니"와 "총"은 여성/남성, 피해/가해의 관계를 보여주는 상징물이다(임신부는 혼혈아를 낳을지도 모른다). 그러므로 그 도시의 이름이 "고통"인 것이 당연하다.

두번째 시집 『남해 금산』에서는 감각의 논리가 서사를 이루는 구성적인 원리로 확장되었다. 이 시집의 결어에 해당하는 표제작은 이렇게 시작한다. "한 여자 돌 속에 묻혀 있었네/그 여자 사랑에 나도 돌 속에 들어갔네"(「남해 금산」). "치욕"과 "모락모락 김나는/한 그릇 쌀밥"(「치욕의 끝」)이 같은 것이듯(이 쌀밥에는 갓 싸놓은 똥의 이미지가 겹쳐 있다), 여자가 묻힌 돌 역시 이중적이다. "돌"은 그 여자가 구축한 견고한 사랑이며 그 여자와 나를 구속하는 화석화된 사랑이다. 나

18

는 사랑 속에 들어갔으나 그 사랑에 갇혔다. 사랑하는 세상을 살아가는 자체가 고통이라면, 다르게 말해서 먹고사는 일이 치욕이라면 우리는 그 고통과 치욕마저 사랑할 수밖에 없다. 『남해 금산』은 이 세상이 왜 고통이며 사랑인지를 보여주는 수많은 발견으로 가득 찬 시집이다. 예컨대 "조락(凋落)하는 가을빛을 견딜 수만 있다면/어머니 손을 잡고 친척집에 가는 아이처럼/기쁘게, 기쁘게 건너뛸 수만 있다면"(「凋落하는 가을빛을」)이란 구절에서, 우리는 소멸을 견디고자 하는 시인의 소망이 그 반대의 감각에 의해서만 환기되고 지탱되고 있음을 본다. 앙감질로 가을을 건너가는 아이에게는 따스하고 든든한 어머니가 있다. 어린 시절(아마도 추석이었을 것이다), 친척집을 찾아갈 때 보았던 그 가을빛이 다시금 지금을 물들이고 있으며, 그 시절이 사라진 것처럼 이 가을 역시 그렇게 사라질 것이다.

이성복의 시집 가운데 감각을 제한적으로 활용하고 진술을 전면에 내세운 유일한 시집이 『그 여름의 끝』인데, 감각을 제한한 꼭 그만큼 진술이 평이해졌다. "당신을 사랑합니다./떠날래야 떠날 수가 없습니다"(「편지 1」) 같은 고백이 감각의 도움 없이 독립된 한 연을 차지하고 있는데, 이런 과도한 자기 진술이 전면에 두드러졌다. 거기서는 감각이 진술을 겨우, 수식할 뿐이다. 과도기적인 시집이라고 해야 옳을 『호랑가시나무의 기억』을 끝으로 이성복은 긴 침묵에 들어갔다.

시인이 십 년 만에 낸 두 권의 시집에서 감각은 다시 전면에 부상했다. 이 두 권의 시집은 삶에서 끌어낸 수일(秀逸)한 감각들로 가득하다. 『아, 입이 없는 것들』에서 먼저 한 편을 옮긴다.

비냐스키의 바이올린 곡을

밤에 들으며

까치발로 서서 돌다가

소용돌이 속으로 들어가는

한 여자를 본다

그 여자 돌아오지 않고

혼자서, 얼어붙은 강을 깨고 김 오르는 빨래

돌에 쳐댈 때, 희끗희끗 비누 거품처럼

퍼져나가는 것이 있다

멀리 가서는, 급히

벗어놓은 흰 속옷 같은 것이 떠다니고 있다

—「96. 그 여자 돌아오지 않고」 전문

　먼저 "비냐스키의 바이올린 곡"에서 촉발된 감각이 있다. 바이올린이 추어올리는 어떤 느낌이 발레를 하는 여자의 몸동작을 불러왔다. 그 여자의 회전은, 파인 하상(河床) 위를 맴도는 물살과 같은 것이다. 그러니까 "그 여자"가 돌아오지 않았다는 것은 음악에 깊이 몰입했다는 뜻이며, 나아가 그렇게 강심에 잠겨 들었다는 뜻이다. 나는 혼자 남았다(혹은 혼자서 음악을 들었다). 언 강에서 "김 오르는 빨래"에는 순정한 음악이 주는 감동과 죽어서 건져 올려진 여자의 주검이 함께 들어 있다. "비누 거품"과 "벗어놓은 흰 속옷"이 다 그런 맥락 위에 놓였다.

　그런데 제목이 「그 여자 돌아오지 않고」다. 무슨 이유에서일까? 감각이 음악에서 시작되었으되, 다른 슬픔과 접맥되었다는 뜻이다. 이 진술은 음악의 선율이 지나간 것이듯(정확히 말하자면 음악은 지나간 것만을 반복한다), 한 죽음이 삶을 지불하고 얻은 것이듯, 어떤 돌이킬 수 없는 결별이 있었음을 암시한다. "그 여자"는 춤을 추는 여자일수도 있고, 강물 속에 몸을 던진 여자일수도 있고, 내 기억 속에서만 다시 불러낼 수 있는 여자일수도 있다. 중요한 것은 지금 그 여자가돌아올 수 없는 여자라는 것이다. 결국 이 진술을 얻어내기 위해 감각적인 인상을 배열한 게 아니라, 특별한 감각의 배치가 이 진술을 끄집어냈다고 해야 옳다.

이성복의 새 시집이 감상적이라거나 평이하다는 인상은 진술들에 편향되게 집중한 데서 얻어진 결과다. 순서가 바뀌었다. 나는 이 감각을 감각 자체로 누리는 것이 더 유효한 독법이라고 믿는다. 예를 들어 "쓰레기봉투를 든 새댁이 관리실 앞을 지나며 약간/입술을 오므리고 포도 씨 같은 것을 뱉듯 그렇게/하는 인사, 물 위를 스치는 잠자리 날개 같은 인사"(「104. 포도 씨 같은 것을 뱉듯」)를 보라. 초점은 새댁의 인사에 있는 것이 아니라 "포도 씨 같은 것을 뱉듯" 입술을 오므린 새댁의 입 모양에 있다. 그 인사는 "잠자리 날개"처럼 얇고 가볍고 섬세하다. "잠자리 수컷"처럼 나는 그 날개에 내 날개를 포개고 싶지만 여인은 "동네 슈퍼로 들어가"버렸다. 그다음, 진술이 나온다. "생각해보라,/술은 술 노래를 모르고 나는 당신을 모른다는 것." 동네새댁이 누군지 모른다는 말을 하기 위해 시인이 공을 들였겠는가? 모르는 사람이 스치며 하는 인사에도 그렇게 섬세한 아름다움이 숨어있다. 시인은 그걸 찾아 우리에게 보여준 셈이다.

『달의 이마에는 물결무늬 자국』은 특이한 방법론을 관철시킨 시집이다. 시인의 말이다. "평소에 좋아하던 다른 나라 시에 말 붙이는 기회를 갖게 되었다. 결과적으로 내 관심사는 인용된 시를 빌미로 하여, 대체 나 자신이 무엇을 말하고 싶어 하는지 확인하는 것이었다"(「시집을 펴내며」). 각 시편에 인용된 외국 시가 본문에 들어가는 입구로 설정되었다. 시인이 "무엇"을 말한다고 했을 때, 그것이 과연 각 시편의 테마일까? 테마는 이미 외국 시에서 따왔는데? (물론 시인이 테마만 따온 것은 아니다. 어떤 경우에는 구절을, 어떤 경우에는 소재를, 또 어떤 경우에는 느낌을 따왔다.) 나는 이 말이 시인이 생각한 특정한 방법론에 관한 언명이라고 생각한다. 실상 그 "무엇"은 감각 외에 다른 것일 수 없다. A를 통해 B를 말했다고 하자. 우리는 흔히 A를 수단으로 B를 테마로 생각한다. 하지만 테마에 관한 한은 하늘 아래 새로울 것이 없다. 중요한 것은 테마가 아니라 그걸 전달하는 방식이다. A를 얘기하고 났더니 부수적으로 B가 얻어졌다고 하자. B는 A를 따라온 흔적이다. 나는 손가락 끝을 가리켰는데 어째서 그대들은 달만 보는가? 더욱이 시인이 공들인 이 감각은 감각의 독자성을 지켜내고 있다는 점에서 실존적이다.

붕대로 머리 싸맨 아폴리네르처럼 이끼 낀 돌이 있다. 애초에 괴로울 '뭄'자를 닮은 돌, 이미 괴로웠던 것 아니고 무작정, 무한정 괴로울 돌. 제 옆의 누구와도 제 괴로움 공유할 수 없다고 겨드랑이까지 팔 치켜 올린 돌. 전봇대 가로 막대처럼 제 목을 받치고 깍지 풀지 않는 돌. 비늘 돋은 혓바닥으로 마른 입천장 핥으며 몇 안 되는 이빨을 밀어도 보는 돌. 그러나 돌은 이끼 낀 제 움집에서 빠져 나올 생각이 없다. 온 몸이 집이라면 당신은 어느 문으로 나오겠는가.

　　　　　　　—「50. 당신은 어느 문으로 나오겠는가」 전문

시인이 주목한 것은 고(苦)자가 가진 특별한 상형(象形)이다. 그것은 "붕대로 머리 싸맨 아폴리네르처럼" 괴로워하는 돌이며, "괴로울 '苦'자"처럼 고통을 미래의 존재 형식에 투영한 돌이다. "苦"자는 네모난 돌 위에 가로막대(一)를 세로막대(丨)로 고정해두고, 그 위에 이끼(艸)를 얹은 모양이다. 그래서 "이끼" 아래 "겨드랑이까지 팔 치켜 올린" "제 목을 받치고 깍지 풀지 않는" 같은 수식이 붙었다. 마지막으로 돌은 그 자체로 완결되어 있다는 의미에서(口 모양에는 빠져나갈 구멍이 없다) 집이다.

마지막 진술은 이 돌에서 촉발된 감각을 매조지하는 결어다. "온몸이 집"인 돌에는 출구가 없다. 만일 당신의 괴로움이 그와 같다면 당신은 어쩌겠는가? 이끼를 뒤집어쓴 저 돌처럼 슬픔으로 방그랗게 부풀어오르겠는가? 거듭 말하거니와 이 진술에 과도한 의미를 부여할 필요는 없다. 중요한 것은 진술이 아니라 진술을 낳은 감각 자체의 운동이다. 다음과 같은 유비를 보자. "헤엄치는 물고기"를 "감싸는 물"이 있으며, "젤리 같은 과육"을 감싸는 "귤 껍데기"가 있다. 우리 손도 물에 담가 두면 그렇게 된다. "물에 담근 당신의 손이 쪼글쪼글해지는 것은 뚫린 구멍으로 당신이 숨쉬고 있었다는 것이다"(「47. 완전방수의 고무장갑과 달리」). 제 몸을 관통한 물 덕택에 물고기는 숨을 쉬고, 귤의 육질은 "여드름 자국 송송한" 껍데기 때문에 숨을 쉰다. 마찬가지로 쪼글쪼글한 손은 당신이 숨쉬고 있다는 증거다. 이 감각이 마지막 유비를 낳는다. "나날이 내 얼굴 초췌해지는 것은 당신이 내 속에서 숨쉬고 있었기 때문이다." 마지막 진술 덕에 시는 그리움을 테마로 갖지만, 정작 이 시의 핵심은 그 모든 대상들을 두루 유비하는 통기성(通氣性)에 대한 발견에 있다. 삶에 충만한 감각을 찾아내고 이를 논리화해냈다는 것, 이것이 이성복의 시집들이 가진 특별한 의의다.

3

김행숙 시의 특성을 감각의 큐비즘이라고 부르고 싶다. 큐비즘은 삼차원의 대상을 이차원의 화폭에 담기 위해 대상을 분해하고 재구성한다. 하나의 평면에 대상의 다면적(多面的)인 모습이 담기는 것이다. 시인은 대상에서 감각적 특성을 적출(摘出)하고 그것들을 이어 붙여 한 편의 시를 완성한다. 그래서 그녀의 시에서는 흔히 개별적인 구절들이 전체의 구성에 우선한다. 얼핏 보아 모순된 듯하지만, 실제로 그녀의 시는 정확히 감각의 논리를 따르고 있다.

1028개 마루에 동시에 울려 퍼진다. 우리는 곧 停電의 순간을 맞이하게 됩니다. 이후로 이 마이크와 당신들의 스피커에 전류는 끊깁니다. 지금 당신이 딩동,

소리를 들었다면 맨 마지막 초인종입니다. 603호의 어둠 속으로 한

남자가 들어갔습니다. 그러나 당신의 실루엣은 바야흐로 덩어리입니다.

　많은 여자들이 울었고, 더 많은 남자들이 울었고, 아이들이 보챘습니다. 가령, 1104호 여자애의 드라이기에서 더 이상 뜨거운 바람은 나오지 않고, 여자애는 젖은 머리칼을 그냥 베개에 쏟아버렸습니다. 그렇게 누군가 눈감아버리고,

　또 당신들은 기어이 촛불을 들고 서서 유령처럼 서로를 확인하고, 동시에 깜짝 놀라고,

　동시에 전원이 확, 켜지고,　　　　　　　 ──「관리 사무소」 전문

　단순하게 읽으면 관리 사무소의 정전(停電) 안내를 상상을 덧붙여 기록한 것 같다. 그런데 "많은 여자들이 울었고, 더 많은 남자들이 울었고, 아이들이 보챘"다. 단순히 전기가 나갔다고 해서 집단적인 통곡의 현장이 연출되었을 리 없다. 대체 무슨 일이 있었던 걸까? 먼저 인칭의 착란에 주목하자. "603호"의 남자가 어둠 속에 들면서 "당신"이 되었고, "1104호" 여자애가 젖은 머리칼 채로 누우면서 "누군가"가 되었으며, 수많은 남녀노소가 촛불을 들고 다니며 "당신들"이 되었다. 여기에는 나와 당신과 그들로 지칭되는 거리감이 없다. 관리 사무소는 처음부터 그 모든 이를 끌어 모아 "우리"라고 부른다. 정전의 순간은 관리 사무소에도 찾아올 것이기 때문이다. 단절은 당신들 사이에서만 일어나는 것이 아니라, 우리 모두에게서 일어난다. 우리 내

부의 "누군가"가 곧 "당신"이다. 우리는 인칭을 건너뛰며 이 시를 읽어야 한다(「조각공원」에 나오는 "그"와 "한 여자"도 그렇다. 지극히 평화롭고 아름다운 이 풍경 속에 남녀가 있다. 시인은 인칭을 바꾸어, 둘 사이를 아주 낯선 관계인 듯이 말한다).

먼저 나와 당신을 잇는, "이 마이크와 당신들의 스피커에" 전류가 끊긴다. 곧 우리를 잇는 대화의 통로가 끊겼다. 이게 첫번째 정전이다. 그래서 "누군가"(당신이 혹은 내가) 눈을 감았다. 눈을 감았으니 아무것도 보이지 않는다. 이게 두번째 정전이다. 나는(혹은 여자애는) 젖은 머리칼을 베개에 쏟아버렸다. 다르게 말해서 베개에 얼굴을 묻고 울었다("가령"이라는 말에 주의하라. 많은 이들이 울었다. 여자애의 행동은 이 울음의 한 예다). 이미 어둠에 들었으므로, 혹은 내 눈에 눈물이 가득했으므로 "당신의 실루엣은 바야흐로 덩어리"다. 이게 세번째 정전이다. 눈물이거나 어둠에 젖은 눈으로 보았으므로 세상에는 슬픔이 미만해 있다. 그래서 모든 이들이 운다. "맨 마지막 초인종" 소리가 관계의 단절을 입증하는 마지막 신호였던 셈이다. 그렇게 어두운데도 나는 당신의 모습을 찾는다. 당신은 흐릿하다. "유령" 같다…… 이 시의 처음과 마지막 연은 이런 감각을 완성하기 위한 구조적 틀이다. 불이 꺼지고 들어오는 사실 자체야 중요한 게 아니지만, 우리 삶에는 이런 급작스런 단절과 어이없는 복구가 또 얼마나 많은가?

하루에 두 번, 五臟六腑를 운행하는 협궤 열차가 있다고 말해준 건 상고머리의 여자 귀신이다. 귀신도 사기를 치는가? 그녀와 나는 사이 좋게 지내지만 그녀가 말하길,

26

너는 십 년 만에 비춰보는 내 거울이야. 난 그때 네가 꼭 죽을 줄만 알았는데, 그래서 유감없이 탈출했는데, 같이 죽기에는 피차 지겨웠으니깐, 이해해?　　　　　　　　　　　　　—「귀신 이야기 1」부분

「관리 사무소」의 화자가 인칭을 횡단했다면, 「귀신 이야기 1」의 화자는 인칭을 분할했다. 나와 귀신이 모두 내 자신이다. "오장육부를 운행하는 협궤 열차"는 시의 다른 곳을 참조하면, "그냥 싸르르 지나가는 복통"이었다. 나는 배가 아팠으며, 그래서 "꼭 죽을 줄만" 알았다. 그런데 그 후에도 나는 십 년이나 더 살았다. 귀신이 말한다. "너는 십 년 만에 비춰보는 내 거울이야." 십 년 이쪽저쪽에 지금의 나와 어린 내가 서로를 비춰보고 있다. 그때 내가 죽었다면 나는 "상고머리의 여자 귀신"이 되었을 것이다. 내가 죽어야 귀신이 삶을 얻으니까. 그런데 귀신은 "네가 꼭 죽을 줄만 알았"고, 그래서 몸을 탈출했다고 말한다. 사람을 숙주 삼아 들고 나는 귀신의 행태를 빌려, 내가 가지 않았던 다른 삶에 관해 말하는 셈이다. 내 몸 안에서 기차가 지나가고, 귀신은 그 길을 벗어나 "외도(外道)"했으며, 그렇게 해서 "길을 놓쳤다." 그래서 내가, 이렇게, 살아남았다.

귓바퀴를 십 년쯤 돌다 나간 소리를 보았는가? 천구백팔십구년生이다.

강아지를 찾는 벽보를 읽어보면 애절하다. 그러나 강아지의 개성은 목걸이나 개끈에서 찾을 수 있다. 강아지가 스스로 목걸이를 벗을 수

있을까?

귀를 핥고 또 핥으며 우리는 교감을 나누었다. 개끈 같은 건 생각도
안 했다.   —「너무 고요한」 전문

시인이 어떤 방식으로 한 편의 시를 완성하는지 보자. 「너무 고요
한」의 핵심이 3연에 있음은 분명하다. 우리는 "귀를 핥고 또 핥으며"
"교감"을 나누었다. 시인은 정서의 주고받음을 "귀를 핥"는다는 특별
한 감각을 통해 드러냈다. 다음으로 귀를 핥는 행위에서 연상된 강아
지 얘기가 추가된다. 순서를 바꾼 건, 둘을 얽어 여러 생각을 하게끔
유도하기 위한 것이다. 강아지는 개끈으로 알아보지만, 우리가 서로
를 알아보는 방식은 훨씬 더 격렬하고도 구체적이다. 강아지는 스스
로 목걸이를 벗을 수 없고, 우리는 강아지처럼 서로에게 묶였으되 그
걸 구속이라고 생각하지 않는다. 강아지를 찾는 벽보는 애절하다, 우
리 역시 서로에게 간절하고. 마지막으로 이 행동 혹은 소리의 특별한
기원을 적음으로써 한 편의 시가 완성된다.
　김행숙의 시에는 지극히 풍부한 감정 선이 있으며, 이 선을 따라 만
화방창(萬化方暢)하는 감각이 일어난다. 시인에게는 이 감각의 돌올
함이 먼저인 것 같다. 그것들을 구조적 틀에 따라 재배치할 때에, 우
리는 특별하게 재구성된 풍경 속으로 들어가게 된다. 근대의 전형적
인 기술 방식을 따랐을 때, 우리는 그 기술 방식을 사실적이라고 부른
다. 근대는 공간 지각 능력을 그 어떤 감각보다도 우선시한다. 그래
서 근대의 지식은 일종의 수형도(樹型圖)다. 그런데 거기에 사실적이

란 용어를 붙일 수 있을까? 어떤 실내에 사람들이 모여 있다고 하자. 출입문에서 창문 쪽으로, 나와 가까운 쪽에서 먼 쪽으로 혹은 역으로 사람들을 그려낼 수 있을 것이다. 이게 공간을 우선시하는 근대의 논리다. 하지만 그가 어디에 있는지에 상관없이 내가 주목한 순서로 묘사할 수도 있을 것이며, 심지어는 주목하지 않은 순서로 묘사할 수도 있을 것이다. 이게 감각의 논리에 더 맞는다. 공간 감각은 감각의 극히 일부에 지나지 않는다. 그녀의 시가 자주 인칭을 자유롭게 횡단하는 것도 이와 관련될 것이다. 나―너―그(그녀)라는 인칭은 공간에 따라 배열되어 있으며, 나는 늘 그 공간의 상상적 중심이다. 이 공간을 건너뛰면서, 시인은 나의 감각과 다른 "누군가"의 감각을 동시에 살려낸다.

4

　이덕규 시의 감각은 진술과 결합되어 있으며, 나아가 시의 구성적 특질과도 결합되어 있다. 이성복의 시에서는 감각이 특별한 진술을 낳는 원천이었다. 이덕규의 시에서 감각은 진술을 통해서만 제 모습을 드러낸다. 김행숙의 시가 가진 감각은 시적 구성에 선행했다. 특별한 감각의 환기가 있으며, 이것들이 연계되면서 한 편의 시가 모습을 갖추었다. 이덕규의 시에서는 시의 구조 자체에서 이 감각적 사실이 환기된다. 두 편의 시를 살핀다.

성치 않은 이곳에선 건강한 두 다리로도 온전한 영혼의 무게를 떠받
치기가 그리 쉽지 않다는 걸
　이미 오래 전에 깨달았다
　그리하여 나란히 마주 보며 굴러가던
　절망과 희망의
　선명한 두 바퀴 자국,
　그 골 깊은 상처를 따라 흘러내려오던
　두 줄기의 물길을
　비로소 저 넓고 푸른 강물로 튼 것이다

지상에 단 한 번도 새겨보지 못한 발자국을 선명하게 찍으며 걸어간,
　어디쯤일까
　철 늦은 개망초 두엇의
　기운 어깨 너머
　내 생각이 따라가며 자꾸 발을 헛딛는 강가,

누군가 허물처럼 벗어버린 낡은 휠체어 하나
　　　　　　　　　　　　　　　　　　―「물 위의 발자국」 전문

　마지막에 가서야 이 풍경의 의미가 온전히 드러난다. 강가에 버려
진 휠체어가 있었다. 누군가 거기까지 휠체어를 타고 와서 강물에 몸
을 던졌는지도 모른다. 시인이 보기에 이 휠체어는 "허물"과 같은 것
이었다. 휠체어를 벗어버린 후에야 "지상에 단 한 번도 새겨보지 못

한 발자국"을 물 위에 찍을 수 있었기 때문이며, "절망과 희망"이란 이름의 "두 바퀴 자국"을 "비로소 저 넓고 푸른 강물로 튼 것"이기 때문이다. 그러므로 휠체어를 허물로 여기는 시인의 감각은 삶에 대한 어떤 상념과 결합되어 있다. 이 감각은 1~2연의 긴 우회로를 거친 후에야 온전히 살아난다.

곱사등이 한 여자가
세찬 눈보라를 봉긋한 등으로 밀며
뒷걸음질로 걸어간다

마치, 아이를 잃고
퉁퉁 불은 젖을 칼바람에게
베어물리듯이

자신의 손이 닿지 않는
눈에 보이지도 않는
육체의 유일한 聖地,
인간의 등이
다름 아닌 천사의 가슴이었다고
따뜻한 젖이 돈다고

길을 잃은
차디찬 조막손이 눈송이들이

그녀의 솟은 등을 파고든다   —「천사의 가슴」 전문

1연에서 먼저 하나의 풍경이 제시된다. "곱사등이 한 여자"가 "세찬 눈보라"를 뚫고 어렵게 "뒷걸음질"로 길을 간다. 고단한 삶을 보여주는 하나의 아이콘이다. 그런데 2연에서 이 풍경이 가진 감각적 특성이 전혀 다르게 환기된다. 여자의 곱사등이 바로 "칼바람에게" 물리기 위한 젖이었다. 3연은 이 감각이 가진 특별한 의미를 서술하는 부분이다. 그 곱사등이 바로 "육체의 유일한 성지"였으며, "다름 아닌 천사의 가슴"이었다. 아무도 거두지 않은 자연의 "칼바람"에 "따뜻한 젖"을 물리는 행동이었다. 이 진술이 적힌 후에야, 2연의 감각은 비로소 온전한 모습을 갖춘다. 4연은 감각과 진술을 통합하는 정교한 박음질에 해당한다.

이덕규는 감각의 묘사보다는 그 감각을 낳게 만든 어떤 구조에 관심이 있다. 시인의 감각은 (앞서 살펴본 두 시인이 그랬듯이) 이 구조에 선행하는 것이 아니라 내재하는 것이다. 진술과 묘사를 결합한 시인의 서법(敍法)이 여기서 나왔다. 이 시인의 시에는 비평이 덧붙일 몫이 많지 않다. 감각이 시적 진술의 굴곡과 정확히 일치하면서 시가 완성되기 때문이다. 이덕규의 시가 가진 강인한 인상은 부분적으로는 구조의 튼실함에 기인한 것이며, 부분적으로는 그 구조를 떠받치는 감각의 적실함에 기인한 것이다. 이 감각에 조금 더 많은 지분을 양보해도 좋을 것이라는 생각을 사족으로 붙인다.

기호의 제국
—박상순 · 김형술 · 이기성의 시

1

기호는 어떻게 사물을 포획하는가? 어떻게 사물의 물질성을 자신의 기호성과 치환할 수 있는가? 기호가 제 이름으로 그러쥔 것들 사이에는 건너뛸 수 없는 심연이 있다. 기호의 표층에는 기호의 물질성 곧 청각 영상의 영역이 있으며, 기호의 심층에는 지시성 곧 의미의 영역이 있고, 기호의 외부에는 추상성 곧 유별화(類別化)된 사물의 영역이 있다. 기호가 사물을 포획하는 순간은 그 각각의 영역을 현전의 이름으로 통일하는 순간이다. 하나의 기호가 발화될 때, 가령 저기에 산이 있다고 말할 때, 산이라는 기호 안에서 우리는 앞에서 말한 세 가지 영역을 포개 놓는다. 이 포갬이 유비(類比)다. 유비는 각각의 영역이 동일한 방식으로 구조화되어 있다고 간주하는 정신 작용이다. 유비는 본래 일물일어(一物一語)의 신화다. 하느님이 아담 앞에 동물들을 끌어다 놓았더니 아담이 동물들을 특별한 기호로 불렀고, 그것이 동물들의 이름이 되었다. 기호의 세계가 실제 세계를 일대일 축척(縮尺)으로 뒤덮었다는 점에서, 아담 역시 조물주였던 셈이다. 하느님도 말씀으로 천지를 창조했지 않은가?

그러나 심연은 메워지지 않았으며, 다만 하나가 다른 하나를 대체했을 뿐이다. '대체'의 특질은 다음과 같다. 첫째, 폭력성. 기호는 사물의 내부를 억지로 열어젖힌다. "산은 산이요, 물은 물이다"란 말을 보자. 우리는 앞의 말을 실제의 사물로, 뒤의 말을 그 사물을 대체하는 기호로 받아들인다. 그러나 산과 물이 주부(主部)의 자리에 있건 술부(述部)의 자리에 있건, 그것은 이미 기호다. 기호가 사물을 대체하여, 실제 사물이 기호로서의 사물이 되었다. 아니, 기호(뒤의 산)가 기호(앞의 산)를 대체했다고 말해야 옳다. 처음부터 술어("……산이요, ……물이다")의 수식을 받는 것은 실제 사물이 아니라 기호로서의 사물("산은……, 물은……")이었기 때문이다. 사물은 기호의 침탈을 받아, 제 고유의 영역을 빼앗겼다. 둘째, 우연성. 기호가 대체물로 기능하는 데 요구되는 조건이란 없다. 사물들은 명명의 필요성이 있을 때마다 어떤 기호 앞에 끌려 나온다. 갑자기 나타난 기호가 사물에게서 물질성을 늑탈해버린다. 그런 점에서 기호는 노상강도와 같다. 사물이 선행하고 기호가 명명의 방식으로 그 뒤를 쫓아왔다고 생각해선 안 된다. 기호가 사물이 가진 모든 재산을 탈취한 후에야, 우리가 사물의 재산 목록을 간추릴 수 있기 때문이다. 다시 한 번 기억하자. 태초에 가장 먼저 창조된 것은 말씀(기호)이었지 천지(사물)가 아니었다. 셋째, 필연성. 그러나 이 우연, 이 마주침이 일어나자마자 만남은 필연적인 것이 된다. 하나의 기호가 특정한 재산을 갖게 되면, 이미 기호는 (그 기호로 호명되는) 모든 사물의 지배자가 된다. 우리는 사물을 통해 기호로 나아가는 게 아니라 기호를 통해 사물로 나아간다. 기호가 가진 지시성은, 사물을 호출하는 기호의 능력을 보여준다. 사물이 기호를 호출할 수는 없다. 지시성은 불가역적인 것이다. 한 사물이 특정한 기호로서만 호출된다는 것이, 사물에 대한 기호의 지배권을 보여주는 것이다(그래서 기호의 바깥에는 실제 사물이 있는 게 아니라, 기호의 통제 아래 놓인 사물 곧 추상화, 유별화된 사물이 있다). 넷째, 현전성. 그래서 사물은 기호의 호출이 있을 때에만 제 모습을 드러낼 수 있다. 기호는 처음부터 현전의 자식이다. 현전하지 않는 기호는 사물을 호출할 수가 없다(해독되지 않는 고대의 문자를 생각해보라). 처음부터 사물이 기호를 '만나야만' 했다는 것을 상기하자. 현전이란 이 만남의 순간을 이르는 말이다. 이 만남은 이루어지는 그 순간, 이미 우연이 아니다. 그것은 유일한 것이며, 다른 만남(곧 다른 기호의 출현)을 원천 봉쇄하는 것이기 때문이다.

시는 처음부터 기호의 지배권을 용인한 장르다. 시는 기호가 이미 물질성을 획득했다는 것을 보여준다. 시에서 문제가 되는 것은 사물의 물질성이 아니라 기호의 물질성이었다. 운율과 심상의 이론은, 시학이 오래전부터 가다듬어왔던 기호의 물질성에 대한 이론이다. 그래서 기호가 사물을 '언제' 포획하는가를 묻지 말고(포획은 처음부터 있었다), '어떻게' 포획하는가를 물어야 한다(반영론은 기호론에 자리를 물려주어야 한다). 세 시인의 작품에서 기호의 운동 형식을 확인해보자.

2

　박상순은 특별한 기호가 특별한 세계를 호출한다는 것을 처음부터 깨닫고 있었다. 첫 시집(『6은 나무 7은 돌고래』)의 제목을 내부에 품은 한 시는 다음과 같이 시작한다.

　　첫 번째는 나
　　2는 자동차
　　3은 늑대, 4는 잠수함

　　5는 악어, 6은 나무, 7은 돌고래
　　8은 비행기
　　9는 코뿔소, 열 번째는 전화기

　　첫 번째의 내가
　　열 번째를 들고 반복해서 말한다
　　2는 자동차, 3은 늑대
　　　　　　─「6은 나무 7은 돌고래, 열 번째는 전화기」 1~3연

　숫자와 사물 사이에는 특별한 관계가 없다(기호가 가진 우연성에 관해서 생각하자). 있는 것은 구구단을 외울 때처럼, 속도의 관성에 몸을 실은 말소리들뿐이다. 여기서 특별한 서사를 구성할 수도 있겠지

36

만(둘이 자동차를 타고 갔다. 한 사람이 더 나타나 삼각관계가 되었다. 내 애인을 유혹하는 그자는 늑대다. 네 번째 사람은 아직 나타나지 않았다 운운. 혹은 한자 6[六]은 나무처럼 생겼다. 7은 돌고래의 주둥이 모양이고, 8은 날개를 펼친 비행기 모양이며, 9는 코뿔소의 바로 그 뿔이다 운운), 어쨌거나 그것은 시인의 몫이 아니다. 중요한 것은 그것이 존재론의 형식을 띠고 출현했다는 것이며(박상순이 구사하는 문장은 흔히 계사[繫辭]를 품은 문장이다. '이다' / '있다'를 술어로 갖거나 그것을 변형한 문장들 말이다), 그로써 기호가 이미 기호의 기호임(이를테면 "6"이라는 기호는 "나무"라는 기호의 기호다)을 주장한다는 것이다. 게다가 그것은 기수(基數)가 아니라 서수(序數)다. 이 기호들이 출현한 것은, 내가 전화기를 들고("첫 번째의 내가/열 번째를 들고") 무엇인가를 발화했기 때문이다. 발화하는 순간, 곧 현전의 순간, 앞의 기호는 이미 다른 무엇의 기호가 된다.

　이제 나는 유리병, 동 파이프, 고무 벌레, 붉은 벽돌, 거미줄, 안개,
비상구, 접시, 세탁소, 푸른 항구, 불난 집, 가방, 끈 떨어진 꾸러미,
자동차, 사라진 구름, 발, 발, 발, 밤, 밤, 밤.
　　　　　　　　　　　　　　　　　　　　—「빨리 걷다」전문

빨리 걷는 내 앞에 여러 사물들이 스쳐 지나간다. 그것들을 출현시킨 것이 빨리 걷는 내 자신이기에, 나는 그 사물들의 주인이다. 아니, 내가 바로 그 사물들이다. 나라는 기호가 그것들을 만들었기 때문이다. 내가 지나쳐 가야 하므로 이 사물들에는 출현하는 순서가 있다.

내가 더 빨리 걷자, 나는 재게 놀리는 "발"(이것은 복수다)로 대표되고, 마침내 "밤"이 왔다. 그런데 사실은 처음부터 기호가 기호를 낳았다. "밤"은 "발"에서 파생된 것이고, "발"은 "빨리"의 "빨"에서 파생된 것이며, "빨리"는 "병, 파이프, 벌레, 벽돌, 줄, 푸른, 불난('불란'이라 읽는다), 떨어, 구름"이 품고 있는 음소들에서 파생된 것이다. 그러니까 기호들이 출현하면서 사물들을 기표의 차원에서 한 번, 기의의 차원에서 또 한 번 호출한 것이다.

　내 이름은 윤아야. 가수 김윤아. 너에게도 써줄까? 아니면 한 곡 들려줄까? 컬러풀한 걸루. 아이덴티티는 너무 20세기적이야. 난 움직여. 움직이고 있다구. 하얗게 밀려오는 밤바다의 파도. 이른 아침 7시 50분에 시청사 정문 앞 도로변에 서보면 다 보여. 현대적으로, 21세기적으로. 그렇지만 능숙하게 르네상스식으로도. 너도 한 번 볼래? 하지만 잘 생각해! 속으면 안 돼. 나 말고, 나 말고, 너에게 속으면 안 돼. 사실 내 이름은 꿀벌이야. 레이스가 달린 하얀 속옷이야. 새우야. 메타피지컬이야. 하얗게 밀려오는 밤바다의 파도. 동사야. 명사야. 알타미라 벽화야. 칫솔을 사러가는 곰인형이야. 변신이야. 장치야.

　밤이야. 아침이야. 하늘이야. 땅이야. 새벽이야. 바다야. 33, 44, 66—나야. 나.　　　　　　　　　　　　—「가수 김윤아」 6~7연

시의 앞부분을 간추려보자. "내 이름은 윤아야. 가수 김윤아"(1연)→ "까르푸에서 그 시인을 보았어. 그는 파니 프라이스만 생각해"(2연)→

38

"사실 내 이름은 파니야"(3연)→"속으면 안 돼! 내 이름은 윤아야"(4연)→"빵공장, 마라나. 그런 시를 쓴 사람 있잖아. 사실은 내 시야"(5연). 나는 가수 김윤아다. 정확히 말하면 나는 가수 김윤아의 목소리로 시를 쓰는 박상순이다. 나는 파니 프라이스만 생각했고, 그래서 김윤아의 아이덴티티로 파니 프라이스의 그림을 그렸고, 이어서 파니 프라이스의 아이덴티티로 김윤아의 노래를 불렀으며, 마침내 그 둘의 아이덴티티로 "빵공장"(첫 시집을 말한다)과 "마라나"(두번째 시집 『마라나, 포르노 만화의 여주인공』을 말한다)에 관한 시를 썼다. 그러나 어쨌든 이 시의 화자는 가수 김윤아다. 그것은 물론 가면이지만, 가면 뒤에도 진짜 얼굴은 없다. "아이덴티티는 너무 20세기적이야." 나는 시를 쓰거나("너에게도 써줄까?"), 노래를 부르거나("아니면 한 곡 들려줄까?"), 그림을 그린다("컬러풀한 걸루"). 기호는 부유하는 것이며("난 움직여. 움직이고 있다구"), 그로써 새로운 사물들을 그 의미역(意味域)에 포괄하거나 배제하는 것이다. 나는 수많은 사물로 변형되다가, 마침내는 세상의 모든 것으로 치환된다. "나"는 그렇게 기호를 넘나들며 사물들을 받아들이거나 내치는 작용을 수행하는 기호의 기호였던 것이다.

　박상순의 시들이 다른 시들보다 더 모순되어 보이는 것은, 이 기호들의 움직임이 활성화된 데 따른 자연스런 결과다. 사실 모순을 품지 않은 시가 어디에 있겠는가? 모순 없는 구문들, 상식적인 구문들은 기호에게 정형화된 운동만을 허락한 구문들이다. 박상순은 기호를 자유자재로 변형하고 조합하고 반복한다. 기호들은 통상의 지시성에서 일탈하여, 기호 자체의 힘으로 부유하기 시작한다. 시의 기호는 처음부터 물질성을 가진 기호다. 기호들이 또 다른 의미의 지시성(사물 자체의 물질성이 아닌, 기호 내부에 품은 물질성)을 갖기 시작한다는 말이다.

박상순이 기호를 어떻게 다루는지 보여주는 몇몇 예를 보자. ① "철고양이 또는/무쇠늑대가/주유소 지붕 위에서/늙는 밤"에 "그녀는 서른에서 스물아홉이 되고/나는 서른하나에서 서른셋이" 되었다. 같은 밤, "그녀는 황혼에서 새벽이 되고" "하나에서 둘이 되고" "서른에서 스물아홉이" 되었는데, "나는 황혼에서 한낮이 되고" "둘에서 하나가 되고" "서른에서 스물아홉이" 되었다(「그녀는 서른에서 스물아홉이 되고」). "철고양이"나 "무쇠늑대"는, 저 불가능에 기대어 사랑의 영원성을 노래한 「정석가」의 패러디다. 그것들이 늙을 리가 없으니, 저 밤은 이미 불가능성을 허용한 공간이다. 그다음, 기호들은 자유롭게 변형된다. 그녀는 "하나에서 둘이" 되면서(헤어졌다는 뜻이다) 새날을 맞았고 한 살 젊어졌는데, 나는 "둘에서 하나가" 되면서(여전히 그녀를 내 마음에 품었다는 얘기다) 헌 날을 소비하고 두 살을 먹거나 열 살을 먹었다. 나를 떠난 그녀는 잘 살고 있을 텐데, 나는 그녀를 잊지 못해 이렇게 늙었다. ② "밤의 바닷가에서 양말을 신는다. 기린이 달려오는 것 같다." 그래서 "양말을 벗어본다. 그래도 자꾸 기린이 달려오는 것 같다." 마침내 "물에서 나온 기린이 모래밭을 건너 내게로 온다" (「기린」). "기린"은 "양말"의 비유적 형상이다. 양말을 신었더니 기린의 긴 목이 형체를 갖추었다. 양말을 신건 벗건, 이미 모습을 드러낸 기린은 내게로 온다. 시는 직유와 은유를 뒤섞으면서, 기린이 오는 느낌을 기린이 왔다는 사실로 치환하면서 자꾸 나아간다. ③ 길이 하나 있었다. "그 길에 서 있는 모자 쓴 사람/가방을 든 사람, 눈이 큰 사람, 키가 큰 사람, 멜빵을 멘 사람/그 사람들이 뭉쳐서 하나가 된 사람"이 있었다. 다시, "뭉쳐진 사람들 사이에서 부스러기처럼 떨어져/다시 가방을 든 사람, 눈이 큰 사람, 키가 큰 사람/새로 산 구두를 쭈그려 신은 사람"이 있었다. 내가 길 위에 서 있다. 모든 사람이 졸아들어 한 사람으로 보이고, 한 사람이 부스러져 여러 사람으로 보이는 지점은 바로 소실점이다. 내가 길 위에 있었으므로 소실점을 만들 수 있다. 그래서 시인은, 이 시에 「나에게 길이 있었다」라는 제목을 붙였다. ④트럭에 "아홉 명 혹은 여덟 명의" 병사가 올라타자, "먼저 탄 병사가 투덜거린다/@#$%^&*()" 산길에서 병사들이 내리자 "맨 뒤에서 누군가 나를 향해 소리 지른다/)(*&^%$#@"(들국화와 단둘이」). 저 이상한 기호들도 기호는 기호다. 아마도 누군가 외국어처럼 알아듣지 못하는 말을 내뱉은 모양이다. 그런데 알아듣지 못하는 말에도 특별한 규칙이 있다. 마치, 저 이상한 기호들이 시프트 키를 누른 후에 컴퓨터 자판 위의 숫자 2에서 0까지를 순서대로, 혹은 역순으로 쳐낸 것이듯 말이다. 병사의 수가 "아홉 명 혹은 여덟 명"인 것은, 저 자판 위의 기호가 아홉 개 혹은 여덟 개("()"는 둘을 합쳐야 하나의 기호가 된다)인 것과 상응한다. 군대에서 병사들은 사실 인격을 가진 사람이 아니라 익명의 기호가 아닌가? ⑤ "머리가 크고 배가 불룩 튀어나온 소년들이 오래된 야마하 피아노 한 대를 공중으로 옮기고 있다. 공중의 풀밭에 피아노가 옮겨진다. 나와 같은 또래로 보이는 소녀가 키 큰 화초 위에 앉는다. 피아노의 페달을 밟으며 어깨의 힘을 이용해 건반을 누른다"(「바빌로니아의 공중정원」). 어느 스카이라운지의 고급 레스토랑쯤 되는 곳이 무대다. "내 또래의 소녀"라 했으니, 시인을 기준으로 생각하면 그녀의 나이는 이미 40대, 소녀라 말할 수 있는 나이가 아니다. 물론 "머리가 크고 배가 불룩 나온 소년들"도 소년들이 아니다. 나이 지긋한 남자들이 옛 생각에 젖어 그녀의 연주를 듣고 있는 셈이다. "키가 큰 화초"가 그녀가 앉은 곳과 내가 앉은 곳 사이에 놓여 있다. ⑥ "텅 빈 버스가 굴러왔다." "새, 고양이, 피자 배달원, 15톤 트럭"이 "버스에서 내렸다"(「이 가을의 한 순간」). 이 버스는 내가 여닫은 "서랍"이다. 버스는 "내 손바닥 안으로" 굴러왔고, 나는 그 버스— 서랍에서 오래전의 추억들을 꺼내 보았던 것이다.

박상순의 시를 자의적인 말놀이의 소산으로 볼 수는 없다. 시인이 목표로 삼은 것은 기호가 품은 물질성 자체인 것으로 보인다. 그것은 기호가 가진 지시성을 최대한으로 확장한 것이지, 지시성을 소거한 것이 아니다. 이 점에서 보면 박상순의 시를 서정시의 한 극단이라고 말할 수도 있을 것이다. 서정시는 본래 기호의 물질성에 포박된 시다. 서정시인은 심상과 운율, 곧 기호의 물질적 측면을 살리기 위해 주체와 대상과 전언의 일부를 양보한다. 박상순 시의 기호들이 포획한 것은 사실은 시인의 내면에 남은 서정의 무늬인 경우가 많다. 앞에서 예로 든 ①, ②, ③의 시들도 그렇지만, 사실 이 시집에는 고백적 언술이 가장 두드러지게 보인다. 이 말이 의아스럽다면, 이 시집의 제목이 된 다음 시를 보라.

아직 덜 마른 목재들이 마르는 소리
—그의 무른 몸이 내 지붕에 닿았다가

떨어지는 소리

　　아직 덜 마른 그의 몸이 마르는 소리
　　―그의 불행이 내 지붕에 닿았다가
　　떨어지는 소리

　　아직 덜 마른 짐승의 살이 마르는 소리
　　―아직 눅눅한 그의 몸이 내 지붕에 닿았다가
　　떨어지는 소리　　　　　　　　　　　　―「Love Adagio」 전문

　"덜 마른 목재들" "덜 마른 그의 몸" "덜 마른 짐승의 살"은 "그의 불행"과 치환된다. 사랑은 그렇게, 천천히 떠나가는 것이다. 혹은 다음 구절을 보라.

　　네가 떠날 때
　　바다는 그가 품었던 모든 물고기들을
　　수면 위로 떠오르게 하였다　　　　　　―「피날레 Finale」 1연

　슬픔에 대한 고백으로 이만한 게 있을 수 있겠는가(고백하건대 나는 이 두 편만으로 박상순론을 쓰고 싶은 유혹을 이기기 어려웠다)? 우리의 시사가 박상순의 시를 서정시의 한 전범으로 받아들이는 날이 올 것 같지는 않지만, 그날에야 우리 시의 진화 과정이 일단락될 것이라는 믿음이 내게는 있다.

3

박상순이 기호의 물질성에 강조점을 두었다면, 김형술은 기호의 상
징적 용처에 대하여 숙고했다. 시인은 시집 『물고기가 온다』의 자서
에서 "세상에는 참 많은 물고기들이 있다"고 썼는데, 그 후에 덧붙인
말을 보면 세상에 물고기 아닌 게 무엇이 있을까 싶을 정도다. 그런데
이 시집에 등장하는 수많은 물고기들은 그냥 "물고기"이지, 개별화된
물고기들이 아니다(예외적인 시가 「물고기의 혼잣말」에 나오는 "각시붕
어, 버들치, 흰줄납줄개, 버들매치"와, 「바닷가의 의자」와 「청어 굽는 저
녁」에 등장하는 "청어"〔"눈검정이"〕다). 물고기들은 사물의 물질성을
혼자서 대체하는 특별한 기호다. 기호가 유비에, 곧 일물일어라는 믿
음에 기반을 두고 있다는 사실을 기억하자. 다른 사물에는 다른 기호
가 적용되어야 한다. 그런데 시인은 여러 사물을 통괄하는 하나의 기
호, 여러 사물의 지배자인 하나의 기호로서 "물고기"를 상정해두었다.
"물고기"라는 상징이 이렇게 해서 출현했다.

> 물고기들이 쏟아져 내렸다
> 이른 아침
> 거리마다 퍼덕이는 물고기들로 가득 찼다
>
> 춤추는 물고기들을 우산 끝에 매달고 사람들이 집을 떠나자
> 가지마다 꽃처럼 반짝이는 물고기들을 매달고

나무들이 집 쪽으로 걸어왔다

호주머니에서 물고기를 꺼내 꽃을 사고
물고기로 신문을 사고 커피를 마시는 동안
물고기를 가득 실은 비행기가
지붕 위를 천천히 날아갔다

사람들이 눈웃음으로 물고기를 주고받는 동안
입을 벌려 물고기를 삼킨 아이들은
싱싱한 비린내를 풍기고   ―「안녕하세요! 물고기」 1～4연

　1～2연의 물고기는 하늘에서 내린 비를 말한다. 이것은 먹구름과
바닷물의 유사성에서 파생된 기호인데(김형술의 시에서 "구름"과 "안
개"는 흔히 물고기 떼를 출현시킨다), 그렇게 도처에서 퍼덕이는 물고
기가 생겨나자, 그와 유사하게 출몰하는 것들이 또한 물고기로 대표
된다. 3연의 물고기는 지폐이거나 수하물(혹은 승객)이고, 4연의 물
고기는 안부 인사('안녕')다.
　물고기는 수많은 사물들의 기호이자 지배자인 셈이다. 사실 이 시
집에서 그런 상징은 물고기만이 아니다. 몇몇 예를 보자. ① 의자.
"그 바닷가엔 언제나 낡은 의자 하나가/놓여 있다"(「바닷가의 의자」).
이 의자는 다른 사물들의 배경이 되는 또 다른 사물들의 상징이다. 이
를테면 "고양이갈매기, 구름 그림자, 세피아 모노톤의 폭풍우" "녹색
부전나비 한 마리"가 거기에 앉아서 쉬어 간다. 그것은 또한 그 모든

사물들의 흔적이기도 하다. "그 바닷가엔/누군가 버려두고 간 수많은 노래들이/오래된 의자처럼 앉아 있다." 구름도 그런 의자다. "흰 융단으로 지은 의자가 하나 있네 지상에서 한 뼘쯤 몸을 들어올려 무심하게 허공에 떠 있네"(「구름의자」). ② 보일러. "한밤중 어둠 속에 깨어 있는 건 굶주린 밤고양이만은 아니다." 그것은 "누군가 혼신으로 앓고 있는 목소리"이며, "골목길"에서 "어둠을 응시하는" "눈빛"이며, "노곤한 집들의 잠을 지키는" "불의 씨앗들"이며, "심장의 박동소리"다(「보일러, 보일러」). 보일러는 밤고양이 자체이기도 하다. ③ 거짓말. "베란다 화분에 거짓말 한 송이 핀다 봄이다 이십이층 베란다를 뛰어내린 거짓말은 금세 세상을 노오랗게 물들인다 꽃이라 불리는 희고 붉은 전염균들"(「어디에다 앉힐까」, 1연). 거짓말은 꽃이지만, 세상의 모든 표지들이기도 하고(2연), 당신을 향한 고백이자(3연), 자연의 이치이며(4연), 그런 말을 발설하는 사람들이기도 하다(5연). ④ 폐차장. "나는 비열한 아이, 천진한 늙은이, 내 이름은 저녁, 8요일의 꽃, 아무 두려움 없이 어둠을 노래하죠"(「폐차장에서 부르는 노래」). 폐차장은 "부랑자"인 시인(무릇 시인은 세상의 떠돌이가 아닌가?)이 안식하는 곳이자 그런 부랑의 장소들이기도 하다. 폐차장은 절망과 부패와 탐욕과 슬픔과 무의식과 사랑이 한데 버려진 곳, 요컨대 세상이다.

하나의 기호가 수많은 사물들을 지시할 수 있다는 말은, 기호의 강력한 권력을 용인한다는 뜻이지만, 한편으로는 기호의 허술한 위력을 폭로한다는 뜻이기도 하다. 하나의 기호가 수많은 사물들을 그러쥘 때, 사물들이 가진 이질적인 속성들은 사상되거나 무시된다. 시인은 기호의 손아귀 밖에 놓인 이런 속성들을 가늠하고 있는 것으로 보인다.

> 내가 말, 이라고 단정 짓는 순간, 어느새 그것은 구름으로 바뀐다 구
> 름에서 의자로, 의자에서 비수로, 전화기, 빗방울, 선혈 머금은 바위가
> 되어 둥둥 떠다닐 뿐 말은 잡히지 않는다
>
> ──「어둠 속의 흰 말」 2연

어둠 속에 희끄무레하게 서 있는 것이 있었다. 내가 말이라고 생각
한 순간, 그것은 다른 이름들로 계속 전화(轉化)했다. 기호화할 수 없
는 어떤 사물이 있었다는 뜻이다. "기호가 아닌, 상징이 아닌/아름다
운 날것들의 날카로움"(「물고기 편지」). 시인이 "거울 조각"을 일러
"숨겨둔 날 선 기호들 증오로 흉포해진 기표들"(「꽃과 우레」)이라고
말할 때에도 마찬가지다. 시인은 사물의 물질성을 날것 그대로 드러
내기 위해 기호에 과도한 권력을 부여하고, 다시 그 기호가 포획하지
못하는 속성들을 끄집어냈던 것이다.

4

이기성은 사물의 물질성을 기호에 담아내는 방법에 주목한 듯하다.
시집 『불쑥 내민 손』은 수많은 의태어와 의성어들로 가득 찬 특이한
시집이다. 의태어와 의성어들은 본래 사물의 물질성에 가장 밀착해
있는 기호들이다. 그것은 기호이면서도 물질성의 표지를 희미하게나

마 보존하고 있다. 그것들은 특정한 방식으로만 활용된다. 눈은 본래 "퉁퉁" 붓고(「열정」), 피는 "주르륵" 흐르며(「고독」), 구멍은 "뻥" 뚫려 있고(「마을」), 물은 "뚝뚝" 떨어지고(「입구」), 트림은 "꺽꺽" 하는 것이고(「일요일」), 전단지는 "덕지덕지" 붙어 있다(「동물원」). 시집 전체에서 이런 예를 찾자면 한이 없을 것이다(「동물원」 한 편에만 이런 말이 아홉 개가 들어 있다). 의태어와 의성어들은, 그것이 거기에 없다고 해도, 그것으로써 환기되어야 할 사물의 운동 형식과 발성 형식에 이미 내재해 있다. 눈이 주르륵 붓거나 물이 퉁퉁 떨어지거나 전단지가 꺽꺽 붙어 있을 수는 없는 노릇이다. 그것들은 사물의 운동과 발성을 강화할 뿐, 거기에 뜻을 보태지는 않는다. 다시 말해 의태어와 의성어들은 물질성을 두드러지게 하면서도, 기호로서의 지배력을 최소한으로 보존할 뿐이다. 게다가 수많은 관형어들과 부사어들이 문장마다 달라붙어 있는데, 이들도 의태어, 의성어와 비슷한 역할을 한다.

내가 만났던 몇 장의 검은 구름을 끌고 구불텅거리는 길 돌아온다. 찐득한 누린내 가득 고여 있는 골목, 가래침 뱉으며 시커먼 고무장화 신은 사내가 철창 앞에 서면, 화들짝 벌어지며 경련하는 눈, 눈동자들.
—「모란시장에서」 앞부분

어느 시나 할 것 없이 하나의 기호에 들러붙는 다른 기호들로 넘쳐난다. 구름은 "내가 만났던 몇 장의 검은" 구름이며, 골목은 "찐득한 누린내 가득 고여 있는" 골목이고, 사내는 "가래침 뱉으며 시커먼 고무장화 신은" 사내다. 저녁의 구름은 본래 검고, 누린내는 찐득하며, 고무장화는 시커멓다. 다시 말해 "검은" "찐득한" "시커먼" 같은 어사 역시 의태어, 의성어와 마찬가지로, 사물의 양태와 형식을 강화할 뿐, 의미를 강화하는 기호가 아니다.

시인의 전언은 이런 물질화된 기호들과 추상화된 제목 사이에서 만들어진다. 이 시집에는 「열정」「고독」「입구」「열쇠」「복수」「물」「축제」「미궁」「만남」「불운」「모독」「소문」「슬픔」「몰락」「귀환」「희망」 같은, 추상이거나 추상화될 수 있는 제목들이 가득하다. 내가 보기에 이 제목들은 사물들의 운동이나 발성의 형식을 이르는 기호들인 것 같다.

출근길의 안개 속 검은 아스팔트는 미끄럽게 빛난다. 가스통을 매달고 질주하던 오토바이, 허연 것이 눈앞에서 퍽 튀어오르고 차고 뻣뻣한 고독은 순식간에 너의 얼굴을 핥고 지나갔다. 찬란하게 쏘아올린 폭죽처럼 너는 천천히 바닥으로 떨어진다. 영문을 알 수 없어 껌벅껌벅 눈꺼풀이 흔들리고, 어두워졌다 다시 밝아지는 시간의 틈새로 쿡쿡 실없는 웃음이 잠깐 비어져나왔던 것도 같은데,   ─「고독」 앞부분

오토바이가 개를 치었다. "허연 것"은 오토바이를 탄 사내가 본 개고, "너"는 서술자가 인격화한 개다. 시인은 여기서 "고독"을 찾아냈다. "고독"은 영문도 모르고 사고를 당한 "개"의 당혹감을 집약하는 말이면서, 그 개가 숨을 놓았을 때 일어나는 육체의 경직을 예견한 말이기도 하다. "딱딱해진 풍경의 목덜미엔 이빨이 박히지 않고 차창마

다 멍하게 응고된 눈들이 매달려 있다." 저 물질화된 기호들을 보라. 풍경은 이미 치인 개처럼 굳어졌고(고독하고), 사람들은 "멍하게 응고된 눈"으로 대표될 만큼 비인간적이다.

이기성의 시는 이처럼 사물의 물질성을 드러내기 위한 기호들로 가득하다. 아니, 세계가 이미 특정한 기호들을 조합한 한 줄의 문장이다. 보라. "안간힘으로 바닥 뒤집어보던 지루한 문장이/부딪치며 휩쓸리며 떠내려간다"(「홍수」), "귀(鬼)와 신(神)을 희롱하던 문장들 죄다 증발하자 낡은 구름이 한 채 느릿느릿 부서져 흘러나왔다는데"(「북어를 일별(一瞥)하다」), "나는 얼어붙은 문장 속에서 빌어먹던 자"(「모독」)다. "구불거리는 문장 속에 고개를 처박고 생의 접혀진 모퉁이를 다 읽었을 때 불멸의 저녁은 온다"(「횡단보도」), "이를테면 세계는 열린 문과 열리지 않는 문, 어떤 섬광과 마찰의 틈새로 발목을 슬그머니 끌어당기는 구멍투성이 문장이다"(「열쇠」), "그가/세월의 상형문자를 더듬더듬 읽어내려가는 동안/베어진 나무 둥치 사이로 어두운 길이 잠기고/그의 귀밑머리에서 서슬 푸르게 빛나던 시간은 천천히 기울어간다"(「십이월의 서가(書架)」). 실제의 문장이건 사물에 대한 비유적인 표현으로서의 문장이건, 세계는 이미 기호들이 한 줄로 늘어선 긴 문장이었던 셈이다. 이기성 시의 기호들은, 기호의 물질성에는 크게 주목하지 않는다. 이 점에서 그녀는 통상적인 의미의 서정시인이 아니다(나는 그녀를 기형도의 좌파 후계자라 부르고 싶다). 그녀가 보기에 이처럼 비인간화된 세계의 내면을 이루는 것은, 세계의 물질성과 맞닥뜨렸을 때 느끼는 공포와 고독인데, 이것은 특정한 파토스가 아니라 특정한 자극에 대한 유기체의 반응 양식에 가깝다. 물화된 세계,

유물론적 세계가 한편에 있고, 그곳을 관통해 가는 개별자들의 육체가 다른 한편에 있다. 시인은 그 육체를 펜으로 삼아, 세계의 기호를 적어나갔던 것이다.

아프로디테의 자식들

—김언희·채호기·박서원 시의 에로티즘

1

사랑의 신 에로스는 같은 사랑의 신 아프로디테의 자식이다. 모든 것을 삼키는 크로노스가 아버지인 하늘 신 우라노스의 남근을 잘라 바다에 던져버렸는데, 여기서 생겨난 거품에서 아프로디테가 태어났다. 크로노스는 시간의 주인이다. 세월은 탱탱하게 부풀어오른 남근을 토막내버린다. 아프로디테는 바다(여자의 몸속에도 이렇게 출렁이는 게 있다)를 떠도는 남근과 파도 거품(정액)에서 생겨나, 큰 조개(자궁)에서 자랐다. 아프로디테는 '거품에서 생겨난 여자'란 뜻이다. 아프로디테의 남편이 추한 헤파이스토스라는 것은 미와 추가 처음부터 분리될 수 없다는 뜻이며, 그녀의 정부(情夫)가 전쟁의 신 아레스라는 것은 또한 사랑이 불화를 품을 수밖에 없다는 뜻이다.

아들 이야기로 넘어가보자. 에로스의 어머니가 아프로디테임은 분명하지만(사랑이 사랑을 낳는다), 아버지가 누구인지는 정확하지 않다. 아프로디테의 남편 헤파이스토스라는 말도 있고 정부 아레스라는 말도 있고 심지어 조카 제우스(그는 크로노스의 아들이다)라는 말도 있다(사랑은 아무데서나 생겨난다). 천진하고 장난기 많은 에로스는 욕망을 상징하는 화살을 가지고 다니며 맘 내키는 대로 화살을 날렸다. 화살을 맞은 자는 모두 사랑에 빠졌으니, 사랑은 우연히 생기는 것이다. 우연히 만난 만남을 돌이킬 수 없으니 이 우연을 필연이라 불러야 할지도 모르겠다. 단 한 번 에로스가 사랑에 빠진 적이 있다. 자기 화살촉에 찔려 아름다운 여성 프시케에게 빠졌던 것이다. 밤마다 어둠 속에서 신분을 감추고 찾아온 정인(情人)을 보고 싶은 나머지, 프시케는 얼굴을 보아선 안 된다는 금기를 어겨 온갖 시련을 겪었다. 사랑은 스스로 세운 금기이자 금기에 대한 위반이다. 사랑은 좋아해선 안 되는 것만을 좋아한다. 프시케는 '영혼'이란 뜻이다. 영혼까지 고양된 사랑을 갖기 위해서는 여러 단계를 거쳐야 한다는 것을 그녀의 고행이 일러준다.

2

이 글은 김언희와 채호기와 박서원 시의 에로티즘을 살피는 데 목적이 있다. 몇몇 명제를 먼저 적어두자. 첫째, 에로티즘은 삶과 죽음의 동시적인 체험이다. 에로티즘은 삶의 한 정점이지만 그 자체의 정점은 죽음에 있다. 사정(射精) 이후에 급락하는 오르가슴의 곡선만을 이야기하는 것은 아니다. 성애의 대상은 한 사람일 수도 있고, 책이

나 TV, 심지어 그냥 상상일 수도 있다. 상대방을 존중하지 않는다는 점에서 에로티즘은 폭력적이며, 그래서 그것의 극단적인 형식은 시간(屍姦)이다. 사드는 "죽음과 친숙해지려면 죽음과 방탕을 결합해야 한다"고 말했다.

둘째, 에로티즘은 금기와 위반이라는 이중화된 작용이다. 위반을 통해서만 금기는 현존한다. 바타유는 이를 가리켜 "금기는 범해지기 위해서만 있"으며, 그래서 "금기와 위반은 시소 게임과 같다"고 적었다. 그는 "금기를 어기려는 충동과 금기의 아래에 있는 고뇌를 동시에 느낄 때 비로소 에로티즘의 내적 체험이 가능해진다"고 믿었다. 그것의 극단적인 형식은 근친상간이다. 사실 죄의식은 유혹에 대한 의식이다. 아담과 이브는 지혜 나무의 열매를 따먹기 이전에도, 유혹을 받았다는 점에서 이미 죄를 저질렀다. 유혹은 위반을 저지르기 전까지는 끝나지 않는다.

셋째, 에로티즘은 미추(美醜)의 범주를 동시에 포괄한다. 에로티즘의 영역에서, 저 사람이 아름답다는 말은 내가 저 사람을 욕망한다는 말이다. 에로티즘을 성취하려면 먼저 그 사람을 발가벗겨야 한다. 에로티즘은, 그 사람의 아름다운 얼굴에서 그 사람의 흉측한 성기로 옮아간다. 입맞춤은 성기 접촉의 반영일 뿐이다. 나를 받아들이는 그 사람의 입 속에는, 아랫도리와 똑같은 공간이 있다. 그것이 극단적인 형식에 이르렀을 때, 사람들은 똥과 오줌을 먹는다.

넷째, 에로티즘은 고양된, 다시 말해 극화된 시공간 의식이다. 에로티즘은 단 한순간에 고착되는데 그것은 하나의 이미지며, 이 이미지가 바로 크로노토프chronotope의 스냅사진이다. 그것은 현존만을 크로노토프의 유일한 체험으로 만든다. 사람들은 에로티즘을 생각할 때마다, 그와 교접하던 바로 그 순간으로 돌아간다. 바르트는 젊은 베르테르를 고통스럽게 한 것이 로테가 다른 사람과 약혼했다는 사실이 아니라, 그녀가 다른 사람의 품에 안겨 있는 이미지였다고 말한다. "나는 로테가 내게 속하지 않는다는 것을 잘 알고 있어라고 베르테르의 이성은 말하고, 하지만 그래도 알베르트는 내게서 그녀를 훔쳐간 거야라고 눈앞의 이미지는 말한다." 절시증(竊視症) 혹은 노출증이 이런 에로티즘의 극단적인 형식이다.

다섯째, 에로티즘은 주객의 변증법을 무화시킨다. 에로티즘은 두 개의 성기가 결합되었을 때에만 완성된다. 결합의 순간에 나는 너의 거울이며 너는 나의 거울이다. 상대방의 표정과 신음과 몸짓이 나를 흥분시키고 나는 그걸 따라한다. 마주 세운 이중의 거울 속에서 끊임없이 서로를 비추며 둘은 탐닉해 들어간다. 그러나 이중 거울은 삼중, 사중 거울일 수도 있다. 쿤데라는 파트너의 고백에 대경실색한 한 남자에 대해 다음과 같이 말한다. "어느 날 한 여자가 정사 도중에 그에게 문장 하나를 속삭였는데, 지나치게 꾸며져 말도 안 되는 문구였으므로 루벤스는 즉각 그것이 친구의 고약한 작품임을 알아챘고 터져 나오는 웃음을 자제할 수 없었다. 〔……〕 그녀가 세번째로 그 문장을 외치는 순간 루벤스는 성교 중인 그들의 두 육신 위로 가가대소하고 있는 친구의 환영을 보았다." 이 사슬에서, 나는 너이고 그이고 그녀이다. 너와 나의 자리바꿈을 보여주는 에로티즘의 극단적 형식은 사디즘과 마조히즘의 역할 교대에서 발견된다.

여섯째, 에로티즘은 영육(靈肉)과 성속의 경계 역시 무화시킨다.

에로티즘은 육체로 정신을 초월하는 것이다. 에로티즘의 문법에 따르면, 사랑한다는 것은 욕망한다는 것이다. 키냐르는 사랑이 젖가슴에서 나온 말임을 지적했다. "사랑amor은 젖꼭지amma, 유방mamma, 유두mamilla에서 유래된 단어다. 〔……〕 아무르amour는 말을 하는 입이라기보다는, 배가 고파 입술을 앞으로 내밀어 본능적으로 젖을 빠는 입 모양에 가까운 단어다." 사랑에 빠진 이는 사랑의 지고한 가치를 믿지만, 그걸 달성하는 방법이 육체 바깥에는 없다. 정신은 체계와 구조를 갖고 있는데, 이 구조와 체계는 정신이 부여한 질서의 소산, 곧 정신의 자기 반영이다. 구분하고 구별하지 않으면 정신이 있을 수 없기 때문이다. 하지만 일단 성기가 솟거나 벌어진 이후에 모든 질서는 한순간에 허물어져버린다. 정신과 육체의 이분법, 성스러운 것과 속된 것의 이분법은 이 육체의 그림자에 삼켜진다. 에로티즘은 유한한 나의 육신과 영혼이 너와 융합하는 접신(接神) 혹은 접신(接身)의 체험이다. 강신하는 자들이 짓는 지극한 법열의 표정에는 늘 엑스터시의 순간이 아로새겨져 있다. 신학과 생물학의 대상을 뒤섞었다고 비난해서는 안 된다. 우리는 성찬식 때마다, 영성체 의식 때마다 신의 살과 피를 먹고 마시지 않는가? 정신과 육체, 영혼이 깃든 육체와 영혼이 떠나간 사물에 대한 무분별이라는 점에서, 이것의 극단적 형식은 물신 숭배fetish다.

3

김언희의 시는 에로티즘의 첫판이 아니라 끝판에서 시작한다. 에로티즘은 그녀의 시에서 무분별 이후의 분별이며, 미 이후의 추(醜)이며, 위반이 떠올리는 금기다.

그 여자의 몸속에는 그 남자의 시신(屍身)이 매장되어 있었다 그 남자의 몸속에는 그 여자의 시신(屍身)이 매장되어 있었다 서로의 알몸을 더듬을 때마다 살가죽 아래 분주한 벌레들의 움직임을 손끝으로 느꼈다 그 여자의 숨결에서 그는 그의 시취(屍臭)를 맡았다 그 남자의 정액에서 그녀는 그녀의 시즙(屍汁) 맛을 보았다 서로의 몸을 열고 들어가면 물이 줄줄 흐르는 자신의 성기가 물크레 기다리고 있었다 이건 시간(屍姦)이야 근친상간이라구 묵계 아래 그들은 서로를 파헤쳤다 손톱발톱으로 구멍구멍 붉은 지렁이가 기어 나오는 각자의 유골을 수습하였다 파헤쳐진 곳을 얼기설기 흙으로 덮었다 그는 그의 파묘(破墓) 자리를 떠도는 갈 데 없는 망령이 되었다 그녀는 그녀의 파묘(破墓) 자리를 떠도는 음산한 귀곡성(鬼哭聲)이 되었다　　—「그라베」 전문

에로티즘의 첫째 명제를 상기하자. 서로의 시신을 매장한 남녀의 몸은, 성교 이후에 찾아온 방전된 육체다. 정액을 쏟고 갔으니 남자의 몸(의 일부)은 그녀 속에 묻혔고, 애액을 묻히고 왔으니 여자의 몸(의 일부)은 남자 속에 묻혔다. "살가죽 아래 분주한 벌레"들은, 사자

(死者)의 용어로 형상화된 촉감이다. 나와 남의 구별을 없애버리는 에로티즘의 법칙에 따라, 둘은 서로의 몸에서 자신의 "시취"와 "시즙 맛"을 느낀다. 뒷자리에서 보면 성교는 죽음의 형식이어서 둘의 사랑 은 "시간"이며, 죽은 자끼리의 사랑이어서 둘의 사랑은 "근친상간"이 다. "파헤쳤다"는 것은 탐닉했다는 것이다. 둘은 서로를 발가벗기고 "손톱 발톱"으로 긁어대고 구멍을 냈다. 마침내 사랑은 끝나고 둘은 옷을 입었으나("얼기설기 흙으로 덮었다"), 여전히 둘은 서로의 몸— 그 "파묘"를 그리워한다. "망령"과 "귀곡성"이 그리움의 다른 이름이 다. 시신들간의 사랑이므로 이 사랑에는 끝이 없으며, 그래서 지긋지 긋하다.

> 지긋지긋하다
> 똥구멍이빨간시도
> 씹다붙여둔껌같은섹스도
> 쓰고버린텍스같은생도
> 지긋지긋해지긋
> 지긋하옵니다아버지   —「벗겨내주소서」 앞부분

"똥구멍이빨간" 시는 원숭이에서 시작되는, 아이들이 부르곤 하는 순환 노래인데, 이 노래가 소재로 삼은 "섹스도," 주제로 삼은 "생도" 처음부터 "지긋지긋하다." 아니 시와 섹스와 삶이 지긋지긋해서가 아 니라, 먼저 지긋지긋함이 있어서 시와 섹스와 삶을 오염시켰던 것이 다. 시는 이 아버지가 신이자 물신(物神)이며, 육친이자 관념이라는

58

것을 암시하면서 끝난다.

> 벗겨주소서
> 벗겨내주소서아버지
> 나를아버지
> 콘돔처럼아버지
> 아버지의좆대가리에서아버지!　　─「벗겨내주소서」 마지막 부분

　이 구절에서 "아버지"를 벗겨내면 정확히 한 문장이 된다. "아버지의 좆대가리에서 나를 콘돔처럼 벗겨주소서." 그러니까 아버지는 기도문의 대상이 된 신이며, 성기 끝 "콘돔"으로 졸아든 물신이며, "좆대가리"로 나를 낳은 육친이며, 그 모든 근친상간으로 빗대어지는 큰 타자다. 아버지는 그 전언에 콘돔처럼 덧붙은 거추장스런 이름일 따름이다(이 아버지의 성격에 관해서는 6(보유)에서 더 다루기로 한다).
　김언희의 시에는 에로티즘이 있다고도, 없다고도 할 수 있다. 김언희의 시에는 에로티즘이 말하는 무아(無我)의 경지가 있으나, 이 경지는 절정의 순간에 객관과 만나는 주관의 확대가 아니라 모든 사랑의 끝판이 보여주는 주관의 증발이다. 또 에로티즘이 끌어안은 추(醜)의 미학이 있으나, 김언희 시의 추함은 미(美)의 필연적인 귀결이 아니라 미의 부정형(否定形)이다. 에로티즘에는 공격성이 있다. 사랑에 사로잡힌 자는 끊임없이 사랑하는 이에 대해 틈입을 시도한다. 하지만 시인의 공격성을 에로스의 화살이라 부르기는 쉽지 않을 것 같다. 김언희 시의 화자는 파괴하는 자의 정념보다는 파괴된 자의

이성을 주로 가졌다. 김언희의 세계는 위반의 세계라는 점에서도 에로티즘과 접목되지만, 이 위반이 금기를 어기려는 충동과 그 아래의 고뇌를 동시에 구현하는 것 같지는 않다. 처음부터 위반의 쾌락만이 있을 뿐이어서, 금기는 위반의 정도를 측정하는 한계선으로만 기능하고 있기 때문이다.

4

에로티즘의 넷째 명제를 기억하자. 채호기의 시에서 만나는 에로티즘은 극화된 한순간, 그 일점으로 좋아붙은 크로노토프다. 이 시인의 치밀하고 집요한 묘사는 현존의 한순간을 고정시킨다. 채호기의 시가 대개 현재형으로 쓰인 것도 이 사정과 무관하지 않다.

너와 등을 맞대고 누우면 무채색의 현란한 물그림자들이 온몸에 새겨진다. 그건 기쁨의 파동도 슬픔의 파동도 아닌 힘의 무늬. 약간은 더 검고 약간은 더 흐릴 뿐인 무채색의 수초 사이로 이빨 자국이 있는 붕어들이 노닌다. 너의 젖가슴. 붕어 눈깔들이 흥분으로 경직되어 튀어나온다. 우윳빛 물덩어리 위에 분홍의 젖꽃판 중앙에 돌올한 눈깔들. 총구를 막 빠져나오는 탄알들. 붕어 입처럼 옴찔옴찔하는 항문들. 몸 전체가 낚싯바늘이 되지 않는 한 그것들은 자유롭게 헤엄친다.

──「너의 젖가슴」 부분

이 풍경이 성희의 풍경임을 첫 줄이 알려준다. "새겨진다" "노닌다" "튀어나온다" "빠져나[온다]" "헤엄친다" 같은 술어들은 일련의 연속된 동작이 아니다. 그것들은 젖가슴의 이런저런 모습이다. 먼저 유방의 둥근 모양이 연못에 비유된다. 그건 기쁨도 슬픔도 아닌, 어떤 "힘의 무늬"에 의해 출렁인다. 성애의 팽팽한 긴장력이 그 힘의 정체일 것이다. "무채색의 수초"가 젖가슴에 얼비치는 실핏줄을, "붕어 눈깔들"이 유두를 대신하여 거기에 펼쳐져 있거나 거기를 헤엄쳐 다닌다. 그런데 시는 이 얼개 너머로 자꾸 확장된다. "우윳빛 물덩어리"는 연못의 물을 의미할 테지만, 본래 젖가슴에 담겨 있는 것도 "우윳빛"이다. 물 위에 핀 꽃들은 아예 "젖꽃판"이다. 붕어 눈은 다시 "총구를 막 빠져나오는 탄알들"로 바뀌는데, 이런 변형은 젖가슴이 "힘의 무늬"에 의해 에로티즘의 고양된 경지에 이르러 있다는 것을 가르쳐준다. 다시 탄알들이 붕어 입으로 돌아가고 그것들의 입질에 의해 "옴찔옴찔하는" 젖꽃판은 "항문"이 된다. 입에서 항문까지 성애의 파동으로 출렁인다는 증거다. 다 끌어올리지 않는 한("몸 전체가 낚싯바늘이 되지 않는 한"), 그 파동은 계속될 것이다. 지금도 내 몸에는 그 파동이 "물그림자"로 새겨지고 있다. 시는 "풍경을 담고 있던 시간의 파편들 속으로 팽팽한 힘의 딱딱함이 있다"로 끝난다. 시간을 파편화하는 힘, 시간을 잘게 나누고 부수어 개별화하는 힘, 이것이 에로티즘의 힘이다.

채호기의 시는 그 한순간의 힘에 대한 헌사다. 파편화된 순간들이 모여 성애의 시간을 구성하는데, 이런 파편화는 에로티즘에 잠긴 육체의 특성이다. 여섯번째 명제로 돌아가자. 에로티즘에서 육체는 자기의 정신과 사랑하는 이의 육체를 접수한다. 나는 정신이 없다 혹은 네 몸은 내 것이라는 것. 성애의 각 순간을 통합하는 정신이 거기엔 없다. 있는 것은 잘게 나누어진 신체의 각 부분이 전달하는 고양된 각각의 순간뿐이다. 입맞춤하는 연인에게는 입술과 혀가 온몸이고, 몸을 애무하는 연인에게는 만지고 만져지는 부분이 온몸이며, 성교하는 연인에게는 움직이는 성기가 온몸이다. 에로티즘은 그것들의 총합이지 통일이 아니다. 그것들은 각각 있다. 시인은 이 각각을 집요하게 되살려내는데, 그것들을 모아 읽어도 "너"의 모습 전체가 되살아나지는 않는다. 사랑하는 이의 몸은 잘게 나누어져 개별화된다. 가령 "너의 허리는 있다. 너의 허리는 이어도나 아틀란티스가 아니다. 다만, 너의 허리에는 너의 허리만 있다"(「너의 허리」) 같은 구절이 그런 개별성을 증거한다. 이 동일률은 "너의 허리"가 다른 어떤 것으로 전환되지 않는다는 것을, 허리는 너의 가슴과 엉덩이를 잇는 부분이 아니라는 것을 말한다. 허리를 만지는 내 손은 지금 정신이 없다. 너의 허리는 허리로 네 존재 전부다. 손도 그렇다. "손가락들의 울림이 층층으로 쌓인 우물의 얕은 깊이"(「너의 손」). 손가락들은, 오직 손가락의 도움만을 받아, 네 육체의 깊이로 내려간다. 손가락은 깊지 않지만 마디가 그렇듯 층이 져 있어서, 하나의 깊이 아래에 또 다른 깊이가 있다. 손가락 마디를 수위표(水位標)라 해도 좋겠다. 시인은 "손이 흘러넘치면 눈이 된다"고 말하는데, 이때의 눈은 또 다른 신체의 일부가 아니라, 손가락 끝에 달린 탐침과 같은 것이다. 「너의 입술」은 무려 열두 쪽에 걸쳐서 "너의 입술"에 관해 말한다. 이 시의 결론: "너의 입술은 다른 세계로 가는 입구이다." 시인은 겨우 입술을 말했을 뿐이다. 다시 말해, 입술에 관한 이 긴 서술은 다른 세계의 초입에 관한 방황 서사의 허두일 뿐이다. 채호기의 시를 읽을 때마다 우리는 사랑하는 이와 최초로 접촉했던, 저 크로노토프의 이미지로 되돌아간다.

5

　김언희의 시가 전지적 화자가 바라본 에로티즘의 끝판을 보여준다면, 박서원의 시는 일인칭 화자가 체험한 에로티즘의 현장을 보여준다. 채호기의 시가 에로티즘의 황홀경에 바쳐졌다면, 박서원의 시는 에로티즘의 비애에 바쳐졌다.

　　비 오는 날엔
　　방울꽃 피고

　　개인 날엔
　　수선화가 피죠

　　창가에 앉은 여인과 여인이 맞물리는 곳

　　개도 제 집을 지키지요

　　「나는 성병에 걸렸어요. 걸렸어요.」

펄쩍 펄쩍 뛰지만
자연을 떠난 性은 언제나 성병인 것을

자연과 자연이 맞물리는 곳

나는 결코 날 생선은 먹지 않죠

아기는 물 속에서 첫 수영을 배우고
독수리는 칼을 들어도 휘두르지 않지요

산정에까지 대문자 간판을 붙이는
사람들은
나무귀신이 불타올라 벼락줄사다리가 되어
치솟는 걸 보지 못하지요

빛과 소리가 맞물리는 곳

날으는 山과 들을 상상해보세요.

「나는 강간당했어요. 당했어요.」
펄쩍 펄쩍 뛰지만
운명으로부터 자유로워지려는 것이 강간인 것을

분장한 얼굴은
언제나 아름답고
마녀는 손가락질에 의해서
천사가 되지요

난 이제 변기 옆에서
해골을 놓고도 웃을 수 있답니다

보세요.
비 오는 날엔
여인의 서재의 수틀에서
온갖 나무들과 새, 이슬이 굴러 떨어지죠

개인 날엔
골목과 골목이 맞물리는 곳
개구쟁이 아이들 놀이꽃 피워내죠   ──「강간」 전문

　시인과 세계 사이에는 근본적인 균열이 있다. 세계에서는 언제나
아귀가 맞는다. "창가에 앉은 여인과 여인이" 맞물리고, "자연과 자연
이" 맞물리고, "빛과 소리가" 맞물리고, "골목과 골목이" 맞물린다.
"비 오는 날"에 "방울꽃"이 피고, "개인 날"에 "수선화"가 피는 것도
맞물림이고, "개"가 제 집을 지키고 "아기"가 물속에서 수영을 배우고
"여인의 서재의 수틀에서" 온갖 문양이 생겨나는 것도 맞물림이다. 세

계는 짝을 이루어 무언가를 생산한다. 그런데 나의 사정은 정반대다. "나는 성병에 걸렸어요" "나는 강간당했어요"— 두 울부짖음은, 내게 있는 것이 겨우 질병과 폭력의 맞짝임을 말한다. "자연을 떠난 성(性)은 언제나 성병"이다. 성애의 자연스러운 운행을 거스르는 성은 언제나 질병이라는 뜻이다. "운명으로부터 자유로워지려는 것이 강간"이다. 의지와 욕구를 짓밟고 내 안에 쳐들어온 성기는 내게 마련된 운명이 아니라는 뜻이다. 그래서 나는 마침내 망가지고 뒤틀렸는데, 놀랍게도 이런 질병과 폭력이 세계와의 성애를 생산해낸다. 에로티즘의 셋째 명제를 떠올려보자. 아름다움이 파괴될 때, 고운 이의 얼굴이 흉측한 성기로 탈바꿈할 때 에로티즘이 생겨난다. "나무귀신이 불타올라 벼락줄사다리가 되어/치솟는" 환상, "날으는 산(山)과 들"의 환상을 사람들은 보지 못하고 상상하지 못한다. 이 환상들은 내가 원하지 않았으나 내게 쳐들어와 씨를 뿌린 세계의 환상들이다. 「거짓말」에서는 그런 세상이 화자를 향해 욕설을 씹어뱉는다. "개같은년!//널 원해//유방이 넓고 젖이 풍부한/모든 남편들의 성전이 되는/해골의 갈보를 원해." 폭력으로 열어젖히는 육신의 비애가 여기에 있는데, 그렇게 세상의 정액받이가 되자,

넌 세상을 안내할 수 있다

버려진 공동묘지에서 부는 바람의 고독을
이해할 수 있다
망령들의 시나위 가락을

만질 수 있다

진짜 진짜 사랑을 할 수 있다

갈보의 묘기는 진짜 사랑

넌 모른다
네 몸 전체가 자궁이다   ──「거짓말」부분

　버려진 자 혹은 죽은 자들의 사랑은 폭력적인 성애의 대상이 된 자들의 사랑이다. 세상에 짓밟혔기에 나는 그들의 사랑을 이해하고, 그래서 망가진 사랑 곧 망가뜨리지 않는 "진짜 진짜 사랑을 할 수 있다." 박서원의 환상은 이런 육체의 밑자리에서 생겨난다. 온몸을 "자궁" 삼아, 세계의 질병과 폭력을 받아 새로운 탄생을 이루어내는 에로티즘이 이 환상의 정체다.

6(보유)

　김언희에 관해서는 특별히 덧붙일 말이 있다. 그녀의 시를 에로티즘의 틀로만 읽을 수는 없기 때문이다. 나는 앞에서, 그녀의 시에 에로티즘이 있다고도 없다고도 할 수 있다고 말했는데, 그것은 그녀의 시가 특별한 자의식의 소산이기 때문이다. 음담패설이 그녀의 시에

두드러진다고 해서 그녀의 시를 음담패설의, 음담패설에 의한, 음담패설을 위한 시로 간주할 수는 없는 노릇이다. 김언희의 시가 음담패설로 적힌 것은 맞지만, 실제로 그녀가 쓰고 있는 것은 음담패설을 위한 시가 아니라 시를 위한 시다. 그녀는 시 쓰는 행위를 성교에 빗대었지 성교를 시 쓰기에 빗대지 않았다. 비슷한 말 같지만 전혀 다른 말이다. 그녀의 시에 편재한 수많은 사드적 환상은 육체성에 복무하는 것이 아니라, 시가 가진(혹은 구현하고 있다고 믿는) 정신성에 복무한다. 김언희의 시는 이 정신성에 대한 끊임없는 고쳐 쓰기다.

　농담이라면, 구멍이 흘리는 농담, 아주 오래된 농담이라면, [……]
　거대한 먼지 기둥으로 발기한다면, 매분 매초가 절정이라면, 절정에서
　절정으로, 막간 없는 極樂이라면,　　　　　　　　　　—「밀담」 부분

　농담을 흘리는 구멍은 성기이거나 입이고, 그래서 그 농담은 진하기도 하고 옅기도 한[濃淡] 애액(愛液)이거나 실없어 보이는[弄談] 시다. 끝없는 절정, 그 오르가슴은 시가 선사하는 클라이맥스이기도 하다. 이곳에서는 행간(行間)이 행간(行姦)이 되고(「오늘도 쓴다마는」), "내 개가 눈 똥이 당신 입 안에" 들기도 하고(항문과 입이 다른 구멍이 아니기 때문이다[「시」]), 시의 재료("詩料")가 시체를 이루는 질료("屍料")이기도 하다(지나간 시와 지나간 사랑이 그럴 것이다[「시, 혹은」]). 시는 "거룩한 오물(汚物)"이자 "엽색의 다른 얼굴"이며(「시, 거룩한」), "제 구멍을 못 이기는/구멍의 노래"이며(「Love Song」), "언어의 찌꺼기"이자 "구멍의 찌꺼기"이다(「꽃다발은 아직」). 처음부터

"입이 항문"이고(「셋이며 넷인」), "하나뿐인 출구가 매독 걸린 입"이기 때문이다(「예를 들면」). 게다가 그 시는 여전히 완성되지 않았다.

　　오늘도 어김없이 칠판이 오고 시작도 끝도 없는 칠판 검은 복면의
　　칠판이 오고 〔……〕 네 입속 분필처럼 부러지는 혀 네 질 속 분필처럼
　　부러지는 성기　　　　　　　　　　　　　　　—「오늘도 어김없이」 부분

검은 칠판은 시를 적어나가야 할 곳이자 성교가 이루어지는 밤이다. 나는 시를 다 쓰지 못했고, 마찬가지로 밤의 쾌락을 다 누리지 못했다. 분필과 성기는 부러졌다. 욕망은 한 대상에서 다른 대상으로 흘러갈 뿐 채워지지 않는다. 시 역시 끊임없이 한 시에서 다른 시로 옮아갈 뿐 완성되지 않는다. 그래서 나는 부지런히 시를 쓰지만, 그 것은 입에 쓰다(「시, 醜態」).

　김언희의 시는 이 추태에 관한 완성되지 않는 기록이다. 보르헤스의 글을 원용한 「시를 분류하는 법, 중국의 백과사전」에는 스물한 가지 분류가 나오는데, 이 모두가 성교와 관련된 항목들이다. 시인은 여기에, 분명하게도, '시를 분류하는 법'이란 제목을 붙였다! 모든 사건과 육체와 욕망이 시 쓰기의 다른 이름이었던 것이다.

　　변기 없는 변소에서
　　피 흘리는 촌년

입은 없고 입술만 있는, 애인은 없고 터럭만 있는, 이봐, 죽은 노루

랑 해봤어? 미친 웃음과 지독한 거짓말, 곡예와 곡예의 혈투, 용의
눈물과 용의

　　국물로 얼룩진
　　사물의 부은 목젖에 걸려
　　빠지지 않는 시
　　의 자지　　　　　　　　　　　　　　　　—「용의 국물」 앞부분

　　재래식 화장실에서 생리혈을 흘리는 여자가 있다. 변소에는 변기가
없고 여자에게는 남자의 정액이 없다. "용의 눈물" 혹은 (그 드라마를
패러디한 에로 비디오물인) "용의 국물"은 바로 그 정액을 말한다. 있
어야 할 게 없는 정황은 2연에서도 계속된다. 입이 없는 입술과 애인
이 없는 터럭은 사랑 없는 섹스와 관련 있다. 사랑이 증발된 자리에
서, 즐거움은 미친 짓이고 지독한 것들은 거짓말이며 모든 애무는 곡
예다. 그런 자궁은 그저 정욕을 내다버리는 곳이어서 변소와 다르지
않은 곳이다. "이 낯선/낯익은 개구멍"이 열렸다 닫힐 때, 우리에게
모든 교접과 배설은 같은 쾌감을 준다. 그런데 그게 다가 아니다. 이
모든 게 사실은 3연에서 말하는 사물과 시 사이의 오럴 섹스 같은 것
이다. "시/의 자지"가 "사물의 부은 목젖"에 걸렸다. 시 쓰는 일이 사
물에 욕망을 투영하고 소비하는 행위였던 것이다.
　　김언희의 시에 자주 나오는 성적인 대상으로서의 아버지도, 흔히
말하듯, 우상 파괴의 대상으로만 떠오르는 것이 아니다. 사실 그는
욕망이 회집(會集)하는 어떤 장소의 대표일 뿐이다.

네가 네 똥처럼 영원히
망하리라, 이럴 수
있어요? 내 샅에
솥을 걸고 개를 삶던, 아버지,
우린 서로를 워어리 하고
부르잖아요
에덴장 모텔에서   ──「앨리스 2」 마지막 부분

  "샅"과 "솥"이 만나는 언어유희의 자리는 식욕과 색욕이 만나는 자리이기도 하다. 아버지와 나는 근친상간을 저지르는데(그래서 서로를 개로 대한다), 그곳이 "에덴장 모텔"이었다. 모텔 이름이, 둘이 발가벗었기 때문에 선택된 것만은 아니다. 에덴동산에서는 서로가 서로에게 근친이었다. 아담과 이브는 원래 한 몸이었으니 두말할 것도 없지만, 그들의 자손들도 딸이 아들과, 숙모와 조카가, 삼촌과 질녀가 흘레붙었다. 그래서 그곳은 "네아버지의자지와네남편의자지와네아들의자지가/네입안에서썩어가는/집"이었다(「똥 묻은 발로」). 그러니까 아버지는 실제의 아버지가 아니라, 세상 모든 욕망의 대상물이며 세상 모든 남자의 제유인 셈이다. 내가 세상 모든 욕망의 그릇(구멍)이며 세상 모든 여자의 제유이기 때문이다. 그 둘은 시가 받아들여야 하는 모든 영역에서 출현한다. 결국 그는 아버지이자 아버지가 아니다. "네가 아버지라고 붙어먹은 게/아버지가 아닌 줄/알고 있니"(「릴리 슈슈의 모든 것」).

김언희의 시는 처음부터 강력한 자의식적 자장 안에 놓여 있었다. 시인이 구사하는 음담패설이, 사실은 시에 대한 비유적 표현이었다는 것은 특별히 강조해야 할 일이다. 통상의 시가 다루는 모든 문제들——욕망과 이상(理想), 정념과 이성, 세속성과 염결성을 비롯한 모든 문제들이 이 음담패설의 문법 안에서 다루어지고 있기 때문이다. 그래서 그녀의 시는 성(性)이라는 특별한 영역을 선택하여 특화된 시가 아니라, 특별한 방법론을 선택하여 일반화된 시라고 해야 옳을 것이다.

뜨거운 환상과 차가운 환상
──우리 시의 네 가지 판타지

1

미학의 전 역사에 걸쳐 환상은 부정의 자식이었다. 사람들은 규정되지 않는 것, 실재하지 않는 것, 이름을 붙일 수 없는 것, 가능하지 않은 것을 환상이라 불러왔다. 거기엔 언제나 진짜가 아닌 것, 올바르지 않은 것이란 개념이 내재해 있었다. 환상은 현실과의 거리로만 측정된다. 사실성reality의 건너편에 있는 것, 그러니까 '있음'〔實〕이 아닌 '거짓 있음'〔幻〕이 환상fantasy의 자리였다. 이 이상한 이분(二分)이 바로 규정 가능한 것, 실재하는 것, 이름을 가진 것, 현현의 가능성을 품은 것이 제 영역의 바깥에 설정해둔 경계선이다. 그러나 사실의 영역은 분할된 그때부터 침입을 당해왔다. 사실 아닌 것을 배제함으로써 성립하는 사실이란, 결국 사실 아닌 것의 도움을 받아 성립하는 것이기 때문이다. "천국은 침노를 당하나니 침노하는 자는 빼앗느니라"(「마태복음」 11장 12절)라는 말이 맞다. 사실은 사실 아닌 것의 틈입으로 끊임없이 훼손되어 왔는데, 그 과정은 역설적으로 사실이 사실성의 세계를 확장해온 과정이기도 했다.

예술은 현실이 아니면서도 현실의 어떤 복사물로 간주되어 왔다. 아도르노는 "가장 순수한 미학적 규정이라고 말할 수 있는 '현상으로 나타난다'는 것도 현실에 대한 확정적인 부정이라는 점에서 현실과 매개되어 있다. 경험 세계와 예술 작품의 차이 곧 작품의 가상적 성격은 경험 세계에 근거하며 이에 반대하는 경향 속에서 구성된다"고 말했다. 예술 작품이 구성해낸 현상은 실제 일어난 현상이 아니라 가상이며, 바로 그 점에서만 사실적이다. 그것이 예술 작품에 내재한 개연성 곧 '그럴듯함'이다. 그렇다면 그럴듯함은 어떻게 형성되는가? 그것은 예술이 전 역사를 거쳐 다듬어왔던 내재적 코드들의 조합으로 형성된다. '그럴듯하다'는 것은 '그래왔다'는 것이다. 예술이 확보한 사실성은 결국 체계의 관습이 확보한 성격이며, 그러므로 예술의 미메시스는 사실에 대한 믿음을 토대로 성립하는 것이 아니라, 잘 작동되는 관습에 대한 믿음을 토대로 성립하는 것이다.

시의 경우에도 사정은 다르지 않다. 우리가 오랫동안 사실의 영역으로 믿어왔던 것이 실제로는 관습이었다는 것을 옛 시조가 극명하게 보여준다. 시조가 오래 노래해왔던 친화된 대상으로서의 자연은, 실제로 집을 나서서 맞닥뜨리는 산과 들이 아니다. 그것은 우리가 관념으로 승인한 자연이라는 점에서 환상에 가깝다. 상이라는 점에서 예술은 환상의 자식이며, 그중에서 내재적 코드가 잘 알려진 작품이 사실적이라 불려온 셈이다. 가령 다음과 같은 작품은 환상인가, 환상이 아닌가?

엑스레이를 찍었을 때
그 나무에 내 심장이 걸려 있다

나무꾼이
도끼를 들다가 돌아간다

의사가
메스를 들다가 돌아간다

심장박동을 측정했을 때
그 나뭇잎 속에서 내 심장이 두근거린다

머뭇거릴 때
그 나무는 자란다

주저할 때
그 나뭇잎들 무성해진다   ─조말선, 「새」 부분

　"엑스레이"가 없었다면, 나무에 걸려 있는 "심장"은 황금사과와 같
은 신성(神聖)의 기호였기 십상이다. 엑스레이란 지칭 덕택에 이 작
품의 나무가 폐(肺)를 은유한 것임이 드러난다. 그다음의 해석은 어
렵지 않다. "나무꾼이 돌아간다." 나무가 아니라 엑스레이 사진이었

기 때문이다. "의사가 돌아간다." 폐가 아니라 나무였기 때문이다. "머뭇거림"과 "주저"가 심장의 박동을 표시하며, 자라는 나무는 숨을 들이쉰 허파를, 무성해지는 나뭇잎은 부풀어오른 허파꽈리를 나타낸다. 내재적 코드가 해독되는 순간, 환상은 사실의 영역에 자리를 잡는다. 그러니 다시 말하자. 사실과 환상의 경계는 유동적인 것이며, 환상의 모습을 띤 것일수록 사실성의 계기는 더욱 확대된다.

현대시에서도 사실적 판단으로 간주할 수 없는 정경이나 진술을 뭉뚱그려 우리는 환상이라 불러왔지만, 그 환상의 성격은 시인마다 다르고 시편마다 다르다. 환상의 범주로 묶일 만한 시편들의 범위를 획정하기가 쉽지 않다. 처음 말한 바와 같이 이런 시편들에 내재한 환상의 성격을 부정의 어법으로는 정의하기 어렵기 때문이다. 사실성의 기준만으로는 환상성의 자리를 규명할 수 없기에, 환상 내부의 영역을 탐색할 필요가 있다. 환상에 내재한 성격에 따라 이 시편들을 분류하기로 한다. 현대시에 드러나는 환상을 거칠게나마 네 유형으로 갈라보자. 분류 기준은 다음과 같다. 첫째, 그 환상이 정념의 발생을 주된 목표로 한 것인가? 인식의 새로움을 주된 목표로 한 것인가? 전자를 뜨거운 환상, 후자를 차가운 환상이라 부르기로 하자. 둘째, 그 환상이 주체의 표현에 주로 관련되는가? 세계의 재현에 주로 관련되는가? 전자를 표현적 환상, 후자를 재현적 환상이라 부르기로 하자. 뜨거운 환상이면서 표현적인 환상이 있고 재현적인 환상이 있으며, 차가운 환상이면서 표현적인 환상이 있고 재현적인 환상이 있다. 네 유형에 속하는 최근의 우리 시를 살펴보고, 그로써 환상시의 대략을 그리는 것이 이 글의 목적이다.

오랫동안 시는 감성적 측면과 관련된 것으로 이해되어 왔다. 서정시의 범위를 어떻게 설정하느냐에 관해서는 의견이 엇갈리지만, 최소한 정서적 충동을 보존하고 있는 시편들이 서정시에 속한다는 것은 분명한 사실이다. 환상이 시적 정념의 발생과 관련된 경우를 뜨거운 환상이라 지칭했다. 뜨거운 환상의 경우, 시적인 엔트로피는 최대치로 증가하는 경향이 있다. 시적 정념을 표출하거나 시적 정념이 표출되는 경우, 그 정념의 표출로 인해 주체나 대상은 변화를 겪는다. 정념을 표출하는 주체가 두드러지면 시는 내파(內破)하며, 정념이 표출되는 대상이 부각되는 경우 시는 외파(外破)한다. 주체의 내면에 주로 관련된 뜨거운 환상을 먼저 살펴보자.

　　잠시 휘청했는데 구부러진 노파가 튕겨져 나왔다. 그녀를 놓쳤지만 나는 어딘가로 튕겨져 나갔다가 와락 되돌아와 안기듯이 파고들었다. 나는 뒤로 자빠지며 껴안았다.
　　노파의 구부러진 등이 끄덕끄덕 運動하는 게 보였다. 노파가 떼어놓은 距離를 좁히고 싶지 않았다.

　　길을 끌면서 그녀는 가고 있었기 때문에 距離는 나와 무관하게 유지되었다. 길은 그녀처럼 지저분했다. 나는 오 분 전 같은
　　오십 년 전에 노파의 치마를 밟고 서 있는가? 이상하게 힘이 센 노

파가 조금 무서웠다. 노파의 구부러진 각도대로 시선을 눕히면 天地는
심하게 일그러진 채 굳게 닫혀 있었다.

— 김행숙, 「이상한 동쪽」 부분

첫 줄이 이 환상의 성격을 일러준다. 잠시 휘청한 순간 튀어나온 노
파는 그 휘청댄 모습을 오랜 시간이 지난 후에 재현하게 될 미래의 그
녀다('오 분 먼저 가려다 오십 년 먼저 간다'는 무단횡단 금지 표어를 생
각해보라). 넘어질 뻔했다가("튕겨져 나갔다가"), 간신히 자세를 바로
잡은("와락 되돌아와 안기듯이 파고들었다") 그녀 앞에서 "오십 년" 후
의 그녀가 끄덕이며 길을 간다. 넘어질 뻔한 순간이 오십 년의 앞뒤를
축약한 시간의 일점(一點)인 셈이다. 시는 나와 노파의 시간적 상거
(相距)를 공간으로 환산한 자리에서 시작되었는데, 이 때문에 노파와
주변 풍경에 대한 묘사가 그녀 자신에 대한 당혹스런 자기 진술의 성
격을 갖게 된다. 가령 노파가 "이상하게 힘이 센" 것은 "구부러진" 노
파의 "등이 끄덕끄덕" 운동하는 완강함 때문이며(환상 안에서도 시간
을 돌이킬 수는 없다), 천지가 "심하게 일그러진" 것은 시간적 단축이
공간적 축지(縮地)로 변형되었기 때문이다(환상 안에서 시간을 압축할
수는 있다). 오래된 미래가 시인 앞에 펼쳐졌는데, 이 미래를 지칭하
는 말이 "거리"와 "각도"였던 것이다. "오십 년"을 먼저 가든 "오 분
전"의 일을 추억하든, 그 차이는 거리의 환산이거나 시선의 변환만으
로도 설명될 수 있는 것이었다.

김행숙 시의 대상은 늘 시적 주체의 발화 방식에 영향을 받는다.
"그가 눈꺼풀을 쓸어 덮어줄 때 나는 눈꺼풀 속에 또 다른 눈꺼풀이

찰칵, 닫히는 소리를 들었다. 눈꺼풀 바깥에 그가 있고/눈꺼풀과 눈꺼풀 사이에 그가 있고/눈꺼풀 안에 그가 있다. 나는 동시에 세 명의 남자를 만난다"(「눈꺼풀 속에 눈꺼풀이 감길 때」)고 했을 때, "세 명의 남자"는 눈꺼풀을 칸막이 삼아 나눈, 내 안의, 내 밖의 그리고 그 경계의 남자다. "눈꺼풀"이 시야를 가로막는 것이라면 "눈꺼풀 속에 또 다른 눈꺼풀"은 마음을 감추는 것이며, 그로 인해 그는 안에 갇힌 남자가, 바깥에 소외된 남자가, 그리고 안에 있다고 생각했으나 밖에 있고("너는 정말 눈꺼풀을 닫은 여자니? 눈꺼풀 바깥에서 그가 물었다"), 밖에 있다고 생각했으나 안에 갇힌("어디로 들어왔는지 모르겠어. 그가 중얼거렸다. 어디로 나가야 하는지도 모르겠어") 경계의 남자가 된다. 그러므로 그녀의 시가 보여주는 환상은 시적 주체의 정념이 만들어낸 환상이다.

2-2

대상들이 만들어내는 정념으로 뜨거워지는 환상이 또 있다.

고대 히브리어처럼 흐리마리한 이정표를 따라 검은
눈 속의 도시로 들어섰다 낱작낱작 몸 낮추는 길 위로
구겨지고 찢긴 약도들이 나뒹굴고 있었다 집집마다 내다버린
신 김치가 지하로 흐르는 강을 푹푹 썩히고 세면대 위로 황금빛
똥줄기가 거대한 불기둥같이 솟구쳐 오르는 걸 나는

보았다, 똥독 오른 입술로도 밀어를 속삭이던 연인이 하룻밤새

불구대천지 원수가 되고 슬그머니 투견장으로 바뀌 다는 불

다 꺼진 거리에 불 켠 앵두알 같은 눈들이 잠자는 수캐들의 미주알을

들쑤셨다 줄줄이 새어나오는 구린 창자를 움켜쥐고 달아나는 수캐

들은

뒷걸음치다 밟은 모든 젖 물린 암캐들의 목덜미를 물어뜯고 멀리

냄새 맡고 날아든 눈 먼 멧비둘기들은 피부침개 위에서 찰박찰박

발장난을 쳐댔다 죽어가면서도 피똥 같은 새끼들을 죄다 쏟아뱉는

암캐들의 젖꼭지에서 시뻘건 녹물이 녹아 흐르고 그걸 핥는 아버지의

잘린 성기가 딸의 팬티 속에서 삐죽이 솟았다 아이 꼬스워라 꼬스워

아이들은 쓰레기통 속에서 달랑달랑 눈알 달린 토막난 살덩어리를

따다

입에 물고는 공터에 모여 불을 피우고 꼬챙이에 끼워 호호 불어 호오

불어…… 아냐, 내가 그런 게 아냐, 믿어 주세…… 눈아, 너 어디

숨었니

비닐 봉지 안에 숨죽인 피 묻은 회칼들은 회심의 원샷을 나누고 나는

정말 아니라니까 참다 못한 샛별 장의사 경리 K양은 질 속에 쇠파이

프를

쑤셔박고 열린 관을 향하여 토끼뜀을 뛰어들어간다 차라리 나

피가 차가운 저 시체랑 살 썩고 싶어

　　　　　　　　—김민정, 「한밤이면 꼭 다물어지는 입」 부분

이 시의 앞부분은 "오랜 불면 끝"에 "시신경"이 녹아들고, "변기 속

으로" 떨어지는 그녀를 보여준다. 인용한 부분이 긴 불면의 과정을, 그러니까 꿈과 현실이 한자리에 녹아 붙은 어떤 상태를 제시한다. "검은 눈 속의 도시"가 닫힌 눈과 열린 상념을 보여주는 "흐리마리한 이정표"다. 그녀가 변기 속으로 떨어졌으므로, 이 여행은 변기 저 아래에 놓인 무의식과 육체의 자리에 대한 탐색의 과정이다. 모든 것이 추락하고 뒤섞이고 썩는 자리, 거기에도 그곳 나름의 생이 있다. "고대 히브리어"는 알아들을 수 없는 문자다. 눈을 감고 나면 자극을 받은 시신경은 어둠을 영사막 삼아, 제 눈의 실핏줄과 빛의 잔영을 투영하게 마련이다. "구겨지고 찢긴 약도"는 그렇게 알아볼 수 없는 어둠 속 도시의 지도를 말한다. 오래되었으므로, "신 김치"가 "지하로 흐르는 강"을 썩히고, "똥줄기"가 "불기둥같이" 솟구친다. 앞의 강물은 천국에 가기 위해 건너야 할 요단강의 패러디고(혹은 그냥 스틱스 강이라 해도 좋다), 뒤의 똥기둥은 광야 순례길을 인도했던 신의 불기둥의 패러디다. 그러니까 화자가 여행지를 지하로 잡은 순간, 천국의 이미지는 지옥도로 화했던 것이다. 똥으로 얼굴을 씻었으므로 연인은 "똥독 오른 입술"로 밀어를 나누고, 독 오른 입술로 말했으니 "불구대천지 원수가 되고," 그들의 싸움판은 개판이 되고, "앵두알" 같은 눈이 "미주알"을 쑤시고(신체의 앞과 뒤를 잇는 언어유희에 주의하라), 탈장한 "수캐"와 "젖 물린 암캐"들이 싸우고(아까 그 연인들이다), 시체를 뜯어먹는 독수리를 "눈 먼 멧비둘기"들이 대신한다. 근친 관계에 놓인 "아버지"와 "딸" 역시 개들의 윤리학을 실천하는 이들이다. 불륜의 결과로 버려진 아이들이 주변에서 뛰어 놀고, "내가 그런 게 아냐, 믿어주세……"란 딸의 목소리는 혼란 속에서 끝을 맺지 못한다……

시간(屍姦)에 대한 욕망으로 숨 가쁘게 이어지는 이 환상을 전하는 시인의 말투는 이상하게도 천진하다. 이 시인이 여러 편 거듭한 바 있는 '잠들어 거울 속에서 눈 뜬 검은 나나'라는 이 시의 부제가 까닭을 일러준다. 거울은 현실의 복사이면서 복사가 아니다. 현실의 이미지를 반영한다는 점에서 거울은 현실을 되비추지만('반영'이라는 오랜 관습이 여기서 나왔다), 그것을 왜곡하거나 뒤집는다는 점에서 거울은 현실과 단절된다(거울은 '환영'의 세계로 들어가는 출구다). 부제는 이 거울이 현실의 빛을 차단한 곳("잠들어"…… "검은"……)에서 독자적으로 작동하는 또 하나의 세계임을 말한다. 그러니까 시인은 이상한 나라의 앨리스처럼 거울 나라의 '나나'가 되었던 것이며, 그로써 전혀 다른(물론 다르면서도 비슷한) 법칙이 지배하는 불길한 동화의 세계를 여행했던 것이다. 김민정의 시는 늘 들끓는 대상들의 힘으로 격렬하다. 시적 대상들은 최대 주파수를 낼 수 있도록 조율되어 있으며, 주체는 그 파장에 함께 흔들린다. 그러니까 그녀 시의 뜨거움은 주체의 정념에서 기인한 것이라기보다는 시적 대상 자체의 정념에서 기인한 것이다.

3-1

시의 인식론적 기능, 곧 일상적이고 자동화된 감각을 새롭게 하는 기능 또한 잘 알려져 있다. 지적이고 합리적인 사고를 보존하고 있는 시편들이 있으며, 그로써 논리와 추론이 시의 영역에 포섭된다. 환상이 시적 인식의 갱신을 목표로 하는 경우를 차가운 환상이라 지칭했다. 차가운 환상에서, 시적인 엔트로피는 평형 상태를 지향하는 경향이 있다. 인식의 새로움을 목표로 하는 경우, 그 인식 주체의 새로움을 부각시키면 시는 내적으로 포괄되고, 인식 대상의 새로움을 부각시키면 시는 외적으로 포괄된다. 다음은 주로 인식 주체에 관련된 차가운 환상을 보여준다.

그녀가 수많은 팔들을 헤치고 걸어옵니다
우리는 손을 잡고 구두가 기억하는 길을 걸어갑니다
조금 가다보니 그녀의 손목만이 손에 쥐어져 있습니다
잃어버린 몸통을 찾아 왔던 길을 되돌아갑니다
거리에는 읽혀지지 않는 간판들이 흘러가고
그녀의 그림자들이 나무를 심고 있었습니다
아이들은 무등을 타고 열매를 따먹습니다
열매가 없어진 나무들이 누워서 자라납니다
상점마다 녹슨 팔 다리가 가득하고
철물점에 걸려있는 그림에 그녀가 들어가 있었습니다
그림 속의 목 잘린 남자가 바이올린을 켜고
엉킨 나무들 사이에서 세 대의 피아노가
서로 다른 곡을 연주하는 것이 들려옵니다
음악이 끝나도 그녀는 그림에서 나올 생각을 하지 않고
내 손에는 다른 어머니의 손목이 쥐어져 있었습니다
—— 정재학, 「외출」 전문

시의 앞부분이 내보이는 환상은 오히려 극사실적인 관찰에 가깝다. 행을 따라 읽어보자. 그녀는 인파를 헤치고 내게 다가와 손을 잡았다. 그러니 그녀가 "수많은 팔들을 헤치고" 왔다는 게 정확하다. 그다음 우리는 손을 잡고 걸어가는데, 그 길은 "구두가 기억하는 길"이다. 늘 다녔던 길이기 때문이다. 가다 보니 내가 쥔 것은 손목이었다. 손잡고 길을 가는 행동이 이미 형식에 지나지 않았다는 말이다. 나는 손만 잡고 있었을 뿐이다. 그녀의 마음은 이미 다른 곳으로 가버렸다. 그녀를 찾아 길을 되짚어 간다. 거리엔 보지 못한 간판이 많았다. 그녀는 그런 가게 가운데 하나에 들어간 것일까? "그녀의 그림자들이 나무를 심고" 있었다. 나무 그림자가 자꾸 그녀처럼 보였다는 말이다. 그다음 아이들이 열매를 따 먹고, "열매가 없어진 나무들이 누워서" 자랐다. 누워서 자라는 나무 역시 나무 그림자의 변형이다. 상점마다 가득한 "녹슨 팔 다리"나 "엉킨 나무들"도 그렇다. "그림에 그녀가 들어가" 앉아 있다. 그녀는 이미 내게서 멀어져 다른 남자의 풍경 속에 포함되었다. "목 잘린 남자"는 그림의 액자가 혹은 내 막힌 시선이 만든 것이다(나는 그 남자의 얼굴을 보고 싶지 않다!). "세 대의 피아노"는 그녀가 선택했을 만한 세 가지 가능성일까? 아니면 그녀가 앉은 저 그림 속 음악의 세 후속곡, 아이들일까? 어쨌든 마지막 구절은 이 시가 계통이나 인연에 대한 이야기임을 말해준다. 그녀가 만일 손목만 남기고 사라지지 않았다면, 나와 결합하여 한 어머니가 되었을 것이다. 그러나 "그녀는 그림에서 나올 생각을 하지 않고," 그래서 내게 남은 것은 지금은 다른 아이의 "어머니"가 된 그녀의 손목뿐이다.

시는 현재 시제로 시작해서 이어지다가, 마지막에 가서 과거 진행 시제로 끝난다. 시인은 한 급박한 사건(이것이 현재형이 담고 있는 우화적 말투다)에 관해 말하고 나서, 그 사건이 지금까지 영향을 미치는 과거의 어떤 일이었음을 말했다. 정재학 시의 특징 가운데 하나는 대상 전체가 아닌, 일부만을 집요하게 살려내는 방법론이다. 그는 대상이 가진 통일성 자체가 이미 가상적인 것이며, 그래서 올바른 감각적 인식은 대상의 부분들에서만 나온다는 것을 말한다. 예를 들어 「매듭」은 "그녀"가 아니라 "그녀의 머리카락"에서 촉발된 시이며, 「아라베스크」는 "흰 머리카락"과 "철사"의 유사성에서 비롯된 시이고, 「나를 숨쉬는 여자, 오늘 꽃을 버렸다」는 "기타"와 "그녀"의 결합에서 생겨난 시이다. 시인은 대상이 가진 각각의 부분들을 조합하여 이야기를 꾸민다. 이렇게 만들어진 이야기는 결국 시인의 내면을 투시하는 심리 드라마가 된다(앞에서 김행숙의 시가 시간을 공간화했다는 점에 주의하라. 시적 정념이 드러날 때 과거와 현재와 미래가 같은 공간 안에 배치되었다면, 지각의 갱신을 목표로 할 때 내면의 이곳과 저곳과 그곳이 연속적인 시간, 곧 이야기에 따라 배열되었다). 익숙한 이야기의 도식을 따라가는 서사나 이해 가능한 범위 안에서만 구도를 잡는 묘사 모두 지각을 새롭게 하는 데에는 적절하지 않다. 정재학은 전체의 윤곽을 흩어버리거나 전언의 일부를 생략함으로써 이야기와 풍경 모두를 낯설게 만들었다.

주체의 내면을 표현한 차가운 환상이 있는 반면, 다음처럼 대상의 새로운 재현을 목표로 한 차가운 환상도 있다.

사과를 던지자 최초의 벽이 생긴다. 사과는 벽에 맞아 떨어진다. 벽에 맞는 순간 보이지도 않는 작은 조각들로 흩어졌다가 사과는 뭉친다.

사과를 던지자 벽이 뚫린다.

푸른 사과들이 도로 양변에 늘어서 있다. 그중 하나를 집어 올리려고 몸을 숙인다. 머리 위로 내가 던진 사과가 날아간다.

—이수명, 「푸른 사과」 전문

이수명은 주어진 대상의 개념적 세부를 파고든다. 그녀는 하나의 상황을 제시한 후, 그 상황에서 파생될 논리적 결과를 평면적으로(다른 말로 병렬적으로) 적어 나간다. 이 시에서 핵심 상황은 '사과를 던지다'이다. 사과를 던지면 벽에 맞아서 떨어지거나 벽을 부술 것이다. 1연부터 보자. 사과를 던지자 벽에 맞았다. 벽은 이전부터 있었을 것이나 적어도 사과를 던지기 전에는 거기에 있었다는 걸 알 도리가 없다. 퍼석, 하고 사과 쪼개지는 소리가 들린 후에야 우리는 벽이 거기에 있었다는 걸 안다. "최초의 벽"은 그렇게 우리의 인식에 비로소 떠올라온 벽을 말한다. 사과가 쪼개져 "보이지도 않는 작은 조각들"로 흩어졌다. 하지만 쪼개진 사과도 사과다. 우리는 벽 아래 떨어진 사과 조각들을 여전히 사과란 이름으로 일괄해 불러야 한다. 그래서 "작은 조각들로 흩어졌다가 사과는 뭉친다." 2연은 1연에서 파생된 생각이다. 벽이 없다면 사과는 그냥 날아갈 것이다. 있었다가 없어졌으므로 사과를 받아냈던 벽은 이제 "뚫린다." 3연은 다시 2연의 파생이다. 벽 없이, 그러니까 중간에 부딪혀 쪼개지지 않은 채 사과는 날아갔다. 어떻게 떨어지지 않고 날아갈 수 있을까? 사과는 양편에 도열해 있고, 내가 그 중심을 날아갔기 때문이다. 물체의 운동은 상대적이다. "도로 양변에 늘어서" 있는 사과나무들은 내 운동 속도에 비례해서 반대편으로 날아간다. 물론 개중에는 떨어진 사과("그중 하나")도 있다. 결국 3연은 다시 1연의 근거다. 내가 달려가자 "머리 위로" "사과가 날아간다." 날아간 사과가 내 운동으로 추진력을 받았으므로, 그 사과는 "내가 던진" 사과다. 다시 1연, 사과를 던지면 벽에 맞아서 떨어지거나 벽을 부술 것이다……

이수명의 작시법은 늘 논리적이다. 그녀는 대상을 설정한 후에, 그와 인접한 대상들에 상상 가능한 여러 가지 인과성을 부여하고, 그것들을 동일한 평면에 늘어놓는다. 이런 방식은 명료하고 합리적인 추론이 아니고서는 성공하기 어렵다. 그 점에서 이수명은 대상들을 새롭게 재현하는 특별하고도 정교한 방식을 갖고 있다. 다음의 몇 구절은 그녀의 차가운 환상이 어떻게 만들어지는가에 대한 어렵지 않은 예다. ① "나는 종달새가 먹을/내 손짓을 마당 가득 뿌려댄다"(「유리창」). 먹이와 그걸 뿌리는 손의 인접성에 따라 작성된 구절이다. ② "누군가 내 눈을 가져갔다. 나는 그 눈에서 뛰쳐나온 눈물이었다"(「누군가」). 나는 "누군가" 때문에 울었다. 역시 눈과 눈물의 인접성이 만든 환상이다. ③ "비옷은 비를 내린다"(「신문 배달원」). 인과의 역전이 여기에 있다. ④ "두 아이가 배드민턴을 치고 있다./〔……〕/둘 사이를 오가는 피투성이 새가/두 아이를 만나지 못하게 한다"(「배드민턴 치는 아이들」). 이 새는 물론 배드민턴공의 은유다.

4

네 가지 환상시의 유형을 살펴봤다. 뜨거운 환상은 시적 정념의 발생을 우선시하며, 차가운 환상은 시적 인식의 새로움을 우선시한다. 대체로 주체의 표현에 관련되는 환상은 은유적이며, 대상의 새로움에 관련되는 환상은 환유적이다. 주체의 정념이나 인식을 나타내는 경우, 그를 대신하는 등가물(전자의 경우에는 감정을 대상화한 은유, 후자의 경우에는 사물을 대신하는 은유)이 제시되므로 주체와 관련된 환상에는 은유적 성격을 가진 것이 많다. 반면 대상에서 촉발되는 정념이나 대상 자체의 새로움을 시화하는 경우, 대상들은 인접성(전자의 경우에는 공간적 인접성, 후자의 경우에는 논리적 인접성)에 따라 배열되므로 환유적 성격을 가진 것이 많다. 환상시의 현재를 탐색하기 위해 이 글에서는 젊은 시인들의 시로 대상을 한정했으나 이런 환상이 최근의 현상이라고 말할 수는 없다. 황지우, 이성복, 김혜순, 최승자 등의 선행 시편들에서 뜨거운 환상을 흔히 볼 수 있다. 그 환상의 처음에는 아마도 김수영이 있을 것이다. 김춘수, 오규원, 이승훈 등에서 차가운 환상이 활용되곤 했다. 그 환상의 연원에는 물론 이상이 있다.

　모든 시적 유형이 그렇듯이, 각 환상의 영역에도 약점이 없지는 않다. 뜨거운 주체의 발언은 자주 '변형된 독백'만을 얘기할 가능성이 있으며, 뜨거운 대상을 시화하는 주체는 일종의 '조울증'에 빠질 위험이 있다. 차가운 주체에게 마련된 함정은 '극단적인 유아론'이며, 차가운 대상을 시화하는 주체는 '단순 논리 조작'의 덫을 피해야 한다. 환상은 예상 가능한 맥락에서 일탈함으로써 오히려 사실의 영역을 확장한다. 그러나 너무 멀리 나간 환상, 사실과의 마지막 연계를 끊어버린 환상은 예술의 영역이 아니라 정신신경증의 영역에 속하고 만다. 환상은 현실을 초월하면서도 여전히 현실에 속해 있는 이중화된 영토며, 현실과 환상 자체에서 동시에 추동력을 받는 다중결정의 장(場)이다. 환상의 영역이 넓어질수록 사실의 영역이 함께 넓어지는 까닭도 바로 여기에 있다.

풍경과 나

── 배용제 · 조용미 · 정재학의 시

1

풍경은 저 혼자 펼쳐진 것이 아니다. 풍경을 바라보는 시선이 그것을 취재하고 절단하고 배치하기 때문이다. 원근법의 발견은 시선의 발견이었으며 나아가 자아의 발견이었다. 원근법의 중심에는 모든 것이 소멸되거나 생성되는 지점이 있는데, 이 소실점이 시선의 중심이다. 시선은 프레임 바깥에서 투사되는 것이 아니라 이 초점에서 방사되는 것이다. 시선이 풍경을 구조화한다. 그러므로 나는 풍경의 밖에 있지 않고 안에 있다. 나는 풍경의 제일원인(第一原因)이며, 움직이지 않으면서 모든 것을 움직이게 하는 힘, 곧 부동(不動)의 동자(動者)unmoved mover다. 그래서 풍경의 내력을 적는 것은 풍경을 접하는 시선의 역사를 기록하는 것이며, 나아가 그 시선을 매개로 이루어지는 물아(物我)의 소통을 말하는 것이다. 여기에 세 개의 풍경, 세 개의 시선이 있다. 세 개의 자아가 만들어내는 세 개의 세계가 있다.

2

배용제가 만들어내는 풍경은 자아의 시선에 강력하게 사로잡혀 있다. 이 시인의 시는 강력한 초점을 갖고 있어서, 늘 이 초점에서 풍경이 파생된다. 내가 등장하든 등장하지 않든, 우리는 그의 시에서 모든 것을 단일한 지점으로 수렴하는 시선의 강력한 힘을 느낀다. 세 가지 증거를 들겠다.

첫째, 배용제의 시에서는 일반적으로 제목이 시선의 만곡(彎曲) 지점이다. 제목을 이룬 시적 대상들은 시선을 자신의 내부로 끌어들여, 다른 각도로 외부로 방출한다. 제목은 시선을 포획했다가, 다른 방식으로 본문에 풀어놓는다. 그래서 그의 시는 제목에 관해 말하면서 다른 것에 관해서도 말한다. 이것은 한편으로는 물상에 대한 왜곡이지만 다른 한편으로는 물상의 본질에 대한 다른 정의다.

> 태엽 풀린 시계의 톱니바퀴처럼 느릿느릿
> 몇 명의 여자들이 소파에 몸을 기댄다
> 하루의 시간을 다 팔아버린 안도의 숨을 쉬며
> 일제히 식은 찻잔들도 건조한 자기 자리로 돌아간다
> 창문마다 붉은 티켓으로 꽂혀 있던 허공이
> 시커멓게 부패된다
> 사소한 추억도 쌓이지 않은 하루의 끝은 평온하다
> 정지된 여자들이 고대 벽화처럼 얼룩진 내부

불빛은 그 오래된 풍경을 밀봉시킨다

방부처리된 시간마저 副葬했던 고대 무덤의 유적인지도 모를 이곳

—「타임다방」 부분

　이 시의 풍경은 "타임다방"이 시간의 다방이라는 전제 아래 펼쳐진
다. 하루 일과를 끝낸 이곳은 "정지된 여자들이 고대 벽화처럼 얼룩
진 내부"로 이루어져 있으며, "방부처리된 시간마저 부장(副葬)했던
고대 무덤의 유적" 같은 곳이다. 거기에 보존된 것은 결국 여자들이
아니라 "시간"이었던 셈이다. "씨랜드 수련원"의 화재 사건을 홀로코
스트로 여기고(「홀로코스트」), "백미러"에서 과거의 기억을 보고(「백
미러, 그 눈부신 배경」), 명품 바이올린의 연주에서 여자의 울음("여자
로 만들어진 울음통")을 듣고(「名品」), 우는 아이에게서 삶이 울음이
라는 통찰을 이끌어내고(「울고 있는 아이」), 취한 사내의 횡설수설에
서 다른 시간의 언어("고향의 방언")를 읽어내고(「알코올중독자」), 잠
안 오는 밤에 기억을 되짚어가는 일(「불면증, 혹은 잠의 사이보그」)이
모두 그렇다. 배용제 시의 제목은 일상화된 풍경에서 새로운 풍경을
보아내는 시선이 착목하는 바로 그 지점에 있다.
　배용제의 시 세계를 흔히 죽음, 소멸, 훼손, 고통 따위의 개념어로
정의하는 것은 이 시선의 작용을 시의 테마로 간주했기 때문이다. 내
가 보기에 더 중요한 것은 한 대상에서 다른 대상을, 한 삶에서 다른
삶을 읽어내는 시선의 작용 그 자체다. 테마가 일정한 시선을 낳은 게
아니라 특별한 시선이 일군의 테마를 낳은 것이라 보아야 옳다. 배용
제 시에 내재된 폐허의 풍경은 이 시선의 힘으로 생생하게 현재화된

다. 시인에게는 소멸이 아니라 생성이 더 중요했던 것이다. 시인은 시집 『이 달콤한 감각』의 뒤표지 글에서 "어떤 사소한 하나의 사건이나 감각도 그 자체로 존재하는 주체라고 나는 믿는다"고 썼다. 이 글이 사건이나 감각의 독자적 특성을 강조한다는 데 주목하자(뒤에 말하겠지만, 이 시인에게서 사건과 감각은 다른 것이 아니다).

둘째, 배용제의 시에서는 풍경 내부에 들어선 물상들과 그 물상을 읽어내는 해석 작용이 언제나 동일한 평면에 배치된다. 그래서 수많은 개념어들이 물화(物化)된 채 사물과 나란히 자리한다.

> 대중탕 벽에 걸린 거울,
> 표면 처리가 잘못됐는지
> 한 걸음만 물러서도 찌그러지기 시작한다
> 얼굴이 찌그러지고
> 손발이 휘어지고, 배가 성기가 기형이 된다
> 좌우 앞뒤로 움직이자
> 갖가지 모양으로 탈바꿈된다
> 절로 웃음이 난다, 웃음도 찌그러진다
> 놀란다, 놀람도 찌그러진다
>
> 저 거울 속에서는
> 내장들도 찌그러졌는지
> 세포들도 찌그러지고 기억도 찌그러졌다면
> 갇힌 생각도 이미 기형이다   ──「거울, 찌그러진」 부분

찌그러진 거울에 비쳐 보이는 내 몸이 찌그러졌다. 시인은 그걸 보고 웃거나 놀라는데, 그 웃음도 놀람도 찌그러졌다. 찌그러진 것은 그뿐만이 아니다. "기억도" "생각도" 그렇게 됐다. 찌그러진 몸에 담겼기 때문이다. "늙음이나 죽음도" 그렇게 될 것이다. 찌그러진 채 늙어 죽을 것이기 때문이다. 내 가계(家系) 또한 그럴 것이다. 조상들이 찌그러진 나를 낳았으며, 찌그러진 내가 후손을 낳을 것이기 때문이다. "나는 찌그러진 새끼를 낳아/찌그러진 유전인자를 자손만대에 물려줄 것이다." 찌그러진 거울을 보는 일이 내 자신의 모습과 내면과 가계를 두루 살피는 일이 되었다. 풍경은 내 시선이 만들어낸 특별한 구성물이었던 것이다. 이 강력한 시선이 결구를 낳았다. "거울은 악착같이 알몸을 들여다본다." 시선은 대상(거울)을 장악한 채 대상 자체가 되었다. 이제 시선은 사물과 자아의 내부를 왕복하는 일종의 피드백이다.

나는 이 시에 나오는 거울이 배용제의 시가 가진 개념의 자기반영적 성격을 보여주는 상징이라고 생각한다. 배용제의 시에서는 수많은 개념어들이 출몰한다. 이 가운데 자주 나오는 개념어들은 "기억" "풍경" "감각" "시간" "생" "죽음" 같은 말들이다. 이 말들은 여러 사물들에서 동일한 방식으로 도출되어 나온다. 그렇다면 여러 사물들이 동일한 개념어들을 낳은 것인가, 아니면 개념어들이 여러 개의 사물을 선택한 것인가? 나는 후자에 내기를 걸 용의가 있지만, 어느 쪽이든 사물을 관통하는 강력한 시선이 이를 가능하게 했음은 분명하다.

셋째, 배용제의 시를 가득 메우는 현재 시제들은 시인이 되살려낸 풍경이 일종의 스냅사진을 만들어낸다는 것을 보여준다. 이 시인의 풍경은 늘 현재여서 과거에도 미래에도 귀속되지 않는다. 그것은 하나의 풍경, 하나의 평면에 배열된다. 그래서 사건조차 시인의 시선에 포착될 때에는 어떤 감각의 일부다.

몇 톨의 쌀을 뿌려놓고
그녀는 손가락 끝으로 아무렇지도 않게
내 지난날들을 더듬는다,
그녀의 밥상 위에서 흩어진다, 아파 아파 소리 지르던
기억들 경험들
알갱이를 찍어 누른다
얽히고설킨 영혼의 입자들을
쉽게 읽어버린다
너의 열 살은, 너의 스무 살은, 내가 살아온 내용들을
내 것이 아닌 듯 듣고 있다
씨눈마저 다 깎여 발아할 수 없는 몇 톨의 쌀알처럼
헛된 꿈을 싹 틔우려 하지 말라고
밥이 되든 떡이 되든
밥상 위 어지럽게 펼쳐진 너의 바탕을 이해하라고
그녀는 한 번 더 쌀알을 뿌린다
목숨 걸고 건너야 할 자국들을 가볍게 만지작거린다
아직도 씌어질 거친 줄거리를 흥얼거린다
갖가지 내 고통들을 가지고 논다

가느다란 손가락으로 나를 찍어 누른다

팔과 다리와 혀와 귀와 눈동자까지 움켜쥔다

내 영혼은 필사적이다

밥상의 테두리 밖으로 달아나기 위하여

사나운 경험들에게 침묵의 외투를 입힌다

되묻기엔 너무도 적나라하게 드러나버린 이정표들을

들키지 않으려

가만가만 가슴에 파묻은 채.　　　　　——「점치는 여자 2」 전문

　시인은 현재 시제로만 이야기를 적어 나갔다. 마치 그 현재들 사이
에 계기적 관련이 없다는 듯이 말이다. 아니, 수많은 현재가 모여 하
나의 사건을 구성했다고 보는 게 더 정확할 것이다. 그렇게 해서 이야
기는 이루어졌으나 이야기를 이루는 각각의 요소들은 쌀알처럼 흩어
져 있을 뿐이다. 이 시를 이루는 열네 개의 문장을 단 두 문장으로 요
약할 수 있다. ① 그녀가 점을 쳐서 나를 읽어냈고, ② 나는 그게 두려
워 침묵했다. 각각의 문장이 이를 상세히 풀어낸다. 전반부에서는 어
느 문장에서나 ①에 관한 정보를 얻을 수 있으며, 후반부에서는 ②에
관한 정보를 얻을 수 있다. 시인은 이 이야기가 화소(話素)에 따른 분
절이 아니라, 대등한 정보의 분할이라는 것을 현재 시제를 통해 말하
고 있는 것이다. 이 시에서는 과거와 미래마저 여자의 "밥상"에 펼쳐
져 있다. 다른 말로 현재화되어 있다. "내가 살아온 내용들"과 "아직
도 씌어질 거친 줄거리"를 현재가 삼켜버렸다. 나는 "듣고," 여자는
"흥얼거린다." 풍경은 언제나 현재의 것이다. 이야기마저 풍경으로

펼쳐내는 시인의 시선이 여기에 있다고 보아야 옳다.

배용제 시가 제시하는 풍경이 다소 평면적이라는 느낌을 주는 것도 아마도 이 시선의 강력함 때문일 것이다. 하나의 시선이 개별 풍경들을 두루 장악하고 있어서, 풍경보다 시인의 자리가 훨씬 더 높다. 평면도는 높낮이를 보여주지 않는다. 사물을 비스듬히 내려다보는 조감도는 모든 것을 다 보여주지는 못하지만, 대신에 풍경을 입체적으로는 보여준다. 이상한 말이지만, 조금 덜 보고 조금 덜 말하는 일이 필요할지도 모르겠다.

3

조용미는 늘 풍경에서 자신의 모습을 읽어낸다. 조용미에게서 나와 풍경을 매개하는 것은 시인의 몸이다. 몸이 시선의 대상으로 떠오른다는 것은, 시인이 보는 나와 보이는 나를 분리해서 생각한다는 것을 뜻한다. 풍경과 몸(보이는 나)과 나(보는 나)의 자리바꿈─이 전위(轉位)가 이번 시집이 갖고 있는 주요한 방법론이다. 시인은 몸과 풍경을 동일한 지평에 펼쳐놓는다. 그래서 몸과 풍경이, 시인의 안과 바깥이 등가(等價)의 진술을 얻는다. 이 시집의 서시에 해당하는 작품을 먼저 보자.

　저 끔찍한 식물성을,
　꽃이 아니라고 말하기엔 너무나 꽃인 듯한

가시연의

가시를 다 뽑아버리고 그 속을 들여다보고 싶어 나는 오래 방죽을
서성거린다

붉은 잎맥으로 흐르는 짐승의 피를 다 받아 마시고 나서야 꽃은
비명처럼 피어난다
못 가장자리의 방죽이 서서히 허물어질 준비를 하고 있다

아무도 들을 수 없는 금이 가고 있는 그 소리를
저 혼자 듣고 있는
가시연의 흑자줏빛 혓바닥들   ──「가시연」 부분

　가시연을 "끔찍한 식물성"이라 부른 것은, 가시연의 개화가 피비린
내 나는 고통을 거쳐 이루어진 것이기 때문이다. 가시연은 "흑자줏빛
혓바닥들"을 내민 채 "붉은 잎맥으로 흐르는 짐승의 피를 다 받아 마
시고 나서야" 꽃을 피운다. 제 내부의 참혹함을 견디고 피워 올린 가
시연꽃을, 시인은 동식물의 자리바꿈을 통해 보여주었다. 게다가 여
기에는 자신의 모습도 섞여 있다. 시인은 가시연의 내면을 보고 싶어
오래 방죽을 서성거렸는데, 마침내 "가장자리의 방죽이 서서히 허물
어질 준비를" 한다. 나와 가시연의 경계가 무너지기 시작했다는 말이
다. "아무도 들을 수 없는" 소리가 바로 방죽이 무너지는 소리다. 그
런데 그걸 가시연이 듣고 있다. 무너지는 소리를 듣는 것은 시인인데
가시연이 그걸 대신하는 것이다. 그다음에는 귀와 입의 자리바꿈이

있다. 듣는 것은 실제로 귀일 텐데 여기서는 "혓바닥"이다. 시인에게
는 듣는 것과 말하는 것이 둘이 아닌 까닭이다. 시인은 본래 들은 것
을 말해야 한다. 시집의 처음부터 시인은 자신과 풍경이 어떻게 삼투
하는지, 풍경이 시인의 내력을 어떻게 대신 보여주는지를(혹은 이야기
하는지를) 설명한 셈이다.

> 흙이 쇠를 먹었다
> 쇠는 흙이 되었다
> 아니, 흙이 쇠가 되었다
> 옷이 살을 뚫고 들어가 몸이 되었다
> 흙이 된 쇠는
> 통일 신라 때의 철제 劍이다
> 붉은 녹이 덮인
> 두꺼운 유리 안의 철제 검,
> 녹으로도 검이었음을 당당하게 말해주는
> 시간은
> 얼마나 무서운 쇠락을 견딘 것이냐
> 저 녹덩어리를 누구도 검이 아니라고
> 말하지 못한다
>
> 검은 사라지고 검 아닌 것이 검을 이루고 있다 ──「붉은 검」 전문

여기에는 흙과 쇠의 자리바꿈만 있는 것이 아니다. "저 녹덩어리를

누구도 검이 아니라고/말하지 못한다." 검이라는 내용(검은 무엇인가를 베기 위해 존재한다)과 형식(저것은 검의 모양을 하고 있다)과 실체(저것은 녹덩어리일 뿐이다)가 같지 않다. 그다음에 시인은 슬쩍 몸에 관한 상념을 덧붙인다. "옷이 살을 뚫고 들어가 몸이 되었다." 옷과 몸은 본래 하나가 아닌데, 실제로 옷이 몸을 대신했으니 형식이 내용을 잡아먹었다. 그것뿐만이 아니다. 녹도 검도 저 "신라 때의 철제 검(劍)"의 주인이 아니다. "시간은/얼마나 무서운 쇄락을 견딘 것이냐." 저 "흙이 된 쇠"의 진정한 주인, 무서운 쇄락의 주인은 바로 시간이다. 그러나 시인은 시간마저 "쇄락을 견딘 것"이라고 썼다. 흙이 쇠를 대신하듯, 옷이 몸을 대신하듯, 시인은 오랜 풍화작용에 지친 몸을 버텨내야 했던 것이다. 시인은 바로 다음다음 시에서, 모든 풍경이 적막강산이라고 말한 후에 다음과 같이 덧붙인다. "이 적막을 통과하고 나면 꽃과 열매를 함께 볼 수 있으리라"(「적막이라는 이름의 절」). 적막은 풍경의 것이면서 시인 자신의 것이었다.

처음엔 풍경에 들어선 물상과 물상이 자리를 바꾸고, 그다음엔 물상들이 어울린 풍경과 몸이 자리를 바꾼다. 이 이중의 자리바꿈을 통해 시인은 풍경의 곳곳에 스며든 몸의 내력을 차근차근 적어 나간다. 몇몇 예를 들어보자. ① "당집 앞의 죽은 나무"에는 "검은 새가 한 송이 피어" 있었고 "나는 그 사이를 천천히 긴 꿈을 꾸며" 걸어 다녔다. "타는 가뭄"이었는데도 물이 불어났다. 동물성과 식물성이, 불과 물이, 꿈과 현실이, 나와 풍경이 자리를 바꾸었다(「물가에서 단잠을 잤다」). ② 태풍에 절 마당의 "커다란 반송이" 쓰러졌다. 미칠 듯 부는 바람이야 미친 것이고, 제 모습을 버리고 "쩍 둘로 갈라져"버린 나무도 미친 짓을 했다. 태풍이 "제 광기를" 나무에게 물었고, 나무 역시 자신의 광기를 제어하지 못했다. 시인은 거기에 슬쩍 수사적 의문을 붙여두고 지나간다. "나무를 통해 인간은 불멸에 이르기도 하는 것일까"(「불멸」). ③ 정약대는 대금 연주자다. 제 이름이 숨기고 있는 바와 달리, "정약대는 낙타가 아니다." 그런데 대금을 불면서 신발에 넣어둔 모래알 속에서 풀잎이 돋았다. 그는 "낙타처럼 먼 길 위에서 대금을 연주했"으며, "사막을 건너야 할 운명을 화인(火印)처럼 몸에 새기고 태어난 사람"이었다. 그래서 궁극적으로 그는 "낙타였다." 그는 제 몸에 낙타를, 사막의 운명을 품었던 것이다(「정약대의 대금」). ④ 태풍이 나무를 휩쓸며 내게 불어왔다. "나무들은 폭풍의 힘을 빌려 내게로/침입하려" 들었다. 내 머리카락 역시 바람에 그렇게 흔들렸다(「바람은 어디에서 생겨나는가」). ⑤ "상하로 나누어진 마을"이 시인 이상과 이하의 이름을 품었다. 그곳을 지나치며 나는 "병(病)과 죽음을 떠올릴 수밖에" 없었다. 그들은 "일찍이/혼(魂)과 백(魄)이 하나된/이른/변신을" 이루어냈다. 그들은 요절했고, 일찍이 마을 이름에 자신들을 묻어두었다(「이하리를 지나다」). ⑥ "천체의 궤도"를 기록해둔 둥근 돌이 있다. 하늘은 이 돌 위에 "글자 없는 경전을 펼쳐" 보였다. "그걸 읽다보면 주문처럼/별들이 몸에 와 박힐 것이다." 처음에 하늘은 돌 위에, 다음에는 그걸 읽는 내 몸에 별자리를 새겼다(「천상열차분야지도」). ⑦ 화가 손상기는 꼽추다. 그는 자신이 그린 그림 제목처럼 "자라지 않는 나무"였다. 그는 제 몸 안에 풍경을 품었다. 그가 걸었던 길을 걸으면, "북아현동의 골목길들은/그와 나를 한 길에 세워놓는다." 나 역시 손상기와 동일한 풍경에 포함된다는 뜻이다(「자라지 않는 나무」). ⑦ 무덤은 "둥글게 솟아오르는 영혼의 육체"며(「무덤」), "업경대"는 그걸 보는 "사람의 업보를 나열"하고(「거울 속의 산」), 내가 "천하도(天下圖)"와 "백중력(百中曆)"을 나란히 걸어두었더니 "내 영혼의 지도가 완성되었다"(「天下圖」). 먼지 뒤집어쓴 나무들을 세워놓은 "비포장도로"가 "내 마음의 지도"며(「음계」), 김시습의 "몸에서 나온 사리는 그가/몸을 바꾸었던 흔적"이고(「매월당」), "바스라지기 직전의 비스킷" 같은 내 몸은 "천공병(穿孔病)을 앓"는 돌들을 닮았다(「亥月」).

시집 전체에서 이런 예문을 얼마든지 찾을 수 있다. 시인은 "내가 본 풍경이 내 운명이" 되고 만다고 썼다(「내가 본 풍경이」). 풍경에 운명을 걸어둔 자에게는 저 세계를 방랑하는 일이 곧 제 안을 들여다보는 일이다. 저 나무는 내 머리카락처럼 돋아 있으며, 저 바람은 내 안에서도 불고, 저 구릉은 내 몸의 굴곡을 흉내 내고, 저 바다처럼 내 안에도 출렁거리는 게 있다. 저기에 있는 것과 나 자신의 만남—그것은 이중의 분리며 이중의 접합이다. 보는 나와 보이는 나, 풍경과 내 몸의 같지 않음[不一]이 분명하고, 보거나 보이는 게 모두 내 자신이고 풍경과 내 몸이 서로 닮았다는 사실[不二]이 또한 분명하다.

별은 無盡燈이다
다함이 없는 등불,
꺼지지 않는 무진등

내 안에 다함이 없는 등불

꺼지지 않는 무진등이 하나 있다

숨겨놓은 말들에
하나씩 불을 켠다

내 몸은
그 등불의 심지다   ——「무진등」 전문

　이 시를 시인의 시론으로 읽어도 무리가 없을 것이다. "무진등"은
불가의 법문이다. 등불 하나가 수백 수천의 등불에 불을 붙여도 꺼지
지 않듯이, 한 사람의 법이 백 사람, 천 사람에게 이어져도 끊어지지
않는다는 뜻이다. 시인은 이 법문을 "별"에 걸어두었다. 표현을 바꾸
어 세 번 반복되는 1연, 두 번 거듭되는 2연은, 저곳의 별과 내 안의
빛을 동일한 하늘에 펼쳐놓는다. 저 빛은 내 안의 빛과 다른 것이 아
니었으며, 내 안의 빛은 저 많은 빛 가운데 하나였다. 하나는 많은 것
의 일부가 아니다. 이 빛 하나가 저 많은 빛을 밝히는 속등(續燈)이기
때문이다. 시인은 말들에 하나씩 불을 밝힌다. 본래 말들은 거기에
있었다. 나는 그걸 발견했을 뿐이다. "내 몸은/그 등불의 심지다." 시
인은 몸을 통해 풍경과 자신을 이을 수 있었던 것이다.
　조용미가 풍경에 두루 스며들게 했던 것은 일종의 내면성이다. 시
인이 펼쳐 보인 풍경은 어떤 내성(內省)의 긴 회로를 거쳐 나온 것이
다. 그것은 지극하고 그윽하며 아프다. 풍경이 관념과 이어진 게 아
니라 몸과 이어졌기 때문이다. 사실 마음에 앞서 있는 몸은 늘 아픈

것이다. 몸을 탐침(探針)처럼 쓴다는 것은 어떤 풍경이든 몸으로 먼저 겪는다는 의미다. "매화 보려면 아픈 것일까/해마다/매화 피면 몸이 먼저 안다"(「探梅行」). 어떤 풍경이든 주름져 있다. 시인은 거기에 스민 게 아픔인 걸 안다. "살아도 살아도 고통은 새록새록 새로웠다/나뭇잎 말라비틀어져도/치욕은 파릇파릇 잎을 틔웠다"(「終生記」).

4

정재학의 시는 과잉된 풍경으로 넘쳐난다. 시인은 풍경을 자신의 시선으로 제어하려 들지 않고, 풍경의 천변만화하는 논리를 따라갔다. 이 논리가 곧 꿈의 논리다. 그는 시론으로 읽을 수 있는 한 매력적인 작품에서, "꿈의 주인공은 나/하지만 꿈의 주인은 내가 아니다"(「테칼코마니」)라고 적었다. 나는 꿈을 겪는 사람이지만, 꿈을 지배하는 사람은 아니라는 얘기다.

그곳에는 다른 차림의 시간들이 공존하고 있었다. 나는 고등학교 교복을 입고 대학 친구와 만나기로 한 역에 서 있었다. 대합실의 화면에서는 몇 주 뒤의 뉴스가 나오고 있었다. 사람들이 모두 그 앞에 몰려들었지만 보고 싶지 않았다. 지나가던 한 여자가 나를 알아보고는 앞으로 다가왔다. 자연스럽게 아는 체하지만 그녀가 누군지 모른다. 그녀는 나를 데리고 학교로 갔다. 교실에서는 전에 보았던 영화를 상영중이었다.
—「반조(返照)」 부분

반조는 되비치는 빛이다. 제목은 이 시의 풍경이 처음부터 풍경의 풍경이라는 것, 다시 말해 일차적인 풍경이 아니라 그 풍경에서 조합되어 나온 풍경이라는 것을 말한다. "그곳에는 다른 차림의 시간들이 공존하고 있었다." 여러 개의 시간이 한 공간에 중첩되어 있었다. "고등학교" 때와 "대학" 때가 만나고, 몇 주 전과 몇 주 후의 상황이 겹치고, 모르는 이와 아는 이가 한 사람이 되고(이것도 시간성을 나눠 갖는다. 모르는 사람을 만난 후에는 알게 되기 때문이다), 교실과 극장이 통합된다. 여러 시간의 중첩 때문에 정재학의 시에서는 이야기가 있으되, 이야기가 가진 굴곡——처음과 중간과 끝이 통상의 이야기가 보이는 굴곡과 다르다. 시인이 시종일관 들여쓰기를 무시하고 있다는 것, 산문시형을 고집한다는 것도 그 증거의 하나다. 들여쓰기가 되어 있지 않기 때문에, 각 시편의 시작은 이야기의 시작이 아니라 지속이다. 시인은 자신이 일련의 꿈을 인위적으로 토막 냈다는 것, 그래서 시의 시작과 끝이 꿈이 거느린 긴 시퀀스의 일부라는 것을 그 네모반듯한 형식으로 말하는 셈이다.

꿈은 처음부터 모순을 추동력으로 삼는다. 일상적인 시공간이 지각의 연속성을 전제한다면 꿈의 시공간은 지각의 불연속성에 기초해 있다. 감각은 본래 일관된 것이 아니다. 마들렌 과자 한 조각이 프루스트의 기억을 끌어내듯, 하나의 감각이 다른 감각들을 불러낸다. 한 풍경이 전혀 다른 풍경과 접속되는 일이 그래서 가능해진다.

마을에 아이들의 이빨이 녹는 전염병이 돌기 시작했네 어른들은 알아

차리지 못하네 아이들은 배가 고팠지만 아무것도 먹으려 하지 않았네 학교에서는 아무 얘기도 하지 않고 지냈네 동네 지붕마다 달이 박혀 있었네 식초를 마신 여인네들은 지붕에 올라 달을 찢어 아기를 훔쳐가네 아이들은 이빨을 녹여 먹으며 거리를 쏘다녔네 아무도 무리에서 떨어져나가려 하지 않았네 정거장마다 걸린 옷걸이에는 사람들이 갈아입은 옷들이 몇 겹으로 가득했네 도로에는 개가죽들이 솟아 있었지만 자동차들은 속도를 늦추지 않았네 아이들은 길가에서 커다란 빈 분유통을 굴리며 놀았네 차들이 지나갈 때마다 아이들은 개털을 들이마셨네 그때마다 녹아버린 이빨을 토해냈네 아이들은 그것들을 모아 지붕에 박힌 달 속에 넣어두었네 아이들은 손톱으로 서로의 이마에 구멍을 뚫었네 소독차가 마을을 돌고 아이들이 떼 지어 쫓아다니네

—「전염병이 도는 마을」 전문

제목은 이 시의 마지막 장면에서 연상된 말이다. 예전에 동네에 소독차가 오면, 아이들이 떼를 지어 몰려다니곤 했다. 그렇게 방역을 해댔으니, 전염병이 돌고 있다고 연상한 게 무리가 아니다. 시의 첫 구절은 더 거슬러 올라간 때의 일이다. "아이들의 이빨이 녹는"다는 것은, 아직 아이들에게 이가 돋지 않았을 때를 말하기 위한 것이다. 이가 난 아이들의 이빨이 없어졌으니 녹아버렸다고 보아도 잘못이 없을 것이다. "개가죽"과 "자동차들" 역시 시간의 역전을 보여준다. 자동차들이 길을 건너는 개를 치어 "개가죽"으로 만들었다. 그런데 시에서는 개가죽이 먼저 솟았고, 자동차가 그 위를 달린다. "식초를 마신 여인네"들은 신 걸 찾으니 임신한 것이며, 그네들이 찢은 "달"은 달거

리나 산달에서 말하는 그 달이 분명하다.

시집 전체에서 이런 시공간의 이질적인 접속이 두드러져 보인다. 몇몇 예를 살펴보자. ① "나는 할머니의 몸속에 들어가 아버지가 되어 기어 나왔다 문을 뚫고 기차가 들어오고 있었다." 나는 모든 남자-아버지이며(나는 할아버지가 되었다가 아버지가 된다), 할머니는 모든 여자-어머니이다(할머니는 할아버지와 나를 받아들여 아버지들을 낳는다). 기차는 그렇게 몸속에 들어온 남자의 일부고, 문은 그렇게 남자를 받아들인 여자의 일부다(「아라베스크」). ② "내 방에는 세 개의 시계가 있네 각기 다른 시간을 가리키고 있었네." 나는 방에서 나와 네 번 택시를 탔는데, 마지막 택시에서 내리니 다시 내 방이었다. 그러니 처음과 마지막은 동일한 시간을 가리킨다. 나는 서로 다른 세 가지 시간들을 겪었으며, 그걸 겪은 후에 처음으로 돌아왔다. 그러므로 시간은 여러 겹으로 흘렀으되, 조금도 흐르지 않은 것이다. 그래서 시인은 마지막 구절을 이렇게 맺는다. "세 개의 시계는 처음부터 죽어 있었네"(「세 개의 시계」). ③ 아이가 모래를 사러 나갔다. 아이는 "눈썹 없는 남자에게," 다시 "눈썹 그린 남자에게" 전화를 걸었고, "알 수 없는 여자가," 다시 "알 수 없는 무서운 여자가" 화를 냈다. 아이는 "도수 높은 안경을 낀 소년이" 지나가는 것을 보았는데, "꿈속에서 싸웠던 그 소년을" 미워했다. 모래는 모래시계의 그 모래여서, 흐르는 시간의 상징이다. 눈썹 없는 남자가 눈썹 그린 남자며(눈썹이 없으니 눈썹을 그렸을 것이다), 알 수 없는 여자가 화를 냈으니 아까 그 "무서운" 여자다. 꿈이 말하는 반복의 논리를 따르고 있는 셈이다(「모래」). ④ 내가 비디오 촬영을 나갔다. "앵무새 주례도 더듬거리며 모처럼 말다운 말을 하더군요 결혼식이 끝난 후 두 장님은 축복을 받으며 나갔죠." 주례는 늘 똑같은 말을 하는 사람이니 앵무새와 다를 바 없고, 결혼 이후의 모든 비탄과 불행에 눈을 감았으니 이 신혼부부는 눈이 멀었다(「사진에 담긴 편지」). ⑤ "검은 물감이 묻은 액자 속에는/나 없는 곳의 내가 병 안에 갇혀 있다." 이 액자는 아무것도 그려져 있지 않아서 캄캄하다. 나는 물감이 되어 병 안에 담겨 있을 뿐이다(「춤 없는 무곡(舞曲)」). ⑥ "혀가 멈추지 않고 돌면/어머니가 죽게 된다는 두려움에 한없이 울었다." "태내(胎內)"라는 제목이 일러주듯 이 시는 어머니 뱃속에 있을 때의 이야기다. 마침내 내가 세상에 나올 때 "내 주위를 돌고 있는 붉은 혀가 보였다." 출혈과 어지러움과 시끄러움이 이 이미지를 낳았다. 내 울음은 신생아의 그 울음이다(「태내(胎內)」).

　정재학의 시는 풍요롭고 다양한 풍경을 보여준다. 풍경이 말하는 모든 논리를 이해 가능한 언어로 환원하지 않더라도, 이 시인의 시는 그 자체로 생생하고 매력적이다. 다만 그걸 적어 나가는 시인의 서법(敍法)이 매우 이성적일 수밖에 없다는 점은 지적해야 할 것 같다. 그것은 꿈의 체험과 꿈의 분석 사이에 있을 수밖에 없는 간극이다. 이 틈이 너무 멀면 시가 단어 조각들로 흩어지고, 이 틈이 너무 가까우면 시가 논리 조작처럼 되어버린다. 시인이 자서에 쓴 것처럼, "기타의 현은 텐션이 지나치면 끊어져버리고 느슨하면 울림이 짧다." 이 간격을 시종 여일하게 유지하기를, "가장 좋은 소리를 내는 긴장"이 늘 시인에게 있기를 바란다.

진선미(眞善美), 혹은 모던한 것

──김영승·김정란·전영주의 시

1

'모던'은 제 자신을 늘 현재형으로 만들려는 세계관의 표현이다. 그것은 거쳐 온 모든 일을 '등 뒤'에서 벌어진 일이라 간주하는 의식이다. 모던은 뒤돌아보지 않는다. 모던은 제 이름 안에 늘 개신(改新)해야 한다는 명제를 새겨 넣고 있다. '생성된 것'이 아니라 '생성 자체'가 모던의 존재 양태이므로 모던은 이루면서 부정하고 부정하면서 이룬다. 아니, 부정이 모던의 유일한 성취다. 모던은 생성의 극점에 졸아붙은 일자(一者)의 의식이다. 자기의식의 명증성을 부정의 발판으로 삼았던 근대의 모던은, 그것의 불명확성을 부정의 발판으로 삼는 현대의 모던으로 진화해왔다. 부정의 변증법이 상상하는 것과 상상된 것의 불일치를 낳았다. 상상은 상상할 수 있는 한계를 부수며 계속 확산되는데, 상상의 대상은 상상될 수 있는 한계(질료와 형식)를 가질 수밖에 없다. 우리는 천억 명을 상상할 수 있으나 천억 명은 상상의 대상으로 떠오르지 않는다. 전체성이라는 이념은 이 경계에서 깨어져 나간다. 칸트가 숭고라 불렀던 미적 체험은 궁극적으로 불일치의 체험이다. 모던의 미(美)에는 규격이 없다. 모던은 자신의 이름으로 추월하거나 추월되는 어떤 것이다. 추월에 대한 강박과 불안이 모던의 미적 체험이며, 추월의 그 유일한 순간이 모던의 파토스가 생성되는 순간이다. 근대에 들어 모던의 영역은 셋으로 분할되었다. 영역들을 통할하던 유비(類比)의 정신은 이 분산(分散) 속에서 증발했다. 참 거짓의 영역, 좋고 나쁨의 영역, 아름다움과 추함의 영역은 이제 독자적인 것이어서, 각각의 경계를 느슨하게 가로지르는 일조차 불가능해졌다. 미학만이 그 불일치의 체험을 통해 각각의 영역을 희미하게나마 보존한다. 현대시의 영역에 한정하여 말한다면, 생태시·여성시·실험시 등의 용어가 그 분할의 몇몇 경계선을 표시한다고 말할 수 있겠다. 자연에 대한 자연과학적 진단을 기초로 한 시, 사회적으로 억압받은 여성의 언어를 복원하려는 시, 언어에 대한 재정의를 통해 미학의 영역을 확보하려는 시 등은 미학 안에서 새롭게 형성되고 분할되는 영역이다. 이제 세 명의 시인을 모던의 분화된 세 영역 ─ 진선미 ─ 과 관련지어 읽어보자.

2

김영승의 새 시집은 『무소유보다 찬란한 극빈』에 관해 말한다. '무소유'가 정신적인 것이라면, '극빈'은 물질적인 것이다. 법정의 잘 알

려진 수필이 말하듯 무소유는 마음의 집착을 놓아버린 상태다. 김영
승에게 그건 일종의 사치다(실제로 시인은 「미스코리아 眞善美」라는 시
에서 법정을 비판하기도 했다). 시인의 '극빈'은 무엇인가를 놓아버린
것이 아니라 처음부터 무엇인가가 없는 것, 결핍된 것이다. 생활고는
시인이 늘상 처한 인생의 조건이다. 시집의 어느 면을 펼쳐 봐도 이
조건이 얼마나 가혹한지를 짐작할 수 있다. "아파트 임대료가 벌써/
두 달째 밀렸"고(「극빈」), "은행잔고"는 "29,109원뿐"이다(「가엾은 아
내」). 시인은 "아프지 말자 아프면/돈 없어 서럽고/약 올림 당해서
늙는다"고 중얼거린다(「아플 때…」). 「북어(北魚)」나 「꽃잎 날개」 「위
혁(威嚇)의 시인」 「매달려, 늙어간다」 같은, 생활고가 길어 올린 가
편들이 시집의 곳곳에서 빛난다.

　김영승이 '극빈'을 가치 개념으로 끌어올린 이유는 그것이 자신의
실존적 조건이었기 때문만이 아니다. 가진 것이 없을 때 내세울 건 그
가진 것 없음이며 그렇게 가진 것이 없다고 말하는 내 자신이다. 김영
승 시의 '자의식'은 참 거짓을 판별하는 유력한, 아니 유일한 기준이
다. 나 자신이 진위의 근거며, 나 자신이 객관성의 담지자다.

　가서
　부지런히 〈투표〉나 하자
　나는 나만을 지지한다고
　내가 최고라고
　나만이 나의 영도자라고.

나만이 나의 '노예'라고.　　　　　　　　—「G7」마지막 부분

　　나만이 나의 영도자이며 노예다. 전자가 나 자신에 대한 시인의
"역발산기개세(力拔山氣蓋世)"(「황소개구리와의 대화」)를 보여준다면,
후자는 나 자신밖에는 지배할 것이 없는 시인의 겸손함을 보여준다.
나는 나만 지지한다, 내가 최고다, 내가 나의 영도자다…… 이 긴 자
랑 뒤에, 사실 이런 말은 내가 지배할 수 있는 건 나밖에 없기 때문이
라는 짧은 탄식이 나오는 것이다. 이 시의 전반부는 "이 추운 밤 전기
도 나가," 추위에 떨면서 "촛불 네 개에 손을 쬐"는 시인을 무대에 올
린다. 그는 길이가 다른 양초 도막(여러 번 전기가 나갔던 모양이다)이
음계를, 나아가 "그 무슨 신비한 문명의 유적"을 보여준다고 생각했
다. 그러니 이런 상상의 확장을 위해서 다른 상상을 붙여둘 물질계는,
다른 사정은 차라리 없는 편이 나았다.
　　시인은 자서에서 "아아 꽝꽝 얼어붙은 내 참혹한 육체와 정신의 그
푸른 백야(白夜)에서, 나는 드디어 내 영혼의 강력한 극광(極光)을
발한다!"라고 부르짖었다. 가진 것이 거의 없었기 때문에 시인은 빈
약한 육체와 그것을 위반하는 정신의 자유라는 불일치를 누릴 수 있
었다. 그 반대라고 말해도 좋다. 정신의 방목을 위해서 물질적인 삶
의 조건은 얼마든지 축소될 수도 있는 법이다. 하지만 어느 쪽이든 이
인과는 가난한 육체와 부유한 정신이라는 도식을 왕복할 뿐이다. 더
중요한 것은 시인이 명증성의 근거로 내세운 자기의식이, 다시 자기
명증성의 근거로 육체를 내세울 수밖에 없었다는 점이다. 시집에 가
득한, 관능에 대한 상상적 탐닉은 육체를 제 명증성의 발판으로 삼으

려는 자의식의 눈물겨운 노력에서 비롯된 것이다.

　　解줘, 더 解줘……
　　더 더 解줘……
　　아, 아아아아아아아아아아악!
　　더 더 解줘 좋아 음……
　　그러다가 脫肛 같은
　　解脫을 하든 염불 빠진 년이 되든
　　〔……〕

　　내가 사는 임대아파트
　　연체된 임대료 약 60만원 어떻게든 解야지……?　　—「解」 부분

　　음담은 동음이의의 익살pun로 탄력을 받는다. 고양된 순간을 향해 달려가는 이 헐떡임은 맺힌 욕망을 푸는 행위이기도 하다. 항문이 빠지는 이상한 해탈, 염불이 아니라 잿밥에만 관심을 쏟는 해탈도 해탈은 해탈이다. 내가 밀린 임대료를 내고 돈의 속박에서 풀려나는 것도 해탈이듯이. 동음이의에 의한 익살은 김영승의 시에서 무수한데, 이 역시 주관의 무차별적(대상의 위계와 등차를 고려하지 않는다는 점에서, 주관이 지어내는 질서는 무차별적이다) 동일성을 보여주는 지표 가운데 하나다. 의미의 유사성이 아니라 소리의 유사성이기 때문에 동음이의로 묶인 대상은 의미론적 장(場)에 배치되지 않고 청각 영상의 친소에 따라 배치된다(사전의 배열을 생각하면 될 것이다. 사전은 의미

론적 요소를 버린 채, 무차별을 질서화한다). 시행의 군데군데 출몰하는 비슷한 소리들을 징검다리처럼 디디며, 의식은 대상을 자유로이 건너뛴다. 시인은 "해(解)"가 갖는 의미론적 요소('풀다')와 음성적 요소('하다')를 동시에 거느린 채, 세상의 모든 것들로 확산되고("나는 이제 〔……〕 그 모든/희로애락애오욕을 다 '解'라고 부르자") 자기 자신의 허탈함으로 축소된다("저/解벌어진//×지 같은.//解解……").

이런 점에서 김영승의 시는 자의식의 편력기(遍歷記)라 할 만하다. 자의식의 방목을 위한 방법론이 서법의 자유연상이다. 구문은 하나의 서술에서 다른 서술로 자유로이 이동해 가는데, 이를 추동하는 힘은 끝내 드러나는/숨는, 이중화된 자의식의 작용이다.

無事하기를 그런 연후에
思無邪도 하기를
殺母蛇도 쑤셔넣기를
〔……〕

교복 입은 예쁜 소녀야
너 無事해야 세상은 平和
너 강간당해 살해되지 말아야
세상은 平和
너 끌려가 윤간당하지 말아야
세상은 平和
너 팔려가 윤간당하지 말아야

세상은 平和

너 예쁘다고 CF 모델 되지 말아야

세상은 平和

탤런트 되지 말아야 영화배우 되지 말아야

세상은 平和

너 예쁘다고

너 예쁘다고 하지 말아야

세상은 平和   ——「밤길, 新年辭」 부분

　"무사(無事)"와 "사무사(思無邪)" "살모사(殺母蛇)"의 언어유희를
거친 뒤에, 시인은 "교복 입은 예쁜 소녀"에 대한 상념으로 옮아간다.
참혹한 참화를 겪지 않아야 한다는 시인의 전언이 자의식의 겉이라
면, 그 참화의 내용에 대한 집요한 묘사가 자의식의 속을 이룬다. 예
컨대 "나는 순수했다/〔……〕 당당했었다"라고 말하는 시인이 그
순수함과 당당함의 근거로 "예쁜 여고생을 보면/뒤에서 확 바지를 까
내리고 도망가고 싶다"(「新婦」)고 말하거나, 아내를 연민 어린 시선
으로 보며 "어쩌다가 나한테 시집을 와/아니 나한테 끌려와/이런 변
태적인 체위를 취하게 되었누……"(「가엾은 아내」)라고 말할 때, 또
순결한 수녀를 겁탈하고 학대하는 자들에 대한 적의를 드러내며 겁탈
과 학대의 내용을 공들여 그려낼 때(「누가 도미니크 수녀님을 욕했는
가」), 이 자의식의 안팎은 분명해 보인다. 결국 "예쁘다"는 말 자체를
취소해야 "세상은 평화(平和)"롭다. 예쁘다는 생각에서 가학적 연상

이 촉발되었던 까닭이다. 연민과 사랑, 사도-마조히즘이 동거하는 자리가 여기에 있다.

육체를 근거로 출발한 자의식적 판단의 가장 먼 곳에 사회 풍자시들이 놓인다. 여기엔 약점이 있는 것 같다. 김영승이 확보한 원근법이 자의식을 그 근거로 삼는다면, 먼 곳일수록 불선(不善)의 영역에 놓일 수밖에 없다. 일종의 유출론이라 할 수 있으리라. 자의식을 가장 적게 쏘인 대상일수록 비유적으로도 사실적으로도 어둡다. 이 어둠은 무차별적이다.

> 〔……〕 민주주의는
> 그랬으면 좋겠다는 집단무의식이 투영된
> 허구고
> 집단적 사기극이고 쇼비니즘 같은
> 기실 관제 궐기대회고 규탄대회고
> 〔……〕
>
> 폭력적 이데올로기의 표상이다 열린
> 사회건 닫힌 사회건 민주주의는
> 인류의 마지막 敵이며
> 공포의 制度며   —「黨」 부분

"자유당"이든 "공화당"이든 "민주당"이든 "한나라당"이든 "모든 당(黨)은 다 악당(惡黨) 같고, 불한당(不汗黨) 같고, 아니 악당(惡黨)

이고 불한당(不汗黨)"이다. 이 무차별은 무릇 "당"을 이루는 일이 파당을 짓는 일이기 때문이다. "당"은 처음부터 개인이 아니어서 당에는 개인의 자유가 없다. 당과 (당을 만든) 제도를 성토하는 시인의 목소리는 극도의 분노로 가득 차 있다. 그렇다면 "유권자(有權者)는?" 시인은 대답한다: "원숭이들이 고릴라들이/퍽이나 민주적이겠다." 거시적일수록, 나 자신에게서 벗어난 영역일수록 시야가 흐릿한 것이다. 미시적인, 내 육체의 영역에 속한 얘기가 갖는 분명함과는 구별되는 지점이다. 사실 정념에는 구별이 없어서, 안팎도 원근도 없다. 가학적 욕망이 도덕을 초월한(아니면 도덕과 무관한) 것이라면 개인의 문제에도 집단의 문제에도 그것은 동일하게 적용되어야 한다. 그런데 사회에 대한 공격성을 내보일 때, 시인은 도덕적 정당성을 등에 업고 말한다. 이 불일치가 재기와 농담으로 온전히 메워질 수는 없을 것이다.

3

김정란의 『용연향』에는 시인이 "이미지"로 바꾸어 말한(「홀로그램」 연작에서 시인은 자신을 "이미지 수신자"라 불렀다), 특정한 전언들이 반복해서 출현한다. 오랫동안 여성들은 "눈물의 방"(「눈물의 방」)에서 살았다. 그 방은 아픔의 방이며 슬픔의 방이다. 그들은 아픔과 슬픔으로, 낮은 자리에서 연대했다. 시인은 이 연대의 역사를 "상처의 통시화(通時化)"(「홀로그램 — 기화하는 연못」)라 이름 지었다. 잔인한

자들(남성들)이 그들을 착취하고 죽이고 억압하여왔으며 그것을 정의라고, 역사라고 불렀다. 이제 억압자들이 없는 새로운 역사가 시작되었다. 그것은 아직 "보이지 않는 얼굴 보이지 않는 형체/그러나 시선은 뚜렷이 느껴진다"(「새로운 관계—무관한 유관함」). 아직 완성되지는 않았으나, 바로 문밖에, 분명히 있다는 뜻이다. 고난은 끝나지 않았으나, "핵, 슬픔, 생령(生靈), 흰색, 지극함, 오래 참음"(「즉각적인 구원」) 같은 어휘들이 그 세상의 목록에 올라 있다. 이제 그 연대로, 새롭게, 세상 속으로 귀환하는 언어와 사람들이 있다…… 시인은 힘주어, 반복해서, 이 전언을 만들고 모으고 나눈다. 시집은 4부로 나뉘어 있는데, 각 부의 소제목이 모여 귀환의 과정을 말한다. '눈물의 방'(제1부), '치유와 성숙'(제2부), '계시 또는 천사'(제3부), '세상 속으로—귀환과 연대'(제4부). 시인의 믿음이 이 과정을 강력하게 지탱한다. 「사랑은 있다」가 이 과정을 편력하는 믿음에 대한 고백이라면, 「사랑으로 나는」은 이 과정을 추동하는 방식에 대한 고백이다.

이 믿음을 실천 이성의 것이라 해도 틀린 말은 아닐 것이다. 『용연향』에 실린 시들은, 이 믿음 덕택에, 일종의 시론시(詩論詩)들이 된다. 사실과 신념과 당위의 만남, '그렇다'와 '그럴 것이다'와 '그래야 한다'의 만남.

희끄무레한 물
냄새가 고약했다 힘센 사람들이 마구 버린 말의 쓰레기가
악취를 풍기면서 물위를 떠다녔다

여자 하나
어쩔 줄 모르며 말의 쓰레기 사이로
허우적대며 숨도 쉬지 못하고 올라갔다 내려갔다
비참한 광경이었다 여자는 이미 반쯤 죽어 있었다

난 여자를 내버려두었다
내심 깊이 믿었다 그녀가 기어이 형식을 발견할 것이라고
───「사향」 앞부분

　이 이야기는 남성 언어/여성 언어의 대립에 관한 이야기다. "힘센 사람들의 말"은 힘센 사람들을 위해 생겨났고 쓰였고 버려진 말이다. 이를테면 힘센 사람들은 "까만색 유니폼/견장의 장식과 번쩍이는 단추"를 한 사람들이며, 그들의 말은 "그리고 그들의 손에 의해 들린 두껍고 무거운 책"에 씌어진 바로 그 말이다. 그들은 "그걸 수천 년 동안 핥아먹"었다(「허공에 뿌리내리는 꽃」). 이 유니폼을 위해 활용되는 말은 이미 타락한, 썩은 말이다. 가여운 그 한 여자는 죽음으로 내려간 후에, 다시 떠올라 자신의 말을, 새로운 어법으로 새로운 어휘를 발설할 것이다. 그녀는 "기어이 형식을 발견할 것"이다. "기어이"는 예측을 당위로 바꾸어놓는 거멀못이다. 이 단어에 의해 이 과정은 불가역적인 것이 된다.

　실제로 김정란의 시적 대상은 이런 대립에 의해 계열화되어 있다. 지배/피지배, 공격 지향성/평화 지향성, 남성/여성의 대립이 기본항을 이룬다. "혓바닥 끝에 길다란 막대기를 꽂은/괴물들" "번들거리는

눈/명성과 돈과 권력을 향해/애타는 갈망으로 타들어가는/후기자본주의의/좀비들"은 "흐흐 난 남자야 다행히도"라고 내뱉고(「팔루스 좀비들」), "상채기, 땀, 피, 눈물, 종기, 고름"들은 "그녀가 알알이 다 챙겨 담았다"(「삶, 한 시절」). 이 대립항을 따라 다양한 이미지들이 파생된다. 아버지/어머니의 대립(「크리스탈 고아원」「갈망의 탄력」), 검은색/흰색의 대립(「허공에 뿌리내리는 꽃」「즉각적인 구원」), 동물성/식물성의 대립(「-낡은-푸댓자루를-끌고가다-만난-보름달-과-초록-실-과-」), 오른손/왼손의 대립(「왼손 글씨를 둘러싼 대화」), 물/돌의 대립(「곧 무너질 벽」)…… 이 무수한 대립항들은 문화적으로 잘 알려져 있는 것들이다.

김정란의 시들은 이 문화적 코드를 도입하면서 흔히 알레고리화된다. 「분노일기」 연작은 처음부터 알레고리를 의도하고 쓴 시들이지만, 실상 『용연향』에 실린 거의 모든 이야기들을 알레고리로 간주할 수도 있다.

내가 오라버니 상자에 하얀 깃털 넣어 줄게 그 까만 깃털은 못 쓰겠더라 오라버니 그 깃털 때문에 죽었잖아 오렌지도 혼자 먹고 어두운 데다 여자 숨겨놓고 그러니까 여자가 오라버니 데려갔잖아 죽어서야 4랑 결혼하다니 그 좋은 머리 어디다 두고

난 빛 속으로 그 여자 끄집어낼 거야 난 그 여자에게
흰 옷 입혀줄 거야 그래서 같이 살 거야   —「李箱 이후」 부분

직선과 원, 숫자를 성적인 기호로 어지러이 활용했던 이상의 안쪽에는 성적 욕망이 자리 잡고 있었다. 시인은 그렇게 여자를 어두운 곳에 숨겨두었으니 잘 될 턱이 있느냐고 웃는다. "까만 깃털/하얀 깃털"의 대립은 여성을 욕망의 저 아래에 가두고 살아야 했던 이상의 삶과, 여성의 자리를 복권하여 밝은 빛 아래서 더불어 살게 해야 한다고 말하는 시인의 믿음이 대립하는 정황을 상징하는 것이다. 알레고리의 언어는 공적(公的)인 언어다. 시집에서 "홀로" "쓸쓸하게"란 어사가 자주 "세계" "우주" 같은 어사와 결합하는 것도 이 언어의 공적 특질에서 비롯된 것으로 보인다. 예컨대 "우리는 혼자이며 여럿이다/우리는 연약하며 강하다" 같은 선언적 어법에서 그렇다.

시인이 꿈꾸는 새로운 언어가 바로 이 대립을 넘어서는 포용과 화해의 언어다. 하지만 이 언어를 확보하기 위해서는 사회도 시인도 가야 할 길이 많이 남은 것 같다. 새로운 언어, 여성의 언어로 제시한 시인의 언술은 ① 대화체 언어, ② 감정 표시 기능에 충실한 언어, ③ 잘 알려진 관습적 상징어로 구성되어 있는데, 이것들은 고백체 언술의 특징을 이루고 있는 것들이기도 하다. 그래서 때로 시인의 발언은 선언과 고백의 양극을 오르내리는 것처럼 읽힌다. 무엇보다도 파괴자들을 지칭하는 수많은 어휘들("야비, 잔인, 기만, 비열, 증오, 괴물, 영악, 음험, 독침, 피묻은 혀……")은 우리가 상상할 수 있는 공격성을 모두 끌어안고 있다. 공격적인 자들에 대한 이 공격성을 어떻게 받아들여야 할까, 아직 우리가 새로운 언어와 세계를 기다리는 데에는 시간이 좀 더 필요하다는 뜻일까?

4

전영주의 시집, 『붉은닭이 내려오다』는 미학이 확보한 자율성의 영역이라는 토대 위에 지어진 집이다. 기호와 지시 대상의 관계가 임의적이라는 사실은 언어학이 오래전에 발견한 것인데, 전영주는 이 발견을 나름의 방식으로 재문맥화했다. 그녀가 시도한 맨 처음(그리고 지속된) 방식은 일종의 명명법이다. 시집 제목으로 올라온 "붉은닭"이 그렇다. "붉은닭"은 일차적으로는 대위적 음운을 위해 선택된 어휘다. "붉은닭"에서는 중성운(/ㅡ/)과 비음(/ㄴ/)을 사이에 두고, 양순음(/ㅂ/)과 치음(/ㄷ/), 음성운(/ㅜ/)과 양성운(/ㅏ/), 연음(/ㄹㄱ/)과 묵음(/ㄹ/)이 자리를 나누어 갖는다. 그러니까 "붉은닭"은 음운 배열표의 광범위한 영역을 거느린다. 다음으로 "붉은닭"은 명명될 수 있는 여러 사물을 대표하는 일종의 환칭이다. 가장 흔하게 쓰인 예는 한 사람이거나 사람의 신체 일부를 "붉은닭"으로 지칭한 경우다. "쾅. 닫힌 문에 붉은닭이 끼이다"(「붉은닭을 죽이다」)의 붉은닭은 손가락이며, "붉은닭을 들어올리다. [……] 에미의 엉덩이와 딸의 엉덩이가 달라붙다"(「기도」)의 붉은닭은 엉덩이고, "지금. 막. 알을 낳으려고 하는 붉은닭을/들어올리다"(「力道」)의 붉은닭은 알통이고, "붉은닭이 왜 길을 건넜는가"(「매혹」)의 붉은닭은 나 자신이다. 그다음 예로는 은유적인 맥락을 보존하여, 붉은닭으로 특정한 사물을 대신하는 경우가 있다. "십자가 위에서 변압기 코드를 문 붉은닭이 날아오르다"(「십자가를 보다」)의 붉은닭은 십자가 위의 피뢰침이며, "홰나무 가지에 붉은닭의 목을 달다"(「붉은닭과 닭」)의 붉은닭은 횃불에 붙인 불이고, "붉은닭이 풍향계 위에 서다"(「풍향계」)의 붉은닭은 제 자신이 바람 방향에 따라 돌아가는 풍향계 자체다. 붉은닭이 명명법의 일종임을 암시하는 쉬운 예를 살펴보자.

사내가 앞치마를 두르다. 통도마 위에 냉동닭이 놓이다.
단숨에 내려찍는 칼에 여섯 토막으로 아침이 갈라지다.
사내의 아내가 다시 하혈을 시작하다. 〔……〕
일주일 전에 처박았던 아내를 꺼내다. 단숨에 여섯 토막나다.
삼일 전에 처박았던 아내를 꺼내다. 이틀 전에 처박았던
아내를 꺼내다. 기름솥이 육중한 몸체를 흔들며 끓다.
토막들을 망으로 건져내다. 하혈 같은 붉은 양념소스를 끼얹다.
붉은닭이 포장되다. 날개 돋치기도 전에 다 팔려버리다.
가게문을 닫다. 안쪽에서 철제셔터를 내리다.
한달 전에 처박았던 아내를 냉동실에서 꺼내다.
요를 깔고 눕히다. 혁대를 풀고 바지를 내리다.
　　　　　　　　　　　　　　　　—「붉은닭을 팔다」 부분

　이름의 맞교환이 이 시를 지탱하는 힘이다. "냉동닭"이 "아내"라면, 양념 소스를 바른 "붉은닭"은 "하혈하는 아내"다. 닭을 튀겨 파는 일에 아내를 빗대고 나니 우리 시대의 여성이 처한 지위가 드러났다. 아내는 추운 한 구석에 버려져 있다가 성욕과 식욕을 위해서만 끌려나오는 존재다. 닭과 아내—이 기호의 전환이 상상을 촉발하고 있는

것이다. 이렇게 변환된 기호들이 작위적인 것만은 아니다. 최소한의 은유적 맥락, 곧 희미한 현실성이 기호의 변환을 가능하게 해준다. 그러나 기호들이 한 번 변환되자마자 기호가 거느린 상황이 주변에 모여들고, 그다음에 체계의 자율성이 작동하기 시작한다.「붉은닭을 가두다」를 보자. 차에 시동경보기를 달았더니 붉은닭이 도망갔고, "빠져죽은 여자들"과 "퉁퉁 불은/여자의 아기들"이 머리를 쥐어뜯고 울었으며, 고막을 터뜨리거나 뜯어냈다. 도무지 현실적인 풍경 같지가 않지만 그 시작은 단순한 것이다. 시의 도입부를 보자.

　　버림을 받다. 복사꽃 살구꽃이 피기 시작하다.
　　씨팔, 차를 바꾸다.
　　침대에 엎드려 원격시동을 걸다.

　한 여자가 버림을 받고, 홧김에 차를 바꾸었다. 그게 이 시로 들어가는 입구다. 때는 춘삼월 호시절인데("복사꽃 살구꽃"은 박두진의 시를 차용한 것이다. 전영주의 시에는 숱한 인유가 나온다. 인유는 전영주 시의 변환 코드가 무의식의 자유연상보다는 일종의 문화적인 코드와 관련되어 있음을 암시하는 것이다), 나는 차였다. 엎드려 무료하게 원격시동이나 거는 여자는 슬픔에 잠겨든 여자고("빠져죽은 여자들"), 그래서 "머리를 쥐어뜯"거나 "귀를 쥐어뜯"었다. 처음 한 달은 괴로워 전화를 받지 않았고, 두 달은 잠만 잤다("한 달 내내 경보음이 울리고 두 달 내내 잠을 자다"). 그러고 났더니 "먼 곳에서 꽃이 지는 소리가 들려"왔다. 괴롭던 봄이 간 것이다. 이제 다시 전화를 받을 수 있다

("잠든 여자의 귀에 뱀처럼 기어온 코드가 꽂히다").

전영주 시의 구절들이 잔인하고 기괴해 보이는 것은, 실은 이와 같은 이미지 변환표 때문이다. 이런 이미지의 변환에는 확실히 과장이 있지만 이 과장은 과장된 그만큼의 자유로움을 가져온다. 전영주는 이 자유를 누리기 위해, 우리 시에 잘 알려진 우상 파괴 작업—"아버지 죽이기"를 행한다. 「팬티형 종이기저귀」는 치매 걸린 아버지 얘기이고, 「고양이 발바닥엔 마우스가 붙어 있다」는 바람난 엄마 품에서 아기처럼 졸아든 아버지 얘기이며, 「엘니뇨」는 죽어 시인의 마음에 묻힌 아버지 얘기이고, 「비보호 좌회전」은 아버지의 삼우제를 치르러 가는 언니와 나의 이야기다. 아버지는 확장되어 "치매환자인 내 하나님"(「붉은닭의 질문」)이라는 시구를 낳는다. 「춤추는 시바」에는 이 기획이 하나의 테제로 등장한다: "'아버지 죽이기'는 필수고 '어머니 죽이기'는 선택이다."

편모슬하에서 시인은 더 자유로워지고 더 외로워진다. 자유로움과 외로움은 같은 상황의 다른 이름이다. 기댈 사람이 아무도 없으므로 과장법을 자제할 필요도 없다. 전영주의 시가 자주 시제를 박탈하는 것 역시 이런 자유로움과 관련 있다. 시제의 박탈은, 과거의 기억과 미래의 상상을 하나로 모으려는 의식에서 비롯된 것이다. 「4박 5일」 같은 시가 과거로 흘러가는 환상을 잘 보여준다. 하지만 다투어 솟아나는 이 격렬한 이미지들이 자주 속화되는 것은 경계할 일이 아닌가 싶다. 시의 의도가 노출되고 나면 들끓던 말들은 급격히 식어, 평면화된다. 전영주는 자주 이 평면을 입체화하는 방식을 상징의 확산에서 찾거나(마지막에 실린 몇 편을 제외하면, 시집의 후반부로 갈수록

"붉은닭"은 그냥 한 사람에 가까워진다), 고양된 시어들에서 찾는 것 같다. 전자가 암호화의 길이라면 후자는 과장의 길이다. 어느 쪽 길이든 "붉은닭"에는 너무 많은 부하(負荷)가 걸린다. 시인이 퍼덕거리는 이 짐을 지고, 다음 시집으로 갈 것이라고는 생각하기 어렵다.

상사(相似)의 놀이들

유사resemblance와 상사similitude의 차이를 말하는 것으로 이야기를 시작하자. 유사(類似)가 유(類)를 포함한 닮음, 곧 두 사물 사이에 위계(位階)를 인정하는 닮음이라면, 상사(相似)는 유개념이 없는 닮음, 곧 두 사물 사이가 등위(等位)임을 인정하는 닮음이다. 유사 관계에 놓인 사물 사이에는 선후와 우열 관계가 있으나, 상사 관계에 놓인 사물 사이에는 이런 관계가 없다.

'유사'에게는 주인이 있다. 근원이 되는 요소가 그것으로서, 그로부터 출발하여 연속적으로 복제가 가능하게 되는데, 그 사본들은 근원으로부터 멀어질수록 점점 약화됨으로써, 그 근원요소를 중심으로 질서가 세워지고 위계화된다. 유사하다는 것은 지시하고 분류하는 제1의 참조물을 전제로 한다. 반면 비슷한 것은 시작도 끝도 없고, 어느 방향으로도 나아갈 수 있으며, 어떤 서열에도 복종하지 않으면서, 조금씩 퍼져나가는 계열선을 따라 전개된다. (푸코, 『이것은 파이프가 아니다』)

미학에서 하나의 텍스트가 다른 텍스트와 유사 관계에 놓였다는 것은, 하나가 다른 하나의 원본이거나 복사본이라는 뜻이다. 그것을 영향의 수수 관계(授受關係)라 부를 수 있으리라. 당대의 미학을 구현하는 텍스트는─그것이 부정이건 변형이건 심화이건─전대 미학의 계승자로서의 지위를 갖는다. 전대 미학과의 거리로써만 그 텍스트의 미학적 성취를 가늠할 수 있다. 그러나 상사 관계에 놓인 텍스트들은 다르다. 엄밀히 말해서 그것들은 서로 닮은 것이 아니라, 서로 비슷할 뿐이다. '닮다'라는 말은 타동사다. '닮음'은 하나가 다른 하나의 대타로서 기능할 때에 성립하는 말이다. 반면 '비슷하다'는 말은 형용사다. '비슷함'은 하나가 다른 하나와 그저 닮은꼴이라는 것을 말할 따름이다. 상사 관계에 놓인 텍스트는 다만 반복하고 변환되고 대치될 뿐이다.

우리 시대의 새로운 미학을 구현하고 있는 시편들은, 전대 미학의 압력에서 자유롭다는 점에서 상사의 놀이를 벌이고 있는 듯 보인다. 그것들을 몇 개의 계열로 분류할 수는 있으나, 각각의 계열에 속한 작품들은 반복과 변환과 대치의 방정식을 보유할 뿐이며, 하나가 다른 하나의 선행 형식이 아니다. 이제 영향의 수수 관계로 위계화하기 어려운, 특별한, 다수의 시편들이 제출되었다. 내가 보기에, 이것은 2000년대 우리 시의 새로운 변환을 보여주는 징후인 것 같다. 1990년대의 작품들에서 그 단초가 보이지만, 이 시기 작품들은 여전히 유사 관계를 보존하고 있다.

경보선수다( )

날씬한 허리를 만들어주는 훌라후프다( )

뚱뚱한 여성을 위한 최신식 런닝머신이다( )

행글라이더다( )

오토바이다( )

놀이용 럭비공이다( )

놀이용 미끄럼틀이다( )

아니 밤무대 댄서다( )

홍길동이라는 18세 웨이터다( )

정신없이 돌아가는 사이키 조명이다( )

살살 꼬리치며 다가오는 꽃뱀이다( )

손끝만 만져도 어머 부끄러워요! 내숭떠는 여자다( )

그러다 밤마다 침대에서 남편을 기절시키는 여자다( )

담배는 안 피고 바람만 피는 여자다( )

　　　　　　　　　—함기석, 「언어란 무엇일까?」 앞부분

　함기석의 시는 무수히 분산되는 언어들을 허용한다. 그의 언어는
단일한 중심으로 수렴되지 않는다. 이를테면 아이들이 "국어선생"을
"당나귀, 도마뱀, 칠면조, 사마귀, 철봉, 달팽이"(「국어선생은 달팽
이」)라고 거듭해서 고쳐 부를 때, 그 말들은 국어선생이 칠판에 적어
두고 아이들에게 외우기를 강요하는 지시어들("당나귀 도마뱀 염소")
과 동일한 언어이면서도 그 지시어들이 갖고 있는 재현의 의무를 벗
어버린다. 언어들은 마치 나비와 같아서, 한 사물에 가볍게 올라앉았

다가 금세 다른 사물로 옮겨 앉는다. 다르게 비유하자면, 그 언어들은 조각 맞추기 게임의 퍼즐들이다. 언어란 무엇일까? 기실 언어는 시인이 본문에 적어 넣은 그 모든 것이다. 그러니 어떤 괄호에 동그라미를 쳐도 상관은 없을 것이다. 그런데 이 괄호들은 사실 선택의 가짓수를 이루는 것이어서, 언어는 이 모든 것이면서 이 모든 것 가운데 하나다. 언어가 이 모든 것이라는 것은 평면적인 문자표(文字表) 전체가 언어라는 뜻이며, 언어가 이 모든 것 가운데 하나라는 것은 이 문자표의 각 항목들이 언어에 대한 비유적 정의들이라는 뜻이다. 정의는 단 하나를 요구하지만, 이 정의들을 모두 충족시켜야 언어의 밑그림이 완성된다. 결국 이 정의들은 무수히 계속되어야 한다.

함기석의 언어는 이처럼 다른 항목들로 계속 미끄러지면서 제 길을 간다. 언어는 경보하듯 뒤뚱거린다. 경보는 몸을 날씬하게 만들어주는 운동이며, 그래서 언어는 훌라후프이자 러닝 머신이다. 빠르게 이동하는 도구에는 행글라이더와 오토바이도 있다. 이것들은 언어가 지닌 활강의 성질을 보여준다. 한편으로 언어는 어디로 튈지 모르는 럭비공이며(경보의 걸음걸이를 다시 생각하자), 매끄럽게 내려가는 미끄럼틀이다(미끄러짐 자체를 다시 생각하자). "놀이용"이라는 수식이 언어가 가진 유희적 성격을 보여준다. 유희는 밤무대 댄서를 부르고 밤무대는 홍길동이라는 웨이터를 부른다. "홍길동" 역시 언어의 유희적 성격을 보여준다. 홍길동은 모순을 견디지 못하고 집을 나갔으나, 현대판 홍길동은 18세가 된 다른 아이를 데리고 세상으로 돌아왔다. 정신없이 돌아가는 언어가 사이키 조명이며, 그런 언어의 스텝이 꽃뱀의 스텝이다. 꽃뱀에게는 내숭과 격렬함이 함께 있다. 담배 대신 바람을 피우는 여자가 그래서 또한 언어다……

언어는 이처럼 대상들을 순간적으로 낚아챘다가, 순식간에 놓쳐버린다. 그런데 이 시에도 선행 형식이 있다.

나는, 시를, 당대에 대한, 당대를 위한, 당대의 유언으로 쓴다.
上記 진술은 너무 오만하다( )
위풍당당하다( )
위험천만하다( )
천진난만하다( )
독자들은 ( )에 ○표를 쳐주십시오.
그러나 나는 위험스러운가( )
얼마나 위험스러운가( )

—— 황지우, 「도대체 시란 무엇인가」 앞부분

차이점은 황지우의 괄호가 여전히 모두(冒頭) 진술을 배회하고 있다면, 함기석의 괄호는 최초의 진술에서 멀리 흘러갔다는 점이다. 황지우가 시대적 단면을 드러내기 위해 당대의 언어를 문제 삼았다면, 함기석은 언어적 단면을 드러내기 위해 시의 언어 자체를 문제 삼았다. 문제는 언어가 아니었는데, 이제 문제는 끝끝내 언어다(앞에서 잠깐 예로 든 시가 실린 시집 『국어선생은 달팽이』의 선행 시집은 박상순의 『6은 나무 7은 돌고래』다).

이 언어의 지평 위에서 2000년대의 새로운 시들이 출현했다. 이 시들은 더 이상 선행 형식을 요구하지 않으며, 그래서 그것들을 특별한 방식으로 계열화할 수는 있지만 위계화할 수는 없다.

　　호르몬이여, 저를 아침처럼 환하게 밝혀주세요. 분노가 치밀어 오릅니다. 태풍의 눈같이 표현하고 싶습니다. 저 자가 제게 사기를 쳤습니다. 저 자를 끝까지 쫓겠습니다.

　　당신에게 젖줄을 대고 흘러온 저는 소양강 낙동강입니다. 노 없는 뱃사공입니다. 어느 곳에 닿아도 당신이 남자로서 부르면 저는 남자로서

　　당신이 여자로서 부르면 저는 여자로서 몰입하겠습니다. 천국과 지옥의 세 번째, 네 번째, 일곱 번째 사다리에서 거지가 될 때까지 카드를 만지겠습니다. 녹초가 되게 하세요. 호르몬이여, 당신의 부드러운 손길로 눈꺼풀을 내리시고

　　제 꿈을 휘저으세요. 당신의 영화관이 되겠습니다. 검은 스크린이 될 때까지 호르몬이여, 저 높은 파도로 표정과 풍경을 섞으세요. 전쟁같이 무의미에 도달하도록

　　신성한 호르몬의 샘에서 영원히 반짝이는 신호들.
　　　　　　　　　　　　　　　　　　—김행숙, 「호르몬그라피」 전문

　　재래의 형식으로 이야기하자면, 이 시의 어조는 기원이며 화자는 분노하거나 애원하는 어떤 사람이고 청자는 "호르몬그라피"란 별칭을

가진 누군가다. "호르몬그라피"는 '호르몬'과 '포르노그라피'라고 말할 때의 그 '그라피'를 합성한 말이다. 호르몬은 인간의 활동이나 생리 과정에 영향을 미치는 화학물질이다. 호르몬의 작용으로 인간은 특별한 감정을 겪거나 특정한 행동을 하게 된다. 포르노그래피는 인간의 성적 행위를 적나라하게 드러내는 장르다. 이 시는 내 감정에 충실하게, 적극적으로 행동하며 살겠다는 결심을 부름말("호르몬이여")의 형식에 담아 표명한 시다. 1연, "저자가 내게 사기를 쳤습니다. 저자를 끝까지 쫓겠습니다"라는 말이 이 결심의 예시다. 누군가 내게 사기를 쳐서 분노했다고 읽지 말고 누군가 내게 사기를 친다면 분노를 표출하겠다고 읽는 게 옳다. 2연과 3연도 그렇다. 내 삶의 수원(水源)이 호르몬이며, 그래서 나는 내 의지가 아니라("노 젓는 뱃사공"이 아니라 "노 없는 뱃사공"이다), 내 감정이 이끄는 대로 살겠다. 나는 여성 호르몬이 넘치면 여성스럽게, 남성 호르몬이 넘치면 남자답게 살겠다. 천국과 지옥을 오가듯 격렬한 감정의 진폭을 있는 그대로 수용하겠다. 그것은 욕망이 이끄는 삶이어서, 나는 호르몬의, 꿈의 영화관이 되겠다. 그 격렬함은 전쟁과 같고, 그 삶은 무의미와 같다. 아니 나는 "태풍의 눈"처럼 그 격렬함의 한가운데에서 평정을 유지하며 살겠다(4연). 보라, 호르몬의 수면은 여전히 반짝이고 있지 않은가?(5연)

정리하자. 이 시의 어조는 기원이 아니라 독백이며, 화자는 반성하는 사람이고 청자는 내 안의 어떤 욕동(慾動)이다. 김행숙은 대개 이 감정의 격렬함을 드러내려고 대상들을 선택하고 배열한다. 내 안의, "호르몬"으로 대표되는 어떤 감정을 대상화하는 것. 그녀의 시를 여성시·환상시라 계열화할 수는 있지만 그것의 선행 시편들을 쉽게 고를 수 없는 것은 이런 사정 때문이다.

　　　물이 뛰쳐나와 꽃병을 엎지른다

　　　여자 몸을 뛰쳐나온 아이가 물방울 눈을 뜨고 두리번거린다

　　　아이가 기르던 프리지아 한 마리가 바닥에서 꿈틀,

　　　여자를 두른 앞치마가 싱크대에서 달려와 바닥을 훔친다

　　　오후를 잘게 다지는 도마 위 칼질 소리

　　　텔레비전 채널이 아이의 손가락을 돌리고

　　　아이가 은하철도를 타고 티비 속으로 들어간다

　　　여자는 브라운관에 머리가 낀 아이를 끌어내 그녀의 무릎 위에 올려

놓고 자장가를 부른다

　　　아이는 쿠션처럼 쌕쌕거리며 잠이 든다

　　　여자는 눈이 내리는 마을로 가는 책 속의 마차를 탄다

　　　책 속에서 담배를 태우러 보라색 입술만 나온다

　　　가끔은 담배가 입술을 태우고 책이 담배를 문다

　　　글자들이 연기를 뿜고 연기가 가구들을 태워 버리고

　　　탄내 가득한 천장에서 밀랍 같은 숯덩이가 뚝뚝 떨어진다

　　　맞닿아 있던 여자와 아이의 피부가 까맣게 들러붙는다

　　　수십만 킬로를 날아온 흰쥐들이 숯무덤을 파헤치자

　　　아이의 무릎 위에 여자가 잠들어 있다

　　　흐물거리던 살 껍데기가 옷걸이에 걸려 있다

　　　　　　　　　　　——이민하,「데칼코마니——관계에 대한 고집」전문

'데칼코마니'는 처음부터 한 짝이어서, "관계"를 이미지화하는 좋은 상징이다. 시에서는 한 모자(母子)가 등장하는데, 둘 사이에서 벌어지는 일상사가 둘의 관계를 보여준다. 시인은 관계라는 게 사동(使動)과 피동(被動)의 변증법으로 설명될 수 있음을, 이 모자의 행동을 통해서 이야기한다. 꽃병이 엎어지며 물이 흘렀고(1행), 그전에 여자가 아이를 낳았으며(2행), 깨진 화병 속에서 프리지아가 흔들렸고(3행), 여자가 뛰어와 앞치마로 바닥을 훔쳤다(4행). 여자는 요리를 하고(5행), 아이는 손으로 텔레비전 채널을 돌리고(6행), 만화 영화에 몰입했다(7행)…… 끝까지 주체와 대상의 자리바꿈이 이 방식으로 계속되는데, 이로써 사람과 사람, 사람과 사물 사이의 관계가 어떤 주고받음만으로 형성될 수 있음이 드러난다. 그들 사이는, 나아가 그들과 사물들은 처음부터 부절(符節)과 같은 관계였다. 그래서 시의 뒷부분에 가서 여자가 "여자 몸을 뛰쳐나온 아이"의 "무릎"을 베고 잠드는 이유가 설명된다. 아이가 아니었다면 이 여자의 삶을 유지하는 모든 관계는 토막 나고 말았을 것이다. 관계의 변증법에서 보면 아이는 여자의 자식이면서 여자의 부모다.

김행숙의 시가 제 안의 감정선들을 따라 대상들을 배열했다면, 이민하의 시는 특정한 관계에서 파생된 형상물들을 배열했다. 이민하에게 기호는, 함기석의 그것과는 다르게, 사물을 단단히 그러쥐는 특정한 표상이면서, 사물을 넘어서는 기호 자체의 표상이다. "m은 내 이름, h는 그대 이름 내 이름" "m은 몸 h는 혀 m은 무덤 h는 하늘"(「H」)이라는 시행을 보자. 나와 그대는 이름의 일부를 공유했고(내 이름의 이니셜은 mh다), 그래서 내가 몸이라면 그대는 내 몸의 일부인 혀이고, 내가 무덤이라면(나는 내 몸만을 동그랗게 보존했을 뿐이다) 그대는 하늘이다(그대의 표상은 온 세상에 다 있다, 언어로서의 표상이므로). 그래서 이민하의 시 역시 김행숙의 시와 마찬가지로 여성시·환상시로 계열화할 수 있지만, 이 계열 내부에는 각각의 원본만이 있다.

기계들의 무의식 속에는 음악이 흐른다
강철을 자르는 강철의 속도와
강철을 다듬는 강철의 리듬에 맞추어
나의 발은 아름답다

유리를 가르는 돌의 단담함과
유리를 다듬는 돌의 유연함과
조금씩 흘러내리는 창문들 풍경들
안구는 유리처럼 갈라질 것인가
폭발할 것인가

무의식의 자율성은 아름답다
길거리에서 벽과의 대면 식사
오수와 오후의 클래식
나는 거리를 지나는 불특정 다수로서
고개는 조금 수그린다
어떤 스텝을 밟을 것인가

모든 기계의 무의식 속에서
흘러나오는 음악과 불꽃들
나는 유리를 불러
유리 공장으로 간다
용광로 속에 발을 담근다
나의 가장 아름다운 구두를 위해
나의 자정을 위해

흘러내리는 강철 같은 바늘들
바퀴들 불특정 다수의
아름다운 귓바퀴와 숨결들
기계들의 무의식 속에
들어 있는 소문난 창문들
풍경이 건널 수 없는,
기계들의 무의식 속에는 영혼이
강물처럼 흐른다   ── 이근화, 「뮤직박스」 전문

　"기계들의 무의식 속에는 음악이 흐른다." 기계는 주어진 역할을 반
복한다는 점에서 음악을 닮았고, 처음부터 아무 의식이 없기에 무의
식을 가졌다. 나는 "강철을 자르는" 강철의 스텝으로 거리를 걸었다.
음악처럼 "나의 발은 아름답다." 다르게 말해서, 나는 내 발만 내려다
보며 걸을 뿐이다(1연). 나는 다른 행인과 아무런 구별이 되지 않는다

는 점에서 "불특정 다수"다. 어느 누구도 내게 말을 걸지 않았기에, 나는 혼자 밥을 먹고 낮잠을 잤다, 그것도 고전적으로(3연). 나는 이 삶에서의 탈출을 꿈꾼다. 나는 동화 속 재투성이 소녀처럼 무의식의 꿈을 꾼다. 저 기계들은 내게 "가장 아름다운 구두를" 만들어줄 것이다(4연). 그런데 그게 다가 아니다. 산문으로 번안할 수 없는 곳에 이 시의 진정한 전언이 숨었다. 기계들의 무의식은 다만 의식 없다는 뜻이 아니요, 나는 대낮의 신데렐라가 아니다. 기계에는, 아니 기계의 스텝으로 은유되는 내 발걸음에는 이 대낮의 풍경이 결코 "건널 수 없는" 아름다움이 숨어 있다(5연). "나의 발은 아름답다"고 시인이 적을 때, 그 발은 정말 아름다운 것이다. 마치 음악처럼, 무의식 속에 숨은 영혼처럼. "1999년 여름 나는 생애에서 가장 훌륭한 생각이 떠오른다//나무를 가꾸는 방식으로 구름을 가질 수 있다면……"(「그해 여름」). "생애에서 가장 훌륭한 생각"이란 시인의 전 생애를 가로지르는 깨달음의 섬광이 아니다. 그건 그저 '이 생각 근사한데'라는 말의 변환일 뿐이다. 그러나 그 말이 언표되는 순간, 그 말은 정말로 시인의 전생(全生)과 맞먹은 질량을 갖게 된다. 이 존재 변환의 순간이 이근화의 시가 새로운 차원으로 비약하는 순간이다.

한밤의 냉장고는 전등과 같아
나의 배고픔을 비추네
다 식은 감자는 미래에도
배고픔으로 벌어질 것인가

길을 물었던 사람은

서서히 뒷모습을 지우고

나의 손가락은 칠일 간

한 방향으로 자랄 것이다

칠일 간 사라진다면

마당은 누가 밟을 것이며

칠일 간 자라나는

악취는 누가 견딜 것인가   ──이근화,「칠일 간」3~5연

　"칠일"은 "미래"의 모든 시간을 대표하는 시간이다. 천지창조와, 그 작업을 반복하는 우리의 시간 주기가 칠 일이라는 것을 기억하자. 냉장고에 넣어둔, 그러니까 "다 식은 감자"가 훗날에도 내 허기를 달래줄까?(3연) 누군가 길을 묻고는 제 길을 갔다. 길을 가리켰던 내 손가락은 그의 미래를 향해 있었다. 그는 내가 가리켰던 미래를 향해 서서히 사라져갔다. 그는 내 미래에 포함되어 있는가, 아닌가?(4연) 내가 그처럼 내 길을 간다면, 내 마당은 누가 밟고 냉장고에서 썩어가는 감자 냄새는 누가 견딜까? 나의 죽음 이후에는 어떤 미래가 마련되어 있는가?(5연) 하나의 차원(이를테면 칠 일)이 다른 차원들(이를테면 모든 미래)을 제 안에 주름처럼 숨겨두고 있었다. 시인은 하나를 얘기했지만, 사실은 너무 많은 것을 얘기했다. 이근화는 일상의 차원에 숨은 다른 차원을 바로 그 일상적 어법으로 이야기한다. 계열을 짓는다면 그녀의 시는 김행숙과 이민하의 시와 친연성을 갖고 있지만, 그

친연성 역시 유사가 아니라 상사의 친연성이다.

조연호는 1994년에 등단했지만, 그의 시는 2000년대 시의 지평에서 읽을 때 더 분명해지는 것 같다(시집 『죽음에 이르는 계절』은 2004년에 나왔다).

> 국수를 먹으며 생각하는 쥐의 날, 단단히 묶은 폐휴지 사이에 얇게 접혀 있던 쥐의 날, 쥐약을 쳐야지, 라고 마음먹는 쥐의 날, 약병 속에 단단하게 뭉쳐 있다가 누군가의 식도를 따라 위장으로 들어가 위벽을 헐어내고 싶었던, 엄마의 등 때를 밀어주고 싶었던 쥐의 날, 미루나무가 내게 고아라고 불러줄 때, 뙤약볕이 나무를 녹여 동글동글한 오색 구슬을 만들 때, 벌레들아, 너희들의 잠은 얼마나 설익은 밥알들이었니? 한낮 공원에 앉아 타들어가는 담배와 함께 하늘로 풀려 올라가던 쥐의 날, 녹슨 철봉대에 반쯤 칠이 벗겨진 채 서 있던, 세상의 기억 모두가 엄마 젖을 빠는 외로운 포유류들이기를 바랐던 쥐의 날, 우윳빛처럼 흰 訃告가 문 앞까지 왔다가 되돌아가던, 돌아간 그가 그리워 눈물 흘리던, 밤새 기둥을 갉아 마땅한 쥐의 날
>
> —조연호, 「쥐의 날」 전문

"쥐의 날"은 물론 쥐를 잡는 날이다. 그런데 "쥐약을 쳐야지"라는 시인의 생각은 곧 "쥐약"을 먹고 자살을 기도하는 상상으로 건너뛴다. 이런 상상은 물론 내가 무고자(無故者)라는 느낌에서 비롯된 것이다. 나를 다리 밑에서 주웠을 것이다. 내게는 아무도 없다. 그래서 "미루나무가 내게 고아라고 불러"준다. 벌레들이 "설익은 밥알"을 먹듯 우

리는 "동글동글한" 쥐약을 먹고(먹고사는 일이 죽어가는 일과 다를 바가 없다는 말이다) 그래서 누군가의 "부고"가 "문 앞까지 왔다가 되돌아"간다. 실제로 누군가 죽었다기보다는 '아무도 없다'는 한 소식이 나를 찾아왔다는 말이다. 말장난 같지만 사실이다. "돌아간 그"가 부고이기 때문이다. 나를 찾아오지 않은 누군가가 그리워 나는 "밤새 기둥을 갉아"댈 뿐이다.

조연호의 시는 늘 생생하게 넘쳐나는 형상들로 가득하다. 그 형상을 이루는 질료는 물론 기억이겠지만, 시인은 기억의 사실성보다는 그것의 물질성에 더 관심이 있는 것 같다. 기억이 얼마나 실제적인가보다는 그 기억이 얼마나 풍요로운 형상을 구현하는가가 더 중요한 것이다. 이 지점에서 그의 시는 음악에 가까워진다. 이 시를 구문에 따라 분절해서 읽어보자.

A 국수를 먹으며 생각하는 쥐의 날,//
　　단단히 묶은 폐휴지 사이에∨얇게 접혀 있던 쥐의 날,//
　　쥐약을 쳐야지, 라고 마음먹는 쥐의 날,//

B 약병 속에 단단하게 뭉쳐 있다가∨누군가의 식도를 따라 위장으로 들어가∨위벽을 헐어내고 싶었던,/엄마의 등 때를∨밀어주고 싶었던 쥐의 날,//

C 미루나무가 내게∨고아라고 불러줄 때,/뙤약볕이 나무를 녹여∨동글동글한 오색구슬을 만들 때,/벌레들아, 너희들의 잠은∨얼마나 설익은 밥알들이었니?/한낮 공원에 앉아∨타들어가는 담배와 함께∨하늘로 풀려 올라가던 쥐의 날,//

D 녹슨 철봉대에∨ 반쯤 칠이 벗겨진 채 서 있던,/세상의 기억 모
      두가∨ 엄마 젖을 빠는∨ 외로운 포유류들이기를 바랐던 쥐의
      날,//

E 우윳빛처럼 흰 訃告가∨ 문 앞까지 왔다가 되돌아가던,/돌아간
      그가 그리워∨ 눈물 흘리던,/밤새 기둥을 갉아 마땅한 쥐의 날

  기호 //는 일차적인 분절이며, /는 이차적인 분절이고 ∨는 삼차적
인 분절이다. 일차적인 분절은 "쥐의 날"이라는 기표로 완성되고, 이
차적인 분절은 "쥐의 날"을 수식하는 긴 관형어절의 끝자리에서 만들
어진다. 세번째 분절까지 고려하여 시를 읽으면, 각각의 분절들이 악
보의 마디처럼 기능한다는 것을 알 수 있다. 시인은 이접(離接)과 연
접(連接)을 능란하게 구사하여 형상들로 하여금 특정한 음가를 갖도
록 만든다. 조연호의 시가 난해해 보이는 것은 이런 형상들이 가진 불
수의적(不隨意的)인 운동 때문이다. 형상들을 묶어내는 어떤 원칙,
예를 들어 가족의 관계에 집중하여 시를 읽어선 안 된다. 중요한 것은
그렇게 산포(散布)된 형상 자체이기 때문이다. 조연호의 시들에서 두
루 발견되는 가족은 단일한 형상으로 묶이지 않는다. 그들은 시인의
가계를 이루는 표상이 아니다. 조연호의 가족은 여러 형상들을 생성
하고 변형하고 수렴하는 특별한 인칭(人稱)으로서의 가족이며, 그로
써 형상들의 탄생지이자 거주지가 되는 그런 가족이다. 이를테면 조
연호의 가족은 쥐를 잡는 가족이 아니라 "모두가 엄마 젖을 빠는 외로
운 포유류들"인 가족, 그러니까 그들 자신이 쥐로 표상되는 가족이다.
그의 시는 '가족에 관한' 얘기가 아니라 '가족을 통한' 얘기였던 것이

다. 기형도의 가족은 이성복의 가족을 '닮았다.' 실제의 가계를 이루건, 사회 전체를 축조하는 상징적인 관계이건 간에, 두 시인의 가족은 시인이 그 안에 속한 어떤 공동체의 지표다. 조연호의 가족은 이성복·기형도의 가족과 다만 '비슷하다.' 여기서도 원본과 복사본의 관계는 성립하지 않는다.

돌 속에서 돌이 자란다. 그 방 안의 공기는 그 방 안의 공기를 향해서 달아난다. 바위 안의 바위가 서로를 탐내고 밀어내고 끝내는 흩어지듯이. 빈틈이라곤 전혀 없는 그 방 안에서 돌이 자란다. 벽지를 걷어내면 맨 먼저 보이는 것. 맨살로 단련된 돌의 얼굴이 맨 먼저 어루만지는 것은 순간순간 다른 사람이 되어가는 얼굴이다. 그 얼굴과 표정 사이에 바위의 균열이 있고 돌의 재잘거림이 있다. 알 같은 태양이 있는가 하면 식물 같은 성장이 그들의 움직임을 더듬어간다. 윤곽을 더듬어가는 그 방 안의 공기는 그 방 안의 공기로 꽉 차 있다. 바닥에서 천장 끝까지 돌이 쌓아올린 돌의 꼭대기는 미끄럽다. 곧 붕괴하라는 지시가 있었다. 돌 속의 다른 돌들은 태어나기 직전의 그 자세를 이미 익히고 있다. 달아나기 위하여 뿌리를 갖춰가는 발가락이 벌써 보인다. 공기를 향해서. ── 김언, 「돌의 탄생」 전문

김언의 시에는 환상의 논리학이라고 부를 만한 어떤 원리가 있다. 이 시인이 집요하게 되살려내는 대상은 처음부터 비실제적이다. 이를테면 시인이 "그는 괴롭게 서 있다. 그는 과장하면서 성장한다. 한나절의 공포가 그를 밀고할 것이다"(「거품인간」)라고 적을 때, 우리는

거품인간을 한나절 뙤약볕 아래서 땀 흘리는 어떤 사람이라고 생각할 수도 있을 것이다. 하지만 시인의 서법(敍法)은 그가 정말로 거품으로 되어 있으며, 그래서 거품처럼 부풀 것이고(과장하고) 커질 것이고 (성장하고) 곧 터질 것이기에 무섭다(공포가 그를 밀고할 것이다)는 전제를 받아들인다. "돌 속에서" 자라는 "돌"도 마찬가지다. 이 돌은 벽지 너머에 숨어 있는 돌인데, 벽지가 뜯겨져 나가면 맨 얼굴을 드러낼 것이다. 그래서 그 돌은 폐허를 향해서 자란다. "방 안의 공기" 역시 다른 곳으로 갈 데가 없으므로 "방 안의 공기를 향해서 달아난다." 벽과 공기로 가득 차 있으므로 그 방은 "빈틈이라곤 전혀 없는" 방이다. 하지만 이 폐쇄된 방은 시간의 마모("곧 붕괴하라는 지시")에 노출되어 있으며, 그래서 마침내 "태어나기 직전의 그 자세"를 취하게 될 것이다. 방이 무너지고 나면 돌은 자연산으로 돌아간다. 아무것도 없는 텅 빈 방에서 "뿌리를 갖춰가는 발가락"을 찾아내는 이 시선은, 공간을 왜곡해서 얻은 것이 아니다. 시간의 차원에서도 마찬가지다.

높은 곳에서 떨어진 사람을 알고 있다
죽지 않을 만큼 땅이 파이고 피가 고이고
땅바닥은 뚜렷이 그의 얼굴을 알아본다
죽지 않을 만큼 사람들은 놀라고
괴로워하고 실컷 잊을 테지만,
지상에서 지하로 그보다 더 높은 곳으로
올라간 그를 알아보기는 쉽지 않다
그가 떨어진 자리로부터 땅바닥을 치고

달아난 소문이 끝날 즈음 어디선가

아이들이 태어나고 자라고 그보다 더

무거운 나이가 되었을 때, 그는 떨어졌다

때가 되면 쏟아지는 것이 비라고 생각하는 것이

마음 편한가 싶은 땅바닥엔 그가 남기고 간

얼룩과 행인들의 발 냄새 간간이 보도블록을 비집고

솟은 엷은 풀냄새에 섞여 그의 얼굴은 알아보기 힘들다

죽어서 푸른 그의 낯바닥을 꼭꼭 밟아주기 힘들다

올려다보면 무심히 발 씻는 소리 내려와 쌓인다

그는 떨어지고 있다　　　　　　　—김언, 「떨어진 사람」 전문

아파트에서 누군가 투신해서 죽었다. 시인은 이 사건의 인과성을
드러내지 않고(그랬다면 이 시는 신문기사의 번안이 되었을 것이다), 사
건 현장에 관해서만 몇 가지를 적어 나갔다. 그래서 이 시에 기술된
죽음은 더욱 비극적이거나 희극적인 죽음이 되었다. 게다가 여기에는
몇 가지 착란이 있다. 먼저 2행: "죽지 않을 만큼 땅이 파이고 피가
고이고." 얼핏 읽으면 그가 떨어져 죽지 않았다는 말로 들리지만, 그
럴 리가. 문장 그대로 땅이 죽지 않을 만큼만 파였다는 얘기다. 그는
마치 도장을 찍듯("땅바닥은 뚜렷이 그의 얼굴을 알아본다") 무척이나
높은 곳에서 떨어졌다. 다음 4~5행: "죽지 않을 만큼 사람들은 놀라
고/괴로워하고 실컷 잊을 테지만." 아무리 놀랐다고 해도 이웃의 투
신자살 때문에 놀라 죽는 사람은 없다. 무척 괴로워했으므로 잊는 데
에 "실컷"이란 수식을 쓰는 것이 이상하지 않다. 그다음 8~11행: 소

문이 퍼지고 아이들이 자라서 땅에 떨어질 나이가 되었을 때에, 그때에야 비로소, "그는 떨어졌다." 그런 투신이 왕왕 있는 일이라는 뜻이다. 그다음 12~13행: 신문지면에서, 아니 이웃 아파트에서 그런 소문을 듣는다면, "때가 되면 쏟아지는 것이 비라고 생각하는 것이/마음" 편할 것이다. 아, 또 누가 떨어졌다는군. 세상이 온통 장마철이야. 이렇게 말이다. 그다음 16행: "죽어서 푸른 그의 낯바닥을 꼭꼭 밟아주기 힘들다." 그는 얼룩으로, 핏자국으로 남았으나, 행인들이 그 얼굴에 발자국을 찍어놓고 다녔고, 풀들이 올라왔다. 그는 죽었고, 풀로 덮여 푸른 얼굴로 남았다. 그걸 기억하는 내가 꼭꼭 밟기는 어려웠을 것이다. 마지막으로 마지막 행: 그리고 그는 여전히 "떨어지고 있다." 지금도 세상에는 어떤 아픔을 이기지 못하고 허공에 몸을 내어주는 이가 많다는 말이다.

김언은 우리가 사는 사차원(삼차원의 공간과 일차원의 시간)의 세계 안에 또 다른 차원이 숨어 있음을, 특별한 환상을 논리화시켜 보여준다. 최신의 물리학 이론인 초끈 이론super-string theory에서는 세계가 열한 개의 차원(십차원의 공간과 일차원의 시간)으로 이루어져 있다고 말한다. 우리의 직관으로 그 차원들을 짐작해볼 수는 없겠지만, 수많은 차원들이 이 세계 내부에 숨어 있다는 것만은 사실이다. 숨어 있던 다른 차원이 열릴 때, 우리는 그것을 환상이라고 부를 수밖에 없다. 김언 시의 논리적 전개는 이 환상의 기술론에서 비롯된 것이다. 김언 덕분에 우리는 논리와 환상이 양립하기 어려운 별개의 영역이 아니라는 증거를 얻었다.

몇몇 시인의 시들을 상사의 논리로 읽었다. 이 시들은 전대의 언어와 미의식의 압력에서 자유롭고 자재하다. 이 외계의 언어도 결국은 우리의 언어로 번역될 것이고, 그래서 유사한 일군의 방언들로 자리를 잡게 될 것이다. 그때까지 이 낯선 언어는 새로운 기표와 기의들을 생산해낼 것이다. 미학은 그렇게 이질(異質)과 혼종(混種)을 통해서만 발전해왔다. 우리가 외계의 언어에 귀를 기울여야 하는 이유가 바로 여기에 있다.

미래파

—2005년, 젊은 시인들

1. 달리는 말의 다리는 네 개가 아니라 스무 개다

요즘 젊은 시인들의 작품이 엉망이라는 얘기를 가끔 듣는다. 사실 이런 얘기는 요즘 애들 버릇없다는 말만큼이나 오래된 말이다. 최근의 시들이 비판받는 요지는 대개 이 시들이 요령부득의 장광설이거나 경박한 유희의 산물이라는 것이다. 시가 헛소리에 가깝다, 쓸데없이 길기만 하다, 거기에 덧붙여 시들이 음악을 잃었다, 이미지의 결이 일정하지 않다, 화자가 혼란되어 있다, 사회와 역사에 대한 안목이 결여되어 있다, 진지한 고민이 없다, 징그럽다…… 같은 말이 덧붙는다. 하지만 실제로 요령(要領)을 얻지 못한 것은 최근의 시들이 아니라, 그 시를 읽어내지 못한 비평이 아닐는지? 부정어법으로 정의된 최근 시들의 특징은, 그 부정의 방식으로는 결코 정의될 수 없는 것이다.

아름다움은 움직이는 거다. 루벤스의 그림에 등장하는 아프로디테의 출렁이는 아랫배, 크라나흐의 그림에 나오는 아프로디테의 절벽 가슴을 당대 사람들은 미의 현현으로 생각했을 것이다. 쇤베르크의 음악에 화음이 없다고 비난하고, 피카소의 그림이 사물을 일그러뜨렸다고 욕할 수는 없는 노릇이다. 미래파는 입체파와 마찬가지로, 화폭에 복수(複數)의 시점을 도입했다. 그들은 달리는 말의 다리가 네 개가 아니라 스무 개라고 말했다. 우리 눈에 보이는 잔상(殘像)이 사실은, 중첩된 면(面)들이 내보이는 실상(實像)이라는 것이다. 스무 개의 발을 재게 놀리며 달리는 말 그림을, 말의 왜곡이라고 부를 수 있을까? 마찬가지로 최근 시의 '특별한' 형상들을 형상의 왜곡이라고 말할 수 있을까? 최근 시들을 비판하는 이들이 논거로 삼은 자리는 절대로, 항구적인 진리의 자리가 아니다. 차라리 최근 시들이 진리로 간주되어온 그 자리를 비판의 대상으로 겨누고 있다고 말해야 옳다. 그래서 앞의 비판을 이렇게 고쳐 말해도 좋을 것이다. 최근의 젊은 시인들은 중언부언을 중요한 발화의 방식으로 만들었다. 단형의 틀에 우겨넣기에는 시의 전언이 너무 풍부하다. 그들은 음악을 위해서 전언을 포기하지 않는다. 이미지가 풍요롭다. 그들은 여러 화자를 무대에 올린다. 사회와 역사에 대한 통찰은 존재론적인 통찰에 자리를 물려줄 때가 되었다. 추(醜)와 불협화음은 처음부터 미(美)의 범주였다…… 미적 형질의 변화를 그들은 비평이 정식화하기에 앞서 실현하고 있었다고 해야 한다.

최근 몇몇 젊은 시인들의 시를 살펴 우리 시의 미래를 짐작해보고자 한다. 어차피 우리 시의 미래는 이들이 적어 나갈 것이다. 이들에게는 1980년대 시인들이 걸머져야 했던 역사와 시대에 대한 채무 의식이 없고, 1990년대 시인들이 내세운 그럴듯한 서정, 고만고만한 서정이 없다. 그 대신에 다른 게 있다. 그리고 이들의 시는 무엇보다도 먼저, 재미있다.

2. 혁명, 그대와 내가 벌인 사랑의 육박전

시는 처음부터 독백의 장르였다. 시에서 대상은 시인＝화자(화자는 시인이 가끔 바꾸어 쓰는 가면이다. 이 둘을 합쳐 '주체'라 부르겠다)의 내면이 산출한 형상물이다. 거기에는 다른 목소리가 없다. 타자는 주체의 바깥에서 모든 언술의 목적어 구실을 하는, 또 다른 주체일 뿐이다. 내가 떠나면 내가 버려지고, 내가 때리면 내가 맞는다. 시는 주체의 모노드라마다. 장석원의 시는 바로 이 점을 의심하는 데에서 시작한다. 그는 시에서 다성성(多聲性)을 실험했다. 여러 주체들과 여러 문체들, 더하여 그 언어가 표방하는 여러 세계관들이 한 편의 시에 들었다. 그는 이 방식으로 1980년대의 '운동'과 1990년대의 '서정'을, 집단적인 선언과 개인적인 고백을 통합하고자 한다.

꽃잎이 피고 또 질 때면, 그대의 눈동자에 고이는 슬픔 때문에 속절없이 흔들리는 갈대, 갈대의 순정 때문에 그날이 다시 온다 해도, 나는 빛 좋은 개살구

그대를 보면 입 안에 침이 고여, 그대를 만지면 몸이 부풀어, 아흔아홉 풍선이 되어 서쪽으로 날아가버려, 꽃잎이 피고 또 졌기 때문에, 꽃

잎 속에 다시 꽃이 모여들기 때문에

그날은 부처님 오신 날이었어, 자비는 그들에게 구해야 돼, 살려줘, 날 구해줘, 날 묻지 마, 파헤쳐줘, 뒤에서 날 쑤셔줘

떨어지는 꽃잎, 삼천의 꽃잎들, 실려 간 청춘, 푸른 청춘, 꽃다운 그대 얼굴 위에, 다시 꽃비 내리는 오월에

그대 왜 날 잡지 않고, 그대 왜 가버렸나, 누가 사랑을 아름답다 했는가, 누가 내게 사랑을 실어 보냈는가, 나는 토막 난 몸통이고 끊어진 길인데

다만 후회하지 않는, 지워지지 않는, 길 위의 혈흔 더운 피 더러운 피, 나의 시신경에 와 닿는 오월의 햇빛, 희미한 전기 신호, 뭉개진 얼굴

그대는 물질적 증거이기 때문에, 짓이긴 꽃잎이기 때문에, 오월의 햇빛 속에서, 소리 없이 지는 한 점 그림자, 물들자마자 한 겹 벗겨지는 껍질

그리고 나의 사랑스런 벌레들 이 풍진 세상을 만나 번성의 시대를 보냈으니, 변태해야 하리, 벌레들이여 또 다른 살덩어리여, 내 아파트로 와서 하룻밤 즐기시라

그대 또 다른 살덩어리여, 붉은 혀 붉은 젖가슴 붉은 엉덩이여, 어두운 거실 소파 위에 나의 게르니카, 그대 차가운 추상이여

　　　　　　　　　　　　──「金秋子에게 보내는 戀書」 부분

「늙은 군인의 노래」에서 「창밖의 여자」에 이르는 수많은 유행가들, 민요들, "빛 좋은 개살구"에서 낙화암에서 떨어진 삼천 궁녀("삼천의

꽃잎들")에 이르는 수많은 이야기들, 최윤의 「저기 소리없이 한 점 꽃잎이 지고」에서 피카소의 「게르니카」에 이르는 수많은 텍스트들이 한데 얽혀 장려한 호흡의 한 편의 시가 되었다. 게다가 "날 묻지 마, 파헤쳐줘, 뒤에서 날 쑤셔줘" 같은 음담(淫談)에서 "나의 게르니카, 그대 차가운 추상이여" 같은 고담(高談)에 이르는 문체들이 뒤섞였다. 이 각각의 발화들은 단일한 목소리로 환원되지 않는다. 물론, 이 형식이 "김추자"라는 대중가수에게 보내는 연서의 형식으로 통일되어 있다고 말할 수도 있다. 그러나 다음과 같은, 같은 시의 다른 부분은 어떤가?

　　이것이면 족하다. 단 하나의 이미지면 나는 완성된다. 환상이 나를 건강하게 하고 희망이 나를 발기시킨다. 나의 연인이여, 내 가슴에 볼 비비는 꽃잎이여, 머리 속의 총알이여

　　'가장'이라는 최상급 부사는, 그렇다. 그대에게만 해당된다. 아름다움이라는 단어는 그대만이 독점한다.
　　　　　　　　　　　　　　　　　　—「金秋子에게 보내는 戀書」부분

이것은 자신이 보낸 연서에 대한 그 자신의 논평이다. "꽃잎"과 "총알"을 등치시킨 데 유의하라. 다음 부분으로 넘어간다.

　　우리는 자욱한 歲月에 걸친 試鍊과 苦惱의 時代를 넘어서서 이제야말로 成長과 成熟을 通해 自己 完成의 時代를 形成하여야 할 80年代

152

에 들어서고 있습니다. 이와 같은 聖스러운 새 時代의 序場에서 大統
領이란 莫重한 責務를 맡게 된 本人은 國家의 成長과 成熟이 本人에
게 賦與된 歷史的 課題임을 痛感하고 있습니다.

　　　　　　　　　　　　　　　—「金秋子에게 보내는 戀書」 부분

　이것은 5공화국 대통령 취임 연설문의 일부다. 이 언술이 가진 장
중하고도 강력한 전언 속에는 독재자의 음흉한 웃음이 숨어 있었다.
이 언술은 앞의 언술과는 다른 세계관을 가진 것이다. 이 언술 때문에
시는 내부에 반어적인 간격을 품게 된다. 대중가요의 일절을 빌려 이
야기한 사랑 고백이 사실은 5월 광주의 참혹한 죽음에 대한 조사(弔
辭)였던 셈이다. 사랑의 현장을 "게르니카"로 지칭한 이유도 이 때문
이다.
　장석원 시에 편재한 수많은 인유들은, 본래의 맥락을 거의 그대로
지닌 채 시에 도입된다. 다르게 말해서, 그것들은 (그것들이 표상하
는) 본래의 세계상(世界像)을 시에 아로새긴다. 문체는 구성의 하위
가지가 아니다. 문체가 세계며, 문체가 주체다. 장석원 시의 풍요로
운 문체는, 단순 인유의 결과가 아니라, 수많은 세계, 수많은 주체의
투쟁에서 비롯된 것이다. 이 수많은 언어들은 셋으로 계열화되는 것
같다. 첫째, 개별적이고 육체적인 언어들. 앞에서 든 음담패설이나
유행가 가사가 그 예며, 이것들은 고백적 언술에 해당한다. 둘째, 집
단적이고 사회적인 언어들. 앞에서 든 대국민 연설문이 그 예며, 이
것들은 선언적(宣言的) 언술에 해당한다. 셋째, 메타적이고 비평적인
언어들. 셋째 언어가 수많은 언어를 나누거나 모아서 편집하는 주체

(물론 이 주체가 시인의 목소리에 가장 가깝다)의 언어며, 이로써 한 편의 시가 완성된다. 첫째와 둘째 언술은 상이한 세계, 상이한 주체를 가졌다. 장석원의 시는 흔히 이 두 언술이 맞부딪치는 전쟁터다. 내가 보기에 첫째 언술이 겨냥하고 있는 것은 사랑이며, 둘째 언술이 겨누고 있는 것은 혁명이다. 물론 시인이 꿈꾸는 것은 이 둘의 통합이다.

re-volution, 다시 회전하면, 그대와 내가 벌인 사랑의 육박전. 기대하시라 개봉박두의 날들 동안 윤회의 수레바퀴 밑에서, 그대는 슬프게 담배 피웠고, 그대의 인생은 속절없이 타들어갔고, 街鬪에서 돌아와 사랑을 나눈 후에, 수레바퀴 밑에서, 그대는 쓰러졌다 일어서는 풀뿌리, 그대는 한량없는 그리움으로 불타오르는 측백나무.
　　　　　　　—「지난해 ○○여관 때로 △△여관에서」 부분

시인에 따르면, 혁명은 그대와 내가 얽혀 돌고 도는 "사랑의 육박전"이다. "가투(街鬪)"와 "여관"이 모두 사랑(=혁명)의 현장이었다. "그대"는 "윤회의 수레바퀴 밑에서" "쓰러졌다." 다르게 말해서 그대는 역사의 현장에서 희생되었거나 세월에 침식되어 변절했다. 하지만 그대는 바람보다도 먼저 일어날 것이다. 김수영에 따르면 혁명은 사랑의 기술(「사랑의 변주곡」)이며, 쓰러짐은 일어섬의 전제다(「풀」). 장석원은 이 믿음이, 독백의 형식으로는 불가능하다고 생각했다. 이 점에서 그는 자기 안팎의 수많은 이질성을 통찰했던, 김수영의 진정한 후계자 가운데 하나다.

3. 검은 바지의 밤

　황병승은 무의식을 시의 무대로 삼곤 했다. 그는 등단작에서부터 자신을 분석하는 "주치의 h"에 관한 시를 썼다(「주치의 h」). 그의 수많은 시편들은, 매우 이질적인 시공간에 놓여 있다. 그곳에서는 자주 꿈이 현실을, 욕망이 이성을 억눌러 발언권을 얻는다. 꿈을 이야기한 시들이 많았고 욕망을 이야기한 시들이 또한 많았으나, 대개 이런 시들은 분석자의 목소리를 가진 것이었다. 황병승은 그보다 더 아래로 내려간다. 그의 시에 등장하는 나는, 흔히, 발언하는 이드Id에 가깝다.

　　나의 진짜는 뒤통순가 봐요
　　당신은 나의 뒤에서 보다 진실해지죠
　　당신을 더 많이 알고 싶은 나는
　　얼굴을 맨바닥에 갈아버리고
　　뒤로 걸을까 봐요

　　나의 또 다른 진짜는 항문이에요
　　그러나 당신은 나의 항문이 도무지 혐오스럽고
　　당신을 더 많이 알고 싶은 나는
　　입술을 뜯어버리고
　　아껴줘요, 하며 뻐끔뻐끔 항문으로 말할까 봐요

부끄러워요 저처럼 부끄러운 동물을
호주머니 속에 서랍 깊숙이
당신도 잔뜩 가지고 있지요

부끄러운 게 싫어서 부끄러울 때마다
당신은 엽서를 썼다 지웠다
손목을 끊었다 붙였다
백 년 전에 죽은 할아버지도 됐다가 고모할머니도 됐다가……

부끄러워요? 악수해요

당신의 손은 당신이 찢어버린 첫 페이지 속에 있어요
                                        ——「커밍아웃」 전문

　나의 정체성에 관해 말하겠다. 진짜 나는 뒤쪽에 있다. 나는 얼굴
이 아니라 "뒤통수"에, 입이 아니라 "항문"에 있다. 뒤통수와 항문은
보이지 않으나, 사실 얼굴과 입은 그것들의 거울일 따름이다. 그곳은
욕망의 영역이고, 나는 욕망에 따라 움직이는 자여서, 맨정신의 당신
은 그게 부끄러울 것이다. 하지만 당신은, 나라는 "부끄러운 동물"을
"호주머니 속에 서랍 깊숙이" 가지고 있다. 호주머니와 서랍은 무의식
의 자리를 지칭하는 분명한 비유다. 내 안의 욕망을, 누군가를 받아
들이고 싶은 자리를 느낄 때마다 당신은 부끄러울 것이고, 그래서 누
군가에게 글을 "썼다 지웠다" 하거나 죽을 결심으로 손목을 "끊었다

붙였다" 한다. 당신은 오래전에 "죽은 할아버지도 됐다가 고모할머니
도 됐다가" 한다(황병승의 시에 자주 나오는 이상한 가계〔家系〕는, 무의
식의 질료를 이루는 옛 기억 속의 가계다. 거기서는 어린 부모와 조부모
들이, 늙은 나와 일가를 이루고 있다). 그 기억과 화해해야 한다. "악
수해요." 당신은 처음 기억을 "찢어버"렸으나, 나는 바로 그 첫 페이
지의 기록자였던 것이다.

> 호주머니를 잃어서 오늘밤은 모두 슬프다
> 광장으로 이어지는 계단은 모두 서른두 개
> 나는 나의 아름다운 두 귀를 어디에 두었나
> 유리병 속에 갇힌 말벌의 리듬으로 입 맞추던 시간들.
> 오른손이 왼쪽 겨드랑이를 긁는다 애정도 없이
> 계단 속에 갇힌 시체는 모두 서른두 구
> 나는 나의 뾰족한 두 눈을 어디에 두었나
> 호수를 들어올리던 뿔의 날들이여.　　——「검은 바지의 밤」 부분

나는 언어로 표현되면서, 상징계로 접어들었다. "호주머니를 잃"은
사건은, 앞에서 말한 대로 예전의 나를 잃은 사건이다. 나는 상징의
계단("광장으로 이어지는 계단")을 오르면서 예전의 나를 계속해서 버
렸다. 나는 지금 서른세 살이고, 예전의 나는 그 각각의 단계에 갇혔
다("시체는 모두 서른두 구"). "계단"과 "뾰족한 두 눈" "호수를 들어올
리던 뿔"은 모두 성적인 기표다. 계단은 그 규칙적인 반복 운동으로
인해서 성교를("계단에 한쪽 발을 올려놓는 순간이었고 나는 나도 모르

게 발기하였다"(「서랍」)). 뾰족함은 프로이트의 유명한 환자인 늑대인 간이 보았던 늑대의 두 귀를, 뿔은 호수로 대표되는 여성성을 파고드는 남성성을 보여준다. 나는 "호주머니" 속에서, "유리병에 갇힌 말벌처럼" 붕붕거릴 수 있었다. 이제 바지에서는 호주머니를 찾을 수 없고 (그래서 바지는 컴컴하고, 컴컴하니까 검다), 나는 예전의 나를 되찾을 수 없어서 슬프다. 시는 이렇게 끝난다.

> 나는 나의 질긴 자궁을 어디에 두었나
> 광장의 시체들을 깨우며
> 새엄마를 낳던 시끄러운 밤이여.
> 꼭 맞는 호주머니를 잃어서
> 오늘밤은 모두 슬프다

이제 "호주머니"는 "자궁"으로 바뀌었다. 호주머니가 모든 상상의 배태지(胚胎地)였기 때문이다. 광장 곧 상징계에 남아 있는 이들 역시 진정한 자신이 아니라는 점에서 "시체들"이며, 무의식의 엄마는 죽었으나 현실의 엄마는 계속해서 태어난다는 점에서 지금 엄마는 늘 "새엄마"다. 지금은 밤이지만 호주머니를 잃은 밤이고, 그래서 모두가 슬픈 밤이다.

황병승의 시에 등장하는 대상들은 흔히 성적인 기표를 가졌다. 예를 들어보자.

"담장"과 "도끼"(「주치의 h」): 여성과 남성 성기의 상징이다. 도끼로 담장을 찍는 행동은 성교를 뜻한다.

"모자"(「후지산으로 간 사람들」): 누구나 모자를 썼으며, 사람들은 모자 얘기를 할 때마다 슬프고 격해졌다. 모자는 흔히 성기의 대용물이다.

꼬리 잘린 "도마뱀"(「여장남자 시코쿠」): 이 시의 주인공인 거세한 남자의 상징이다.

"6"과 "9"(「시코쿠」): 체위를 말한다.

"악기"(「왕은 죽어가다」): 그것은 "불의 악기며 어둠으로부터의 신앙"이어서, 욕망의 다른 이름이다.

"타이프"(「붉은 타자수」): 마스터베이션이 타이프 치는 행동으로 나타났다.

"스케이트 날"(「Cheshire Cat's Psycho Boots_7th sauce─여왕의 오럴섹스 취미」): "스케이트 날이 지나간 자리마다 검은 물이 엷게 베어 나왔"다. 이 장면 역시 성교의 은유며, 따라서 "스케이트 날"은 남근이다.

"토슈즈"와 "장어 멍게 해삼"(「부드럽고 딱딱한 토슈즈」): 모두가 남근의 상징이다.

"검은 넥타이"(「입맞춤의 노래」): 역시 남근의 상징이다. 시는 "곧 재미있는 일이 벌어진다"는 말로 끝난다. 재미있는 일에 관해 자세히 설명할 필요는 없을 것이다.

"문어"(「핑크트라이앵글盃 소년부 체스 경기 入門」): 시인은 문어를 "코가 달렸고 먹물을 발사"한다고 표현했다. 이런 형상을 하고 있는 게 문어만은 아닐 것이다.

"빨간 귀"와 "금빛 머플러"(「해프닝/금빛 머플러」): 역시 여성과 남성 성기의 상징이다.

"얼음 속에 갇힌 불"(「이상한 냄새를 풍겼다」): 실제로는 타지 않는 "불," 그게 욕망이다.

"총알이 지나간 혓바닥"(「고백 기념관」): 성교를 말한다.

"숲"과 "계단"(「세븐틴」): "이 옥상에서 저 옥상으로 결국 하나의 숲이었지만: 우리는 잠자리를 옮겨 다니며 조금씩 젖어들었지." 숲이 여성 성기라면, 계단을 오르내리는 일은 성교다.

"뱀"(「앨리스 map으로 읽는 고양이 座」): 남근의 상징이다.

물론 직접적인 형상들은 훨씬 더 많다. 무의식의 영역이나 시절을 표시하는 말들도 자주 나온다. "귓속말의 세계" 혹은 "부드러운 입맞춤의 세계"(「니노셋게르미타바샤 제르니고코티카」), "서랍"(「서랍」), "밤의 검은 보자기"(「디스코의 마지막 날들」), "장롱"과 "다섯번째 계절"(「四星將軍協奏曲」), "무덤"(「똥색 혹은 쥐색」), "꿈"(「시코쿠」), "버찌의 계절"(「버찌의 계절」), "달고 맛있는 꿈"(「어린이 행진곡」) 등이 그렇다. 물론 시의 상황 전체가 그런 경우도 아주 많다. 황병승은 이런 기표의 놀이를 통해서, 우리가 잃어버렸던 세계의 원형을 복원하려는, 거의 불가능에 가까운 작업을 해내고 있다.

4. 내가 날 잘라 굽고 있는 밤 풍경

김민정의 시를 코믹잔혹극이라 불러도 좋을 것이다. 시의 표면만을 따라가며 그녀의 시를 읽으면 몬도카네Mondo cane 식의 다큐멘터리에 나오는 장면들이 펼쳐진다. 신체 절단, 시간(屍姦), 어디에나 편만한 욕설들, 긴 병력(病歷), 근친상간, 식인(食人) 괴물들, 썩어 문드러지는 사물들, 자위, 배설물들, 자학 및 가학음란증, 절편음란증, 노출증, 살인, 강간, 간음, 식탐, 고문, 가정 폭력, 수간(獸姦) 등이 시편마다 넘쳐난다. 그래서 그녀의 시는 얼핏 보면 김언희의 시를 연상시킨다. 하지만 김언희가 육체적 욕망의 저열함 자체에 초점을 맞춘다면(그래서 그녀의 시를 에로티즘의 범주에서 설명할 수 있다), 김민정은 그것을 통해 드러나는 감각적 현실에 관심을 두고 있다(그래서 그녀의 시는 에로티즘으로 설명할 수 없다). 김언희 시의 주체는 논평자에 가깝지만 김민정 시의 주체는 체험자에 가깝다. 김언희가 평가하고 논증하는 데 반해서 김민정은 겪어내고 설명한다.

또 하나의 중요한 차이가 있다. 김언희가 풍자를 핵심으로 삼는다면, 김민정은 유머를 중심으로 삼는다. 이 유머는 주체와 대상의 괴리가 낳은 효과다. 김민정 시의 주체는 극단적인 사건과 격렬한 감정을 이야기하면서도 천진함을 포기한 적이 없다. 그녀가 자주 발언자로 삼았던 "검은 나나"의 문학적인 선조는 이상한 나라의 앨리스다(김민정의 시에도 "토끼"를 비롯한 이상한 동물들, 이상한 시공간이 숱하게 출몰한다). 앨리스는 어떤 편견도 없이 이상한 나라를 여행했다. 그 나라가 '이상하다'고 여기는 것은 독자의 생각이지 앨리스의 생각이 아니다. 나나 역시 그렇다. 그녀는 무서운 사건과 비통한 감정을 이야기한 게 아니다. 그녀는 다만 어떤 사건과 감정을 '이상하게' 겪었을 뿐이다. 살인과 폭력과 간통의 현장을 처음 보는 어린아이라면,

거기서 격렬한 고통과 공포를 느꼈을까? 고통과 공포는 체험의 문제가 아니라 기억과 재생의 문제다. 한 사건이 갖는 '의미'가 재구(再構)되었을 때, 의미가 사건을 덮어씌웠을 때, 사건은 고통과 공포를 유발한다. 그녀의 시에 가득한 기괴함이 천진한 눈으로 본 세상의 본모습일 수도 있다는 뜻이다.

담배 피우다 담배 먹은 엄마가 글쎄 날 염통 속에서 건졌다지 뭐예요 아마도 연기가 매콤해서 내가 재채기를 했나 봐요 훌쩍거리는 내 콧소리를 듣고 주먹을 입에 넣어 바람 빠진 럭비공 같은 염통을 턱 하니 뽑아 냈다나요 염통 껍데기에 크림치즈를 바르고서 시뻘겋게 달군 석쇠에 지글지글 구웠더니 앗 뜨거 앗 뜨거 하면서 내가 혈관솔기를 뜯고 나와 까꿍했대요
　　　―「회상의 회상―나는 안 닮고 나를 닮은 검은 나나들 2」 부분

처음부터 김민정의 시는 유머를 도드라지게 내세운다. "엄마"는 담배를 피우다 꽁초를 먹어버렸고, 나는 엄마의 "염통" 속에 숨어 있다가 재채기를 해댔다. 그러자 엄마가 손을 목구멍에 집어넣어, 염통을 꺼낸 후에 석쇠에 구워 요리를 했고, 거기서 내가 나왔다. 처음부터 시인이 말하고 싶었던 것은 이런 것이다: 이 시의 이야기는 진지한 것이 아니다. 그러니 같은 의미에서 끔찍한 것도 아니다. 이 시는 특별한 놀이의 소산이다. "나"는 가르강튀아의 출생에 맞먹을 만큼 기이하게 태어났다. 그러나 정말 기이한 것일까? 갓난아기는 제 신체를 조각들의 모음으로 받아들인다. 각기 따로 노는 팔과 다리와 몸통이,

어째서 나일까? 분할된 신체는 괴상하거나 끔찍한 것이 아니라, 갓난 아기의 감각이 세상을 받아들이는 방식을 정확히 설명하기 위한 것이다. 사실 엄마는 제 목숨과도 같은 사랑을 내게 주었던 것이다(염통은 사랑의 상징이다).

제목 역시 이 시가 현실을 편집한 것임을 암시한다. 「회상의 회상」이란 말은 이 시가 회상을 회상한 것, 다르게 말해서 본래의 회상을 거듭하여 만든 것이라는 점을 말한다. 과거 사실을 단순히 따라간 게 회상이라면, 회상의 회상은 그 사실을 만들어낸 본질에 대한 탐구다. "나나" 역시 그렇다. 이 이름은 거듭된 나, 복수(複數)의 나를 보여준다. "나"는 그 수많은 "나"들과 닮지 않았으나, 그 수많은 "나"들은 "나"를 닮았다. 분신이 나를 닮는 것이지, 내가 분신을 닮는 것이 아니기 때문이다.

줄이 돌아간다 줄 돌리는 사람 없이 저 혼자 잘도 도는 줄이 허공을 휘가르며 양배추의 뻑뻑한 살결을 잘도 썰어댄다 나 혼자 **폴짝** 줄 넘고 있었는데 두 살 먹은 내가 개똥 주워 먹다 말고 **폴짝** 줄 넘고 있었는데 다섯 살 먹은 내가 아빠 밥그릇에다 보리차 같은 오줌 질질 싸다 말고 **폴짝** 줄 넘고 있었는데 아홉 살 먹은 내가 팬티 벗긴 손모가지 꽉 물어뜯다 말고 **폴짝** 줄 넘고 있었는데 열세 살 먹은 내가 빨아줘 빨아주라 제 자지를 꺼내 흔드는 복순이 할아버지한테 침 퉤 뱉다 말고 **폴짝** 줄 넘고 있었는데 열여섯 살 먹은 내가 본드 빨고 토악질해대는 친구의 뜨끈뜨끈한 녹색 위액 교복 치마로 닦다 말고 **폴짝** 줄 넘고 있었는데 열아홉 살 먹은 내가 국어선생이 두 주먹에 날려버린 금 씌운 어금니 두

대 찾다 말고 **폴짝** 줄 넘고 있었는데 스물두 살 먹은 내가 두번째 애 떼러 간 동생 대신 산부인과에서 다리 벌리다 말고 **폴짝** 줄 넘고 있었 는데 스물네 살 먹은 내가 나를 걷어찬 애인과 그 애인의 애인과 셋이 서 나란히 엘리베이터 타 오르다 말고 **폴짝** 줄 넘고 있었는데 스물여덟 살 먹은 나 혼자 **폴짝** 줄 넘고 있었는데 줄 돌리는 사람 없이 저 혼자 잘도 도는 줄이 돌고 돌수록 썰면 썰수록 풍성해지는 양배추처럼 도마 위로 넘쳐나는 쭈글쭈글한 내 그림자들이 겹겹이 엉킨 발로 **폴 짝 폴 짝** 줄 넘어가며 입 속의 혀 쭉쭉 뽑아 길고 더 길게 줄을 잇대 나간다

　　　　　　　　　　　　　　　　　　　　　　　──「나는야 **폴짝**」 전문

시인은 줄넘기를 하면서 양배추를 썰듯, 예전의 체험을 켜켜이 벗 겨낸다. 이 줄은 "줄 돌리는 사람 없이 저 혼자 잘도" 돈다. 이 줄은 삶의 거듭된 전신(轉身)을 설명하기 위한 장면 분할 장치다. 한 번 줄 을 넘을 때마다, 나는 나이를 먹거나 다른 삶을 겪는다. 그래서 이 줄 은 이력서의 한 칸 한 칸을 나누는 밑줄이기도 하다. 이 이야기에서 삶의 질을 운위할 수는 없을 것이다. '불행한' 삶을 '우스꽝스럽게' 말하고 있기 때문이다. 시인은 한 삶, 한 삶을, "폴짝" 넘어서, 다른 삶으로 옮아간다. 한 삶을 넘을 때마다, 줄은 이전의 삶을 썰어대고, 그래서 "내 그림자들"(이 역시 또 다른 "나"들이다)이 쌓여간다. 마지 막 장면에서 이 줄은 내가 "입 속의 혀 쭉쭉 뽑아 길고 더 길게" 잇댄 줄이 된다. 다르게 말해서 이 줄은 삶이란 것이 내가 발언(곧 "회상의 회상")함으로써 제 모습을 갖추어가는 것임을 보여준다. "그대들의 윤 곽을 챙겨 입히다 깜짝 놀라 일제히 달고 있던 내 이름표를 떨어뜨린

164

다 이거 다 내 건데 나는 잃어버렸던 내 이름표를 주워 들고 몸 곳곳의 형 틀어진 틈에 도로 갖다 단다"(「내가 날 잘라 굽고 있는 밤 풍경」). 그대들의 윤곽에 이름을 지어준 것이 바로 나였다. 세상은 나의 감각과 욕망에 의해 재구된 곳이었다. 앨리스가 겪은 이상한 나라는 어린아이의 환상이 세계의 내밀한 속내를 훨씬 더 잘 드러낼 수 있다는 예증이다. 나나가 경험한 이상한 세상 역시, 우리가 상식과 이성으로 얽어낸 세계상(世界像) 너머에 감각과 욕망으로 이루어진 또 다른 세계가 있다는 것을 보여주는 예증으로 읽힐 수 있다.

5. 모니터킨트의 슬픔

전통적인 서정이 기대고 있는 자연은 사실 죽은 자연이다. 서정은 흔히 이야기되듯이, 조화로운 자연의 표상을 내면화해서 생겨난 것이 아니다. 이런 자연은 차라리 공유 가능한 제재이며, 그래서 그 미학적인 힘을 소진한(이를테면 정서 환기력을 거의 잃어버린) 제재라고 불러야 한다. 1990년대의, 이른바 '신서정'이라 불리던 일군의 시편들이 노래한 자연이 실제로는 인공적인 것이었다는 비판이 괄호 친 부분이 바로 이 부분이다. 처음부터 자연은 물화(物化)된 배면에 지나지 않았으며, 그래서 자연 자체에서는 어떤 미학적인 가능성도 발현되지 않았다. 자연은 스스로 존재하는 세계가 아니었다는 얘기다. 진정한 서정은 서정적인 주체의 내면에서 생겨나는 것이지, 그 내면을 의탁한 외부 사물에서 생겨나는 것이 아니다. 자연의 모습을 아무리

탐구한다고 해도, 거기에서 서정의 형식을 찾아낼 수는 없다. 서정은 적당한 자연 표상을 이리저리 조합해서 생겨나는 것이 아니다. 서정적인 주체의 내면이 반드시 의탁해야 하는 표상을 찾는 것이 먼저다. 그렇게 드러난 표상들—다시 말해서 정념이 발원(發源)하는 표상들, 정념의 유로(流路)를 지시하는 표상들, 그리고 정념이 안착(安着)하는 표상들이 진정한 서정적 표상들이다.

유형진은 새로운 세대를 대표하는 서정 시인 가운데 하나다. 그녀는, 자신의 말에 따르면, "모니터킨트"라 부르는 세대에 속해 있다.

불지 마 꺼질 것 같아
건드리지 마 다칠 것 같아
상처 옆에 눈이 내린다 창문을 두드린다
한밤중에 일어나 눈동자를 열고 모니터를 꺼낸다
붉고 싱싱한 잘 익은 놈으로
너에게 줄게 아무것도 먹지 마
이것만 있으면 모니터 속 아이리스
보라색 꽃잎 가장자리 휘어진 엷게 눈웃음치는
이슬보다 영롱한 0과 1
샤갈의 마을에 내리는 눈은 녹지도 않고
나의 모니터 속에 쌓인다
눈보다 차가운 아이리스 눈이 없는 꽃
천만 개쯤 되는 눈들을 달고
늘 살아야 되는 꽃

수미산 꼭대기에 피어나고 싶어

불지 마 거봐 날아가잖아   ―「모니터킨트―eyeless.jpg」전문

시인은 이 시의 제목에 다음과 같은 주를 붙였다. "'아스팔트킨트'
는 아스팔트만 밟고 자란 도시 아이, '모니터킨트'는 아스팔트조차 제
대로 밟지 않고 모니터만 바라보며 자라는 아이." 아스팔트킨트나 모
니터킨트는 자연을 접하지 못한, 그래서 불행한, 그런 아이들이 아니
다. 그들에게는 아스팔트와 모니터가 바로 자연이기 때문이다. "아이
리스"는 산이 아니라 "0과 1"이라는 이진법이 구현한 모니터 속에 피
어 있고, "눈" 역시 샤갈의 그림을 전시한 "모니터 속에 쌓인다." 아
이리스는 눈〔雪〕보다 차갑고(모니터에 핀 꽃에는 온도 자체가 없다),
실제의 "눈〔眼〕"은 없지만 "천만 개쯤 되는 눈들" 곧 수많은 화소(畵
素)들을 달았다. 모니터 안팎을 가상과 현실이라고 구분할 수가 없다.
이런 식이다. 시인이 모니터에 "선인장"이란 낱말을 치자, "그의 방은
타클라마칸 사막이 되었다." "그의 모니터에 선인장이 박혔다//그는
손바닥에 박힌 선인장의 가시를 뽑기 시작했다"(「선인장」). 혹은 "레
몬소다나무에서 레몬소다 한 병을" 따고, "와인 밭"에서 "와인 한 병"
을 따고, 담배 밭에서 "레종 한 개비"를 딴다(「애버뉴 b― 잘못 심겨
진 그와 그의 아내」).

그런데 시인이 시의 앞뒤에서 청자에게 건네는 말은 서정적인 주체
의 발언이다. 먼저 앞부분: 나는 불면 꺼지고 건드리면 다친다. 창밖
의 눈은 내 "상처 옆에" 내린다. 그다음 뒷부분: 불었더니 연약한 꽃
이 날려갔다. 그러니까 모니터 속 "아이리스"는 상처 받기 쉬운 내 자

신의 대리 표상이었던 것이다. 이 꽃을 자연물이 아니라고 말할 수는 없다. 그것은 재래의 서정시가 말하는 것과 꼭 같은 방식의 객관적 상관물이다. 유형진은 이런 "꽃잎"과, "꽃잎"의 또 다른 표상인 "나비"(그것은 날려가는 꽃잎이다)로 흔히 서정적 주체의 내면을 드러내곤 했다. 예를 몇 들어보자.

"연등 속에서 불 밝히던 성충들"(「연등」): 시에 나오는 "다리를 절던 사내"의 서정적 분신이다.

"거리엔 검은 나비들의 잔해가 흩어져 있고 사람들은 아무렇지도 않게 그들의 날개를 밟고 출근을 한다 [……] 나는 폭우 속에 잃어버린 시간을 찾으러 밖으로 나갔다가 찢긴 날개들만 수거해 온다"(「폭우 속에 시간을 잃다」): 나비는 떨어진 빗방울이다. 나는 "잃어버린 시간"을 찾으러 갔다가 나비의 "찢긴 날개들"만 건져 왔다. "잃어버린 시간"이란 흔히 유년으로 대표되곤 하는 조화로운 한때다. 찢긴 나비는 그 시절이 영영 가버렸음을 증거한다.

"그것은 〈코끼리 꽃〉 사이를 날아다녔다 그것은 새장에 갇힌 새처럼 불운한 결정체였다"(그것): "그것"은 조화(造花) 위에 내려앉는 특별한 나비다. 나비가 내려앉은 자리에 "금빛" 가루가 묻었는데, 내가 그 가루를 만지자, 그것은 녹으로 변해버렸다. 나비와 꽃으로 표상되던 춘삼월 호시절은 이미 가버린 것이다.

"희귀종 생태 표본실의 나비들이 유리관을 깨고 모두 나왔다"(「표본실의 나비들」): 나비는 "아무하고도 말을 하지 않는 그녀"의 표상이다. 그녀는 "휘어진 창틀에다 대고 날개를 비비고 있다." 곧 환호성을 지르는 사람들 사이에서 술잔이 깨지고, 나비 날개에 "크리스탈 잔의 파편이 꽂힌다." 그녀는 날개를 잃었다.

"미친 듯이 팔랑대며 쏟아지는 하얀 정령"(「벚꽃」): 날리는 "벚꽃" 잎들은 "꽃의 비명"이다. 그것들은 "바람에 날려/멀리로 가서 다시 죽는다."

"아이들이 그가 만든 탱크를 가지고 꽃밭에서 놉니다 바퀴에 꽃잎이 깔립니다"(「올해도 과꽃이 피었습니다」), "수백만 마리 나비 떼의 습격을 받았다"(「레몬소다와 담배의 심각성에 관한 시」): "그들이 지나간 아름다운 폐허"에서는, "사람들이 담배를 피우거나 레몬소다를 마시는 일 외엔 아무것도 하지" 않았다. 그들은 냉혹한 현실을 잊고 아름다운 "환각"에 빠져 살았다.

나비의 탈출기(脫出記)라 불러도 될 만한 이 이야기들에서, 시인은 무서운 세상과 여린 영혼을 대조했다. 이런 대조는 서정적 주체가 자신과 세상 사이에 설정해둔 특별한 간격을 보여주는 것이다. 모니터 킨트가 모니터 속 현실에서 취재한 것들이 대개 이런 성격을 갖고 있다. 시인이 서정적 주체의 표상으로 내세운 인물 가운데 하나가 "피터래빗"이다. 자연을 거닐던 서정 시인이 캐릭터 만화에 흔히 등장하는 토끼로 바뀐 셈이다.

나에겐 고향이 없지 고향을 잃어버린 것도, 잊은 것도 아닌, 그냥 없을 뿐이야 그를 만난 건 내가 Time Seller Inc.라는 회사에서 일할 때였지 그곳은 시간이 없는 자들에게 시간을 파는 일을 해 그것은 불법이지 그곳의 시간들은 대부분 훔친 것들이거든 나는 시간의 장물을 관리하는 일을 맡고 있었지 어느 날 그가 자신의 시간을 사줄 수 없겠냐고 문의를 해왔어 그는 오자마자 고향 이야기를 꺼냈어 그의 고향은 남쪽의 바닷가 마을이었는데 고향에서 지내던 어린시절의 시간을 팔고 싶다고 했어 들어보니 사줄 가치도 없는 흔해빠진 시간을 들고 와선 아주 비싼 가격을 부르더군 그는 벨벳정장 차림에 고급 안경을 끼고 있었는데 먼 곳을 바라보는 사람처럼 눈동자가 깊었어 그냥 돌려보내려다가 그런 시간 한 개쯤 사두어도 괜찮을 것 같았지 혹시 팔리지 않는다면 내가 써볼 생각이었지 그래서 그의 시간을 헐값에 샀어 아무도 사가지 않은 그의 시간을 쓰겠다고 한 순간부터 이상한 일들이 벌어졌지 밤이면 잠을 이루지 못하고 신호등을 기다리다가도 깜박깜박 잠이 들었어 끝내는 눈을 뜨고 꿈을 꾸며 걷게 되었지 꿈꾸며 걷는 길가엔 은갈치 떼가 몰려다니고 해초들이 발목을 감싸서 걸을 수가 없었지 나는 예전의 고향 없는 내가 그리워졌어 그때의 평화로움은 다시는 나를 찾아와주질 않았지 구입한 시간은 되팔 수 없었어 그것이 이 일의 룰이거든 그를 찾으면 꼭 보름의 달무리진 풀밭으로 데려가야 해 그가 판 유년의 시간에서 가장 아름다운 곳. 그곳에서 부탁해.

—「피터래빗 저격사건—의뢰인」 전문

"피터래빗"은 본래 비어트릭스 포터Beatrix Potter가 지은 동화에 나오는 장난꾸러기 토끼다. 그런데 이 시의 피터래빗은 어린 시절, 고향의 기억을 간직하고 있는 서정 시인이다. 왜 이렇게 되었을까? 시인의 어린 시절이, 고향의 안온함이 사실은 피터래빗 그림 동화를 읽던 체험에서 비롯되었기 때문이다. 게다가 그에게서 어린 시절의 시간을 사갔던 이는 『모모』에 나오는 바로 그 시간 도둑이다. 모모 앞에서 시간 도둑들이 제 본분을 잊고 무너졌듯이, 이 시간 도둑도 시간을 산 후에 "밤이면 잠을 이루지 못하고 신호등을 기다리다가도 깜박깜박 잠이 들었"으며, "끝내는 눈을 뜨고 꿈을 꾸며 걷게 되었"다. 그가 산 시간, 그가 꾼 꿈은 어린 시절의 행복한 기억과 몽상이었던 것이다. 유형진은 새로운 세대의 새로운 서정을, 자신의 체험에서 정확하게 끄집어내어 말했다. 나는 우리 시의 서정을 그녀를 포함한 모니터킨트들이 새롭게 정의하고 있다고 말하고 싶다.

6. 달리는 말의 다리는 네 개일 수도 있고 스무 개일 수도 있다

처음으로 돌아가자. 다시 말하지만, 새로운 세대가 생산하는 시들은 결코 요령부득의 장광설이거나 경박한 유희의 산물이 아니다. 그들에게서도 시는 여전히 생생한 체험의 소산이며, 감각적 현실의 표명이며, 진지한 고민의 토로다. 세대가 바뀌면 그 세대에 통용되던 미학과 세계관이 바뀐다. 그런데 비평은 늘 작품보다 늦되다. 비평이 작품을 선도할 수는 있으나 오도해서는 안 된다. 나는 다음과 같은 사실을 믿는다. 먼 훗날, 이들의 작품이 낡았다는 비판이 제기되는 날이 분명히 올 것이다. 다르게 말해서 이들의 작품이 가까운 미래에 우리 시의 분명한 대안이라는 것을 인정할 날이 올 것이다.

제 2 부

전범들

1. 좋은 시에 관하여

좋은 시, 빼어난 시란 어떤 시일까? 지금처럼 각자 다른 미학을 주장하는 시편들이 백가쟁명(百家爭鳴)하는 시대에는 좋은 시의 기준을 한 가지로 제시하기가 쉽지 않을 것이다. 서정적 공명(共鳴)을 우선하면 낡은 외장(外裝)을 지적받을 것이며, 공동체 의식을 내세우면 상투화된 발언, 자의식 없는 주체라고 한 소리 들을 것이고, 전위와 파격에 공을 들이면 삶의 실체를 망가뜨리는 자의적인 조작이라는 비난에서 자유로울 수 없을 것이다. 어떤 방식이든 하나의 특장은 다른 의미의 흠결이다. 그렇다면 어떤 방식으로 좋은 시, 빼어난 시를 알아보아야 할까?

나는 좋은 시, 빼어난 시란 시적인 영향력이 얼마만하냐로 설명되어야 한다고 믿는다. 미래의 지평에 열려 있어야 좋은 작품이다. 많은 이들이 좋아한다고 해서 좋은 시는 아니지만(서정을 내세우는 이들은 쉽게 이 함정에 빠진다. 서정만을 평가 기준으로 삼으면 감상성과 대중 추수주의에서 자유롭기가 어렵다), 많은 시인들이 따라 하는 시라면 좋은 시가 될 수 있을 것이다. '정치적으로 올바른' 전언을 갖고 있다고 해서 좋은 시는 아니지만(예전에는 이런 지도 비평가가 흔했다. 시와 시인을, 시적인 실천과 정치적인 실천을 혼동하는 폐해는 적은 것이 아닌데, 지금도 시를 깨달음의 차원에서 가르치는 이들이 없지 않다), 미학적으로 올바른 전언을 갖고 있다면 좋은 시가 될 수 있을 것이다. 새로운 실험을 시도한 시가 모두 좋은 시는 아니지만(과격하게 말하자면, 실험은 그 의도를 통해서만 성취를 보장받는다. 독자는 왜 이런 실험을 했을까를 궁금하게 여기고, 그 궁금증이 풀리면 실험의 의의를 인정한다. 실험의 결과가 중요한 게 아니며, 실험 자체의 파격이 중요한 것도 아니다. 실험 자체에 대해서는 미학적 기준을 요구할 수 없기 때문이다. 그렇게 말할 수밖에 없는 어떤 절박함만이 실험을 가능하게 한다), 그 실험이 새로운 미학으로 인정된다면 좋은 시가 될 수 있을 것이다. 좋은 시는 후대의 시편들에 지속적인 영향을 미치게 된다. 그것이 바로 문학사의 정통을 이루는 것이 아니겠는가? 새로운 시어를 도입하고 새로운 어법을 소개하고 새로운 주체를 제시하고 새로운 세계를 열어젖힌 시가 좋은 시, 빼어난 시다.

전대의 전범은 후대의 상투형을 낳는다. 이 글의 목적은 전범을 살핌으로써 최근의 우리 시에서 반복되는 어떤 상투형을 짚어보려는 데 있다. 그래서 이 글은 일종의 시론이다. 본문에서 말하는 시의 방법론을 무반성적으로 차용한 시들이 있다면, 그 시들이 상투적인 시들이다.

2. 시어들

1980년대 들어, 황지우가 특별한 시어 하나를 우리 시에 도입했다. "생(生)"이란 말이 그것이다. 1960년대에 김광섭이 「생의 감각」이란 시를 쓴 이래 몇몇 시인들이 이 말을 다루었지만, 적어도 황지우만큼 지속적이고도 일상적으로 이 단어를 쓴 시인은 없었다.

자기를 매질하여 一生一代의 물 위를 날아가는 그 새 (「오늘날, 箴言의 바다 위를 나는」)

그 똥개의 角膜 → 水晶體 → 網膜 속의, 나의 이 全身, 이 全貌, 이 全生涯의 바깥, 어디선가, 언젠가 우리가 꼭 한 번 만났었던 생각도 들고, (「똥개의 아름다운 갈색 눈동자」)

그 운동장으로부터 20년 후/이제 다른 生涯에 도달하여 (「비 오는 날, 幼年의 느티나무」)

부활의산, 영생하는산, 생의산, (「無等」)

자작나무는 누구의 生을 향해/큰 팔 벌리고 서 있는가/손 한 뼘의 생애를 다하여 (「崔南端의 자작나무 앞에서」)

따사로운 桃花나무 아래/잠이나 원 없이 잤으면/生前까지 갔다 오는 멀고 먼 잠, 잤으면/다시 生後로 내려와 나는 (「桃花나무 아래」)

이 몸을 바꿔버렸으면 털어버렸으면, 환생했으면! (「잠자리야 잠자리야」)

一生一代의 一劃 (「삶」)

一生이여. 이 부피만큼 살아왔구나. 〔……〕 때를 벗기면 벗길수록 生涯는 투명하다. (「나의 누드」)

노랑나비가 그 이상한 꽃에 홀려/一生으로 못 갈 바다를 따라갔다. (「봄바다」)

生後의 거센 바람 속으로 (「出家하는 새」)

시집 『겨울-나무로부터 봄-나무에로』에서 뽑은 구절들이다. 이 시집에는 "생" "인생" "생애" "일생"이란 말과 그것과 동의어인 "삶"이란 말, 그것의 술어인 "살다" "살아 있다"란 말, 그것과 근친 관계인 "세월" "유년"이란 말이 무수하게 출몰한다. 이 말들은 시인이 1980년대를 관통하면서 부여잡아야 했던 삶의 실감을 효과적으로 형상화했다. 우리는 엄혹하고 고통스러운 시대를 살아 있다는 바로 그 사실만으로 견뎌내야 했다. 그다음 시집(『게눈 속의 연꽃』)에서 이 시어는(출현 빈도가 눈에 띄게 줄기는 했지만) 늙어가거나 낡아가는 삶의 실존적인 표면을 부각하기 위해 사용되었다. 이를테면 "청소부는 가로수 밑의 생(生)을 하염없이 쓸고 있다"(「12월」)나 "바다로 간 거북이여/불사(不死)보다는 생(生)이 낫지 않은가"(「비로소 바다로 간 거북이」) 같은 구절이 그렇다.

1990년대에는 기형도가 "기억"과 "추억"이란 시어를 같은 방식으로 우리 시에 소개했다. 이 시인은 지금, 이곳에 놓인 사물들의 형상에서 그때, 그곳의 형상을 찾아내곤 했다. 시인은 지금, 이곳의 삶이 아닌 그때, 그곳의 삶을 그 기억을 통해 말했다(그의 시에 일종의 물주구문〔物主構文〕이 흔히 등장하는 것도 같은 연유에서다. 뒤에서 다시 이야

178

기하기로 한다). 기억의 형상은 둥글다. 자기 보존하는 것들의 속성은 가능한 한, 둥글게 몸을 웅크리는 것이다. "둥글다"라는 시어가 그의 시에, 그토록 많이 등장하는 것도 이 때문이다("둥글다"라는 시어는 동시대 시인인 이문재의 『내 젖은 구두 벗어 해에게 보여줄 때』에서도 자주 등장한다).

또 어떤 이는 너무 쉽게 살았었다고/말한다, 좀더 두꺼운 추억이 필요하다는 (「오래된 書籍」)

구두 밑창으로 여러 번 불러낸 추억들이 밟히고 (「진눈깨비」)

휴일의 대부분은 죽은 자들에 대한 추억에 바쳐진다 (「흔해빠진 독서」)

추억은 이상하게 중단된다 (「추억에 대한 경멸」)

이제 해가 지고 길 위의 기억은 흐려졌으니/공중엔 희고 둥그런 자국만 뚜렷하다 (「길 위에서 중얼거리다」)

추억이 덜 깬 개들은 내 딱딱한 손을 깨물 것이다 (「정거장에서의 충고」)

누군가 나의 고백을 들어주었으면 좋으련만/그가 누구든 엄청난 추억을 나는 지불하리라 (「가수는 입을 다무네」)

나의 빈 손바닥 위에 가을은/둥글고 단단한 공기를 쥐어줄 뿐 [……] 너무 어두워지면 모든 추억들은/갑자기 거칠어진다 (「10월」)

그렇게 가을도 가고 몇 잎 남은 추억들마저 천천히 힘을 잃어갈 때 [……] 나 또한 내 지친 정신을 가을 속에서 동그랗게 보호하기 시작했으니 (「포도밭 묘지·1」)

돌아보면 힘없는 추억들만을/이곳저곳 숨죽여 세워두었네 (「植木祭」)

모든 추억은 쉴 곳을 잃었네 (「그 집 앞」)

나의 감각들은 힘센 기억들을 품고 있다. (「먼지투성이의 푸른 종이」)

떠다니는 내 기억의 얼음장마다/부르지 않아도 뜨거운 안개가 쌓일 뿐이다 (「나리 나리 개나리」)

시집 『입 속의 검은 잎』에서 가려냈다. 기형도는 흔히 "추억" "기억"을 개념어로 다루지 않고 물화(物化)된 대상으로 다루었다. 인용된 시들에서 추억과 기억은 각각 '기록'(「오래된 書籍」), '눈발'(「진눈깨비」), '독서'(「흔해빠진 독서」), '회상'(「추억에 대한 경멸」), '표지판'(「길 위에서 중얼거리다」), '잠'(「정거장에서의 충고」), '사연(이야기)'(「가수는 입을 다무네」), '풍경'(「10월」), '낙엽'(「포도밭 묘지·1」), '나무'(「植木祭」), '(한 사람에 대한) 생각'(「그 집 앞」), '운지법(運指法)'(「먼지투성이의 푸른 종이」), '얼음장'(「나리 나리 개나리」)을 대신하는 말이다. 그것들은 지금은 증발해버린 예전의 어떤 삶을 표상하는 것이었다. "둥글다"라는 말은 그런 추억, 기억의 자기 보존적 성향을 가진 형상이다.

"생"과 "기억," 나아가 이들의 유의어(類義語)들은 후대 시인들의 잦은 활용에 따라 평면적인 말들이 되었다. 이제 그것은 익숙한 정서를 환기하는 익숙한 말들이다. 그만큼 황지우와 기형도의 문맥이 우리에게 익숙해진 셈이다(기형도 역시 "생" "인생" "일생" 같은 말들을 흔하게 썼다). 여기에 "어둠" "희망" "절망" "일상" "고통" 같은 말을 덧붙이면, 상투어의 목록이 완성된다. 이 말들이 문맥에 포함되면, 시행은 그럴듯해 보이지만, 대신에 말할 수 없이 평평해져버린다. 선행 시구들의 두께(그것도 무척이나 두툼하다)가 그것들을 지탱하고 그것들을 억누르기 때문이다.

한 가지 예만 더하자. 최승자는 "매독" "뇌수" "골수"라는 시어를 우리 시에 보탰다. 그녀는 당대의 고통을 단절된 사랑의 관계에 빗대어 말했다. 극단적인 고통은 순화된 시어들로는 결코 표현될 수가 없다. 최승자와 김혜순을 계기로 우리의 여성시는 고분고분한 서정, 순화된 서정에서 벗어나 드잡이하는 서정, 격렬한 서정으로 진입한다.

일찍이 나는 아무것도 아니었다./마른 빵에 핀 곰팡이/벽에다 누고 또 눈 지린 오줌 자국/아직도 구더기에 뒤덮인 천년 전에 죽은 시체. (「일찍이 나는」)

개 같은 가을이 쳐들어온다./매독 같은 가을. (「개 같은 가을이」)

흐르는 물처럼/네게로 가리./〔……〕/혈관을 타고 흐르는 매독균처럼 (「네게로」)

그녀의 뇌세포가 방바닥에/흥건히 쏟아져 나와/구더기처럼 꿈틀거린다. (「어느 여인의 종말」)

저승의 물결 같은 선잠만 오락가락/밤새 내 머릿골을 하얗게 씻어가누나. (「선잠」)

종기처럼 나의 사랑은 곪아/이제는 터지려 하네. (「이제 나의 사랑은」)

꿈꾸지 않기 위하여/수면제를 삼킵니다./마지막으로 내 두뇌의/스위치를 끕니다 (「외롭지 않기 위하여」)

  그녀의 머리통이 깨어지고/꿈이 좌르르 쏟아진다/뇌수와 함께.
(「술독에 빠진 그리움」)

  고독의 핏물은 흘러내려/언제나 내 골수 사이에서 출렁인다. (「외
로움의 폭력」)

  시집 『이 시대의 사랑』에서 고른 구절들이다. 최승자는 '저주받은
시인'의 형상을 '버림받은 연인'의 형상으로 바꾸었다. 그녀가 해부학
적 시어들을 고른 것은, 대개 아픔이 육체에 속한 것이기 때문이다.
고통에 사로잡힌 인간은 육신을 분열된 것으로 인식한다. 병든 육체에
대한 시인의 집요한 묘사는 고통을 살아 있음의 유일한 증거로 인식해
야 했던 당대의 시적 인식에서 비롯된 것이다. 그런데 그 후에 "골수"
와 "뇌수" 같은 말들은 일종의 시적 클리셰cliche가 되어갔다. 이 시
어들은 이후의 여성시에서, 순화된 서정의 대척점에 놓인 반의어로
목록에 올랐다. 격렬한 고통이 격렬한 시어를 고른 게 아니라, 격렬
한 시어가 격렬한 느낌을 담보하는 방식이 되고 말았다. 이제 그 시어
들은 더 이상 격렬하지 않다. 순서가 바뀌면서 상투화되었던 것이다.

3. 구문들

  김명인은 새로운 구문들을 다양하게 활용하여 우리 시의 서술 방식
을 크게 확장하였다. 많은 시인들이 많은 구문을 활용하였으나, 김명

인만큼 시편들마다 구문의 다양한 변화를 실험한 시인은 드물었다. 김명인의 구문은 술어 변환을 통해 통상의 평서문을 변형한 것이라는 점에서 특징적이다.

　〔의문①〕 여기서 보면 질주는 적막한 흔적인 셈인가; 강한 것은 무엇인가 (「무화과」)

　〔의문②〕 왜 바퀴를 굴려 스스로의 길 숙명처럼 이으면서/기차는 가야 하는지 (「기차에 대하여」)

　〔의문③〕 저도 사람이/날 수 없다는 것을 아는 것일까 (「갈매기 관찰」); 길이라면 어떤 길이든 스스로의 굴곡으로/사무치는 걸까, (「네 사람」); 졸음과 초롱을 함께 건너야 하는 걸까 (「초록잠」)

　〔의문④〕 나/오지 않는 열차를 기다렸던가 (「浮石寺」); 구름 꼈던가 (「러시아 집」)

　〔의문⑤〕 기차를 창밖으로 보고 있었잖니? (「겨울 潛行」)

　〔의문⑥〕 아직 안개 몰골 아니냐 (「겨울 潛行」); 그대 흉터 없는 바다를 보았느냐 (「러시아 여자」); 그리운 마음이야 어째서/별 나이 때문에 아뜩하겠느냐 (「네 사람」)

　〔의문⑦〕 남쪽 항로를 꿈꾸게 되나 (「네 사람」)

　〔추측①〕 어떤 새들은/우리가 모르는 하늘江/저 건너에서도 알고 있으리라 (「새」)

　〔추측②〕 그 속꽃 만발할 테지 (「무화과」)

　〔부정〕 눈물을 바치려고 그 새를 본 것은 아니었다 (「새」)

　〔추측①+부정〕 갈매기는 내 무료함이나 메꾸어 주느라 저렇게 열

심히/날고 있는 것은 아니리라 (「갈매기 관찰」); 뛰노는 동안은/걱정 없으리라 (「러시아 집」)

〔의문 ②+추측 ②〕 덧난 상처들만 안타깝게 가시 눈총 세울 테지요? (「초록잠」)

〔주관적 개입〕 여기선 알 수가 없지 (「겨울 潛行」)

〔생략〕 약속을 지키지 못해서 미안합니다, 이라 (「러시아 여자」)

〔생략+의문〕 저 늙은 이팝나무의 자연은 새삼 무엇? (「초록잠」)

〔부름말〕 그러나 속 모르는 길이여 (「봄강」)

〔감탄〕 나, 초록잠에 물들고 싶어라 (「초록잠」); 뾰루지 움텄어라! (「4월」)

〔인용〕 그게 사월인 거라고/이곳에서도 곧 꽃소식 전할 거라고 (「4월」)

시집 『푸른 강아지와 놀다』의 1부를 이루는 13편에서만 추린 것이다. 이외에도 김명인의 시에는 "~라 하자" "~이랴" "~겠지" "~이 아닌가" "~인 것을!" "~이거니" "~하느니" "~일거야" "~해보자" "~하듯이" "~했는데" "~뿐이었다" "~일 줄이야" 같은 술어들이 무수히 출몰한다. 이런 다채로운 술어들은 김명인 시의 풍경이 일종의 내면 풍경임을 보여주는 것이다. 의미를 가감하지 않는 술어는 어조와 직접적인 관련을 맺는다. 어조의 변화에 힘입어 시인은 통상의 풍경을 마음의 풍경으로 바꾼다. 평서문으로 적혀도 좋았을 풍경이 (이 경우, 풍경은 객관에 가깝다) 주관의 작용으로 다양하게 변형되는 것이다.

후대 시인들은 김명인의 서법 가운데서, 평서문을 의문문으로 바꾸는 설의법 구문들에 강한 영향을 받았다(그중에서도 "~ 일까" 형식의 구문들이 가장 많이 활용되었다). 문제는 이런 인용이 단순한 시적 의장으로 쓰였다는 데 있다. 김명인의 구문은 자기반성의 결과다. 김명인의 술어 변환은 통상의 진술을 반추하는 마음의 작용에서 파생된 것이다. 단순한 대상의 묘사에 이런 방식을 적용하면, 묘사가 간접화될 뿐이다. 거듭 걸러낸 풍경은 순수해지는 게 아니라 불투명해진다. 잘 닦인 창을 통해 풍경을 바라보는 게 아니라 간유리를 통해 풍경을 보는 형국이라고 해야 맞을 것이다.

김춘수는 중성적인 시제를 실험했다. 그의 무의미시는 (시인이 말했듯 의미 배제의 시가 아니라) 짧은 서경시들인데, 시인은 이 시들에서 시간성을 소거했다.

桂樹나무 한 나무
토끼 한 마리
돛단배에 실려 印度洋을 가고 있다.
석류꽃이 만발하고, 마주 보면 슬픔도
金銀의 소리를 낸다.
멀리 덧없이 멀리
冥王星까지 갔다가 오는
金銀의 소리를 낸다.

시집 『타령조 · 기타』(1969)에 실린 시 「보름달」이다. 이 시는 윤극

영의 동요 「반달」을 시로 변안한 것이다. 시인은 첫 두 행을 「반달」에서 가져왔다. '쪽배'를 "돛단배"로, 은하수 건너에 있는 '서쪽 나라'를 "인도양"(인도는 서쪽에 있다)으로 치환했을 뿐, 세번째 행의 의미도 동요와 같다. 4행 이하는 마주 서서 노래를 부르며 손뼉을 치는 이 노래의 율동을 은유한 것이다. "석류꽃"을 마주 선 두 사람의 벌어진 입술로, "금은(金銀)의 소리"를 손뼉 치는 소리로 변환하고 나면 이 점이 분명해진다. 그들의 손뼉 소리는 멀리멀리("명왕성"까지) 퍼져갈 것이다. 김춘수는 이후에 전개된 무의미시에서도 이런 묘사 방식을 고수했다.

김춘수의 무의미시에 영향을 받은 시편들의 공통된 특징 가운데 하나가 바로 이 고정된 시제다. 의식은 늘 현재형이기에, 자의식적인 시편들이 현재 시제를 차용하는 것은 이해할 만한 일이다. 그런데 김춘수 시의 시제는 강조된 자의식의 특별한 산출물(시인은 시론에서 무의미시의 발생학적 배경으로 이 점을 힘주어 강조했다)이 아니다. 그의 시제는 서경(敍景)에서 비롯된 불가피한 결과라고 해야 옳다. 시에서 시제가 증발하고 나면, 시에 등장하는 대상과 사건은 의식의 자기 회귀적인 놀이에서 벗어나오지 못하게 된다. 시제가 없으면 시간이 소멸되고 시간이 없으면 이야기가 사라지고 이야기가 불가해지면 대상을 구별할 수 없게 된다. 시제가 없는 곳에서 결국 사건은 의식의 원환 운동일 따름이며 대상들은 의식의 가면 놀이에 불과하다. 시제를 소거하고 나면, 시는 극히 폐쇄적인 자기 발언의 테두리에 갇히고 마는 것이다.

기형도는 사물이나 관념을 주인으로 내세운 활유법을 즐겨 썼다.

사물을 주어의 자리에 놓는 방식은 드문 것이 아니다. 기형도가 동시대의 다른 시인들과 다른 점은 흔히 관념을 주어로 삼았다는 데 있었다. 이런 물주 구문을 살펴보자.

발밑에는 몹쓸 꿈들이 빵 봉지 몇 개로 뒹굴곤 하였다. (「鳥致院」)

너희 흘러가버린 기쁨이여/한때 내 육체를 사용했던 이별들이여/〔……〕/무책임한 탄식들이여/길 위에서 일생을 그르치고 있는 희망이여 (「길 위에서 중얼거리다」)

의심이 많은 자의 침묵은 아무것도 통과하지 못한다 (「물 속의 사막」)

내 희망을 감시해온 불안의 짐짝들에게 나는 쏜다 (「정거장에서의 충고」)

누구도 죽음에게 쉽사리 자수하지 않는다 (「가는 비 온다」)

그때 내 마음은 너무도 많은 공장을 세웠으니/〔……〕/나의 생은 미친 듯이 사랑을 찾아 헤매었으나 (「질투는 나의 힘」)

어떠한 권태도 더 이상 내 혀를 지배하면 안 된다./〔……〕/마침내 희망과 걸음이 동시에 떨어진다. (「그날」)

沈默은 언제나 나를 이리저리 끌고 다닌다. (「바람은 그대 쪽으로」)

그 불안한 발자국 소리에 괴로워할 나의 죽음들. (「이 겨울의 어두운 창문」)

기억이 오면 도망치려네/〔……〕/모든 추억은 쉴 곳을 잃었네/〔……〕/어떤 조롱도 무거운 마음 일으키지 못했네 (「그 집 앞」)

잘 있거라, 더 이상 내 것이 아닌 열망들아 (「빈집」)

관념이 때로는 주체의 자리에서, 때로는 객체의 자리에서 사물화된 것을 볼 수 있다. 물화된 관념은 극단적으로 졸아든 관념이다. 화자는 사물화된 감정을 더 이상 자신의 감정이라고 주장할 수가 없다. 감정과 느낌은 화자의 상태를 지칭하는 것인데, 그것이 화자에게서 벗어나서 저처럼 고립되었기 때문이다. 사물화된 관념 역시 화자의 것이 아니다. 그것은 화자의 통제를 벗어난 자리에서 제 스스로 움직인다. 마치 내 밖의 사물들처럼 말이다. 기형도는 이를 통해 무자비한 세계와 소외된 자아로 이분화된 세계를 형상화했다. 후대의 많은 시인들이 이 방식을 준용하여 시를 썼다.

두 가지 문제가 있다. 첫째는 이 구문이 외국어 구문의 직역이라는데 있다. "그는 너무 피로해서 쓰러졌다"는 문장이 "피로가 그를 쓰러뜨렸다"는 문장으로 바뀌었다면, 이를 산문에서 시로 이행한 것이라볼 수 있는가? 여기에는 논란의 여지가 있다. 우리말의 어순을 파괴하는 모든 번역 문장이 낯설게 하기의 예문이 될 수는 없을 것이지만, 표현의 효과를 도외시한 채 모든 물주 구문을 타기해야 마땅한 것으로 간주하는 것도 문제는 문제다. 더욱이 기형도 시가 가진 이런 표현법은 이미 우리 시에 깊숙이 스며든 것처럼 보인다. 둘째는 여기서 생긴다. 물주 구문을 활용한 최근의 시 가운데 일부는 단순한 묘사의 방식으로 이를 활용하고 있는 것처럼 보인다. 물주 구문 자체가 시적인 효과의 처음이요 나중이라는 뜻이다. 그것은 코스튬costume에 가깝다. 이런 방식이 올바른 방식이 될 수 없을 것이다.

송재학의 은유 구문에 관해서도 이야기하자. 송재학이 즐겨 쓰는 은유는 은유 가운데서도 가장 단순한 형식을 가진 은유, 곧 '이다' 형

식의 은유(A＝B이다)인데, 그 효과까지 단순한 것은 아니다. 시집
『그가 내 얼굴을 만지네』에서 인용한다.

부드러운 연두색은/내 손이 닿지 못하는 등에 흘러내렸던 햇빛
(「조문」)

원래 그 빛 덩어리는 죽기 위해 바다에 갔던 여자의 눈빛이다
(「일출」)

분홍은 흰색을 벗어나려는 격렬함이다 〔……〕 분홍은 또 다른 감각
에 도달하고픈 노루귀의 비밀이다 (「흰색과 분홍의 차이」)

풀잎이 가진 초록이란/일생을 달리고도 벗어날 수 없는/오랑캐 들
판 (「풀잎」)

삶이란 살 속에 파묻은 고무호스 통해 빨아들인 몇 밀리리터의 공기
를 몸의 칸수만큼 천천히 나누는 일, (「노인」)

모슬포 길들은 비명을 숨긴 커브여서/집들은 파도 뒤에서 글썽인다
네 (「모슬포 가는 까닭」)

가까이 다가가면 애월 길은 미끈거리는 食道 (「애월 바다까지」)

앰뷸런스는 하나하나 불빛으로 바뀌는 울음의 슬로우 모션이다 (「앰
뷸런스」)

내가 만졌던 너는 벌건 숯덩이 이전에/악의 두께였다/〔……〕/참담
하여라, 그러고도 너는 출렁거리는 호수이다 (「애인」)

저녁의 저수지에서 찰랑거리는/종소리는/느림에서 정지 사이의 돈
을새김 (「고요가 바꾼 것」)

받아들일 수 없던 사랑, 낙동강의 결빙음, 매지구름은/내 육체가 붙

들던 난간이었다 (「빈집」)

　송재학의 '이다' 은유가 가진 강렬함은 '이다'를 통해 만나는 두 대상의 거리가 통상의 시보다 훨씬 멀다는 데서 나온다. 시인은 이 먼 거리를 정확한 감각으로 짚어가며 은유의 목록을 작성한다. 간단히 살펴보자. 연두색은 내 손으로 다 형용할 수 없는 순한 빛이며(「조문」, 시인은 조문을 가는 길에 그와는 전혀 어울리지 않는 빛을 만난다), 떠오르는 태양은 깊은 상처를 숨긴 눈빛을 닮았고(「일출」, 여자는 고민 때문에 퀭한 눈을 하고 있었을 것이다), 노루귀는 흰빛을 품은 분홍 꽃이다(「흰색과 분홍의 차이」). 풀잎의 초록은 넓은 들판을 온통 물들이고(「풀잎」), 노인은 인공호흡기에 의지하여 힘겹게 숨을 쉬고 있다(「노인」). 모슬포 길들은 급하게 꺾여 있고(「모슬포 가는 까닭」), 애월 길은 방파제 너머 파도를 받아 미끄럽다(「애월 바다까지」). 앰뷸런스의 불빛은 촌각을 다투어 다가오는 죽음 때문에 자세히, 천천히 묘사해야 하고(「앰뷸런스」), 애인은 열정으로 인해 불타거나 성애로 인해 출렁였다(「애인」). 종소리는 물 위의 파문처럼 아주 천천히 번져갔고(「고요가 바꾼 것」), 나는 아픈 사랑 때문에 난간을 붙들고 비틀거렸다(「빈집」). 송재학의 '이다'는, 한 대상에서 시작하여 긴 우회로를 지나 도달하는 다른 대상까지의 거리를 축약하는 말이다.
　'이다' 은유를 활용한 시인들은 한용운 이래로 무척 많지만, 송재학만큼 정교한 감각을 따라 멀리까지 나아간 시인은 많지 않았다. 이 구문을 활용하려면 사물의 결을 잘 따라가야 한다. '이다' 은유는 본래 거칠고 성근 은유 방법론이다. 거기에는 동일시의 완력 같은 게 있다.

사물의 결을 제대로 존중하지 않으면, '이다'의 이쪽과 저쪽에 놓인 대상은 '이다'의 인력(引力)에 의해 제 형상을 잃고 일그러지기 쉽다. 그렇다고 해서 닮은꼴인 두 사물을 단순히 '이다' 형식으로 병치하면 초보적인 은유가 생겨날 뿐이다. 이 형식을 통해 멀리 나아간 은유 구문이 최근에 눈에 띄게 늘었다. 그것의 성과가 어느 정도인지를 자신 있게 말할 수 있는 단계는 아직 아닌 것 같다.

4. 구조들

이성복은 『뒹구는 돌은 언제 잠 깨는가』에서 시공간을 건너뛰는 자유로운 연상의 방식을 선보였다. 이 방식은 흔히 말하듯 초현실주의의 방법론을 차용한 것이 아니다. 그는 가능한 연상의 가짓수를 헤아려 범주를 설정하고 그것을 시작(詩作)에 적용했다. 그래서 그의 시를 관통하는 원칙은 철저히 이성적이다. 시 전체의 구조와 관련하여 예를 몇 살펴보자. 전문이 길어 시의 일부만을 든다.

① 누이가 듣는 音樂 속으로 늦게 들어오는/男子가 보였다 나는 그게 싫었다 내 音樂은/죽음 이상으로 침침해서 발이 빠져 나가지/못하도록 雜草 돋아나는데, 그 男子는/누구일까 누이의 戀愛는 아름다워도 될까/의심하는 가운데 잠이 들었다 (「정든 유곽에서」)
② 나는 아침 이슬 李氏 노을에 걸린 참새가/내 엄마 나는 껍질 벗긴 소나무 진물/흘리며 꿈꾸고 있어 한없이 풀밭 위를/달리는 몸뚱이

體位를 바꾸고 싶어 正敎會의/돔을 세우고 싶어 體位를 바꾸고 싶어/느낌표와 송곳이 따라와 노래의 그물에/잡히기 전에 어디 숨고 싶어 體位를 바꾸고/싶어 돋아나는 뾰루지 속에 병든 말이/울고 있어 병든 말을 끌어안고 임신할까 봐/지금은 다만 體位를 바꾸고 싶어 (「口話」)

③ 기도의 형식으로 나는 만났다/버리고 버림받았다 기도의 형식으로/나는 손잡고 입 맞추고 여러 번 죽고 여러 번/태어났다/흐르는 물을 흐르게 하고 헌 옷을/좀먹게 하는 기도, 완벽하고 무력한 기도의/형식으로 나는 숨쉬고 숨졌다//지금 내 숨가쁜 屍身을 밝히는 촛불들/愛人들, 지금도 불 밝은 몇몇의 술집 (「연애에 대하여」)

① 늦은 밤 누이에게 들어온 "남자"는 누이가 듣던 음악 프로의 진행자다. 내가 듣는 음악은 침침하고 우울한데, 누이는 그 남자의 목소리에 연애하듯 빠져들었다. 다음으로 꿈의 내용이 나오는데, "한반도(韓半島)"가 시달리는 것과 "벌목(伐木)/당한 여자의 반복되는 임종(臨終)"(이것은 성교를 암시하는 이미지다)이 대비되면서 불행한 누이의 운명과 우리 민족의 운명이 동일시된다. 그다음, 누이의 말이 십자가 위의 예수 그리스도의 말과 겹친다. "엘리, 엘리 죽지 말고 내 목마른 나신(裸身)에 못 박혀요/[……]/더럽힌 몸으로 죽어서도/시집가는 당신의 딸, 당신의 어머니." 누이는 딸이자 어머니였다. 다르게 말해서 예수가 인류의 수난을 몸으로 겪은 존재라면, 누이는 우리 민족의 수난을 몸으로 대신한 존재였다. 그다음, 별과 희망이 동일시되면서("새벽까지 行進하는 나의 별" "광대뼈에 반짝이는/나의 별, 우리 韓族의 별"), 이 세상이 한편으로는 고통으로 가득 찬 곳("유곽")이지

만 다른 한편으로는 여전히 사랑하고 사랑받아야 할 곳("정든")임이 이야기된다. 이 시가 가진 연상의 방식은 이렇다: 은유적인 전이(음악 프로의 진행자→누이와 연애하는 남자), 시간의 경과(늦은 밤→꿈)와 장소의 확장(하숙집→내 조국), 화자의 변환(예수→누이)과 확장(누이→우리 민족), 우의(나의 별＝희망).

② (제목을 이룬) "구화(口話)"는 청각 장애인이 말하는 이의 입술 모양으로 뜻을 알아 소리 내어 말하는 일이다. 그러므로 이 제목은 온전한 의사소통이 단절된, 화자의 혼란스런 자기 발언을 보여준다. 과연 시는 6개의 일련번호로 나뉘어 다른 어조로 다른 이야기를 한다. 인용한 부분만 살펴보자. 나는 "아침 이슬"이다. 이것은 전 단락에서 나온 "술 한 잔"에서 나온 말이다(예전에는 술을 마시고 「아침 이슬」이란 노래를 부르곤 했다). 발음의 유사성에 기대어 "이슬"에서 "이씨"와 "노을"을 떠올리고, 전 단락에서 나온 "애를 낳았으면 좋겠어"란 구절에서 "엄마"가 나왔다. 참새가 엄마였으니, 나 역시 제대로 되었을 리 없다. 나는 "껍질 벗긴 소나무"여서 "진물"을 흘리고(성병에 걸린 육신을 은유하는 말이다), 그래서 "풀밭 위를" 마음껏 달리는 꿈을 꾼다. "체위"를 바꾸고 싶다는 말은 성교를 의미하는 말이면서, 다른 삶을 살고 싶다는 말이기도 하다. "정교회(正教會)의/돔"이 바로 엉덩이다. 내 거듭된 발언이 곧 노래이고(노래는 반복이 생명이다), "느낌표와 송곳"은 노래의 끝에 붙는 감탄(둘은 닮았다, 느낌표가 찬탄이라면 송곳은 비난이다)이다. 이 노래, 이 소망이 다하기 전에 나는 진짜로 달라지고 싶다. 병든 "말"은 말[馬]이면서 말[言語]이다. 노래가 끝나기 전에, 아니 이 노래만으로 나는 다른 삶을 살 수 있을까, 라는

질문이 거기에 숨었다. 연상의 방식을 간추려보자: 언어유희("이슬"과 "李氏"와 "노을" "말"), '이다' 은유들, 은유적인 전이("정교회의 돔" "체위"), 제유("뾰루지"→모든 상처), 반복.

③ "기도의 형식"은 성교 때의 자세를 말한다(②에서 말한 "체위"의 하나다). 나는 여러 여자를 만나서, 그녀들을 버리거나 그녀들에게서 버림을 받았다. 나는 "흐르는 물을 흐르게 하고"(만나고 헤어지는 게 순리였거나, 여자들이 애액[愛液]을 흘렸다는 얘기다), "헌 옷을 좀먹게" 두었다(내가 벗어던진 옷이 "헌 옷"이다). 그것은 완벽했으나, 실제로 신에게 올린 기도가 아니었으므로 정성스럽긴 했지만 무력했다. 나는 여러 번 숨쉬고 여러 번 죽었다(②에서 말한 "벌목 당한 여자의 임종"과 같은 것이다). 죽은 나를 조문하는 애인들과 다시 살아난 나를 기다리는 애인들이 상가와 술집에 여전히 있다. 여기서 주된 연상의 방식은 여러 겹으로 둘러싸인 은유적인 전이다.

이성복은 이 시집에 실린 시편들에서, 시공간의 전환과 은유적인 전이, 비슷한 구문의 반복, 언어유희, 우의(이 시집의 중간 부분에 집중된 가족시편들이 주로 이 방식을 썼다), 인과 판단에 따른 진술 등을 자유롭게 활용하여 계기적인 연상의 고리를 만들어냈다. 이런 연상의 방법은 시집에 실린 가족시편들과 함께 이후 시인들에게 큰 영향을 끼쳤다. 이 영향에서 끝내 자유롭지 못하다면, 자신의 발언을 유지할 수 없을 것이다. 실제로 그런 시집이 없지 않았다.

한 가지만 덧붙이고 얘기를 마치기로 한다. 수필식 사고라 이를 만한 상투형이 있다. 먼저 하나의 대상을 묘사한 다음에 그것의 의미를 덧붙이고, 그다음에 자신의 반성적 진술을 덧붙이는 방식 말이다. 사물과 화자의 심정을 나란히 놓는 이 방식은 일종의 비교 구문이다. 문제는 정형화된 비교 형식이 비교 대상과 화자의 심사 둘 모두를 잡아먹는다는 데 있다. 이 방식으로 시를 쓰면, 대상이 추상화되고 반성이 상투화된다. 경계할 일이라고 생각한다.

5. 전범들

몇몇 전범을 살폈다. 새로운 시가 늘 좋은 것은 아니지만, 좋은 시는 언제나 새로운 시다. 시어에서 시의 구조에 이르기까지, 우리말의 가능성을 확장한 시편들은 이외에도 아주 많을 것이다. 새로운 시와 시인을 기다리는 것은 작은 불편(새로운 미학은 언제나 불편하다)을 감수하고 큰 편안함(그 미학은 이후에 익숙한 미학으로 정립될 것이다)을 기대하는 일이다. 지금의 시인들이 새로운 전범을 마련해주기를 기대한다.

서정주와 김춘수가 만나는 자리
─황동규 · 정진규 · 오규원 시의 일단

1

서정주와 김춘수는 우리 시사(詩史)의 큰 강이다. 많은 시인들이 거기서 분기해 나왔다. 서정주는 김소월에서 발원하여 (초기의) 고은 · 박재삼 · 박용래 · 송수권 등으로 흐르는 큰 강물이며, 김춘수는 이상에서 발원하여 송욱 · 정현종 · 오규원 · 이승훈 등으로 나뉜 큰 강물이다. 우리 시사에서 그런 유력한 흐름을 가진 시인은 많지 않다. 백석에서 시작하여 윤동주 · 김수영으로 모인 후에 황동규 · 이성복 · 황지우 · 박남철 등으로 흘러간 흐름이 있고, 임화에서 시작하여 신동엽 · 신경림 · 이성부 · 김지하 · 조태일 · 정희성 등으로 나아간 흐름이 있으며, 정지용에서 시작하여 박목월 · 김현승 · 정진규 · 오탁번 · 김명인 · 최하림 등으로 이어진 흐름이 있다. 이 흐름들이 서로 섞이거나 나뉘면서 한국시의 갈래를 형성해왔다.

서정주의 시는 서정의 분출과 유로(流路)를 보여준다. 그의 시는 흔히 정서 유발 효과에 맞춰져 있다. 그의 시에서 주체의 발언은 우리 말의 결과 가락에 대한 세심한 배려를 통해 일반화된다. 서정주 시의 주체는 우리말을 사용하는 이 땅의 수많은 주체들이다. 그의 시 안에 서 근대적 의미의 개인과 사회는 자주 미분화(未分化)된 상태다. 서 정주의 시는 김소월이 그랬듯이, 시가 노래였던 시절의 행복한 기억 을 간직하고 있다. 반면 김춘수의 시는 근대성의 산물이다. 그의 시 는 이상이 그랬듯이, 근대적 주체와 세계의 분열을 보여준다. 김춘수 는 언어가 더 이상 사물의 본질을 지시하지 못한다는 것을 예리하게 인식한 시인이다. 언어가 사물의 의미를 담는 것이 아니라, 언어의 의미만을 담는다는 것. 그래서 그는 주체와 세계가 언어를 분유(分 有)한다는 환상을 포기하고, 철저하게 사유화된 언어를 꿈꾸었다. 그 의 시가 보여주는 세계는 사회의 반영이 아니라 주체 자신의 반영이 다. 윤동주와 김수영의 시는 오염된 세계에 사는 곤혹스런 주체의 내 면을 보여주었으며, 신동엽 이하의 시는 사회화된 주체의 발언을 핵 심으로 했고, 박목월 이하의 시는 분화된 세계를 살아가는 근대적 개 인의 일상적인 목소리를 주음(主音)으로 삼았다. 그러므로 이 다섯 갈래 가운데 가장 먼 거리에 있는 시의 계보는 서정주와 김춘수와 신 동엽 시의 계보다. 다른 시인들은 이 셋이 꼭지점을 이루는 삼각 구도 의 어느 한 지점에 놓여 있다.

　이 글의 목적은 서정주와 김춘수의 영향 아래서 시작 활동을 시작 한 몇몇 시인들을 살펴보는 것이다. 삼각 구도를 염두에 둔다면, 둘 의 차이는 무척 크지만(보편적 화자/개인적 화자, 주정적/주지적, 전 통적/현대적…… 등 둘의 간격을 보여주는 항목은 무한히 작성될 수 있다), 신동엽 시의 차이와 비교하여 둘의 공통점을 간추릴 수도 있다 (두 시인의 시는 공적 화자를 내세우지 않으며, 따라서 시를 통한 변혁의 가능성을 믿지 않으며, 공동체적 이상을 시적 목표로 하지 않는다…… 운운). 그러므로 두 시인의 영향을 공유하는 일이 불가능한 것만은 아니다. 이런 공유는 다른 계보의 시인들에게서도 발견된다. 서정주와 김춘수 시의 거리가 멀기에, 두 시인 중 어느 한쪽에 편향된 시인은 다른 쪽 특질을 갖기가 쉽지 않다. 이제 서정주와 김춘수의 시에 젖줄을 대고 있는 세 시인을 만나보자.

2-1 황동규

황동규는 끊임없이 변모해온 시인이다. 초기시에서는 내성화된 정념이 표출되지만, 『나는 바퀴를 보면 굴리고 싶어진다』 이후의 시들은 현실에 대한 암유(暗喩)에 가깝고, 『악어를 조심하라고?』 이후의 시들은 일상에서 솟아나는 발견에 초점이 맞추어져 있다. 이런 변화 때문에 그의 시를 어느 하나의 계보에 넣기는 쉽지 않으나, 시작의 초기에 그가 내성화된 서정에 전념했던 것은 분명해 보인다. 황동규의 초기시는 정념의 자연스러운 흐름에 맞춰져 있는데, 특이하게도 이 정념은 실존적인 주체의 것이다. 사정이 이렇게 된 것은 황동규의 초기시가, 서정주가 품은 보편적 슬픔의 기독교적 번안에 가깝기 때문이다.

날 부르는 者여, 어지러운 꿈마다 희부연한 빛 속에서 만나는 者여,
나와 씨름할 때가 되었는가. 네 나를 꼭 이겨야겠거든 信號를 하여다
오. 눈물 담긴 얼굴을 보여다오. 내 조용히 쓰러져 주마.

　　　　　　　　　— 황동규, 「이것은 괴로움인가 슬픔인가」 부분

이 씨름은 「창세기」에 나오는 야곱과 천사의 씨름 장면을 연상시킨
다. 야곱은 형에게서 생명이 위협받는 위태로운 상황을 앞에 두고,
밤새 천사와 씨름을 했다. 그는 간절한 슬픔으로 천사를 이겼다. "눈
물 담긴 얼굴"이 이긴다는 것, 이것이 보편적 슬픔이다. 슬픔 앞에서
는 누구도 승리할 수 없다. 이런 정한은 "가시내야. 슬픈 일 좀 슬픈
일 좀, 있어야겠다"(서정주, 「봄」)라는 중얼거림 속에도 있고, 봄의
소쩍새와 여름의 천둥과 가을의 국화(「국화 옆에서」) 옆에도 있으며,
겨울의 기러기(「풀리는 한강가에서」)가 울고 가는 다짐 속에도 있다.

　　걸어서 港口에 도착했다
　　길게 부는 寒地의 바람
　　바다 앞의 집들을 흔들고
　　긴 눈 내릴 듯
　　낮게 낮게 비치는 불빛
　　紙錢에 그려진 반듯한 그림을
　　주머니에 구겨 넣고
　　반쯤 탄 담배를 그림자처럼 꺼버리고
　　조용한 마음으로

배 있는 데로 내려간다
정박 중의 어두운 龍骨들이
모두 고개를 들고
港口의 안을 들여다보고 있었다
어두운 하늘에는 數三個의 눈송이
하늘의 새들이 따르고 있었다.　　　— 황동규,「寄港地 1」전문

　이 시가 지어진 시기 이후로, 황동규는 초기시의 정념에서 벗어나 현실적 공간으로 진입했다. "걸어서 항구(港口)에 도착했다"는 첫 행이 이 여정의 처음 기록이다. 여정은 처음부터 순탄하지 않았다. "한지(寒地)의 바람"이 항구를 접수했고, 집들은 "낮게 낮게" 가라앉았으며, "수삼개(數三個)의 눈송이"만이 새들과 함께 하늘에 떠 있었다. 시인은 초췌한 모습으로 배들을 찾아갔다. 배의 "용골(龍骨)들"이 시인과 항구를 들여다보고 있었다. 이 낯설고 음울한 짐승("용")들은 먼 바다를 헤엄쳐 왔다. 이곳을 보는 짐승들의 눈빛은, 이곳이 신화적인 불모의 공간임을 암시한다. 수식을 거의 허락하지 않는 짧은 문장들이 기항지의 성격을 암시한다. 이곳은 잠시 머물다 가는 곳이어서, 마음을 오래 부려둘 수 없는 곳이었다. 단형으로 이루어진 행들이 여행자의 스쳐 지나가는 시선을 짐작하게 해준다. 김춘수가 흔히 이런 짧은 서경을 위주로 시를 제작했다. 다음 시가 유사한 풍경을 보여준다.

　눈보다도 먼저
겨울에 비가 오고 있었다.

바다는 가라앉고

바다가 있던 자리에

軍艦이 한 척 닻을 내리고 있었다

여름에 본 물새는

죽어 있었다

물새는 죽은 다음에도 울고 있었다.

한결 어른이 된 소리로 울고 있었다.

눈보다도 먼저

겨울에 비가 오고 있었다.

바다는 가라앉고

바다가 없는 海岸線을

한 사나이가 이리로 오고 있었다.

한쪽 손에 죽은 바다를 들고 있었다.

— 김춘수, 「처용단장 1의 4」 전문

「처용단장」은 김춘수가 20여 년에 걸쳐 완성한 장편 연작시다. 김춘수는 처용에게 오랫동안 매력을 느껴왔다. 김춘수에게 역사는 폭력이었다. 그는 처용 이야기에서 자신의 모습을 발견했다. 역신으로 대표되는 폭력적인 세상은 선하고 순결한 처용에게서 아내를 빼앗아갔다. 「처용단장」 1부에서는 시인의 유년 시절 기억이 처용의 유년에 빗대어 이야기된다(알다시피 처용은 동해 용왕의 아들이다., 2부는 처용가 노랫소리를 번안한 것이다. 3~4부에서는 시인 자신이 처용의 가면을 벗고 모습을 드러낸다). 1부에서 시인은 짧은 서경들을 모아 어린 시절의 기억을 펼쳐 보인다. 그가 말한 유년의 기억이 늘 행복하기만 한 것은 아니다. "바다"는 가라앉고, "여름에 본 물새"는 죽은 뒤에도 울었으며, 한 남자가 "죽은 바다"를 들고 있었다("죽은 바다"는 생선을 뜻한다). 5행의 "군함(軍艦)"은 「기항지 1」의 "용골들"과 같다. 어린 시절 바다에까지 닻을 내린 이 흉측한 배는, 유년의 공간을 침식해 들어온 역사의 유물이다. 「처용단장」에 화자가 없는 것은 아니다. 6행, "여름에 본 물새"가 숨은 화자의 자리를 보여준다. 김춘수 시의 화자는 대개 이처럼 서경의 안쪽에 몸을 숨기고 있다. 「기항지 1」의 화자가 실존적인 자신을 드러내는 것과는 다른 지점이다. 지폐를 주머니에 구겨 넣고 피우던 담배를 버리는 황동규의 화자는 여정의 과정 가운데 노출되어 있는데, 「처용단장」의 화자는 제 안의 풍경을 진술할 뿐이다. 둘 사이의 차이는 현실성의 정도에 있고, 둘 사이의 유사성은 진술의 방식에 있다.

2-2 정진규

정진규 시의 화자는 자주 박목월의 시가 가진 일상적 화자와 연관된다. 『청담(晴曇)』(1964) 이후에 펼쳐지는 목월의 시는 세상살이의 희로애락을 정서화하는 특질을 보여준다. 정진규 시 역시 비슷한 궤적을 그린다. 다른 점은 정진규의 시가 작품마다 어떤 깨달음의 핵자(核子)를 포함하고 있다는 점이다. 그의 시는 대개 산문시형을 하고 있는데, 이 핵자가 유려한 산문체의 구성적 중심을 이룬다. 정진규의 시는 산문체의 유려함에 기울어질 때에는 서정주의 목소리를 닮고, 깨달음의 핵심을 강조할 때에는 김춘수의 목소리를 닮는다.

어쩌랴, 하늘 가득 머리 풀어 울고 우는 빗줄기, 뜨락에 와 가득히 당도하는 저녁나절의 저 음험한 悲哀의 어깨들. 오, 어쩌랴, 나 차가운 한 잔의 술로 더불어 혼자일 따름이로다. 뜨락엔 작은 나무椅子 하나, 깊이 젖고 있을 따름이로다. 全財産이로다.

어쩌랴, 그대도 들으시는가. 귀 기울이면 내 幼年의 캄캄한 늪에서 한 마리의 이무기는 살아남아 울도다. 오, 어쩌랴, 때가 아니로다, 때가 아니로다, 때가 아니로다. 온 國土의 벌판을 기일게 기일게 혼자서 건너가는 비에 젖은 소리의 뒷등이 보일 따름이로다.

어쩌랴, 나는 없어라. 그리운 물, 설설설 끓이고 싶은 한 가마솥의 뜨거운 물. 우리네 아궁이에 지피어지던 어머니의 불, 그 잘 마른 삭정이들, 불의 살점들. 하나도 없이 오, 어쩌랴, 또다시 나 차가운 한 잔의 술로 더불어 오직 혼자일 따름이로다. 全財産이로다, 비인 집이로다, 들판의 비인 집이로다. 하늘 가득 머리 풀어 빗줄기만 울고 울도다.

— 정진규, 「들판의 비인 집이로다」 전문

반복과 삽입을 통한 구와 절의 변주는 이 시를 한 편의 음악으로 만든다. 시행들은 "어쩌랴"와 "전재산(全財産)" 사이에서 빗줄기처럼 하염없이 울린다. 모든 것을 놓아버리는 저 "빗줄기"에 개방된 모음들의 탄식("어쩌랴")과 "나무의자(椅子) 하나" 혹은 "한 잔의 술"로 밀폐된 저 폐쇄된 자음들의 단단함("全財産") 사이에서 시인은 울거나 울린다. "들판의 비인 집"은 그렇게 열리면서 닫힌 시인 자신의 모습이다. 1연만 예로 들어보자. 1연의 첫 문장 앞부분, "하늘 가득 머리 풀어 울고 우는 빗줄기"는 비의 개방성과 관련되어 있다. 이 음운들의 일렁임(/하늘-가득-머리-푸러-울고-우는/은 끄덕이며 읽어야 한다)을 유음(/ㄹ/)이 떠받치고 있다. 두번째 문장 앞부분, "나 차가운 한 잔의 술로 더불어"는 "혼자"라는 사실을 강조하는 말이다. 첫 네 어절(/나, 차가운, 한, 자늬/)의 지배적 음운인 비음(/ㄴ/)은 "혼자"의 비음이자 "전재산"의 그 비음이기도 하다. 비음은 협착력이 강한 소리다. 제 자신으로 옭아드는 시인("혼자"), 끝끝내 제 자신밖에는 주변에 아무도 없는 시인("全財産")의 모습을 이 소리가 보여주고 있다. 이 시의 유려함이 다른 무엇보다도 시인의 정념을 드러내는 데 기여하는 것임은 분명하다. 반복과 변주를 통해 드러나는 이런 정념은 서정주의 시에서도 숱하게 발견된다. 「행진곡(行進曲)」에서 "잔치는 끝났드라" "목아지여/목아지여/목아지여/목아지여" 같은 시행이 갖는 허탈함이 그렇고, 「밀어(密語)」에서 호격("순이야. 영이야. 또 돌아간 남아.")과 명령어법("……보아라") 사이의 만남이 그렇고, 「바다」에서 "아"로 시작하여 "아"로 끝나는 탈출에 대한 욕구("아라스카로 가라!/아라비아로 가라!/아메리카로 가라!/아푸리카로 가라!")가 그렇다.

"들판의 비인 집," 그러니까 개방과 밀폐로 이중화된 시인의 심층에는 "유년의 캄캄한 늪"에서 우는 "이무기"가 있다. 물론 이 괴물은 빗소리의 변주이겠지만, 한편으로는 꼭 그만큼 제 안의 억압된 욕망의 상형이기도 하다. 빗소리는 아직 때가 아니라고 울며 들판을 지나간다. 표층("빈 집에 내리는 비") 아래 숨은 이 심층("혼자 있으면서 우는 시인")을 지시하는 이무기가 이 시의 인식소다. 김춘수가 이와 비슷한 이무기를 보여준 적이 있다.

> 壁이 걸어온다. 늙은 홰나무가 걸어온다.
> 머리가 없는 人形이 걸어온다.
> (어디서 오는 것일까.)
> 노오뜰담 寺院의 回廊의 壁에 걸린 靑銅時計가
> 밤 한 시를 친다.
> 어딘가, 늪의 바닥에서 거무리가 운다.
> 그 눈물 위에 떨어져 쌓이는
> 붉고 붉은 꽃잎,   ─ 김춘수, 「壁이」 전문

　벽에 걸린 "청동시계(靑銅時計)"의 둔중한 종소리가 "벽(壁)이 걸어온다"는 소리로 이미지화되었다. "늙은 홰나무"와 "머리가 없는 인형(人形)"은 "노오뜰담 사원(寺院)"의 그 유명한 꼽추를 형용한 말이다. 정진규의 시에서 빗소리가 시인의 속에 숨은 이무기의 울음을 불러왔듯, 김춘수의 시에서는 종소리가 꼽추 속에 숨은 "거무리"의 울음을 불러온다. 그러니 둘은 같은 계열의 이미지인 셈이다. 김춘수의 시는 정념마저 이미지화하는 경우가 많다. 환정적(喚情的)인 시어들(김춘수의 초기 시에서 가장 빈번한 시어 가운데 하나가 "운다"다)은 정경과 결합해 있으며, 이로써 정경은 인간화된 세밀화가 된다. 정진규

의 「들판의 비인 집이로다」는, 격렬한 내면을 토로한다는 점에서는 서정주의 목소리와, 그 속에 숨은 핵심을 제시하는 방식에서는 김춘수의 이미지와 근친 관계에 있다.

2-3 오규원

오규원의 시는 이상의 계보에 든다. 오규원은 재래의 시적 언어가 사실은 오염된 언어임을 알았다. 그의 시에 숱한 반어와 역설, 말장난은 이런 언어를 뒤집거나 파열시키거나 충돌시켜 실제 현실을 보여주기 위한 방법이라 할 수 있다. 최근에 그가 보여준 '날이미지'의 시는 그 무엇을 제시하기 위한 언어가 아닌, 그 무엇 자체인 언어를 지향한다. 그런 점에서 오규원은 김춘수의 적자인 셈이다. 하지만 김춘수가 그렇듯(시작의 처음에 김춘수는 서정주의 영향 아래 있었다, 「서풍부」 같은 시가 그것을 보여준다), 오규원의 시에서도 서정주의 흔적이 발견된다. 정념을 토로하는 화자를 내세운 시들이 그렇다.

나는 한 잎의 女子를 사랑했네. 물푸레나무 한 잎같이 쬐그만 女子, 그 한 잎의 女子를 사랑했네. 물푸레나무 한 잎의 솜털, 그 한 잎의 맑음, 그 한 잎의 영혼, 그 한 잎의 눈, 그리고 바람이 불면 보일 듯 보일 듯한 그 한 잎의 순결과 자유를 사랑했네.

정말로 나는 한 女子를 사랑했네. 女子만을 가진 女子, 女子 아닌 것은 아무것도 안 가진 女子, 女子 아니면 아무것도 아닌 女子, 눈물 같은 女子, 슬픔 같은 女子, 病身 같은 女子, 詩集 같은 女子, 영원히 나 혼자 가지는 女子, 그래서 불행한 女子.

　　그러나 누구나 영원히 가질 수 없는 女子, 물푸레나무 그림자 같은 슬픈 女子.　　　　　　　　　　　—오규원, 「한 잎의 女子 1」 전문

"여자(女子)"는 한 잎의 상형이다. '女'자가 나뭇잎 모양을 하고 있기 때문이다. 한 잎의 여자는 이 시에서 숱하게 반복되는데, 이로써 물푸레나무를 이루는 무성한 잎들이 모두 그 여자가 된다. 1연에서는 물푸레나무 잎에 대한 공들인 설명이 모두 그 여자의 속성으로 바뀌었는데, 2연에서는 그 여자에 대한 공들인 설명이 모두 물푸레나무 잎의 속성으로 바뀐다. 이 때문에 물푸레나무 같은 그 여자는 3연에서 "물푸레나무 그림자 같은 슬픈 여자"가 된다. 나는 물푸레나무의 잎을 가질 수는 있으나, 사랑하는 그 여자를 가질 수는 없다. 내가 가지면, "영원히 나 혼자 가지"면, 그 여자는 "불행"해지고 말 것이다. 물푸레나무 잎은 쉽게 지고, 그 여자는 잎 뒤에서 또 그렇게 슬프게 진다. 오규원은 뒤에 두 편을 더 지은 후, 세 편의 시에 다음과 같은 부제를 붙였다. "언어는 추억에 걸려 있는 18세기형의 모자다"; "언어는 겨울날 서울 시가를 흔들며 가는 아내도 타지 않는 전차다"; "언어는 신의 안방 문고리를 쥐고 흔드는 건방진 나의 폭력이다." 이 부제들은, 그 한 잎의 여자가 물푸레나무 잎에 적어가는 내 묘사를 통해서만 제 모습을 갖추는 것임을 보여준다. 처음 한 잎의 여자는 추억이

었고, 다음엔 내 삶의 바깥에 놓인 다른 삶이었으며, 그다음엔 내 언어로 지어낸 새로운 삶이었다. 세번째 시에서 그녀는 "창밖에" 있다. 다시 말해서 이 삶과는 다른 삶에 포함되어 있다. 오규원은 이 부제를 통해서 사랑의 현존도 언어를 통해서 가능한 것임을 말하고자 했다. 한 잎의 여자는 언어의 힘을 빌려, 살과 피를 가진 한 여자가 되는 것이다. 오규원이 이 초기시를 연작으로 지어 덧붙인 것은, 그 여자에 대한 항목이 늘어날수록 여자가 더욱 생생하게 드러남을 알았기 때문이다.

이처럼 사랑의 대상을 집단화하는 방식은 서정주의 시에서도 보인다.

鐘路네거리에 뿌우여니 흐터저서, 뭐라고 조잘대며 햇볕에 오는애들. 그중에도 열아홉살쯤 스무살쯤 되는애들. 그들의눈망울속에, 핏대에, 가슴속에 드러앉어 臾娜! 臾娜! 臾娜! 너 인제 모두다 내앞에 오는구나. ──서정주, 「復活」 마지막 부분

孔德洞에 피어오르는 아지랑이는
孔德洞에 사는 이의 사랑의 모습.
萬里洞에 피어오르는 아지랑이는
萬里洞에 사는 이의 사랑의 모습.

順이네가 사는 집 지붕 우에선
順이네 아지랑이 피어오르고

福童이가 사는 집 지붕 우에선
福童이네 아지랑이 피어오르고

누이야 네 繡놓는 방에서는
네 繡놓는 아지랑이,   —서정주, 「아지랑이」 부분

　「부활」에서는 죽은 "유나(臾娜)"의 모습을 종로 네거리를 지나는
수많은 여자애들의 모습에서 발견하고 있으며, 「아지랑이」에서는 각
각의 동네와 집에서 오르는 아지랑이가 각각의 사랑의 모습임을 말하
고 있다. 「한 잎의 여자 1」과 비교하자면, 「부활」은 한 잎의 여자가
수많은 잎들로 나뉘는 사정에 상응하는 것이며, 「아지랑이」는 수많은
잎들이 한 잎의 여자로 모이는 사정에 상응하는 것이다. 사랑은 하나
이며 여럿이다. "유나"가 하나이면서 여럿(종로 네거리를 걸어오는 수
많은 너를 보고 있으므로)이고, "아지랑이"가 여럿이면서 하나(모두가
사랑의 모습이므로)이듯. 오규원의 「한 잎의 여자 1」은 정념을 통해
언어의 본질을 말한다는 점에서 김춘수와 서정주의 목소리를 공유하
고 있다.

3

　세 시인을 살폈다. 서정주와 김춘수의 간격은 매우 넓다. 사회역사
적 상상력을 시작(詩作)의 동력으로 삼은 시인들을 제외한다면, 대개

의 시인들을 둘 사이의 어느 한 지점에 위치 지을 수 있을 것이다. 견인의 정도도 시인마다 다르고, 일탈의 정도도 시인마다 다르다. 이 정도를 측정하면, 개별 시인의 자리가 정식화된다. 두 시인의 자리는 이합과 집산의 준거가 될 수 있다. 한국시는 이런 뛰어난 준거를 갖고 있다는 점에서 행복하고, 현실주의적 좌표를 이 준거 위에 추가할 수 있다는 점에서 더욱 행복하다.

김수영 시의 계보

1

김수영의 등장은 우리 현대시의 지형을 근본적으로 바꾼 중요한 사건이다. 김수영은 재래의 시적 주체와 세계 해석 방식에 의문을 제기했고, 시적 주체와 정념의 관계를 뒤집어 사고했다. 그는 "전통적인, 불변하는, 동조적(同調的)인, 정태적인" 등의 이름으로 수식될 주체가 정념을 생산하는 것이 아니라, 정념이 생겨나는 자리에서 또 다른 주체가 솟아난다는 것을 우리 시에서, 거의 처음으로 발견했다. 전통적인 주체는 자신의 바이오리듬에 맞추어 외부의 모습을 재편한다. 주체의 형상에 따라 세계의 굴곡이 형성될 뿐이어서, 이런 주체는 자리를 바꾸는 법이 없다. 세계를 내면화한다는 점에서 전통적인 주체는 세계와 동조적이다. 김수영은 이런 시적 작업이 세계를 왜곡하는 일이며, 나아가 시적 주체마저 왜곡하는 길이라고 생각했다. 그는 "시인의 스승은 현실이다. 나는 우리의 현실이 시대에 뒤떨어진 것을 부끄럽고 안타깝게 생각하지만, 그보다도 더 안타깝고 부끄러운 것은, 이 뒤떨어진 현실을 직시하지 못하는 시인의 태도"(「모더니티의 문제」, 『김수영 전집 2』, 민음사, 1981, p. 350)라고 말했는데, 이때의 현실은 당대의 참여론자들이 믿은 것처럼 사회역사적 상황만을 말하는 것이 아니다.

시대에 뒤떨어진 현실, 나아가 그 현실에서 뒤떨어진 시인에 대한 이중의 비판은, 결국 세계를 정태적으로 파악하는 기존의 시적 주체에 대한 비판이다. 전봉건과의 논쟁에서, 김수영은 자신이 말한 현실이 시적 관습과도 관련된 것임을 밝혔다. "봉건군은 필자가 '시인'의 '현실'이라고 한 이 '현실'의 뜻을 외적(外的) 현실만으로 해석하고 있다. [……] 그는 뒤떨어진 사회의 실업자 수가 많은 것만 알았지 뒤떨어진 사회에 서식하고 있는 시인들의 머릿속의 판타지나 이미지나 잠재의식이 뒤떨어지고 있는 것은 인정하지 않는 모양이다. [……]시인은 자기의 현실(즉 이미지)에 충실하고 그것을 정직하게 작품 위에 살릴 줄 알 때, 시인의 양심을 갖게 된다는 말이다"(「문맥을 모르는 시인들」, 앞의 책, p. 224). 당대 현실과 시적 현실(이미지나 잠재의식)이 모두 시인이 인식하고 자각해야 할 현실이며, 우리 시의 밀도는 바로 "이 자각의 밀도"여야 한다.

김수영이 제시한 주체를 "새로운, 전변하는, 이질적인, 역동적인" 등의 수식어로 설명할 수 있을 것 같다. 이 주체는 세계의 변화하는 모습에 동조한다는 점에서 전변하는 주체며, 자기 내부의 서로 다른 욕동(慾動)과 지향을 끌어안는다는 점에서 모순적인 주체며, 당대 현실에 자신의 시적 현실을 부절(符節)처럼 일치시킨다는 점에서 역동적인 주체다. 우리의 현대시는 김수영 이후로 이러한 주체의 발언을 포괄하였다. 우리는 김수영 이래로 모노가 아닌 스테레오의 목소리를 갖게 되었다.

김수영이 도입한 시작(詩作)의 방식이 낯선 것은 아니었다. 김수영은 자주 통일적인 어조를 가진 주체가 이질적인 시적 대상들을 포괄하는 방식으로 시를 썼는데, 이는 산문적인 호흡을 운문화하는 유력한 방법론이었다. 우리 시에서 이런 계보의 들머리에 놓인 시인이 백석이다. 백석의 절창인 「남신의주 유동 박시봉방」은 32행이나 되는데도, 문장은 다섯 개밖에 되지 않는다(더구나 "~ 하는 것이었다"로 끝나는 뒤 세 문장은 통일되어 있어서, 긴 호흡을 안정시키고 있다). 백석 시의 통일성은 문장 내부의 문형(文型)들에서도 관찰된다. "~ 하고" "~ 해서" "~ 하며" "~ 할 적이며" "~ 하는 것인데" 등으로 유형화된 하위 문형들은, "어느 목수네 집"에 기숙하게 된 시인의 내력과 이런저런 상념을 솜씨 있게 정돈한다. 백석은 이런 호흡으로 민족 공동체의 세부를 유연하게 형상화할 수 있었다. 이 호흡을 물려받은 시인들은 길고 짧은 서정의 언어를 자유롭게 구사했다. 단문을 잇대어 일상의 깨달음을 부드럽게 풀어내는 정진규가 그렇고, 사람살이의 정한(情恨)을 현대적으로 재해석한 안도현이 그렇고, 조사와 보조용언이 가진 뉘앙스를 정교하게 활용한 장석남이 그렇다. 백석의 호흡이 서정의 유로(流路)를 지시하는 데 반해, 김수영의 호흡은 서정의 매듭을 지시한다. 백석이 부드럽고 여리다면 김수영은 거칠고 강하다. 김수영 시의 문맥은 현실을 지시하는 자리에서 끊어지고 다른 현실의 문맥으로 접속된다. 그의 시는 자주 당대 현실과 아울러 시적 현실의 몽타주를 보여주었는데, 그런데도 여전한 것은 여러 개의 현실을 포괄하는 강인한 시적 주체다. 이 주체는 때로는 현실의 제유적 경험자이며 때로는 현실의 비판적 기록자이다. 백석이 구심적이라면 김수영은 원심적이다.

김수영이 보여준 곤혹스런 자아 역시 낯선 것은 아니었다. 김수영은 순연하고 고분고분한 서정적 자아에 반대하고 그 자신 속물적이고 일상적인 자아를 시에 등장시키곤 했다. 이런 자아의 계보는 물론 이상을 시조로 삼아야 할 것이다. 이상의 자아가 내면의 고통을 객관화하는 데 충실했다면, 김수영의 자아는 외부의 고통을 내면화해서 보여주었다는 차이가 있다. 이상은 폐쇄적이고(「오감도」 연작은 폐쇄적인 호흡으로 닫힌 세계를, 고통스럽게, 보여준다), 김수영은 개방적이다(「꽃잎」 연작은 처음부터 타자를 향해, 경쾌하게, 열려 있다). 이상의 혁명이 '통일된 자아'라는 허상을 깨는 데 있었다면, 김수영의 혁명은 당대 현실과 시적 현실을 동시에 깨고 새로 세우는 데 있었다.

2

「사랑의 변주곡(變奏曲)」을 먼저 보자. 이 장려한 사랑의 노래는 작은 "욕망"에서 발원하여 우리 "삶"의 터전을 두루 흐르고 "혁명"에서 고인 후에 새로운 사랑에 대한 믿음으로 마무리된다. 제목처럼 여러 개의 구문이 변주되면서 시가 전개되는데, 각 문장을 모으고 나누면 여덟 개의 문형을 확인할 수 있다.

① 욕망이여……(a);……단단함이여(c);신념이여……(b)

② ……들리고(a);……흐르고(b);……이 있고(c);……준비하고(d);……자라나고(e);……무시한다(f)

③ ……사랑이다(a);……도 사랑(b)

④ 사랑의 봉오리……(a);사랑의 기차……(b);사랑의 숲……(c);사랑의 음식……(d);사랑의 節度(e);사랑의 도시……(f)

⑤ ……밤을 안다(a);……기술을 안다(b)

⑥ ……외치지 않는다(a);……것이 아니다(b)

⑦ ……종언의 날에(a);……마시고 난 날에(b);……고갈되는 날에(c)

⑧ ……배울 거다(a);……의심할 거다(b);……날이 올 거다(c);……명상이 아닐 거다(d)

처음(①)에 시인은 욕망에서 사랑을 발견하겠다고 선언한다. 그다음에 그는 몇 가지 풍경들을 늘어놓은 후에, 중간중간에 사랑이라는 어사를 삽입하였다(②). 도시의 변두리에 사는 자의 귀에 라디오 방송에서 사랑 얘기가 들리고, 그 소리를 지우는 강물 소리가 흐르고, 그 건너에 "사랑하는/암흑"이 있다(이 강물은 라디오 주파수에서 흘러나오는 잡음을 은유한 것인 듯하다). 강물 소리는 사랑 얘기를 잡아먹는 소음이어서, 사랑의 방해물이다. 그 건너에는 아직 명백히 드러나지 않아서 "암흑"이라 말할 수밖에 없는 사랑이 있다. 우리가 "불란서혁명"과 "4·19(四 · 一九)"에서 배운 기술을 "소리내어 외치지 않는다"고 했고, "복사씨와 살구씨가/한번은 이렇게/사랑에 미쳐 날뛸 날," 곧 화려하게 사랑이 피어나는 날이 있으리라고 했으니, 이 암흑이 사랑이 현실화되지 않은 세상을 의미한다는 것을 알겠다. "마른나무들"이 틔울 준비를 하는 "봉오리"는 갓 피어날 사랑이며, 우리들의 "슬픔"처럼 크고 넓은 "쪽빛 산"은 "도야지우리의 밥찌끼 같은 서울의 등불"과 대척의 자리에 있다. 이로써 세상이 사랑과 그것을 방해하는 것들이 어우러진 곳임을 알겠다.

시인은 이 모든 부정의 대상까지 사랑으로 껴안아야 한다고 이야기한다. "가시밭" "가시가지"들마저 사랑이므로 사랑은 모든 고난과 시련을 극복하는 과정에 있는 것이며, "간단(間斷)"도 사랑이므로 사랑은 모든 단절과 소외까지 끌어안는 것이다(③). 조사 '의'를 이용한 은유들로 묶인 네번째 구문(④)은, 사람살이를 지탱하는 힘이 사랑에 있다는 것을 말한다. 나뭇가지의 "봉오리"는 화려한 사랑의 세상을 준비하는 것이며, "기차"는 우리의 사랑과 슬픔을 싣고 지나간다. 모든 "숲"은 사랑의 숲이며, 우리가 먹는 음식마저 "사랑의 음식"이다. 우리의 일용할 양식이 바로 사랑이었다. "주전자의 물"이 비등점에서 멈추거나, 이 방에서 저 방까지 밤이 이어진 것처럼 어떤 "절도(節度)"나 인내도 사랑이다. 봄베이도, 뉴욕도, "도야지우리의 밥찌끼 같은" 서울도 우리가 사는 "사랑의 위대한 도시"에는 미치지 못한다. 그러니 우리의 희망과 생활 수단, 우리를 둘러싼 자연과 우리가 먹는 음식, 우리가 사는 방법과 장소가 모두 사랑이다.

"안다"고 말하는 두 문장(⑤)과 아니라고 말하는 두 문장(⑥)에서, 사랑이 더욱 확장된다. 이 방에서 저 방까지 고양이가 어슬렁거리듯,

나는 "사랑이 이어져가는 밤"을 안다. 그 밤은 "죽음 같은/암흑"으로 상징되는 밤인데, 그런 어둠 속에서도 "고양이의 푸른 눈망울"처럼 사랑은 반짝인다. 사랑은 황폐한 현실 속에서도 저버릴 수 없는 우리의 희망이다. 나는 또한 사랑을 만들어내는 "기술"을 안다. "불란서 혁명"과 "4·19"에서 배운 기술이 그것이다. 사랑을 억압하는 권력 구조를 혁파하고 진정한 사랑의 체제를 세우는 기술이 바로 혁명에 있었다. 그러나 우리는 지금 "소리 내어 외치지 않는다." 진정한 사랑의 정신을 소리 높이 외치던 때는 지나갔거나, 아직 오지 않았다. 그러나 언젠가는 사랑의 기술을 쓸 날이, 그래서 사랑이 활짝 피어난 세상이 올 것이다. 이런 믿음은 "광신(狂信)"이 아니다.

> 아들아 너에게 狂信을 가르치기 위한 것이 아니다
> 사랑을 알 때까지 자라라
> 人類의 종언의 날에
> 너의 술을 다 마시고 난 날에
> 美大陸에서 石油가 고갈되는 날에
> 그렇게 먼 날까지 가기 전에 너의 가슴에
> 새겨둘 말을 너는 都市의 疲勞에서
> 배울 거다
> 이 단단한 고요함을 배울 거다
> 복사씨가 사랑으로 만들어진 것이 아닌가 하고
> 의심할 거다!
> 복사씨와 살구씨가

한번은 이렇게

사랑에 미쳐 날뛸 날이 올 거다!

그리고 그것은 아버지 같은 잘못된 시간의

그릇된 瞑想은 아닐 거다

— 김수영 「사랑의 變奏曲」 마지막 부분

이제 이 장려한 사랑의 노래를 매듭지을 때가 왔다. 미래 시제로 제시된 두 개의 문형(⑦, ⑧)이 시인의 믿음과 희망을 보여준다. 세상이 끝나기 전에 사랑의 날은 반드시 올 것이다. "인류의 종언의 날"이 오기 전에, 개인이 누릴 향락이 다 끝나기 전에, 강대국이 망하기 이전에라도, 그것은 온다. 지금 "너는 도시의 피로(疲勞)"를 느낄 뿐이지만, 그 피로에서 사랑을 배우게 될 것이다. 사랑은 먼 데 있는 것이 아니라 우리 자신이 노동하는 자리에서 싹트는 것이기 때문이다. 복사씨와 살구씨는 지금 "단단한 고요함"으로 냉혹한 세상에서 겨우 제 사랑을 유지하고 있을 뿐이지만, 언젠가는 그것들이 "사랑에 미쳐 날뛸 날이 올" 것이다. 그때에 너는 그 단단함이 사랑이었음을 알게 될 것이고, 그래서 지금 나의 상념이 "그릇된" 것이 아님이 증명될 것이다(정한아의 논문, 「'온몸' 김수영 시의 현대성」에 따르면, "잘못된 시간의 명상"은 니체의 저작인 『반시대적 고찰』의 다른 역어다).

「사랑의 변주곡」에서 시인은 사랑으로 이 넓은 세상을 설명하였다. 아프고 힘든 세상이 사랑의 힘으로 떠올랐고, 지탱되고 있으며, 마침내 변화될 것이다. 이성복이 이 믿음에 가장 먼저 동참했다.

218

아들아 詩를 쓰면서 나는 사랑을 배웠다 폭력이 없는 나라,

그곳에 조금씩 다가갔다 폭력이 없는 나라, 머리카락에

머리카락 눕듯 사람들 어울리는 곳, 아들아 네 마음속이었다

아들아 詩를 쓰면서 나는 遲鈍의 감칠맛을 알게 되었다

지겹고 지겨운 일이다 가슴이 콩콩 뛰어도 쥐새끼 한 마리

나타나지 않는다 지겹고 지겹고 무덥다 그러나 늦게 오는 사람이

안 온다는 보장은 없다 늦게 오는 사람이 드디어 오면

나는 그와 함께 네 마음속에 入場할 것이다 발가락마다

싹이 돋을 것이다 손가락마다 이파리 돋을 것이다 다알리아 球根 같은

내 아들아 네가 내 말을 믿으면 다알리아 꽃이 될 것이다

틀림없이 된다 믿음으로 세운 天國을 믿음으로 부술 수도 있다

믿음으로 안 되는 일은 없다 아들아 詩를 쓰면서 나는

내 나이 또래의 작부들과 작부들의 물수건과 속쓰림을 만끽하였다

詩로 쓰고 쓰고 쓰고서도 남는 작부들, 물수건, 속쓰림……

사랑은 응시하는 것이다 빈말이라도 따뜻이 말해주는 것이다 아들아

빈말이 따뜻한 時代가 왔으니 만끽하여라 한 時代의 어리석음과

또 한 時代의 송구스러움을 마셔라 마음껏 마시고 나서 토하지 마라

아들아 詩를 쓰면서 나는 故鄕을 버렸다 꿈엔들 네 故鄕을 묻지 마라

생각지도 마라 지금은 故鄕 대신 물이 흐르고 故鄕 대신 재가 뿌려 진다

우리는 누구나 性器 끝에서 왔고 칼끝을 향해 간다

性器로 칼을 찌를 수는 없다 찌르기 전에 한 번 더 깊이 찔려라

찔리고 나서도 피를 부르지 마라 아들아 길게 찔리고 피 안 흘리는
순간,

고요한 詩, 고요한 사랑을 받아라 네게 준다 받아라

— 이성복, 「아들에게」 전문

이성복은 「사랑의 변주곡」의 마지막에 등장하는 호격("아들아")을
가져와 시를 지었다. 「사랑의 변주곡」이 그렇듯, 이 시 역시 몇 가지
구문의 변주로 진행된다. 각각의 구문은 과거, 현재, 미래를 거쳐 오
면서 사랑의 연대기를 이루어낸다. 시인이 배운 "사랑"은 "폭력이 없
는 나라"에 대한 꿈이다. "머리카락에/머리카락 눕듯 사람들 어울리
는 곳," 그곳이 후대에 물려주고픈 나라의 모습이다. 그러려면 오래
기다려야 한다. 지루하고 둔하며 "지겹고 무"더운 기다림의 재미, 사
랑은 그렇게 오래 참고 기다릴 줄 안다. "늦게 오는 사람이 드디어 오
면/나는 그와 함께 네 마음속에 입장(入場)할 것이다." 그때 온몸으
로 나는 꽃을 피울 수 있을 것이다. 이 식물성 꿈의 아름다움, 손가락
마다 발가락마다 싹이 돋고 이파리가 돋는 이 격렬한 환희의 순간을
위해 사랑은 오래 참고 기다릴 줄 안다. 아직 사랑은 오지 않았으나
"늦게 오는 사람이/안 온다는 보장은 없다." 물론 그가 온다는 보장
도 없다(이게 어법에 맞는다). 그러나 사랑은 올 것이다. "믿음으로
안 되는 일은 없다"(이게 사랑의 속성에 맞는다). 여기에 "사랑을 알
때까지 자라라"는 김수영의 명령문을 삽입해도 이은 자리가 드러나지
는 않을 것이다. 아직 사랑의 때는 오지 않았으나 반드시 올 거라는
믿음, 김수영 식으로 말해서 그게 "광신(狂信)"은 아닐 것이다. "한

번은 이렇게/사랑에 미쳐 날뛸 날이 올 거다!" 그때가 되면 "한 시대
의 어리석음과/또 한 시대의 송구스러움"이 사랑 안에서 다 아들의
것이 될 것이다. 아들의 시대에 비하면 우리 시대는 어리석고 또한 송
구스러울 것이다. 그때까지 우리는 다만 고요할 것인데, 이 고요한
기다림이 아들에게 전해줄, "고요한 시, 고요한 사랑"의 내용이다.

　이성복 초기시의 화자는 편력자다. 시인은 세속 도시를 횡단하며
겪은 사건과 마주친 이들을 기록했다. 그의 시편들은 이 시대의 거대
한 풍속화라 할 만한데, 이것의 선행 기록이 김수영의 「그 방을 생각
하며」「적」「장시」(연작) 「우리들의 웃음」「거대한 뿌리」「현대식 교
량」「어느 날 고궁을 나오면서」 등의 수많은 시편들에 흩어져 있다.
이성복은 김수영이 시에서 말한 바 "아들"과 "누이"를 확장하여, 가족
사에 관련된 시들을 썼다. 시집 『뒹구는 돌은 언제 잠 깨는가』와 『남
해 금산』을 아우르는 가족시편들은 시인의 실제 가족 얘기가 아니라,
우리 사회의 계층과 계급을 대표하거나 거기에 녹아든 가족 얘기다.
그들은 서로가 서로의 사랑이며, 서로가 서로의 적이다.

　　집에 적이 들어올 것 같았다
　　(집은 地下室, 집은 개구멍)
　　흰피톨 같은 아이들이 소리 없이 모였다
　　귀를 쫑긋 세우고 아버지는 문틈을 내다보았다.

　　밥이 타고 있었다.
　　敵은 집이었다　　　　　　　　　— 이성복, 「금촌 가는 길」 부분

적은 외부에도 있고 내부에도 있다. 비판의 대상이 제 가족일 때, 비판은 연민과 뒤섞여 아이러니가 된다. 공격하는 자도 공격받는 자도 아프고 고통스럽다. 그들은 시대의 병을 함께 앓는 이들이다. 김수영이 「하…… 그림자가 없다」에서 말한 적들이 꼭 그와 같다.

　우리들의 敵은 늠름하지 않다
　우리들의 적은 카크 다글라스나 리챠드 위드마크 모양으로 사나웁지도 않다
　그들은 조금도 사나운 惡漢이 아니다
　그들은 善良하기조차 하다
　그들은 民主主義者를 假裝하고
　자기들이 良民이라고도 하고
　자기들이 選良이라고도 하고
　자기들이 會社員이라고도 하고
　電車를 타고 自動車를 타고
　요리집엘 들어가고
　술을 마시고 웃고 雜談하고
　同情하고 眞摯한 얼굴을 하고
　바쁘다고 서두르면서 일도 하고
　原稿도 쓰고 치부도 하고
　시골에도 있고 海邊가에도 있고
　서울에도 있고 散步도 하고

映畫館에도 가고

愛嬌도 있다

그들은 말하자면 우리들의 곁에 있다

               —「하······ 그림자가 없다」1연

   적의 실상을 나열하는 긴 목록을 읽으면, 결국 적은 "우리들"임을 알게 된다. 우리의 모습이 적의 모습이었으며, 우리가 있는 곳이 적이 있는 곳이었고, 우리의 일상잡사가 적이 하는 일이었다. 형식을 맞추어가던 문장들이 연의 마지막 부분에 가서 헝클어진 것은 이 목록이 무한히 이어질 수 있음을 암시하는 것이다. 어떤 기술(記述)이든 적들, 나아가 우리들 자신에 대한 기술이 되는 것이다. 마지막 부분의 진술이 1연 전체를 요약한다: "그들은 우리 곁에 있다." 이 말은 교묘하다. 적은 내 곁에 있으면서, 실은 우리 안에 숨어 있다. 내가 아니라 해도 나를 모은 우리 안에는 적이 있다. 적은 나라는 단수와 우리라는 복수 사이 어느 곳, 우리가 우리 각자를 의심해야 하는 불특정 다수 속에 숨어 있다. 그러므로 우리는 서로가 서로에 대해 적이다. 2연도 동일한 형식을 갖는다. "우리들의 전선은 눈에 보이지 않는다"로 시작하는 진술들은 연의 끝에 이르러 "보이지는 않는다"로 완결된다. 싸울 곳이 보이지 않으니, 우리는 어디서든 싸워야 한다. 3연은 싸움의 시기에 관해서 말하고 있는데, "우리들의 싸움은 쉬지 않는다"로 끝난다. 2연과 3연의 진술을 합하면 우리는 언제, 어디서든 싸운다는 말이 된다. 우리가 하는 모든 행동이 싸움이며, 우리가 있는 모든 장소가 전장(戰場)이다. 이성복의 구절로 설명하자면, "적은 집이었다." 제목을 이루는 4연 마지막 문장, "하…… 그림자가 없다"는 말은 그래서 생겨났다. 적이 우리의 반영(그림자)이 아니라 우리 자신(실체)이므로 그림자가 없고, 적이 우리 내부에 숨어 있으니 그림자가 없다.

김수영에서 시작된 이성복 시의 줄기는 1980년대 이후 우리 시에서 유력한 흐름을 형성했다. 기형도는 이성복의 가족시편들을 나누어, 메마른 객관 서술(이 서술은 비판으로 시종했다)과 따스한 주관 서술(이 서술은 연민에 물들어 있다)로 적어간 두 유형의 시편들을 선보였으며, 강연호는 도시적인 풍경 속에 숨은 내면의 쓸쓸함을 자유연상에 기대어 말했다. 이문재가 자연사와 가족사를, 김중식이 시대사와 가족사를 결합하였으며, 송찬호는 화려한 수사 뒤에 건조한 아픔을 숨겨두었다. 엄원태 · 이대흠 · 유종인 · 손택수의 가족시편 역시 이 계보에 든다.

3

이성복이 김수영의 화법에 내재한 정념을 보존했다면, 황지우는 김수영이 보여준 형식 실험에서 발생하는 정념을 계승했다. 이 실험은 김수영과 황지우 모두에게서 사회역사적 현실을 다루기 위한 방법론의 일부였다. 황지우는 시작 메모에서, "나는, 시를 언어에서 출발하지 말고 '시적인 것'의 발견으로부터 출발해 보는 것이 어떻겠느냐고 말한 적이 있다. 그 '시적인 것'은 뭐라고 딱 잘라 말할 수는 없고, 딱

잘라 말할 수 없다는 점에서 그것은 어쩌면 '선적(禪的)인 것'과는 닿아 있는지도 모르겠다"(황지우, 「시작 메모」, 『겨울-나무로부터 봄-나무에로』, p. 52)고 토로했다. 모더니티에 대한 명료한 자의식을 내비친 셈인데, 이런 자의식은 김수영이 시작(詩作)의 후반부에 이르러 몰두했던 시작 태도에 내재해 있던 것이다. 우리 시에서 모더니즘적인 자의식을 표명한 이는 물론 많이 있다. 김수영 이전에 이상과 김광균이 그랬고, 김수영과 동시대의 박인환과 조향이 그랬으며, 김수영 이후에 수많은 시인들이 그랬다. 그러나 이상이 개인적인 상징체계에서 파생된 기호를 조합했고 김광균이 회화적 이미지라는 코스튬에 경사된 것과 다르게, 김수영은 사회적 관습의 체계에서 발생하는 기호를 가져왔고 개별 이미지를 부수적인 것으로만 간주했다. 또 박인환이 모더니즘의 외피 안에서 감상적 자기 토로를, 조향이 관념의 조작을 즐겼던 것과 다르게, 김수영은 극적인 화법과 그 화법을 통해 드러나는 반어적 전언을 구별할 줄 알았다.

여보세요. 앨비의 아메리칸 드림예요. 절망예요.
八월 달에 살려주세요. 절망에서 나왔어요.
모레면 다 돼요. 二백매예요. 特種이죠.
머릿속에 特種이란 자가 보여요. 여편네하고
싸우고 나왔지요. 순수하죠. 앨비 말얘요.
살롱 드라마지요. 半島 호텔이나 朝鮮 호텔에서
공연을 하게 돼요. 절망의 여운이에요.   ──「電話이야기」 부분

VOGUE야 넌 잡지가 아냐

섹스도 아냐 唯物論도 아냐 羨望조차도

아냐―羨望이란 어지간히 따라갈 가망성이 있는

상대자에 대한 시기심이 아니냐, 그러니까 너는 羨望도 아냐

마룻바닥에 깐 비니루 장판에 구공탄을 떨어뜨려

탄 자국, 내 구두에 묻은 흙, 변두리의 진흙,

그런 가슴의 죽음의 표식만을 지켜온,

밑바닥만을 보아온, 빈곤의 마비된 눈에

하늘을 가리켜주는 잡지

VOGUE야   ―「VOGUE야」 부분

김수영은 앞 시에서는 전화하는 목소리를, 뒤 시에서는 대화하는
목소리를 주음(主音)으로 삼아 시를 적어 나갔다. 앞 시의 주된 발화
방식은 반어고(「전화이야기」에서 "앨비의 아메리칸 드림"과 "절망"이,
"앨비"의 "호텔 공연"과 "절망의 여운"이 만난다. 마지막 연에서도 대화
의 의도가 드러난다: "이런 전화를, 번역하는 친구를 옆에 놓고,/생색을
내려고, 하고 나서, 〔……〕" 운운). 뒤 시의 주된 발화 방식은 대조다
(1연의 "VOGUE"는 아메리칸 드림의 제유적 상징이다. "빈곤의 마비된
눈에/하늘을 가리켜주는 잡지," 그게 "VOGUE"였다). 이 목소리는 이
전의 우리 시에서는 거의 알려지지 않았던 것들이며, 김수영 이후 황
지우 세대에 와서는 잘 알려지게 된 것들이다.

벗이여, 나의 近況은 위독하다. 위문 와 다오. 붉고 흰 국화꽃 들고. 장의사 앞을 지날 때마다 나는 섬찟섬찟하다. 구긴 종이가 휴지통에 정확하게 들어가 주지 않은 그날은 내내 불길하고, 왜 나는 자꾸자꾸 豫示받으려 하는지. 왜 자꾸 목숨이 한숨인지, 나는 모르겠다. 벗이여, 지난여름, 그대는 氾濫하는 江가에서 무슨 소리를 들었느냐. 우리들 목숨의 치수 바로 밑에 출렁이는 流量을 보았느냐. 상 황 통 제 불 능 상황 통제 불능. 응답은 없었다. 영원히. 1984년, 무사 안일한 위험 수위 위로 대홍수의 날들은 가고, 1988년, 大望도 빨리 지나가라. 우리들 패인 분지에 헐벗은 이재민으로 남아 울리라. 황폐한 축제여. 노예들의 환희여. 아, 大韓民國, 大韓民國 憲法은 女性名詞며 大韓民國 現代史는 變態性慾者의 病歷이다. 누가 이 여인을 범하랴. 누가 이 여인을 모르시나요. 누가 이 여인을. 그대 몸에 깊은 구멍 있도다. 상처인가 통로인가. 깊고 굶주린 구멍. 물 질척거리는 그대 영혼의 잔잔한 오물이여. 폭등하는 첨탑이여. 교회는 자본주의와 性交한다. 아 마침내 땅 끝까지 왔구나. 우글우글하게 까놓았네! 그들의 먹이는 불안한 신흥 중산층이다. 그대 목마른 영혼을 잔잔한 시냇가로 인도한 값을 내라. 가까이 오라. 양변기에 앉아 똥 누는 자들이여. 밀리고 밀린 똥 냄새가 맡고 싶구나.　　　　　　　　　— 황지우, 「近況」 앞부분

「근황(近況)」의 화자는 전화하는 사람이지만 그의 말은 독백에 해당한다. 일방적인 이 말은 김수영의 경우가 그렇듯, 대화 상대방을 향한 진술이 아니라 자기 진술이다. 구어(口語)로 적어 나간 자유 연상의 방법도 김수영의 방법과 다르지 않다(이성복도 자유연상을 자주

활용했다). 인용한 부분만 살펴보자. 내가 위독하니 위문와달라고 말하고는, 조문 오는 이야기를 한 것은 내 증상이 심각하기 때문이다. 도무지 예측 가능한 시절이 아니었으므로 시인은 휴지통에 던진 "구긴 종이"로 하루의 운세를 점칠 뿐이다. 이 사회 역시 그렇다. "상 황 통 제 불 능," 응답이 없는 시절을 막막한 기계음만이 대신하고, 시절은 말세("대홍수의 날들")이며, 미래는 정치 구호("大望"의 "1988년") 속에서만 장밋빛이다. 말세를 사는 우리, 곧 대홍수에 살아남은 우리는 "이재민"이다. 우리나라는 수동적인 피해국("大韓民國은 女性名詞")이며, 우리의 역사는 힘 있는 자들의 장난에 얼룩졌다("大韓民國現代史는 變態性慾者의 病歷이다"). 대중가요의 일절("누가 이 여인을 모르시나요")이 이산과 분단의 아픔을 집약하고 그렇게 집약된 여성이 대한민국이니, 우리네 삶이 상처로 패어 있음을 알겠다. 구멍 난 육신에 대한 연상은 구멍 낸 자들로 옮겨가고, 자본화된 "교회"에 대한 비판이 뒤를 잇는다…… 시는 "나의 근황(近況)은 위독하다. 위문 와 다오"로 시작해서, "나는 나 이외의 삶을 범해 버릴지도 모른다. 나는 모르겠다. 나는 혼수상태다. 벗이여. 위문 와 다오. 우리 결별하자"로 끝난다. 내가 혼수상태인 것은 내 자신의 정체성을 잃고, 이 엄혹하고 혼란한 시대에 타협할(타락할) 것만 같아서다. 그러니 실은 정신이 "위독"한 것이다. 어떤 말도 위로가 되지 못한다. 우리는 겨우 코미디언의 바보짓에 웃을 뿐이며, "형제살해(兄弟殺害)의 시대"를 살아갈 뿐이다. 김수영 이후로 20여 년이 지났으나, 박정희 시대에서 전두환 시대로 바뀌었을 뿐, 세상은 좋아지지 않았고 절망은 더욱 뿌리를 내렸다.

228

황지우가 계승한 김수영의 형식 실험은 동시대의 담론 속에 내재한 절망과 희망을 가감 없이 살려내기 위한 것이었다. 이미 고정되고 정제된 담론이 고정되고 정제된 정념을 생산할 수밖에 없었기에(이 자리에 서정주의 담론이 있다) 김수영은 이 담론에 균열을 냈으며, 자의식적 기호로만 구성된 담론 체계가 현실에 대한 지시성을 삭제했기에 (이 자리에 김춘수의 담론이 있다) 김수영은 지시적 담론에 기댔다. 황지우가 시가 아니라 "시적인 것"에서 시작하겠다고 표명한 것은, 차라리 오염된 담론이 오염된 현실을 보여주는 데 적실할 것이라는 통찰이었다. 이러한 지시적 언어가 가장 자주 기대는 방식은 물론 인유(引喩)다.

　　길중은 밤늦게 돌아온 숙
　　자에게 핀잔을 주는데, 숙
　　자는 하루종일 고생한 수
　　고도 몰라주는 남편이 야
　　속해 화가 났다. 혜옥은 조
　　카 창연이 은미를 따르는
　　것을 보고 명섭과 자연스
　　럽게 이야기를 나누게 된
　　다. 이모는 명섭과 은미의
　　초라한 생활이 안스러
　　워…….

어느 날 나는 친구집엘 놀

러 갔는데 친구는 없고 친

구 누나가 낮잠을 자고 있

었다. 친구 누나의 벌어진

가랭이를 보자 나는 자지

가 꼴렸다. 그래서 나

는…….　　　— 황지우, 「숙자는 남편이 야속해—KBS2 TV 산유화

(하오 9시 45분)」

TV 프로그램을 안내하는 이는 제한된 분량에 맞추어 남은 얘기를 잘라버리고, 화장실에서 음담을 늘어놓는 이는 배설이 끝나면 남은 얘기를 다 적지 않는다. 두 시의 네모반듯한 형식 역시 두 기록이 적힌 모습을 보여주는 상형(象形)이다. 이 시의 화자는 단순한 기록자의 자리를 자처하지만 딱히 그런 것만은 아니다. 그는 두 이야기에서 유사성을 보는 사람이며, TV 프로그램이 현실에 대한 배설을 보여주는 것임을 이 유사성을 통해 보여주는 사람이다(정확히 말해서 이 시의 화자는 화장실에 앉아 신문과 낙서를 교대로 읽는 사람이다. 같은 시집에 실린 「삼인」의, 바로 그 화자다).

황지우 시의 줄기 역시 여러 시인들에게 계승되었다. 유하는 패러디 자체를 자기 시의 파토스로 삼았으며, 함성호는 수많은 주석을 달아 시를 현실화했고, 박정대는 영화 · 소설 · 음악 · 그림 등에서 수많은 텍스트를 끌어 모아 서정적 화자의 발언에 녹아들게 했다. 장경린의 실험적인 시 역시 현실의 몽타주로 기능한다. 함기석은 오염된 언

어를 조합하여 새로운 의미를 만들어내려 했으며, 전영주는 비속한 언어에 강렬한 상징을 부여했다. 감상과 선언(宣言)을 왕복하는 김정란 시의 화자, 성(聖)과 속(俗)을 왕복하는 차창룡 시의 화자, 장석원의 시에 등장하는 고백하고 선동하고 인용하고 비판하는 수많은 화자들, 이영광의 시에 일관되게 나타나는 중얼거리는 화자 역시 김수영과 황지우를 닮은 발언자들이다.

4

한편 김수영의 비판적 성찰은 자기 자신을 향한 것이기도 했다. 세상을 풍자하는 자신을 풍자하는 일, 이 이중의 풍자는 내 안의 속물성을 가감 없이 드러냄으로써 내 안에 들어온 세상마저 비판의 무대 위로 올리는 일이었다. 예컨대 김수영은 "성(性)"이 가진 환상적 면을 벗겨내고, 그것을 지극히 저열한 일상을 통해 드러내었다.

> 그것하고 하고 와서 첫번째로 여편네와
> 하던 날은 바로 그 이튿날 밤은
> 아니 바로 그 첫날밤은 반시간도 넘어 했는데도
> 여편네가 만족하지 않는다
> 그년하고 하듯이 혓바닥이 떨어져나가게
> 물어제끼지는 않았지만 그래도
> 어지간히 다부지게 해줬는데도

여편네가 만족하지 않는다

이게 아무래도 내가 저의 섹스를 槪觀하고
있는 것을 아는 모양이다
똑똑히는 몰라도 어렴풋이 느껴지는
모양이다

나는 섬찍해서 그전의 둔감한 내 자신으로
다시 돌아간다
憐憫의 순간이다 恍惚의 순간이 아니라
속아 사는 憐憫의 순간이다

나는 이것이 쏟고 난 뒤에도 보통 때보다
완연히 한참 더 오래 끌다가 쏟았다
한번더 고비를 넘을 수도 있었는데 그만큼
지독하게 속이면 내가 곧 속고 만다   ——「性」전문

"여편네와/하던 날은" "바로 그 이튿날 밤은" "아니 바로 그 첫날밤
은"과 같은 거듭되는 교정(校訂)은 화자의 조바심을 드러낸다. "그년
하고 하듯이 혓바닥이 떨어져나가게/물어제끼지는 않았지만"이라는
말은 창녀로 짐작되는 다른 여자에 대한 혐오를, "어지간히 다부지게
해줬는데도"라는 말은 아내에 대한 혐오를 느끼게 만든다. 정서적인
동의와 동감이 사라진 성교는 화자로 하여금 상대방의 "섹스를 개관

(槪觀)"하게 만들고, 아내는 어렴풋이 그 사실을 느낀다. 그는 이런 사정을 "연민(憐憫)의 순간"이라고 불렀다. 성교에서 "황홀(恍惚)의 순간"이 제거되고, 나와 그녀 사이에는 서로 속고 속이는, 그래서 서로를 가련하게 여기는 순간만이 있을 뿐이다. 아내는 내가 자신의 섹스를 개관하고 있음을 어렴풋이 느끼고, 나는 속이는 일이 들킬까 봐 "그전의 둔감한 내 자신으로" 돌아간다. 결국 화자는 제 자신에게도 거짓을 느낀다. 화자는 "그년"이나 "여편네"를 모두 타자(他者)로 만들고, 그 거리 이편에서 스스로 타자가 되는 것이다. 마지막 구절은 그 겹의 소외가 가진 쓸쓸함을 보여준다. 그는 이미 상대와 자신을 속였는데, 시간을 끌다간 자기 자신이 속고 만다고 말한다. 적어도 지금은 아내와 자신을 속이고 있다는 것을 알고 있는데, 더 지체하다간 자신이 정말 아내를 위하고 있다고 착각하고 만다는 얘기다. 그런 착각은 거짓을 진실이라 믿고, 연민을 황홀이라 믿게 만든다.

뭐요 니기미이 머 어째 애비 보고
니기미라꼬 니기미이 말이
그렇다는 거지요
야아 이

자알 배왔다 논
팔아 올레서 돈 들에 시긴
공부가 게우 그 모양이냐 말이
그렇다는 거지요 예끼 이 천하에

소새끼 같은

아버지 천하에
소새끼 같은 아버지
고정하십시요 야아 이 놈아
아버지   —박남철, 「아버지」 부분

김수영 이전에 우리가 알아왔던 화자는 대개가 착한 화자였다. 김
소월이 그랬고 한용운이 그랬고 이상화가 그랬다. 사랑하는 님을 축
복하며 보내고, 이별한 님이 반드시 올 거라 믿으며, 오지 않은 님 때
문에 절망하는 화자에게 삶의 중심은 내가 아니라 님에게 있었다. 이
타율적 화자는 뒤틀린 상황마저 자신의 잘못에서 비롯된 것이 아닐까
를 반성한다. 이 반성은 내게 우호적이지 않은 타자에게서 비롯된 것
이지, 내 안에서 우러나온 것이 아니다. 그러니까 이 시들의 경우, 반
성이 먼저이고 잘못은 반성의 결과로 드러날 뿐이다. 김수영은 반대
로 반성을 숨겨두고 잘못을 까발겨놓는다. 이런 비판은 비판하는 자
와 비판받는 자를 한 몸으로 만드는 비판이다. 박남철 시의 화자가 그
렇다. 인용한 시에서 돈 좀 부쳐달라는 부탁을 거절하는 아버지에게
"니기미"라고 내뱉는 화자를 불편하게 여기지 않을 사람은 없다. 아버
지는 기가 막혀 훈계를 늘어놓는데, 화자는 대화를 뒤섞어 훈계와 불
평이 구별되지 않게 만든다. "예끼 이 천하에//소새끼 같은"이 아버지
말이고 "아버지/고정하십시요"가 내 말인데, 시행이 뒤섞이면서 "소

234

새끼 같은 아버지"가 되고 말았다. 세상에 대한 비판에 도덕적 우월 의식을 내장하지 않는 것, 자기 자신이 불편한 타자임을 인정하는 것―이것이 김수영의 치열함이며, 그를 계승한 박남철의 치열함이다.

자신의 저열함과 고통스러움을 거울로 삼아 세계의 저열함과 고통 스러움을 시화한 이들을 이 계보에 포괄할 수 있을 것이다. 풍요로운 사회와 궁핍한 자신을 동시에 비판하고 드러내는 김영승 시의 화자에 게서도 비판과 연민은 한 몸이다. 진이정은 요설 가운데 자신의 아픔 을 촘촘하게 박아 넣었다. 김언희의 위악은 육체성을 통해 사회의 치 부와 시작(詩作)의 목표를 동시에 드러내려는 방법론이며, 김록의 중 언부언은 자신과 타인을 잇는 모든 관계를 토막 낸다.

5

1980년을 전후로 하여, 김수영을 계승한 빼어난 시인들이 이외에 도 많이 출현했다. 김수영 바로 다음 세대의 시인들이 그의 계보에 곧 장, 기꺼이, 합류했던 것이다. 김혜순은 관념의 지평 너머에 숨어 있 던 감각 자체를 정교하게 언어화했으며(이를 위해서는 김수영의 많은 시가 그랬듯, 시가 어느 정도 길어져야 했다), 최승자는 강렬하고 순도 높은 언어로 고통 자체를 언어화했다(이를 위해서는 김수영의 어떤 시 가 그랬듯, 시가 짧고 반복적인 문장으로 쓰여야 했다). 최승호는 물화 된 삶에 대한 강력한 비판 의식을 계승했다(이를 위해서는 김수영이 내 내 견지했듯, 해탈이 아닌 풍자로 가야 했다). 이들과 친연성을 맺은 시인들 또한 많다. 황인숙의 감각은 한편으로는 끊임없이 자신으로 귀환하면서, 다른 한편으로는 세상으로 확산된다. 김기택의 관찰자적 시선은 대상의 속내를 정확하게 잡아내기 위한 반어적 전략의 소산이다. 박용하는 자연에서 묵시록적 풍경을 읽어냈으며, 성미정은 천진한 얼굴로 복마전의 세상을 질러갔다. 김행숙은 수많은 정념을 특별한 사건들로 치환했으며, 최정례는 과거와 현재와 미래를 동일한 체험의 지평에서 그려냈다.

　　김수영과의 거리로 우리 시대 시인들의 자리를 측정할 수도 있을 것이다. 그는 우리 시의 강력한 준거틀 가운데 하나가 되었다. 김수영은 우리 시의 어법과 담론의 형식, 주체의 세계 대응에 관한 태도에서 기존의 방식과 다른 길이 있음을 소개했고, 이로써 우리 시의 외연을 크게 넓혔다. 우리는 이 넓어진 지평에서 시를 읽거나 쓴다. 우리 시에서 '근대'가 누구에게서 시작되었는가에 대한 논의는 분분하지만 적어도 김수영이 우리 시에서 '근대'의 완성자인 것만은 부인하기 어려울 것이다. 새로운 세계는 김수영 이후에도 그의 후계자들이 여러 차례 소개했으나, 적어도 김수영만큼 사회와 언어와 주체를 통괄하는 새로움을 보여준 시인은 없었다. 그는 우리 시의 진화사(進化史)를 완성했으며, 그 후에 새롭게 분기하는 여러 갈래의 길을 열었던 것이다.

한 줌의 시
──한국시의 이분법

1

인간은 늘 이분화된 사고로 사물을 받아들여왔다. 이항 대립은 인간이 사물을 개념화하는 최초의 방식이자 가장 유효한 방식이다. '이것'을 지칭하기 위해 '저것'을 맞세우는 것, 인간은 그 방식으로만 어떤 개념을 설정할 수 있었다. 가치는 그 자체의 독자적 특질에서 나오는 것이 아니다. 그것은 변별적인 자질에서 나온다. 이것과 저것을 구별하는 것은 실체에 대한 사고가 아니라 형식에 대한 사고다. 그것은 하나의 기준점을 설정한 후에 거기에 포섭해야 할 것과 배제해야 할 것을, 긍정태와 부정태를 부여하는 사고다.

그러나 이 같은 구별은 완성되는 순간 망가진다. 경계는 희미해지고 이것은 저것과 다시 섞인다. 최종적인 구별이란 성립할 수 없다. 그것은 그 완성을, 계속적으로 미래로 지연시킨다. 헤겔은 이렇게 만들어진 칸막이에 수많은 구멍이 뚫려 있음을 발견했다. 포섭과 배제

활동이 끝나는 순간, 그러니까 '이것'의 울타리가 둘러쳐진 그 순간부터 '이것'의 영역은 끊임없이 '저것'의 공격을 받는다. 이 공격은 역설적이게도 '이것'이 '저것'으로 영역을 확장해가는 방식이기도 하다. 헤겔의 잘못은 '저것'의 영역을 '이것'이 펼쳐가는 합목적적인 자기 전개의 노정(路程)으로만 간주했다는 점에 있다. '저것'은 처음부터 '이것' 내부에 펼쳐진 '다른 이것'이었다. '이것'이 '다른 이것'을 대체할 수는 없다. 이항 대립은 이 자리에서 멈추어야만 한다.

헤겔은 미학의 역사를 단순한 구별 작용과 혼동했다. 예컨대 그는 동양의 서정시와 그리스 로마의 서정시, 그리고 낭만적인 서정시를 시의 각 발전 단계에 상응하는 것으로 간주했는데, 가치 부여 작용과 변별 자질 사이의 이런 착란은 헤겔 미학의 전 영역에 걸쳐 나타난다. 형식이 사물의 본질을 구성하는 유일한 바로미터라는 건 분명한 사실이다. 그런데 헤겔은 형식이 정신의 외화(外化) 작용이라고 생각했다. 헤겔이 평가하려 했던 것은 형식이 아니라 정신의 내적인 동력이며, 이로써 헤겔은 스스로의 미학 원칙을 위반하고 말았다. 형식의 우열은 형식이 스스로 부여했던 자기 보존적 성격에서만 검토될 수 있다. 하나의 형식이 얼마나 많은 작품들을 그 영토 내에 거느리는가(예를 들어 경기체가가 열등한 형식이라는 게 여기서 드러난다), 자신의 좌표를 보여주는 대표 작품들을 가지고 있는가(이것이 형식이 가진 정격이다. 시조는 이 점에서 행복하다), 얼마나 많은 변이형들을 허용하는가(이것이 형식이 허용하는 파격이다. 고려속요는 이 점에서 빼어난 형식이다) 같은 점들이 고려될 수 있을 뿐이다.

불행히도 한국의 현대시에 부여된 대개의 이름은 여러 가지 면에서 헤겔의 작명(作名) 원칙을 따르고 있다. 한국의 현대시는 정신적 소여(所與)로서만 거론되었을 뿐, 제 성과에 맞는 합당한 형식을 가지지 못했다. 김기진과 박영희의 논쟁에서 시작하여 생명파에 이르는 긴 명명법에서, 형식은 무시되고 그 형식을 산출했다고 생각되는 가상의 정신 작용만이 이름을 얻었다. 작품의 질적 성취에 대한 평가는 자주 정신의 영역 쟁탈전에 희생되곤 했다. 박두진과 박목월, 조지훈을 이르는 청록파(혹은 자연파)라는 이름이 그 뚜렷한 예가 될 것이다. 시작의 방법에서 세계관에 이르기까지 공통점을 거의 찾아보기 어려운 세 시인이 단순히 한 시집에 묶였다는 이유만으로 자주 같은 영역에서 논의되어왔던 것이다.

이 글의 목적은 최근의 한국 현대시에 부여된 이분법적 명칭들을 비판적으로 검토해보는 데 있다. 비평이 우리 시를 이름 지으면서 얼마나 자주 실제의 시를 희생해왔는지를 따져볼 작정이다. 비평이 하나의 이름을 부여하는 순간, 그 이름으로 묶일 수 없는 일군의 시들이 손아귀에서 빠져나간다. 그러나 손에 잡을 수 있다는 것만으로, 명명의 고분고분한 자식이 된다는 것만으로 대표성을 부여받은 시들이란 명명의 바깥에서는 또 얼마나 허약한 것인지.

2

해방 후 우리 시에 나타난 최초의, 그리고 가장 강력한 이분법으로 참여시/순수시 구분을 들 수 있다. 이 이분법은 1980년대까지 유효

했다. 1930년대 세대 논쟁에서 비롯된 순수문학 논쟁은 해방기에 좌우익 이데올로기 대립의 산물로, 다시 1960년대 참여/순수 논쟁으로 그 정점에 이르렀다. 이어령과 김수영의 견해가 이 논쟁의 핵심에 있는데, 그렇다고는 해도 둘의 주장이 처음부터 대척의 자리에 있었던 것은 아니다. 이를테면 이어령은 현실적인 여러 권력의 힘이 문화적 창조성을 억압하고 있다는 것을 인정했다. 정치권력, 상업주의, 약아빠진 대중이 모두 그런 억압의 주체다. 이어령은 문화인들이 이런 억압에 지레 겁을 먹고 있다고 생각한 것 같다. 억압을 인정하고 받아들여 내면화하는 일은 자기 안에 또 다른 억압의 기제를 작동시키는 일이다. 김수영이 이어령의 주장을 비판한 논거는 그런 억압이 문화인 자신에게 있지 않다는 것이다. 김수영이 보기에, 문화적 창조성을 극대화하는 길은 모든 외적인 억압을 제거하는 데 있다. 언론의 자유가 보장되지 않은 곳에서는 진정한 자유가 있을 수 없다. 실제적인 검열과 탄압이 창조적 정신의 발현을 억압한다. 창조의 자유가 제한되는 것은 문화인 자신의 소심함 때문이 아니라, "유상무상의 정치권력의 탄압"(김수영, 「지식인의 사회 참여」, 『김수영 전집 2─산문』, 민음사, 1981, p. 156) 때문이다. 그러나 실상 이어령 역시 현실적이고 정치적인 억압을 인정하고 있으며, 김수영 역시 "우리나라의 문화인이 허약하고 비겁한 것은 사실"이라고 인정하고 있다. 그러므로 이어령과 김수영의 주장이 다른 것은, 현실 파악이 달라서라기보다는 각자가 강조하는 지점이 달라서다. 이런 미묘한 차이는 두 사람 사이의 논쟁이 진행되면서, 조금씩 변질되었다.

무서운 것은 문화를 정치사회의 이데올로기와 동일시하는 것이 아니라, 문화를 단 하나의 이데올로기와 동일시하는 것이다. 그리고 우리나라의 경우 문화의 위험의 소재도 바로 여기에 있는 것이다. 〔……〕 따라서 내가 생각하기에는 오늘날의 우리들의 두려워해야 할 '숨어 있는 검열자'는 그가 말하는 '대중의 검열자'라기보다도 획일주의가 강요하는 대제도의 유형무형(有形無形)의 문화 기관의 '에이전트'들의 검열인 것이다. 단 하나의 이데올로기를 대행(代行)하는 것이 이들이고, 이들의 검열제도가 바로 '대중의 검열자'를 자극하는 거대한 테제가 되고 있는 것이다. 〔……〕 이들의 대명사가 바로 질서라는 것이다. (김수영, 「실험적인 문학과 정치적 자유」, 같은 책, pp. 159~60)

　문학적 차원을 이렇게 정치적 차원으로 끌어내리는 데서 작품의 본래적 의미를 저버리는 오독 현상이 생겨난다. 그 결과로 정치 권력이 때때로 문학의 자유로운 창작활동을 구속하게 될 경우가 많다. 그러나 사람들은 이와 꼭 같은 현상이 문학계의 내부에서도 일어나고 있는 그 위험성엔 별로 조심을 하고 있지 않은 것 같다. 문학을 정치 이데올로기로 저울질하고 있는 오늘의 '오도(誤導)된 사회참여론자'들이 그런 것이다. 문학작품을 문학작품 자체로 감상하려 들지 않는다는 점에서 그들은 관의 문화검열자와 조금도 다를 것이 없다. (이어령, 「문학은 권력이나 정치이념의 시녀가 아니다——다시 김수영씨에게」, 홍신선 편, 『우리 문학의 논쟁사』, 어문각, 1985, p. 268)

　'정치적'이란 용어가 둘에게서 다른 함의로 쓰이고 있음에 주목하

라. 김수영에게서 정치적이라는 말은 부당한 거대 권력의 성격을 의미한다. 그는 "문화를 정치사회의 이데올로기와 동일시하는 것이 아니라, 문화를 단 하나의 이데올로기와 동일시하는 것"이 무서운 일이라고 말한다. 하나의 이데올로기를 강요하는 사회가 전체주의 사회이며, 이런 사회에서는 질서라는 명목 하에 무차별적인 억압과 검열이 일어난다. 따라서 김수영에게서는, '정치'의 반대 자리에 '자유'가 놓여 있다. 반면 이어령은 문학 내부에 들어와 있는 정치적인 것들을 비판한다. 문학적 공과를 논의해야 마땅한데도 참여라는 명목 하에 졸렬한 작품들을 평가하는 경향이 그것이다. 그에게서 "정치 이데올로기"는 거시적인 권력의 행사가 아니라, 미시적이고 비문학적인 평가 기준이다. 따라서 이어령에게서는, '정치'의 반대 자리에 '미학'이 놓여 있다.

실제로 두 주장이 문학이 가진 두 측면을 협애하게 옹호하고 있음은 분명하다. 문학의 미학적 차원과 대사회적 차원의 어느 한 가지만으로 문학 전체를 설명할 수는 없다. 의식적으로 순수론을 시론의 기반으로 삼은 시인은 김춘수며, 참여론을 시론의 기반으로 삼은 시인은 신동엽이다. 김춘수는 김수영의 시를 의식했으나 김수영은 자신의 시를 참여시라 부르지 않았으며, 김수영은 신동엽의 시를 평가했으나 신동엽은 김수영의 시를 참여시라 부르지 않았다. 따라서 순수시와 참여시의 공과를 살피려면 둘의 시론과 그 후계자들의 논의를 살펴야 한다.

김춘수는 시가 가진 의미화 작용을 반대하고, 시에서 대상을 소거하는 시를 제작하고자 했다. "언어에서 의미를 배제하고 언어와 언어의 배합, 또는 충돌에서 빚어지는 음색(音色)이나 의미의 그림자나 그것들이 암시하는 제2의 자연 같은 것으로 말이다. 이런 일들은 대상과 의미를 잃음으로써 가능하다고 한다면, '무의미시'는 가장 순수한 예술이 되려는 본능에서였다고도 할 수 있을는지 모른다"(김춘수, 「의미와 무의미」, 『김춘수 전집 2—시론』, 문장사, 1984, p. 378). 그러나 통상의 논자들이 주장하듯, 김춘수의 '무의미시'가 의미를 배제하는 것은 아니다. 우리는 김춘수가 말한 '무의미'가 통상의 사회적 의미를 배제한 것이라고 말해야 한다. 일상적인 의미는 이미지들의 분산 가운데서 증발했으나, 언어가 갖는 의미의 조각들은 그의 시 안에 여전히 산재해 있다. 그것은 대사회적 발언을 시적 전언의 중심에 놓는 이른바 참여시에 대한 안티테제로서 성립했던 것이다.

김춘수의 시론을 원론적으로 계승한 이가 이승훈이다. 이승훈이 시론으로 정립한 '비대상시'는 김춘수의 시론과 동궤에 있다.

첫째로 비대상이란 한 편의 시 속에 노래되는 구체적인 대상이 없음을 뜻한다. 〔……〕 내가 시를 쓸 때, 나를 사로잡는 것은 그야말로 어렴풋한 창조의 싹이다. 그런 심적 분위기를 구태여 명명한다면, 대상이 분명치 않은 심적 영역, 그러니까 정조mood 혹은 불안이라고 할 수 있다. 이런 영역이 시의 모티브가 될 때 중시되는 것은 두말할 필요 없이 언어이다. 따라서 비대상의 시는 말을 바꾸면 자기실존의 운동을 지향하고, 언어를 중시하는 내적 태도라고 할 수 있다. 〔……〕 둘째로 〔……〕 비대상의 세계는 실존의 투사, 외부세계의 무화(無化), 언어 자체에 도취되는 공간을 뜻한다. 〔……〕 셋째로 〔……〕 비대상의 시는 궁극적으로는 무의식의 실현을 〔노린다〕〔……〕 끝으로 비대상의 시에서 내가 강조한 것은 자기증명의 아이러니였다. 한 편의 시가 완성될 때 그것은 언제나 근원으로서의 나의 고독과 단절된다. 자기증명의 아이러니란 쉽게 말하면 시 쓰기를 통한 자기증명이 허망하다는 인식을 토대로 한다. (이승훈, 『한국 현대시론사』, 고려원, 1993, pp. 306~09)

구체적인 대상의 소묘에서 출발한 시가 아니라, 내면(그것은 정조이거나 언어 자체이거나 무의식이거나 자아가 아닌 어떤 것의 영역이다)의 움직임을 대상화하는 시가 비대상시다. 따라서 시론에 따르면 그의 시에서 드러난 대상은 실제 사물이 아니라 내면의 움직임을 설명하기 위한 비유적 사물인 셈이다. 김춘수가 시에서 특정한 대상(사물)의 비유적 활용을 경계했다면, 오히려 이승훈은 김춘수의 견해를 밀고 나가 비유가 특정한 대상(사물)의 소거에 활용될 수 있음을 발견했다. 김춘수가 사회적 의미의 결락을 실천했다면, 이승훈은 그 결락의 자리를 메우는 (통상의) 대상 아닌 (특수한) 대상을 시적 무대에 올렸다. 이 같은 방식이라면 사실 순수시의 계보는 이상에서 시작되는 자의식적 작품들의 계보인 셈이다. 그러나 과연 그 이름에 순수시라는 명칭을 붙이는 것이 가능한 것일까?

순수시는 시가 가진 언어미학의 독자성을 전제로 성립한다. 시가 특수한 언어 구조며 그 자체로 자립적이라는 믿음은, 시가 영혼의 속기록이라는 저 낭만주의 시관(詩觀)의 근대적 변형물이다. 육체를 지배하는 영혼의 독자성과 우월성을 수락한 낭만주의 시관은 근대적 육체의 발견 이후에 지속될 수 없었다. 그것은 시인이 민족 언어의 선구자라는 믿음으로만 제 자신을 보존했다. 이 믿음은 특수한 언어의 독자성과 우월성을 토대로 한다. 그러나 언어는 처음부터 사회적 관습과 약속의 산물이어서, 사회적 의미를 기준으로 할 때에만(즉 그것과의 거리로써만) 제 자신의 특수성을 보장받는 것이다. 김춘수는 처음부터 언어가 오염된 것임을 발견했다. 오염은 언어가 사물을 대신할 때부터 있었던 것이지, 사회적인 관습의 결과로 생긴 것이 아니다. 언어가 오염되어 있었다면, 처음부터 시가 특수한 언어 구조임을 주장하기도 어렵다. 김춘수는 오염되지 않은 언어를 꿈꾸었으나, 그것은 언어 너머의 꿈이었다. 그는 언어를 가지고 언어가 감당할 수 없는 다른 경지를 가리켰던 셈이다. 소리의 결로만 이루어진 시, 이미지의 파편으로만 이루어진 시는 의미에서 자신을 순수하게 지켜내는 것이 아니라, 조각난 의미들의 혼돈만을 보존할 뿐이다.

김춘수 시론의 결점은, 처음부터 서술적 이미지가 대상을 품지 않은 것이라는 가정에서 생겨난 것이다. 그는 언어와 언어가 감당하는 사물의 관계를 시의 특수한 용법, 곧 하나의 비유가 만들어내는 사물과 의미의 관계로 간주했다. 그는 언어의 문제를 비유적 차원에서만 가능했다. 역설적이게도 김춘수의 무의미시는 흔히 분산된 시행들간에 비유적 의미를 생성하곤 했다. 이승훈의 비대상시는 이 점에서, 김춘수보다 더 나갈 수는 없었으되 더 정교해질 수 있었다. 하지만 그의 작품 역시 비대상의 시론을 실천하지는 않는다. 이승훈의 작업은 일관된 시의식의 산물이라는 점에서 중요한 함의를 가지고 있지만, 실상 그의 작품은 여러 층위의 화자(시를 쓰는 나와 평가하는 나, 테마

를 붙잡는 나와 거기에서 일탈하는 나, 여러 개의 인칭으로 분할되는 나)
분석으로도 설명할 수 있는 것 같다.

　순수시라는 명칭은 처음부터 불순한(?) 의도에서 명명된 것이다.
그것은 해방기 좌우 이데올로기 대립의 파생물이었다. 1950년대까지
좌익의 '이념'에 대항하는 우익의 모토는 '민족'이었다. 김동리의 복
고적 작업이 그 예가 될 것이다. 1960년대 들어 좌익 진영이 말살된
자리에 역사와 현실을 강조하는 일군의 주장이 생겨나자, 문학의 순
수성에 대한 옹호가 시의 차원에서 순수시 주장으로 자리를 잡았다.
그러나 이때의 '순수'란 부정 개념에 지나지 않는다. 순수시란 사회역
사적 차원의 대상과 언어가 '없는 것'을 의미했다. 순수시 이론은 그
런 의미에서 참여시와 기묘하게 동거하고 있다.

　참여시 역시 협애하기는 마찬가지였다. 시가 가진 대사회적 기능을
강조하는 일이 시론 차원에서는 일종의 정당성 싸움으로 나타났다.
시적 의도가 시적 성취를 앞서는 일은, 성숙하지 못한 논쟁에서는 흔
히 일어나는 일이다. 중요한 것은 시보다 그 시를 발화하는 시인의 입
지였으며, 그 입지가 시의 성격을 결정했다. 현대문학이 시작된 초창
기부터 그랬다. 박영희의 습작 소설에 대한 김기진의 합리적 비판은
"소설로써 완전한 건물을 만들 시기는 아직은 프로문예에서는 시기가
상조한 공론(空論)이다"(박영희, 「투쟁기에 있는 문예비평가의 태도」,
1927. 1)라는 반론을 이기지 못했다. 카프의 역사는 강경파가 온건파
를 몰아낸 역사이기도 하다. 1970년대와 80년대에도 그랬다. 집단 창
작시나 벽시 같은 실험은, 처음부터 목적의식만을 가치 평가의 기준
으로 삼은 실험이다. 북한 문예물에서도 이런 실험이 있었다. 내용이

246

정해진 곳에서는 그 내용을 다르게 포장하는 방법, 곧 형식 실험만이 가능한 법이다.

참여시는 처음부터 언어적 참여와 사회적 참여의 차이를 인정하지 않았다. 1970년대 민족문학, 1980년대 민중문학이 두루 이 함정을 피해가지 못했다. 신동엽의 경우를 보자. 그는 「육십년대의 시단 분포도」에서, 당대의 시단을 다섯으로 나누었다. ① 향토시의 촌락, ② 현대감각파, ③ 언어세공파, ④ 시민시인, ⑤ 저항파가 그것인데, 이 중에서 ②와 ③은 언어만을 교묘하게 되작이는 이른바 "시업가"들이며, ①은 조선시대의 음풍농월하는 경향을 이어받은 이른바 "가인(歌人)"들이다. 신동엽은 가인들의 고운 심성을 긍정했지만, 한편으로는 이들이 당대 현실과 유리되어 있음을 들어 자신과는 비판적 거리를 두었다.

가인들은 노래한다. 두뇌의 참여를 거부하고 그 부드러운 가슴만으로 노래한다. 손끝재주를 부리거나 기구망신스런 흉내를 내려고 하거나 단어상자를 쏟거나 하지 않는다.
그러나 '보는 눈'이 없다. 세계의 본질을 통찰하는 눈. 그리하여 자아를 갈아엎는 부단한 구도자의 자세.
노래는 있어도 참여, 즉 자기와 이웃에의 인간적인 애정, 성실성이 결여되어 있다. (신동엽, 「시인·가인·시업가」, 『신동엽 전집』, 창작과비평사, 1975, p. 392)

"가인"들은 남의 흉내나 언어 세공만을 전문으로 하는 시업가(詩業

家)들과는 다르지만, 세계의 본질을 통찰하는 안목이나, 자기와 이웃에 대한 애정이 결여되어 있다는 점에서 진정한 시인의 자리에 오르지 못한다. 진정한 시인의 이름에 부여한 위와 같은 속성에서, 세계의 변혁을 부르짖는 지도적인 시인의 상을 짐작하기란 어려운 일이 아니다. "자아를 갈아엎는 구도자" 같은 소박한 언명이 그걸 보여준다. 이 인용문에서 드러난 "참여"라는 말에서, 그가 당대의 참여시를 의식하고 있음을 짐작할 수 있다. 그는 김수영을 상찬했지만, 김수영을 참여가 아니라 ④ 시민시인의 자리에 두었다. 그가 말한 ⑤ 저항파의 자리가 바로 참여시의 자리다.

참여시가 처음부터 문학의 대사회적 기능을 염두에 두고 있음은 분명하다. 문제는 그것이 일종의 선언적 언술로만 나타난다는 점이다. 신동엽의 시가 가진 선언적 성격은, 시가 가진 풍부한 함의를 (왜곡하는 것은 아닐지라도) 축소하고 말았다. 1970년대와 80년대의 민족문학은 참여시에 많은 빚을 지고 있지만 현명하게도, 그의 시론을 비약적으로 확장했다. 신경림과 김지하 시의 서정적 맥락은 참여시론의 범주만으로는 설명할 수 없는 것이다. 하지만 1980년대 민중시는 그 폭발적 분출에도 사회과학적 성과를 비평의 입론으로 삼았다는 점에서 성취만큼이나 많은 문제를 낳았다. 1980년대의 소장 비평가 김명인의 작업은 카프 이래의 참여적 맥락을 계승한 것인데, 시가 가진 사회적 발언의 진위를 일종의 출신 성분과 연관지었다는 점에서 신동엽의 시론과 일맥상통한다.

민중운동의 주체로서 서서히 대두하기 시작한 민중 세력은 1980년대가 되면, 많은 지식인들이 대망한 대로 관념의 세계에서 현실의 구체적 실체로 살아오게 된다. 〔……〕 또한 민족운동의 급격한 질적·양적 발전과 함께 이념 면에서도 상당한 세련화가 이루어지고 그와 발맞추어 인문사회과학 분야에서도 우리 사회와 역사에 대한 연구 성과를 실천적 관심 아래 꾸준히 축적해갔다. 〔……〕 이러한 여러 조건들의 변화는 곧 1970년대까지의 이 땅을 풍미했던 지식인 문학이 이제 근본적인 위기에 봉착했다는 것을 의미한다. 소시민계급의 기반을 지닌 지식인 문학은 이제 이 시대 대중의 꿈을 대신 꾸어주지도, 또 이 시대의 총체상을 온전히 드러내지도 못하게 되었다. 하물며 정치 팜플렛이라니! 대부분 문학의 이름 아래 역사발전의 과정에서 사회적 주도권을 상실하고 그 기생성만 갈수록 강화되어가는 소시민 계급의 자기분열을 표현하거나, 자기 위안에 함몰하거나, 성장하는 민중의 움직임에 대해서 소극적인 지지와 감상, 혹은 의혹과 불안이 교차하는 주변적인 모습만을 보여주고 있을 뿐이다. 이것이 1980년대 현 단계의 우리 지식인 문학의 숨김없는 실정이다. (김명인, 「지식인 문학의 위기와 새로운 민족문학의 구상」, 『희망의 문학』, 풀빛, 1990, pp. 15~16)

지식인 문학/민중문학이라는 구별에서 우리는 카프 이론의 1980년대 버전을 본다. 신동엽이 시론에서 말한 것은, 소박하게 말해서 자신이 참여에 투신한 시인이어서 참여적인 시를 쓴다는, 일종의 실천적 언명일 수 있었다. 하지만 김명인의 주장은 모든 작가가 자신의 계급적 한계 안에서만 움직인다는, 일종의 신분 결정론이다. 그는 같은 지면에서, 1980년대 민족문학의 대가들을 이런 구도 안에서 비판한다. 그에 따르면, 김지하는 『대설 남』에서 순전히 관념적으로 민중적 총체성을 재구성하려는 무리한 시도를 하더니, 『애린』에서는 급기야 '소를 찾아 나섬'으로써 구도, 혹은 개인적 문제 해결의 경지로 멀찍이 떠나버렸고,"고은도『전원시편』에서의 '뜻밖의' 여유를 거쳐 『백두산』『만인보』에 이르러서는 그것이 민족사건 민중사건 개인의 주변사건 현저히 손쉽게 '역사' 속으로 들어가 회고록을 쓰고" 있으며, 신경림도 시작에서는 거의 손을 놓은 채 "'섣부른 사회과학주의'를 반성하자는, [……] 퇴행적인 발언을" 했다. "순전히 관념적으로" "개인적" "멀찍이" "뜻밖의" "손쉽게" "손을 놓은 채" "퇴행적인" 같은 어사들이 말해주듯, 이러한 비평적 태도는 지극히 저열한 수준의 입법 비평이다. 그의 입론에서 시 자체의 성취를 잴 수 있는 비평적 척도는 거의 없거나 전혀 없다. 그가 강력히 주장했던 1980년대의 집단 창작시 같은 실험이 실패로 끝날 수밖에 없었다는 것, 그가 상찬한 여러 민중 시인들의 "힘찬 선언들"이 전혀 문학사에 포함될 수 없었다는 것──이런 결과만으로도 오도된 입법 비평의 폐해가 드러났다고 하지 않을 수 없다.

우리는 처음부터 순수시/참여시라는 구분 자체가 이데올로기적이었다는 것을 지적해야 한다. 김명인은 문학인들이 "개인주의적 문학관을 타파해야 한다"(같은 글, p. 89)고 역설했다. 실제로 그는 모든 작업마저(집단 창작이 아닌 한 모든 작업은 개별적이다) "개인주의"라는 이데올로기적인 틀에서 조망할 수밖에 없었던 것이다. 이 지점에서 우리는 김수영을 다시 돌아볼 필요가 있다. 그는 한편에서는 참여시의 입론자로, 순수시의 대척점에 있었던 인물로 왜곡되기도 했고,

다른 한편에서는 소시민적 진실과 한계를 동시에 보여준 인물로 설정되기도 했으나, 그는 그 두 가지와 모두 거리를 두었다. 김수영에게 중요했던 것은 시를 쓰는 인식의 문제였고, 작품 자체의 미학적 완성도였다. 그에게 참여파니 예술파니 하는 구분은 적실한 것이 아니다. 진정한 시에서 이들이 내세우는 특장은 두루 발견될 수밖에 없는 것이었다.

그러고 보면 우리에게는 진정한 참여시가 없는 반면에 진정한 포멀리스트의 절대시나 초월시도 없다고 보는 편이 타당할 것이다. 브레히트와 같은 참여시 속에 범용한 포멀리스트가 따라갈 수 없는 기술화된 형태의 축도를 찾아볼 수 있고, 전형적인 포멀리스트의 한 사람인 앙리 미쇼의 작품에서 예리하고 탁월한 문명비평의 훈시를 받을 수 있는 것을 생각해볼 때, 참여시와 포멀리즘과의 관계는 결코 간단하게 구별할 수 있는 문제도 아니고 고정된 정의를 내릴 수 있는 문제도 아니다. (김수영, 「새로운 포멀리스트들」, 같은 책, p. 401)

깊이를 확보한 현실 인식과 미적인 구현은 별개의 것이 아니다. 참여시 속에도 기술적 정교함이 있고, 포멀리스트의 시에도 예리한 문명 비판이 있다. 결국 이상적인 시의 상태는 둘을 아우르는 것이다. "따라서 시를 쓴다는 것──즉 노래──이 시의 형식으로서는 예술성과 동의어가 되고, 시를 논한다는 것이 시의 내용으로서의 현실성과 동의어가 된다는 것도 쉽사리 짐작할 수 있는 것이다"(김수영, 「시여침을 뱉어라」, 같은 책, p. 249). 김수영의 이 말을 소결로 삼아도 좋을 것 같다.

3

1990년대 들어 우리 시를 나누는 가장 중요한 이분법은 전통시/실험시라는 구분이다. 이 구분은 1930년대 모더니즘에 대한 논의 이후 여러 차례 변용되면서 그 명맥을 이어왔다. 사실 이런 지형은 실험적인 시가 제 자신을 다른 시와 구분지으려는 시도에서 나온 것이다. 역으로 그것이 시의 본령을 지킨다는 의미에서 전통시를 주장하는 반탄력을 낳기도 했다. 서정시에 대한 논의가 그것이다. 처음부터 전통시에 대한 논의가 일종의 안티테제로 성립한 것이기 때문에, 서정시에 대한 논의 역시 여러 층위에서 이루어졌다. 크게 나눈다면 전통적인 서정시에 대한 논의를 넷으로 유별할 수 있다.

첫째, 문학의 갈래 이론으로서의 서정

둘째, 주체의 세계 투사 방식으로서의 서정

셋째, 시적 전통과 예술성을 강조하여, 실험시와 대척의 자리에 놓인 서정

넷째, 특정한 기교와 수사, 고정된 화자와 어조, 소재로서의 자연물들을 언급하는 소계열로서의 서정

첫째에 가까울수록 범위가 넓고 넷째에 가까울수록 범위가 좁다.

252

거칠게 말한다면 오세영의 서정시 논의는 첫째와, 최동호의 정신주의
시 논의는 둘째와, 유성호의 서정시 논의는 셋째와, 최승호(서림)의
서정시 논의는 넷째와 주로 연관된 것 같다. 그런데 각각의 차원이 뒤
섞이면서, 실험적인 시에 대응하는 서정시의 논의가 정확한 대립쌍을
갖기 어려워진 것처럼 보인다. 이분법은 처음부터 분명한 대립쌍을
전제로 한다. 마땅한 짝패가 없다면 논의 자체가 달라질 수밖에 없다.
가령 정신주의 시는 전통시의 외연을 크게 넓혀, 새로운 논의의 차원
을 열었다. 최동호는 정신주의 시의 명제로 다음 넷을 들었다.

첫째, 과도기적 상황에서 언제나 새로운 역사 지평의 확대를 모색
한다.
둘째, 정적인 시학을 부정하고 동적 시학을 지향하여 보수적 고착성
을 타파한다.
셋째, 세속주의를 거부하면서 현실의 현실성에 대한 각성을 촉구
한다.
넷째, 한국적인 신성함의 추구와 더불어 인간 존재의 고귀성을 고양
한다. (최동호, 「현대시의 정신사와 탈근대성의 지평」, 『디지털 문화
와 생태시학』, 문학동네, 2000, p. 39)

이 명제를 따른다면, 정신주의 시는 재래의 전통시 혹은 서정시의
논의와는 다른 질적 비약을 수행하게 될 것이다. 다만 정신주의 시의
명제가 선언적 맥락 아래서 작성되었음을 지적할 수밖에 없다. 이 명
제들이 그 구체적 실증을 미래에 걸어야 한다는 뜻이다. 어쨌든 서정

시와 실험시로 시적 분포를 이분한다는 것은 범주의 오류에 해당한다. 하나는 발화의 성격에 관한 지칭이고 다른 하나는 발화의 형식에 관한 지칭이기 때문이다. 서정적이면서도 실험적인 작품이란 게 얼마든지 있는 법이다. 그런데도 이 구분은 조금씩 변형되면서도 그 완강한 틀을 버린 적이 없다.

전통시/해체시라는 이분법이 그 변이형에 해당한다. 황지우·박남철·김영승·유하·장경린·장정일 등의 시적 작업이 해체시 논의에 근거를 제공했다.

해체시 운동은 포스트모더니즘과 해체주의 비평의 수용과 결코 무관할 수 없다. 이 두 사조는 해체시의 존재에 당위성을 부여하면서 현대시의 다양한 전개를 고무하고 있다. [……] 해체시의 원리는 반미학이다. 전통미학에 있어서의 소재(현실)가 곧바로 문학적 텍스트가 되는 자리에 해체시가 놓인다. 말하자면 예술과 인생이 더 이상 구분되지 않는 미적 자유이론이 해체시의 한 원리다. [……] 숭고한 것, 신성한 것, 특이한 것을 모두 일상적이고 평범한 것으로 격하시키는 해체시는 그러므로 아무런 형이상학적 깊이가 없다. [……] 해체시는 우리 현대시의 전망이고 가능성이다. 사실 형태와 장르와 세계관을 해체한 해체시는 그 다원주의적 열린 태도와 조립에 의한 의미 창조, 우리 삶을 새롭게 바라보는 인식 유형, 그리고 그 신선한 감수성으로 긍정적 의의를 지닌다. (김준오, 「해체시를 넘어」, 『도시시와 해체시』, 문학과비평사, 1992, pp. 140~54)

포스트모더니즘과 해체주의가 해체시에 이론적 근거를 주었다는 주장은 오해다. 포스트모더니즘과 해체주의가 우리에게 소개되기 이전부터 해당 시인의 작업이 있었기 때문이다. 김준오도 얘기했듯, 일군의 해체시가 시도한 방식은 아방가르드 운동과 관련되어 있다. 소재(현실)가 문학적 텍스트가 된다는 것이 정확히 그렇다. 특히 해체주의와 해체시의 공통점은 번역어로서의 (해체라는) 이름밖에 없다. 이 이름이 쓰이는 맥락은 전혀 다르다. 철학에서의 해체deconstruction는 구조construction의 맞짝이다. 문학과 연계해 말하자면 차라리 해체주의는 철학의 문학화 경향을 보여준다고 하는 것이 옳을 듯하다. 형이상학 언어가 잡아내지 못하는 개념들을 미학 언어로 보충대리하고 있기 때문이다.

해체시 논의가 놓치고 있는 것은 반미학마저도 미학의 원리로 수렴하는 아방가르드의 운명이다. 김준오는 해체시의 원리로 다음과 같은 것들을 들었다. 소재(현실)를 변용하는 것이 아니라 편집한다는 것, 현실을 전시할 뿐 판단하지 않는다는 것, 논평을 배제하고 주어진 소재(현실)를 나열한다는 것, 매체의 개방성, 패러디와 비속어의 사용, 절대적 진리의 배제. 그러나 나열된 이 특징들은 전기한 시인들의 시에서 관찰되는 특징이 아니다. 예컨대 황지우는 주어진 소재(현실)를 편집하여 강력한 비판적 정치 담론을 만들어냈으며, 박남철은 판단하고 논평하는 화자를 내세웠고(박남철은 『용의 모습으로』란 비평시집을 내기도 했다), 김영승은 사적인 화자를 진리 판단의 근거로 삼았으며, 유하는 패러디로 자신과 사회에 대한 이중적인 현실 풍자를 수행했다. 간단히 말해서 해체시의 특질은 반미학에 있는 것이 아니라 소재

(현실)의 개방에 있는 것이다. 다시 말해서 기존 미학의 반대가 아니라, 기존의 미학적(이라고 일컬어지는) 소재(현실)의 확장에 그 특질이 있는 것이다. 사실 이 특질은 이상과 김수영을 관통하는 근대시의 특질이기도 하다. 이 때문에 해체시의 성격을 다원주의라 말하기도 어렵다. 대개의 해체시에서는 소재(현실)를 파기하거나 개방하거나 재배치하는 특정한 주체가 매우 두드러진다. 이 주체는 전통시의 주체와는 다른 방식으로 매우 강력한 힘을 행사한다. 이를 다원적 상상의 산물이라 부를 수 있을까?

최근의 은유시/환유시 구분 역시 전통시/실험시라는 이분법의 세련된 변형이다. 환유시에 찬성하는 이들은 전통적인 시가 은유적인 동일성의 원리로 이루어졌으며, 환유시는 인접성의 길로 나아가 은유적인 독재에 대한 저항을 보여준다고 말한다.

환유가 사물의 지시성에 근거를 둔 만큼 여성적이고 은유는 이해성에 근거를 둔 만큼 남성적인 데가 있음을 알 수 있다. 또 인접성보다는 유추를 통한 유사성을 강조하는 은유는 모더니즘적인 체취를 지니는 반면, 환유는 인접성과 연상작용에 맡기는 경향이 있어 포스트모던적이며 여성주의적 색채가 짙다. (박재열, 「환유로의 길트기」, 『현대시』, 2000. 4, pp. 62~63)

은유적 글쓰기에 반대하고 환유적인 연상을 새로운 글쓰기의 시발점으로 삼는 논자들은 모두 야콥슨R. Jakobson의 글을 논거로 삼고 있다. 야콥슨은 「언어의 두 양상과 실어증의 유형」「문법의 시와 시의 문법」이라는 영향력 있는 에세이에서, 문장 구성을 이루는 두 가지 원리인 선택/결합을 은유/환유의 이항 대립과 동일시하면서, 예술의 일반적 경향을 성찰했다. 문제는 구문을 구성하는 선택/결합이라는 일반 원리가 은유/환유라는 수사학의 두 가지 경향과 일치하지 않는다는 사실에 있다. 야콥슨의 (증명되지 않은) 가설에 따르면 은유는 시, 서정시, 상징주의, 낭만주의, 초현실주의, 몽타주와 연관되고 환유는 산문, 서사시, 사실주의, 입체파, 클로즈업과 관련된다. 논의를 이렇게 확장하고 나면 유효한 진술을 도출하기 어렵다. 논자들은 은유/환유라는 구분을 상상력을 구조화하는 두 가지 경향으로 일반화했는데, 여기서 여러 가지 오해가 발생했다. 은유가 동일성의 논리라는 주장이 그 대표적인 예인데, 실제로 은유는 동일성과 이질성이라는 이중적인 작용으로써만 설명할 수 있는 것이다. 인용문이 말한 바, 남성적/여성적이라는 이항 대립 역시 그런 오해의 산물이다. 은유=남성성/환유=여성성이라는 쌍은 전자가 지배적인 자질이며, 후자가 피지배적인 자질이라는 생각에서 나온 것인데, 실제 시의 실상과는 전혀 관련이 없다. 야콥슨의 환유론은 사실은 환유론이 아니라, 비은유론이다. 은유로 포섭되지 않는 잡다한 성격을 묶어 환유라 이름하는 것이기 때문이다.

실제로 환유시를 분석한 예들은 적지 않은 오류를 내포하고 있다. 이것은 환유의 특질로 알려진 인접성에 대한 오해에서 비롯되었다. 환유의 인접성은 기본적으로 언중의 자동화(自動化)된 연상 작용에서 생겨난다. 그것은 일종의 축약의 원리다. '김소월'로 '김소월이 지은 시집'을 지시하고, '청와대'로 '청와대의 정부 대변인'을 이르고, '한

잔하다'라는 말로 '한잔에 담긴 술을 마시다'라는 말을 의미하는 것은
일종의 괄호 치기 방식이다. 이 괄호가 먼 거리의 대상들을 잇대는 환
유적 인접성의 비밀이다. 환유적 인접성은 사물의 지시성에 대한 관
습적 수용에서 파생된다. 이를 새로운 글쓰기의 유형으로 일반화한
데서 문제가 생겨났다. 환유시의 실례로 언급된 많은 시들이 실제로
는 화자의 이동에 따른 장소의 변환, 시선의 전이에 따른 대상의 변
환, 사고의 계기성에 따른 연상의 변환만으로 충분히 설명된다.

　비유 가운데 은유에 과부하가 걸린 것이 사실이다. 하지만 은유적
연계를 끊었다고 해서, 그것이 환유적 상상을 보여준다는 것은 지나
친 추론이 아닐 수 없다. 또 기존의 시가 반드시 은유를 내장하고 있
는 것도 아니다. 기존의 수사적 경향을 은유로, 그것에서 해방되려는
경향을 환유로 일반화하는 것도 최근의 한국시가 수락한 잘못된 이분
법의 예다.

4

　우리 시가 허용한 이분법은 그 밖에도 여럿이 있다. 남성시/여성
시, 도시시/자연시, 본격시/대중시, 형이상시/몸시, 인공시/생태시
등이 그렇다. 하나의 명명이 거느리는 영역이 다른 영역을 배제함으
로써 성립한다는 것은 분명한 사실이다. 문제는 그것이 자기 밖에 대
립쌍을 세울 때 일어난다. 이분법은 일종의 적대적 공존이다. 공격성
이 자신을 지탱하는 힘이라는 건 얼마나 불행하고 가난한 일인가. 그

런데 도리 없이 비평은 그렇게 살아간다. 비평이 명명의 힘으로 한 줌의 시를 움켜쥘 때, 손아귀에서 빠져나가는 시들은 사실 훨씬 많다. 아무리 중요한 시인도 비평적 명명법 아래 놓이지 않으면 주목받을 수가 없다. 그런 시와 시인들을 돌보는 일이 언제나 명명보다 중요하다.

실험에 관하여

1. Clone

〔n. 영양 생식에 의해 모체에서 분리 증식한 식물군, 영양계(營養系); 클론의 개체 혹은 세포; (복사한 것처럼) 똑같은 사람, 카피; 아무 생각 없이 기계적으로 행동하는 사람; 모조 컴퓨터/v. 클론을 만들다〕

어슷비슷한 시, 상투적인 시가 대량으로 쏟아져 나온 데에는 경색되고 좁은 선별 제도가 큰 역할을 했음을 부인하기 어렵다. 신춘문예 제도가 그 중요한 예가 될 것이다. 정초에, 좋은 시의 전범으로, 수십만 독자에게 배달되는 몇 편의 시들이 갖는 영향력은 생각보다 훨씬 크다. 신춘문예 시를 짓는 방법이 실제로 있다. 대강 다음과 같은 조건을 지키면 된다. ① 새해에 맞게 희망적인 메시지를 담을 것, ② 하나의 대상을 선택하되, 두세 개의 비유를 중심으로 서술해 나갈 것, ③ 특정한 종교적 색채를 띠지 말 것, ④ A4 용지 한 장 이내에 담을 분량일 것, ⑤ 분련시의 경우, 3~5연 이내로 적을 것, ⑥ 생활에서 파생되는 감정이나 여행지에서 만나는 소회를 적을 것. 이 조건을 지

260

키면, 물론 그럴듯한 시가 된다. 약간의 은유(단순할수록 비유는 빛난다)와 문법적인 어사들을 생략한 시행(이게 축약이다), 처음으로 돌아가는 결구(이걸 수미상관이라고 한다), 여기에 그리움이나 만시지탄(晩時之歎)을 버무리면(좋은 시일수록 파토스를 보존해야 한다), 감상하기에 적당한 시 한 편이 생겨난다. 사실 이런 조건에 맞추어 쓴 글은 시가 아니라 시의 카피copy다. 예를 들어보자.

예 1 설렁탕(제재)+그리움(주제)→ 대상과 감정을 결합하는 경우

우러나온 국물 → 뼛속 깊이 사무친 그리움

흐릿한 국물 → 너에게로 가는 오리무중(五里霧中)의 심사

뜨거운 국물 → 너를 향해 타는 애증

사리 → 네 안에서 풀어지는 인연의 가닥

썰어 넣은 파 → 흩어진 말들

예 2 의자(제재)+실존의식(주제)→ 대상에 시간성을 부여하는 경우

버려진 의자 → 실존적인 인간

틀어지거나 마모된 귀퉁이 → 삶의 내력

사람 대신 허공이나 바람이 앉았다 → 공(空)의 주체화

예 3 자연물(제재)+사람살이(주제)→ 대상을 인격화하는 경우

돌 → 실존적인 인간

강물 → 시간 혹은 누워 있는 인간

산 → 공간 혹은 선 인간

그리움이나 실존의식 같은 피상적인 주제를 잡는다면 대상만 바꾸어가며 얼마든지 비슷한 시를 지을 수 있다. 그래서 사물들의 자리에 시간·공간의 상상을 덧붙인 수많은 시가 지어지고, 이런저런 음식에 관한 수많은 시가 지어지며, 자연물을 의인화한 수많은 시가 지어진다. 그것은 일종의 공식이자 전형이어서, 실존적인 '나'가 개입할 틈이 없다. 이것은 가장 전형적으로 타락한 미의 형식, 곧 키치에 가깝다. 더구나 그것은 계속적으로 현전한다. 다른 말로 자기 증식한다. 물론 자연과 사람살이의 비밀에 육박한 좋은 서정시가 없는 것은 아니다. 이 경우에도, 좋은 시란 새로운 문제 제기에 성공한 시를 말한다.

　　　어린 눈발들이, 다른 데도 아니고
　　　강물 속으로 뛰어내리는 것이
　　　그리하여 형체도 없이 녹아 사라지는 것이
　　　강은,
　　　안타까웠던 것이다
　　　그래서 눈발이 물위에 닿기 전에
　　　몸을 바꿔 흐르려고
　　　이리저리 자꾸 뒤척였는데
　　　그때마다 세찬 강물소리가 났던 것이다
　　　그런 줄도 모르고
　　　계속 철없이 철없이 눈은 내려,
　　　강은,

어젯밤부터

눈을 제 몸으로 받으려고

강의 가장자리부터 살얼음을 깔기 시작한 것이었다

— 안도현, 「겨울 강가에서」 전문

적어도 시선의 역전이 여기에 있다. 얼어붙은 강물은 늘 닫아건 마음, 정체된 역사(歷史), 쓸쓸한 내면의 등가물이었다. 안도현은 이 시선을 역전시켰다. 그것도 가장 먼 거리에서, 그러니까 결빙과 모성이란 양극을 이어 붙인 자리에서 말이다. 문제는 그 아래에서 그 말을 확대 재생산하는 수많은 복제물들에 있다. 몇 가지 규칙의 조합으로 지탱하는 영양계, 지으면서 망가지는 혹은 부서지면서 생겨나는 클론들, 좀비처럼 생명 없이 떠돌아다니는 것들.

2. Spiral
〔n. 나선, 소용돌이; 용수철; 고둥(conch)/a. 나선형의/v. 나선형을 그리다〕

진정한 미학에서는 중심과 주변이 뒤집혀 있다. 안팎을 뒤집은 영역이 미의 영역이다. 껍데기들, 파편들, 클론들이 중심에 있다. 부서지고 깨지면서 안으로 함몰하는 중심, 언제나 파열하지만 반드시 파열의 대상으로 현전하는 일자(一者). 미학에서 주류란 대개는 전복의 대상이고 아주 잠깐 동안은 전복의 결과다. 전위(前衛)란 앞서 있는 게 아니라 밀려나 있는 것이다. 우리 시의 중심이 서정시에 있다는 것은 계량적인 진실이며, 우리 시의 주변이 서정시 일색이라는 것은 균질적인 진실이다. 안팎을 뒤섞었으되, 여전히 안팎이 존재하는 것—그런 의미에서 미학의 비유적 실체는 소라고둥이다. 그것은 소용돌이처럼 혼란스럽지만 용수철처럼 튀어오른다. 그것은 모든 것을 삼키고 모든 것을 내뱉는다. 그것은 모여 있으되, 텅 비어 있다. 그것은 밀집이자 통로다.

물론 그 모든 소란이 중심이 되는 것은 아니다. 거칠게 튀어나가서는 덧없이 사라지는 거품이 늘 더 많은 법이다. 거품의 상투형들은 또다른 의미의 클론이다. 거품의 클론, 거품이 거품을 낳고 그 거품이 다시 거품을 낳고…… 우리는 이 거품의 족보를 알지 못한다. 시에 실험이라는 말을 덧붙이는 순간, 시는 실패와 좌절을 제 안에 아로새긴다. 현대성과 감상성을 통합하려 했던 박인환이 실패했고, 지적인 조작으로 해학을 실험했던 송욱이 좌절했다. 그러나 그 원심력을 통해서만 미학은 제 영역을 넓혀 나간다. 시도의 방법은 시행착오일 수밖에 없다. 없는 중심에서 배회하지 말고 있는 힘껏 박차고 나가야 한다. 원심력의 궤도를 즐겨야 한다. 그렇게 해서 성공한 실험만이 중심으로 돌아온다. 실험에 성공한 시들이 새로운 서정을 만든다. 멀게는 기하학과 수학으로 욕망을 설명한 이상이 그랬고, 가깝게는 중얼거림과 중언부언으로 운율을 만든 김수영과 중성적인 문체에 개인의 발언을 싣고자 했던 김춘수가 그랬다.

3. Crab

〔n. 게; 게살; (the C~) 게자리; 감아올리는 기계; 주사위 두 개를 던져 둘 다 한 끗이 나오는 일, 꼴찌; 불리한 일 혹은 실패; 비스듬히 날기; 심술쟁이; (pl.) 매독/v. 할퀴다, 깎다, 맞잡고 싸우다; 망치다; (비행기가) 비스듬히 날다〕

게는 중심과 주변의 위계를 오르내리지 않고 비스듬히 질러간다. 그것은 할퀴고 깎고 드잡이한다. 그것은 심술을 부리다가 망가지고 때로는 지독한 병에 걸린다. 게 앞에 펼쳐진 자리는 어디나 온전하지만, 게가 지나간 자리는 어디나 둘로 갈린다. 그것은 완성된 시의 영역을 나누고 가르고 횡단한다. 실험이란 횡단의 다른 이름이다. 그것은 언제나 바람 풍을 바담 풍이라 부른다. 그런데 바람을 바담이라 지칭할 때, 바람과 바담 사이에서 안온한 공기는 돌연 불온해진다. 미학은 정체된, 고유한, 변동 불가능한 어떤 영역이 아니다. 미학은 늘 정격(正格)과 파격(破格)의 사이에 있다. 미적 효과의 단위는 정격과 파격의 거리를 측정하는 단위다. 그늘이 모나리자의 미소를 만들고, 풍화작용이 백제의 미소를 만들고, 기형(奇形)이 조개 껍데기에서 탄생하는 비너스의 고운 목선을 만든다. 여자들의 치마 길이는 점점 짧아지다가 어느 순간 점점 길어지고, 남자들의 넥타이 폭은 점점 넓어지다가 어느 순간부터는 점점 좁아진다. 남들보다 짧거나 길 것, 혹은 넓거나 좁을 것. 무엇인가를 덜어내거나 보탤 것. 늘 부족하거나 과잉일 것─그게 미의 속성이다. 실험이란 그 부족과 과잉의 첨점(尖點)을 이르는 말이다. 주사위 두 개를 던져 겨우 두 끗을 얻더라도, 그 시도는 가치가 있는 것이다. 정격을 가로지르는 일, 완성된 시의 자리에 안주하지 않고 그것을 비스듬히 횡단하는 일, 거기에서 새로운 미의 곡선이 그려진다. 그 선은 늘 모자라거나 넘치지만, 그 자리가 비너스를 낳은 조개 껍데기가 놓인 곳이다.

누가 횡단했는가? 가령 1980년대에는 허물어진 가족으로 사회를 축약한 이성복이 있었고, 허물어진 몸과 언어를 들여다본 황지우가 있었고, 의식으로 무의식의 저 아래를 탐색한 박남철이 있었고, 격렬한 발언을 하는 소심한 화자를 내세운 장석주가 있었고, 공적인 언어를 극한까지 밀고 갔던 김남주와 백무산이 있었고, 시에 악보를 그려 넣은 박태일이 있었고, 서술적 상상의 지도를 그려 보인 김혜순이 있었고, 들끓는 자의식을 가장 단순한 명제로 요약했던 최승자가 있었고, 물(物)과 물물(物物)과 헛것을 이야기한 최승호가 있었다. 그다음 시기에는 정교한 언어세공사인 송재학이 있었고, 대중적 감성을 파토스로 삼은 유하가 있었고, 일상의 해부학자인 김기택이 있었고, 물주(物主)의 서정을 적어간 기형도가 있었고, 한국시의 에스페란토 어를 썼던 장정일이 있었다.

대가들의 횡단 역시 그치지 않았다. 장려한 정신의 인공 낙원을 건축한 조정권이 있었고, 날것으로서의 사물을 채집한 오규원이 있었고, 극서정의 영역을 선회한 황동규가 있었고, 한국인의 족보를 작성하려 했던 고은이 있었고, 아득하고 막막한 그리움 저편을 호명한 김명인이 있었고, 담시와 대설의 시인 김지하가 있었고, 바다 저편에서 시의 몸을 대신 보내 살게 한 마종기가 있었다.

4. Pigtail

〔n. 변발queue, 땋아 늘인 머리; 돼지 꼬리; 꼰 담배〕

마르케스의 소설 『백년 동안의 고독』에서, 마지막으로 태어난 아기는 돼지 꼬리를 갖고 있었다. 이 아기는 아우렐리아노 일가를 파멸시킨 근친상간의 결과였다. 돼지 꼬리는 죽음의 전조이자 완성이었다. 아기는 태어나자마자, 하혈을 이기지 못한 어미를 죽이고, 죽음으로 오랜 예언을 완성해야 하는 아비를 깨닫게 하고, 오랜 풍화를 이기지 못한 집을 허물고, 자신은 개미밥이 되고 만다. 모든 실험은 의도하지 않은 근친상간이다. 근친상간은 금기인데 실험은 위반이기 때문이다. 실험의 결과로 태어난 작품은 다소간 괴물이다. 앞에서 보면 대머리인데 뒤에서 보면 긴 머리(땋은 머리)를 한, 변발과 같다. 이 괴물은 예정된 운명의 결과라는 점에서 여전히 비너스의 자식이며, 그 괴물끼리 새로운 가계를 작성해야 한다는 점에서 한 비너스의 죽음과 새로운 비너스의 탄생을 접속하는 말종이자 시조다. 우리는 변발한 이들을 오랑캐라 욕했으나, 단발령 이후의 우리 역시 부스스한 괴물이 되기는 마찬가지다.

실험의 결과가 괴물이라는 것은, 실험 이후에나 이전에나 우리가 그 결과물을 쉽게 받아들이기 어렵다는 걸 암시한다. 그러나 우리 시대의 비너스는 모두 전 시대의 추물이었다. 미적 성과에 우리가 동의하기 어려운 많은 작품들은, 사실 미래로 뻗은 우리 미의 촉수와 같은 것이다. 미래의 거울로서의 작품들은, 우리의 자화상을 일그러뜨린다. 어쩌면 그렇게 일그러진 모습이 우리의 참모습일지도 모른다. 파격은 정격의 반대로만, 부정어로만 정의될 수 있다. 실험은 그렇게 잘 라내고 절단하는 작업이다. 최근의 예를 몇 보자. 박상순은 남성·여 성의 말을 버리고 중성어를 시에 실험했고, 이수명은 사물에서 인간 화된 의미를 도려내고 사물들끼리의 인과적 관련을 드러냈으며, 함성 호는 서정의 어법을 파기하고 관습화된 전문 용어들로 이루어진 서정 을 구현했고, 차창룡은 이것과 저것을 이것 아님과 저것 아님의 (교차 부정의) 대상들로 드러냈고, 김참은 상상적 풍경을 서사화했고, 함기 석은 기호 내용을 박탈한 기호 표현들의 놀이를 조작했다. 이들의 작 품들은 당대의 미적 기준에서는 무엇인가 부족하지만, 같은 말로 무엇 인가 잉여적이다. 그 부족분과 잉여분이 이 작품들의 미적 효과다.

　말은 내달릴 때, 앞발과 뒷발을 교대로 놀린다. 곰브리치E. H. J. Gombrich는 『서양 미술사』에서, 극히 최근까지도 모든 회화에 등장 하는 말이 앞뒷발을 가지런히 디디며, 이것이 실제와 다른 우리 머릿 속의 진실이었음을 말했다. "화가들이 이 새로운 발견을 그림에 적용 하여 말이 실제로 달릴 때와 같은 모습을 그리자, 사람들은 이 그림들 이 잘못되었다고 불평했다." 새로운 시도 앞에서, 변발한 이들 앞에서 우리가 느끼는 불편함이 이런 불평일지도 모른다. 이 불편함은 각질 의 표면 아래서 꿈틀거리는, 새로운 미에 대한 기운과 통한다. 굳은 살을 터뜨리고 나온 새 살이 우리에게 필요하다.

집과 시

1. 집과 길

집과 길은 인간의 삶을 요약하는 두 개의 상징이다. 집이 세계의 중심, 자궁, 정주(定住), 안식, 죽음, 사랑, 존재, 목적, 정태성을 상징한다면 길은 세계의 확장, 산도(産道), 방랑, 노동, 삶, 고독, 과정, 수단, 역동성을 상징한다. 사람의 일생을 한 집에서 다른 집으로 이사하는 것이라고 풀어도 큰 잘못은 아닐 것이다. "모든 길은 로마로 통한다"거나 "모로 가도 서울만 가면 된다"는 말에서, 로마나 서울 역시 하나의 큰 집이다. 하지만 모든 건물이 집은 아니다. 허수경이 "나는 내 얼굴을 버리고/길을 따라 생긴 여관에 내 마음조차 버리고"(「먹고 싶다……」)라 말할 때, "여관"은 집이 아니라 길의 매듭, 여로의 한 지절(枝節)이다. 그 집은 길가에 늘어선 나무들처럼 길을 따라 제 거처를 옮기기 때문이다. 늙어가는 일이 낡아가는 일임을, 삶이 몸과 마음의 마모임을 이 쓸쓸한 구절이 가르쳐준다. 집은 그렇게 늙거나 낡아가기 이전 혹은 이후의 자리, 시원(始原)이자 종착(終着)인 곳이다. 삶이 시작되거나 삶이 마감되는 곳이어서, 집으로 상징되는 모든 것은 정태적이다. 집의 여러 모습을 살피는 것이 이 글의 목적이다. 우리 시에서 집이 어떤 방식으로 시화되고 있는지를 찾아가 보자.

2. 가족

서정주가 「자화상」에서 그려낸 집은 식구들을 아우른 채로 풍화의 한 세월을 고스란히 견디고 있다. 「자화상」은 집과 길이라는 뛰어난 상징으로 한 삶의 이력을 요약한다. "파뿌리같이 늙은 할머니"와 "대추꽃," 달을 앞둔 "어메"와 "흙으로 바람벽"을 한 집, "호롱불"과 "손톱이 까만" 아들이 모두 집의 일부다. 이 정태적인 시원의 자리 바깥에, "밤이 깊어도 오지 않는" "애비" "바다에 나가서는 돌아오지 않는다 하는 외할아버지"의 운명이 있다. 나는 외할아버지의 "숱 많은 머리털과 커다란 눈"을 닮아서, "팔할(八割)"의 "바람"과 노숙(老宿)의 삶을 따라간다. 그 삶이 "이마 위에" "시(詩)의 이슬"을 얻는 "어느 아침"을 만나게 했다면, 장석남의 경우는 정주(定住)의 삶이 그랬다.

10년을 살았다. 도화2동. 얽히고설키어. 식구들은 늘기도 하고 줄기도 하였다. 가끔 문짝이 깨지고 셋방에서 아이를 낳아 떠나는 새댁들, 뒤로 울밑에 선 봉숭아가 부지런히 꽃을 피웠다 일찍 지곤 했다.
그런 어느 해 매일 밤마다 까닭 없이 캠핑용 도끼를 숫돌에 갈다가

한 번씩 찍어보는 바람에 오동나무는 죽었다. 다음해 싹이 나지 않자 아버지는 나를 나무랐다. 그러나 웬일인지 그 다음핸가 뿌리에서 새순이 나서 자랐다. 그것이 마당을 덮는 동안 어머니는 저승을 돌아 나오고 오동나무는 다시 마당을 넘어 지붕에도 그늘을 뿌렸다. 막 오동꽃이 필 무렵 누이는 그 장독대에서 떨어져 다리가 깨졌고 방학 내내 별 까닭 없이 아이들을 패주고 징역살이를 했던 나는 그 집 골방에서 몇 번의 겨울을 나고는 시를 써서 시인이 되기도 했다.

          — 장석남, 「오동나무가 있던 집의 기록·1」 부분

"식구들은 늘기도 하고 줄기도 하였다"라는 진술 뒤에 식구들이 소개된다. "문짝"과 "새댁들" "봉숭아"와 "오동나무" "아버지" "어머니" "누이" 그리고 나 모두가 그 집의 식구들이다. 죽은 오동나무에서 새순이 나듯 "어머니는 저승을 돌아 나오고" "그 집 골방"에서 겨울을 난 나는 "시를 써서 시인이 되기도 했다." 그러니까 그 집은 길의 운명을 제 안에 떠안은 채 목숨과 생계와 수많은 일화들을 키워냈던 셈이다. 서정주가 길에서 시를 얻었다면 장석남은 골방에서 시를 얻었다. 서정주가 집 바깥에서 시인의 운명을 발견했다면 장석남은 집 안에서 시를 찾았다. 한쪽이 집에서 난 길을 따라 갔다면, 다른 한쪽은 집 안에 난 여러 갈래의 길을 제 안에 품었던 것이다.

심재휘는 오래된 집에서 아버지의 모습을 보았다.

햇살이 몸에서 슬금슬금 빠져나가는 초겨울 오후
미음자(字) 한옥(韓屋)이 순식간에 헐리어 제 속을 드러낸다

푸른빛의 족쇄에서 풀려나

땅으로 갈 것들은 땅으로 가고

먼지로 날아갈 것들은 먼지로 가고

참으로 오랫동안 손잡고 집이었던 것들이

뿔뿔이 거리로 나서는데

집의 부재를 눈치채지 못한 기왓장 몇 개

아직 제 삶인 양 허공에 떠 있다

저들은 원래 하늘에 속한 것이었을까

바람의 몸을 하고

바람소리로 중얼거리는 기둥 없는 집

기둥은 누워도 기둥이고

허공의 기왓장은 여전히 지붕이고

올해 아버지는 잃을 것 없는 일흔이시다

—심재휘, 「오래된 한옥」 전문

　"미음자 한옥"이 가진 폐쇄적인 구조는 접근하기 어려운 어떤 권위에 대한 상징이다. 아버지가 내게 꼭 그러했으리라. 당신은 그렇듯 튼튼하게 일가를 이루었다. 이제 "햇살이 몸에서 슬금슬금 빠져"나가듯 당신은 생기를 잃어가고, 마침내는 "순식간에 헐리어"버릴 것이다. 집은 무너지면서 바람과 "몸"을 바꾼다. 아버지는 이제 당신의 집을 허물고 바람이 가진 그 자재한 속성을 취하시겠지. 그러나 시인에게 아버지는 무너지는 그 순간까지, 여전히 아버지다. "기둥은 누워도 기둥이고/허공의 기왓장은 여전히 지붕"인 것처럼. 그것을 바라보는 시인의 시선에는 연민과 신뢰가, 쓸쓸함과 사랑이 녹아 있다. 그다음, 마지막 시행이 나오는데, 이 시행이 앞의 해석을 가능하게 했다. "올해 아버지는 잃을 것 없는 일흔이시다." /올-해/, /이-를/, /일-흔/ 같은 음소의 교차가 이 시행을 사슬처럼 단단하게 얽어맨다. 올해, 아버지는 잃을 게 없다. 일흔이시기 때문이다. 아버지는 당신 자신을 헐어서 세상에 나누어 준다. 당신의 가계를 이루었던 일가붙이들이, "참으로 오랫동안 손잡고 집이었던 것들이/뿔뿔이 거리로 나"선다. 그들은 거리에서 새롭게 터를 잡고 집을 이루어 살아갈 것이다.

3. 사랑

서로 안고 있는 이의 형상이 또한 집이다. 우리 몸은 사랑의 여러 방식을 기억한다. 정진규가 "한 여자의 입술이 잠깐 얹혔다 떼어진 그 자리가 그 사이가 그 초기(峭氣)가 그렇게 길었다 그렇게 지어진 집 한 채 감추고 있다"(「獨樂堂拾遺」)고 말했을 때, 집은 입맞춤이 만든 날카로운 사랑의 여운이며, 문정희가 "내 몸 안에 러브호텔이 있다/나는 그 호텔에 자주 드나든다"(「러브호텔」)고 말할 때, 집 혹은 몸은 누구에게도 노출되지 않는 밀회의 장소다.

기형도에게도 집은 사랑의 거주지지만, 안타깝게도 그 집은 빈집이다.

사랑을 잃고 나는 쓰네

잘 있거라, 짧았던 밤들아
창 밖을 떠돌던 겨울안개들아
아무것도 모르던 촛불들아, 잘 있거라
공포를 기다리던 흰 종이들아
망설임을 대신하던 눈물들아
잘 있거라, 더 이상 내 것이 아닌 열망들아

장님처럼 나 이제 더듬거리며 문을 잠그네
가엾은 내 사랑 빈집에 갇혔네   ──기형도,「빈집」전문

이전에 '쓰다'는 '사랑하다'의 동의어였다. 2연에 나오는 소품들이
그 사랑을 증거한다. 나는 그 사람을 생각하며, 밤새 사랑의 긴 글을
쓰곤 했다. 이제 '쓰다'는 '잃다' 혹은 '가두다'의 동의어다. "사랑을
잃고 나는 쓰네"라 했으니, 이 시에서 '쓰다'가 '잃다'와 같은 슬픔의
다른 행동임을 알겠다. 시인은 사랑하는 이를 잃고 그를 생각하며 써
내려갔던 모든 사연을 걸어 잠근다(그러니까 이 집은 일차적으로 서랍
이다). 다시, 그렇게 걸어 잠그는 일은 시를 써서 사랑하는 이와의 이
별을 정식화하는 일이다. "잘 있거라"──이 단호하고도 망연한 인사
앞에서 이별은 돌이킬 수 없는 일이 되고 놀란 가슴은 새로운 슬픔에
터진다. 시인은 그런 이별의 어사만으로「빈집」이란 시를 썼고, 그 시
가 서랍에 갇힌, 혹은 완결된(처음과 중간과 끝을 가진 채 되돌릴 수 없
는) 사랑이 되어버린 것이다. 이제 사랑은 더 이상의 내용을 가질 수

274

없으니 빈집이요, 내가 거기에 없으니 빈집이요, 함께할 수 없으면서
도 그렇게 있으니 빈집이다. 송재학 역시 똑같은 빈집을 이야기한 적
이 있다.

　　나는 오래 폭설을 기다렸다

　　해평 마을의 빈집은 해면처럼 나를 빨아들인다
　　받아들일 수 없던 사랑, 낙동강의 결빙음, 매지 구름은
　　내 육체가 붙들던 난간이었다
　　간유리문을 지날 때 어딘가가 지독하게 아프다가
　　물바람마저 사금파리 빛 띄우면
　　히말라야시다는 가지 꺾고 귀로를 막는다
　　입술이 닿은 성에꽃에 매달린 내 청춘이
　　온기 한 점 구하지 못할 때
　　빈집은 폭설에 무너진다

　　그 사랑에는 육체를 피한 흔적이 있다　　──송재학, 「빈집」 전문

　이 집에는 너무 많은 것이 있다. 빈집은 사랑하는 이를 받아들이는
내 마음의 격정을 은유하거나(나는 해면처럼 사랑을 빨아들였다), 사랑
하는 이와 함께 있던 내 몸의 격정을 환유한다(나는 그 사람과 그곳에
있었다). 혹은 사랑하는 이를 받아들이지 못한 내 마음의 고통을 은유
하거나(나는 어딘가 지독하게 아팠다), 사랑하는 이를 잃어버린 채 무

너진 내 몸의 고통을 환유한다(그 사람과 함께했던 그곳은 무너져내렸다). 간신히 그곳에 몸을 기댔으나 내가 기댄 난간이 "받아들일 수 없던 사랑"이었으니, 나는 허공에 육체를 의지했던 셈이다. 그래서 강물이 얼고 구름이 흘러간다. 물론 얼어붙은 강물은 모질게 다잡은 마음을, 흘러가는 구름은 허망한 꿈을 뜻할 것이다. 그 사람과 나는 끝내 제 속을 보여줄 수 없었으며("간유리문을 지날 때"), 그런데도 우리는 너무 멀리 와버렸다("히말라야시다는 〔……〕 귀로를 막는다"). 빈집은 끝내 무너져내렸는데, 거기엔 육체의 흔적이 아니라 "육체를 피한 흔적이 있다." 함께하지 못했던 사랑이 결국 빈집이었던 것이다.

허수경이 「혼자 가는 먼 집」을 말할 때에도 사정은 다르지 않다. 먼 집은 당신 없이 오래 걸어야 하는 여정의 끝을 지시한다. "당신……, 당신이라는 말 참 좋지요, 그래서 불러봅니다 킥킥거리며." 당신이라는 말만으로도 내게는 웃음이 있었다. 그러나 이제 당신은 없다. 당신은 내게 없고 그런데도 당신이라는 이름은 내게 남았으니, 그 집이 또한 빈집임을 알겠다. "내가 아니라서 끝내 버릴 수 없는, 무를 수도 없는 참혹……, 그러나 킥킥 당신." 웃음에서 울음으로 넘어가는 이 "킥킥"은, 당신이라는 텅 빈 기표가 불러온, 천변만화하는 감정의 굴곡을 제 안에 아로새기고 있다.

4. 무덤

더 이상 지속될 수 없는 삶의 끝판에 놓였을 때, 집은 마침내 무덤이 된다. 잠들어 깨어나지 않는 집. 죽은 집.

　　지하실에 세든 家長이
　　방안에 연탄불을 피워놓고 일가족을 데리고 갔다
　　生活難 앞에
　　나도 요단강처럼 멀리 흘러
　　걸러지고 싶다
　　집이
　　棺 속 같다
　　아내, 아이들이
　　무표정하게
　　함께 순장되어 있는　　　　　　　　── 황지우, 「聖家族」 전문

　"성가족"이라는 명명은 가슴 아픈 아이러니다. 이들의 죽음에 도무지 신성이 함께할 여유가 없기 때문이다. "생활난(生活難)" 앞에서 가족들은 "무표정하게" 죽음을 맞는다. 아니, 죽음의 표정이 무표정이라고 해야 할지도 모르겠다. 한집안 식구들을 나란히 눕혀 순장시킨 것은 실은 가장이 아니라 "생활난"이며, 죽음은 그렇게 "요단강"을 넘어가는 뗏목처럼 식구들을 태워서, 혹은 "관(棺) 속"처럼 담아서 데려갔기 때문이다. 이 집에는 불편한 안식이 있다. 시인이 연탄가스에 "나도 〔……〕 걸러지고 싶다"라고 말할 때, 그는 저 토막 난 시행들처럼 자신의 육체를 분절하는 어떤 아픔을 느꼈을 것이다. 황지우가 산 자의 집을 무덤으로 바꾸었다면, 강연호는 죽은 자의 무덤을 집으

로 바꾸었다.

> 따뜻한 봄이 와서 그는 외출을 꿈꾼다
> 처음에는 돌아눕기도 힘겨웠지만 곧 익숙해졌으므로
> ─인간은 어떤 환경에든 악착같이 적응한다
> 그는 몸통이 자리한 자리를 안방으로 정하고
> 머리부분을 서재 겸 거실로 삼는다
> 뻣뻣하던 손목을 풀며 그는 그 자리에
> 식탁을 놓아야겠다고 다짐한다
> 이사온 새 집과 가구 배치가 만족스러워 잠깐 웃는
> 그의 얼굴이 귀면 같다   ─강연호, 「무덤에서」 부분

"인간은 어떤 환경에든 악착같이 적응한다"는 성마른 진술이 덧붙은 것은, 한편으로는 망자의 삶을 설명하기 위해서이기도 하지만, 다른 한편으로는 산 자들의 상상에 틈을 만들기 위해서이기도 하다. 인간은 죽어 묻힌 자들의 육신을 상상하고, 그들이 얼마나 심한 고독 가운데, 어둠 가운데, 밀폐감 가운데 있을까 생각하고는 몸서리를 친다. 그러나 그는 그렇게 갇힘으로 해서, 지상의 문을 닫고 지하에서 새 집을 꾸리는 것이다. 망자의 생활 터전, 그 죽음의 영원한 거주지를 인정하자 집의 세부가 몸의 세부가 된다. 쉬는 곳이니까 몸통 있는 곳이 "안방," 읽고 생각하는 곳이니까 머리 있는 곳이 "서재 겸 거실," 밥 먹을 때 쓰니까 팔 있는 곳이 부엌…… 이런 식이다. 육신 있는 곳에 생각이 있고 생각을 펼치는 곳에 생각의 공간, 곧 집이 생겨난다고나

278

할까. 이 유물론적인 공간은 육체에 붙들린 상상이 더 이상 나아갈 수 없는 궁극의 공간이다.

5. 육신

유물론적인 집에 관해 조금 더 말하자. 집은 한편으로는 사람을 들이기도 하지만, 다른 한편으로는 사람을 가두기도 한다. 감옥도 집이다. 이정록의 시에서, 육신은 가두는 집 곧 감옥이다.

슬픔은 살이 된다

신랑을 잃고 그는 울면서 찬밥을 먹는다. 손님이 적은 날은 버릴 수 없어서, 그렇지 않은 날은 남편 몫으로 퍼놓은 밥을 먹는다. 한번은 자신의 입맛으로, 새참은 남편의 식성으로 눈물 떨군다. 그가 살집에 갇힌 까닭도 그리움이고, 그가 풀려나올 수 있는 방법도 사랑이다. 뚱뚱한 세 딸 모두 엄마의 체질을 투덜거리지만 아버지가 보고플 때마다 그들도 밥을 먹는다. 사람들은 그 집을 살찌는 집이라 부르며 간혹 그의 살집에 갇히면 좋겠다 큰소리친다. 하지만 옛사랑은 너무 뚱뚱해서 밖으로 나올 수 없다. 살찌는 집에 가면 슬픔도 비벼 먹을 수 있음을 알게 되고 살이 되는 눈물이 든든해진다.

찬밥 가득한 그의 몸은 보온밥통이다.

눈물 젖은 손으로는 플러그를 뺄 수가 없다.

—— 이정록, 「살찌는 집」 전문

　"살찌는 집" 곧 "살집"은 옛사람의 굴곡을, 그러니까 그의 모습을
가두어버렸다. "그가 살집에 갇힌 까닭도 그리움이고, 그가 풀려나올
수 있는 방법도 사랑이다." 그리움이 식성이어서, 그녀는 제 밥을 먹
은 다음에 남편 몫의 그리움을 먹곤 했다. 뚱뚱한 그녀를 일러 "보온
밥통"이라고 했을 때, 이 쓸쓸한 풍자에는 비웃음이 아니라 눈물이 묻
어 있다. 이성복이 "우리 육체의 집을 지어도 그 문가에서 서성거리
는 것은 마음의 집이 멀리 있기 때문이다"(「집」)라고 했을 때에도 몸
과 마음은 각자의 집을 짓고 그 안에 웅크려 있었을 것이다.
　다음 시에서도 육신의 집은 감옥이다.

　　그 누구도 주름의 감옥을 탈출할 수 없다

　　독방에 갇힌 소년이 울고 있다
　　발버둥칠수록 밖에서 잠긴
　　세월의 문은 더 완강하다

　　이제 정말 막다른 골목이다

　　믿어지지 않는 듯, 지친 소년은
　　천정을 쳐다보며 두런두런 혼잣말을 한다

텅 빈 목소리로 通房을 한다

종신형의 刑期가 점점 깊어지고 있다
— 정병근, 「탑골 공원에서 노인들을 보다」 부분

"주름의 감옥"—이 겹겹이 둘러쳐진 육신의 장막은 무섭다. 자기 자신을 믿기지 않는 듯 내려다보는 시선은 아이의 것이지만, 세월은 그 아이를 영원히 밖으로 나오지 못하게 만들어버렸다. 몸과 마음이 나뉠 때, 그러니까 내가 생각하는 나와 실제의 내가 같지 않을 때 생기는 이 불가역성, 곧 "종신형의 형기(刑期)"는 무섭다. 노인은 간신히 몇 마디 말을 입 밖에 낼 뿐인데, 몸이 감옥이니 입은 겨우 입구여서 노인은 아니 소년은 다른 노인들과 아니 소년들과 "통방을" 할 따름이다. 이 집에서는 길도 끝난다: "이제 정말 막다른 골목이다." 더 갈 데가 없다.

6. 집과 시

우리는 지금 몇몇 집을 살펴보고 왔다. 마지막으로 언급할 집은 시의 집이다(정남식이 자기의 시 묶음을 『시집』이라 부른 적이 있다. 이때 한 권의 시집은 보통 이름을 벗고 고유 이름을 내건다). 한 권의 시집 속에서 여러 시들이 오밀조밀하게 살고 있으니 식구들이며, 그것들이 모여 내비치는 색깔이 그들의 사랑이며, 마침내 그렇게 고정되고 만

(개작의 가능성이 사라진) 시집이 무덤이며, 책장 한 구석을 차지하고 있는 저 얇은 몸피가 시집의 육신이다.

집에 관해 노래한 시 가운데에는 물론 정말 집에 관해 노래한 시들도 적지 않다. 이 시들의 경우, 집은 뒤로 물러앉아서 풍경의 한 부분이 된다. 풍경은 사실 집의 것이 아니라 길의 것이어서, 이 글에서는 따로 언급하지 않았다. 집을 살피기 위해 거쳐온 우리 행로 역시 길이지만(시행들이 또한 그렇다), 그 길에 관해 말하려면 다른 지면이 필요할 것이다. 어쨌든 길을 다 다닌 후에 우리는 다시 집에 든다. 집은 서둘러 불을 끄고 우리를 안아준다. 편안하다. 암전.

구멍들

시는 어떤 결여, 결락의 소산이다. 내게 무엇인가가 없다는 것. 나와 '없는 그 무엇'의 거리와 간격이 시에서의 공간을 이룬다. 시에서는 언제나 나와 나, 나와 너, 나와 사물, 나와 그(녀) 사이의 '거리'가 있다. 그 각각을 반성적 거리, 절대적 거리, 격물(格物)의 거리, 상대적 거리라는 말로 부를 수 있을 것이다. 거리에서 정조(情調)가 생겨난다. 내가 너와 세상과 그(녀)와 격(隔)해 있다는 것. 타자와의 합일을 말하는 시편이 없지 않으나, 아무리 가깝다고 해도, 나와 너를 분할하는 몸과 마음의 경계는 남아 있다. 그 경계가 희로애락이 생겨나는 곳이다. 어조는 화자의 감정 상태에서 생겨나는 것이 아니다. 차라리 그것을 화자와 대상의 거리가 낳은 일종의 소격 효과로 간주하는 것이 옳다. 물론 그것이 전부는 아니다. 시는 이 거리를 단번에 건너뛰는 어떤 구멍을, 지름길을 마련해두고 있다. 거리가 소통을 낳고, 소통이 회집(會集)을 낳는다. 부재의 소통을 가능하게 한다는 점에서 모든 좋은 시는 역설적이다.

옛 애인에게서 전화가 왔다. 보험 하나 들어달라고——. 성대도 늙는 가, 굵고 탁한 목소리. 10년 전 이사 올 때 뭉쳐 놓았던 고무호스, 벌 어진 채 구멍 오므라들지 않던 호스가 떠올랐다.

오후에 돋보기 맞추러 갔다가 들은 이야기; 흰 모시 치마저고리만 고집하던 노마님이 사돈집에 갔다가 아래쪽이 조여지지 않아 마루에 선 채로 그만 실례를 하셨다고——.

휴지 가지러 간 사이 식어버린 몸, 애걸복걸 제 몸에 사정하는 딱한 사연도 있다. 조이고 싶어도 조일 수 없는 不隨意筋, 늙음이다. 몸 조 여지지 않는데도 마음 사그라들지 않는 난감함.

늙음이다. 시니피앙과 시니피에가 실은 남남이듯 몸과 마음 하나가 아니라 둘이라는 깨달음, 찬물에 바닥 적시듯 제 스스로 느끼기 전엔 도무지 알 수 없는 사실, 그것이 늙음이다.

———장옥관, 「돋보기 맞추러 갔다가」 전문

사람과 사람 사이, 사람의 마음과 몸 사이의 거리가 여기에 있으며, 그 거리를 가로지르는 쓸쓸한 통기성(通氣性)에 대한 발견이 또한 여 기에 있다. 구멍이 이 통기성에 대한 탁월한 상징이다. 구멍을 통해 서 시간의 물줄기가 흘러넘쳐 마침내 바닥에 이른다. 늙음, 흐르고 흘러 마침내 이 바닥에 이르렀다는 것. "옛 애인"의 목구멍은 처음부터 시간의 구멍이었다. "구멍 오므라들지 않던 호스"는 "굵고 탁한 목소리"를 쏟아내는 옛 애인에게서 "선 채로 그만 실례를" 한 "노마님"에게로 물줄기를 흘려 보냈다. 한번 흘러간 물은 다시 돌아오지 않는다. 나는 옛 애인과의 사이에서 그런 격절을 품었으며, 노마님은 제몸과 마음 사이에서 그런 격절을 품었다. "불수의근(不隨意筋)"(제대로근이라고도 부른다)은 본래 심장근(心臟筋)이나 평활근(平滑筋)처럼 의지와 상관없이 운동하는 근육을 말한다. "조이고 싶어도 조일수 없는" 것은 불수의근이 아니라 무력한 근육일 뿐인데, 시인은 거기에 불수의근이란 이름을 붙여 그 근육의 주인이 몸이 아니라 "늙음"임을 충격적으로 보여주었다. 한번 엎지른 물은 주워 담을 수 없다. 바닥을 적신 후에야 우리는 그 일이 이미 돌이킬 수 없다는 것을 안다. 마음은 교태와 품위를 여전히 갖고 있으나 몸은 굵고 탁한 목소리와 아무데서나 실례를 범하는 두 구멍으로 요약될 뿐이다. 마음의 깨달음이 바로 몸의 느낌이었다. 바라본 모든 이들이 흐릿해졌을 것이다. 시인을 찾아온 몸의 노안(老眼)으로, 마음의 슬픔으로 말이다.

장옥관이 몸과 마음 사이의 거리를 구멍으로 요약했다면, 박후기는 아버지의 삶을 구멍으로 축약했다.

무너져 내린 건물 잔해 속
구부러지고 엉킨 철근이
콘크리트 기둥의 혈관 같다 내려앉은
무덤 같은 잔해 속을 뱀처럼 파고드는,
절단기에 몸뚱어리가 절단날 때까지

제 몸에 들러붙은 마지막 살점을 부여잡고
끝까지 펄떡이는 강철 혈관, 아버지
ㄱ자로 꺾여 콘크리트 기둥 속에 갇힌 채
평생 허리 한번 펴지 못하고 살았던 사람
돌보다 단단한 기둥 속에서
묵묵히 검은 노예의 동맥으로 두근거리며
자식들 鐵石같이 붙어 있으라고
마디마디 동그란 나이테를 만들었다
못 하나 박히지 않을 것 같던 기둥에도
주름처럼 깊게 금이 가고
터진 혈관에서 흘러내린 녹물이
회색 기둥을 붉게 물들였다
아버지가 죽던 날
앰뷸런스 안에서
쓰러진 기둥을 끌어안고 울던 어머니
있는 힘 다해 녹물이 질질 흐르는
강철 혈관을 주물렀지만,
멈춘 맥박은 더 이상 뛰지 않았다
아버지는
집이라는, 식량과 돈과 희망을 제물로 받는,
가장 더럽고도 아름다운 신전을 떠받치던
기둥 속 강철 혈관이었다   ──박후기, 「강철 혈관」 전문 먼저 아버지와 "무너져 내린 건물" 사이의 유비가 있다. 이 막막한 거리를 잇는 지름길이 "강철 혈관"인데, 슬프게도 강철 혈관은 입 벌린 호스처럼 무엇인가를 흘려보내는 구멍이 아니다. 그것은 꽉 막혀 있으며, 막혀 있다는 것으로 건물과 가족을 단단하게 얽어매는, 이상한 구멍이다. "제 몸에 들러붙은 마지막 살점을 부여잡고/끝까지 펄떡이는 강철 혈관, 아버지"가 있었다. 철근이 기둥을 부여잡듯 혈관이 살점을 부여잡았는데, 이런 안간힘이 바로 아버지의 마지막 모습이었다. 그래서 일곱번째 행에서 비로소 등장하는 아버지는 뒷말(8행 이하)을 잇는 명사이자, 안간힘과 관련된 감탄사이기도 하다(그래서 우리는 이 시행을, "강철 혈관, 아, 아버지!"로 읽게 된다). 자식들은 거기에 "철석(鐵石)같이" 붙어 있었다. 아니 아버지는 자식들이 철석같이 붙어 있으리라고 믿었다. 그러나 철근이 끊어진 후에 붉은 녹물을 흘리듯 아버지의 강철 혈관은 끊어져 피를 뿜었으며 맥박은 되돌아오지 않았다. 아버지는 끝내 혈연(血緣)을 놓아버린 것이다.

박후기의 구멍이 몸 안에 난 혈관이라면, 문인수의 구멍은 몸 밖에 퍼져 있는 투망이다.

서울은 객지의 총 본부 같다, 투덜대고 싶다.
서울역에 내릴 때마다 대뜸 낯설다. 대낮인데도 덜컥,
저물 것처럼 왁자지껄하다.

이제 저 엄청난 인구가 널 모를 것이니, 뭘 짊어지고 혼자 걷게 된다.
마음을 에워싸는 먹물 같은, 노숙 같은 그늘이

전국에서 가장 크고 침침하고 눅눅할 것이다.

집에 가고 싶거나, 집에 가고 싶지 않을 때
서울 가면 풀린다. 서울역에 내리면 곧장 그 길로 되돌아가려는 마
음이 집이다.
탈출하라, 늦어도 당일 오후 4시를 넘지 마라.

유동인구 속에서도 여지없지 들킨다. 사방 천 리가 적막한
그 어둠의 투망이 대로상에서 하필 널 덮칠 것이다.
　　　　　　　　　　　　　　　—문인수, 「남행하게 된다」 전문

　문인수가 품은 거리는 나와 내 자신, 좀 더 정확히 말하자면, 나와
(나를 "너"라고 부를 때 생기는) 대상화된 내 자신 사이의 거리다. 서
울을 "객지의 총 본부 같다"고 투덜대고 시작했으니 처음부터 이 상경
기(上京記)가 성공담이 되리라고는 생각하기 어렵다. 과연 "대뜸"과
"덜컥" 같은 말들이 난데없이 출몰했다. "대뜸 낯설다"고 할 때의 대
뜸은 '이것저것 가리지 않고'라는 뜻에 더하여 '대놓고, 삿대질하듯'
이란 어감을 더한 말이고, '덜컥'은 '아주 놀라거나 무섭게'라는 뜻에
더하여 '아주 급작스럽게'라는 어감을 더한 말이다. "저 엄청난 인구"
에 파묻힌 '너'에게서 시인은 광장에서 길 잃은 어린아이의 형상을 찾
아낸다. 대낮에도 "먹물 같은, 노숙 같은 그늘이" 시인을 둘러쌌다.
도무지, 어느 곳에도 몸과 마음을 부려둘 곳이 없기 때문이다. 본래
어둠은 구멍의 속성이다. 시인은 대낮의 광장에서, 그토록 넓은 어둠

의 허방에 빠져버린 셈이다. 어둠은 평등하다. 그 안에 든 모두가 캄캄하다는 것. 그래서 어디든 갈 데가 없다는 것. 어둠은 가장 넓은 구멍인 셈이다. 그래서 마침내 "어둠의 투망이 대로상에서 하필 널 덮칠 것"이라는 예감을, 나는 수락해야 한다. 사방이 캄캄하고 천지가 적막하니, 나는 어디로든 갈 수 있을 것이다. 아니면 길을 돌려 환한 구멍을 찾아 남행하거나.

김혜순이 보여주는 구멍은 안과 밖이다.

　　남자가 수도꼭지 아래서 여자의 껍질을 벗겼어

　　여자는 깔깔거리며 양파처럼 잘도 벗겨졌어

　　어두운 밤이 한꺼풀 벗겨지자 투명한 낮이

　　신선한 알의 물컹한 속처럼 솟아올랐어

　　배수관을 타고 피가 쭉쭉 빨려나갔어

　　그러지마그러지마 느네들 왜 그래 누군가 울었어

　　낮을 쪽쪽 빨아먹으면 슬픈맛 매운맛 밤이 솟아오르고

　　천년만년 세세무궁 낮밤은 그 짓을 되풀이했건만

　　여자는 훌러덩 훌러덩 잘도 벗겨졌어

　　양파를 벗기던 남자는 눈이 매워서 울었어 여자도 덩달아 울었어

　　아 그리고그래서그럼에도 오늘 낮이 가고 밤이 왔건만

　　나는 어디 있었는지 매운 껍질의 갈피 어디 숨겨져 있었는지

　　자꾸만 물어보다 돌아보면 여자의 몸은 다시 그대로

　　남자는 울면서 자꾸만 울면서 여자의 껍질을 벗겼어

　　양파처럼 다 벗겨지고 나니 나는 없는데

나를 나라고 부르던 나는 어디 숨어 있었던 것인지
매운 껍질들 다 벗어놓고 밤은 마룻장 밑에 숨어서 떨기만 하는데
저 바다는 바다를 벗었다가 또 입었다가 한없이 그러는데
여름엔더웠고 겨울엔추웠어 모두모두 흘러가버렸어
세상에서제일아름다운이야기지?　　　　　　—김혜순, 「양파」 전문

　　양파는 겉의 겉만으로 이루어져 있거나 속의 속만으로 이루어져 있
다. 모든 속이 겉이며, 모든 겉이 속이다. 그러니 양파는 그 자체가
구멍이자 껍질이다. 시인은 양파를 벗기는 일에서 사람 사이의 관계
를 보았다. "남자가 수도꼭지 아래서" 벗긴 것은 본래 양파일 텐데,
정작 벗겨진 것은 여자다. 시는 성애의 문법으로 씌어졌으나, 시인이
말하고자 하는 것은 그 너머에 있다. 밤낮이 바뀌는 것도, 남자와 여
자의 관계도, 웃음과 슬픔도 모두 양파 껍질과 같은 것이다. 밤낮은
하나가 다른 하나의 속이자 껍질이고, 남자가 벗기면 여자는 벗겨지
고, 남자가 울자 웃던 여자가 따라 운다. 그다음, 나와 그/그녀들 사
이의 거리가 상기된다. "나는 어디 있었는지 매운 껍질의 갈피 어디
숨겨져 있었는지." 나는 껍질에 숨어 있었다. 껍질에 숨는다? 거죽
안쪽이 구멍이지만 나를 벗겨내고 나면, 나는 그 어디에도 없다. "양
파처럼 벗겨지고 나니 나는 없는" 것이다. 안팎으로 요약되는 껍질은
이것만이 아니다. 제 껍질인 파도를 벗겨 뭍으로 보내는 바다도 그렇
고, 더위와 추위를 번갈아 내보이는 계절도 그렇다. 시인은 마지막
구절을 전부 붙여 썼다. "세상에서제일아름다운이야기" 역시 일률적
으로 벗겨서 읽어야 하는 것인 까닭이다.

이희중의 구멍은 제 자신이다.

　모름지기 짜증은 아무한테나 내는 것이 아니다 짜증은 아주 만만한
사람한테나 내는 것이다 그러므로 세상에서 짜증을 받아줄 마지막 사
람은 제 엄마다 짜증이 심한 사람은 엄마 말고 식구들한테도 짜증을 낸
다 필시 이 사람은 식구들을 아주 만만하게 생각하는 사람이다 달리 보
면 가족을 믿고 사랑하는 사람일지도 모르겠다 더 심한 사람은 식구 아
닌 남한테도 짜증을 낸다 이 사람은 아주 힘 있는 놈 아니면 망나니임
에 틀림없다 짜증낼 사람이 하나도 없는 사람은 자신한테 짜증을 낸다
이 사람은 자신을 만만하게 생각하는 사람이다 아니면 이 사람은 자신
말고는 아무도 안 믿는 사람이다 이도저도 아니면 이 사람은 세상에서
가장 외로운 사람일 것이다　　　　　　　— 이희중, 「짜증論」 전문

"짜증은 아주 만만한 사람한테나 내는 것이다." 이 깨달음은 대단
한 것이 아니다. 그런데 시인은 상식적인 말을 허두에 적어놓고는,
그것의 논리 안팎을 곰곰이 따진다. 짜증을 통해서 두 사람 사이에 특
별한 관계가 맺어진다. 이 만만함을 미루어 가면 세상에 대해 짜증을
부리는 "힘 있는 놈 아니면 망나니"가 있고, 만만함을 줄여 가면 제
자신에게나 짜증을 부리는 "세상에서 가장 외로운 사람"이 있다. 그
사이에 "엄마"와 식구들이 동심원을 그리듯 그를 둘러싸고 있다. 동심
원의 중심에 짜증을 발하는 내 자신이 있으니, 나는 무엇보다도 먼저
구멍이다. 시인은 구멍만을 말한 것 같지만, 사실은 구멍을 통해서
사랑과 권력과 고독과 인간의 이기심에 관해서 다 말했다.

신기섭의 구멍은 집이다.

　나 문득 지하 단칸방에 살았던 스무 살 겨울이 생각나 그때 허구한
날 찾아와 쾅쾅쾅 문을 두드리던 그 여자, 나에게 애걸했네; 우리집에
서나가주세요. 나보다 먼저 그 지하를 살다 나간 여자, 동거하던 남자
가 죽어서 미쳐 나갔다는. *얼굴이 점점 붉어지는 저 여자의 집, 숨 막*
히는 집, 아주아주 더운 집, 흐물흐물 찢어질 것 같은 집
　그때 나는 그 여자의 집을, 아니 기억을 망쳐놓은 것. 아무리 방을
쓸어도 그 여자의 긴 머리카락들은 자꾸만 튀어나왔네 내 몸에 붙어 집
주인처럼 닦달했네 우리집에서나가주세요. 그들이 남기고 간 벽거울에
화이트로 조그맣게 새겨진 글씨, 그 여자의 이름과 죽은 남자의 이름
이었네 그 이름과 이름 사이 싱싱한 사랑의 하트── 공포는 소름 돋는
사랑 같았네 밤마다 내 잠속 가득 자명종처럼 울던 그 목소리, 우리집
에서나가주세요우리집에서나가주세요…… *바람에 휘날리는 집, 훨훨*
날아갈 것 같은 집, 그러다 차츰 여자의 몸에 달라붙는 집, 여자가 제
이빨과 손가락과 발끝으로 꼭 잡고 눕는 집
　　　　　　　　　　　　── 신기섭, 「우리집에서나가주세요」 부분

미친 여자가 정작 두들긴 것은 "행복한 기억"이었다. 여자는 행복
했던 과거와 불행한 지금을 스위트홈의 꿈과 노숙의 운명으로 치환하
고는, 집을 되찾으면 죽은 남자도 되찾으리라, 안간힘으로, 믿었다.
이것은 물론 도착이지만, 여기에 근거가 없다고는 할 수 없다. 동거
인도 아닌데 내가 그 집을 점유하고 있었기 때문이다. 여자는 집 밖에

서 문을 두드리느라 얼굴이 붉어지고, 나는 그 안에 갇혀 더위(부끄러움의 다른 이름이다)를 참느라 얼굴이 붉어졌다. 미친 여자와 죽은 남자의 거리, 문 밖과 문 안의 거리, 제 집에 사는 나와 "우리집에서나가"달라고 간청하는 여자의 거리가 모두 집이라는 안타까운 구멍으로 수렴되고 있었던 것이다. 게다가 집 안, "벽거울"에는 "그 여자의 이름과 죽은 남자의 이름"이, "싱싱한 사랑의 하트"가 새겨져 있었다. 집은 이 사랑의 동력(動力)으로 인해, 자꾸 여자에게로 날아가고 "그러다 차츰 여자의 몸에 달라붙는"다. 내가 사는 집, 내가 든 구멍은 "한 장의 커다란 비닐" 같은 것이었을 따름이다. 여자의 오랜 사랑과 기억이 그 집을 덮어쓰고 있었다. 나는 집 안에서도 집을 소유하지 못했다. 내게 그 "지하 단칸방"은 "저 여자의 집"이었을 뿐이다.

박판식의 구멍은 직사각형이다.

미치지 않고서는 견딜 수 없는 날이 있다
구운 장어를 한 입에 오드득 씹어 삼키면서
나는 소주를 마신다
등의 혹에 손을 가져가면서
척추의 때늦은 성장을 만져본다
풍요로운 죽음 아니냐
채집망을 피해 애써 달아난 밀잠자리들이 되돌아온 냇가로
그해 여름과 가을, 제비들이 무수히 나타났던 건
아름다운 계절 탓이 아니라 내 영혼이
그만큼 더러워졌기 때문

내 이마를 짚은 할머니의 손이 점점 더 뜨거워지면

탈곡기는 삐걱삐걱 소리를 내며 왕겨들을 공중으로 날려 보낸다

얼었다 풀리는 봄의 냇가에서

외삼촌의 망치는 돼지의 두개골을 때린다

그날 산골짜기에 부딪혀 돌아오지 않은 나의 메아리는

등뼈가 활처럼 휜 들짐승에게 먹혀 죽었을지도 모른다

— 박판식, 「장방형의 슬픔」 전문

장방형(長方形)은 "등의 혹"에 우겨넣은 슬픔의 형상이다. 시인은 그것을 "풍요로운 죽음"이라고 불렀다. 슬픔으로 세상의 물상들을 정돈한 까닭이다. 슬픔에 가득 찬 눈으로 바라본 모든 것들은 정태적이라는 점에서 죽음과 닮았으며, 제 고유의 윤곽을 잃고 서로 스며든다는 점에서 풍요롭다. 박판식이 형상화한 사물들이 흔히 회상의 형식을 띠는 것은 이런 고유한 정서에 사물들이 침윤되었기 때문이다. 나는 꼽추처럼 내 육체 안에 웅크려 세상을 견뎠고, 물상들 이를테면 "밀잠자리" "제비들" "왕겨들"은 세상을 부유했다. 이 아득한 거리 중간중간에 "구운 장어"와 도살되는 "돼지"와 "등뼈가 활처럼 휜 짐승들"이 있다. 그것들이 내 분신임을 어렵지 않게 짐작할 수 있을 것이다. 내 육체에 우겨넣은 구멍, 그 장방형의 촘촘한 슬픔이 멀리 가버린 것, 자유로운 것과 웅크려 앉은 것, 얽매인 것의 거리를 가늠했던 것이다.

최문자의 구멍은 꽃이다.

294

하늘이었을까 복사꽃이었을까

과수원 한 가운데 서서 외할아버지가 올려다 본 것은

꽃이라는 말만 들어도 치를 떨던 외할머니

외할아버지가 꽃 앞에 서 있기만 해도

저저저, 또 그년 생각난기여

꽃으로 살았던 그년 때문에

평생 꽃 한번 펴보지 못한 외할머니

임종 며칠 앞두고

낡은 사진 한 장 보라시며

네 눈에도 이년 얼굴이 꽃같이 뵈냐?

복사꽃 그물에 걸려 헐떡거리다

군데군데 비늘 떨어지고 거뭇거뭇한 사진 한 장

나뭇잎처럼 남아 있다. 액자 속에

얼어붙은 외할아버지 표정 그 왼쪽에

— 최문자, 「복사꽃」 전문

시앗이 꽃처럼 고왔다(어쩌면 첫사랑이었을지도 모른다. 그런데 내게
는 왠지 그렇게 읽힌다). 외할머니는 꽃이라는 말만 들어도 치를 떨었
다. 당신도 꽃이었을 테지만, 할아버지는 당신을 돌보지 않았다. 시
앗과 등 돌린 외할아버지와 그를 향한 외할머니—이 모든 관계, 이
모든 시선의 중심에는 "복사꽃"처럼 고운 "그년"이 있었다. 외할아버
지와 시앗의 거리는 가까웠고, 외할아버지와 외할머니의 거리는 무척
이나 멀었다. 꽃이 모든 거리를 측정하고 사람들로 하여금 멀고 가까

운 자리를 부여하는 구멍이었던 셈이다. 게다가 그 꽃은 삶에 짙은 음영을 드리웠다. 11행, "복사꽃 그물에 걸려 헐떡거리다"의 문법적인 주어는 "사진 한 장"이지만, 실제 주체는 외할머니 자신이다. 그물은 복수(複數)의 구멍이다. 그것은 성근 구멍들로 촘촘해서, 할머니의 삶을 여지없이 낚아챘다. 할머니의 삶은 그 복사꽃 그늘 아래서의 삶이었다.

구멍이라는 테마로 여러 시를 읽었다. 구멍은 모든 간격과 거리의 중심이다. 소실점(구멍)은 원근법을 결정한다는 점에서 시선이 발생하는 곳이다. 이곳을 기준점으로 삼아 나와 나, 나와 너, 나와 사물, 나와 그(녀)의 자리가 마련된다고 말해도 좋고, 그 모든 자리를 관통하는 지름길이 바로 그 구멍이라고 말해도 좋다. 우리가 시안(詩眼)이라고 부르는 자리가 바로 시의 구멍이다. 바라건대 그로써 우리 눈이 활짝 떠지기를.

흔적들

　마음은 무엇일까? 내가 알고 있는, 아니 알고 있다고 믿는 어떤 자기 동일시의 영역이 마음일까? 아니다. 그것은 오래된 형이상학의 가르침일 뿐이다. 마음은 이성이 아니다. 내가 생각하지 않는 데서 작용하여 나를 행동하게 만드는, 어떤 해명되지 않는 움직임이 마음일까? 아니다. 그것은 정신분석이 설명한 무의식의 언어에 지나지 않는다. 마음은 욕망이 아니다. 그렇다면 만상(萬象)을 만상의 자리에 놓아두는, 그러니까 세상과 자신을 구별하는 어떤 단자화(單子化)된 핵심이 마음인가? 아니다. 그것으로는 세상과 겯고트는 마음의 역동성을 설명할 수 없다. 마음은 자아가 아니다. 마음은 실체가 아니라 상태다. 이성은 마음의 상황을 정리하기 위해 고안한 질서화의 기제며, 욕망은 마음의 움직임을 설명하기 위해 부여한 인과율의 작동 원리며, 자아는 마음에 통일성을 부여하기 위해 획정한 경계의 지표다.

　마음에 관해서는 아무것도 질문할 것이 없다. 곤혹스럽고 곤혹스러운, 그게 마음이다. 다만 우리는 마음이 어떤 것에 자신을 의탁하는

가, 누구에게 자신을 내어주는가를 알 수 있을 뿐이다. 마음은 제 자신을 호출하는 어떤 빛을 향해, 달팽이처럼 느릿느릿 제 길을 간다. 우리는 마음이 남겨둔 축축하고 반짝이는, 하지만 곧 흐려질 어떤 흔적을 따라갈 수만 있다. 시가 이 흔적을 어떻게 형상화하는지를 살펴보자.

아주 천천히 소용돌이는 다가왔다. 속도를 느낄 수도 없었다. 집 밖에 서 있던 나무들이 집을 뚫고 들어왔다. 나를 뚫었다. 벽돌들이 부서지면서 나비가 되어 날아다녔다. 큰 나비 작은 나비 상한 나비들 사이에 나는 누웠다. 나비들을 잡으려고 내 팔은 자라났다. 자라나는 팔들로 나는 내 목을 감았다. 나를 감고 감아도 나는 남았다. 나를 막고 막아도 나는 남았다. 내 팔의 그리움은 남았다. 나비들은 찢어진 날개를 접고 내 위에 내려앉았다. 어디서 빛은 부러져야 했는가. 어디서 빛은 가뭄이 되는가.

소용돌이가 내게로 왔다. 와서 멈추었다.
— 이수명, 「어떤 소용돌이」 전문

소용돌이가 천천히 다가왔고, 나무들이 나를 뚫었으며, 벽돌이 나비가 되었고, 나비를 잡으려고 자라난 내 팔이 나를 칭칭 감았다. 이것들은 물론 실제의 대상이 아니지만 환상도 아니다. "아주 천천히" 다가온 소용돌이는 마음의 공회전 같은 것이다. 어떤 일이 내게 조용한 격정을 불러일으켰다는 것. 그것이 내 안온한 마음의 집을 무너뜨렸고 나비처럼 날아갔으며, 그래서 나는 그것들을 잡으려고 했다. 남은 것은 그렇게 잡으려고 애쓴 내 자신의 노력뿐. 마음은 그런 와중에서도 여전히 마음이다. "나를 감고 감아도 나는 남았다." 혹은 "나를 막고 막아도 나는 남았다." 보호하려는 내(내 "팔") 속에 보호받는 내가 여전히 있었다는 뜻이다. 이수명은, 이수명답지 않게, 거기에 특별한 이름을 붙였다. "내 팔의 그리움은 남았다." 그리움이 팔을 휘젓게(자라게) 만들었으므로, 그리움은 내 자라는 팔에 흔적으로 남았다. 빛은 사라졌고, 마침내, 소용돌이가 멈추었다.

　　반쯤 남긴 눈가로 콧잔등으로 골짜기가 몰려드는 이 있지만
　　나를 이 세상으로 처음 데려온 그는 입가 사방에 골짜기가 몰려들었다
　　오물오물 밥을 씹을 때 그 입가는 골짜기는 참 아름답다
　　그는 골짜기에 사는 산새 소리와 꽃과 나물을 다 받아 먹는다
　　맑은 샘물과 구름 그림자와 산뽕나무와 으름덩굴을 다 받아 먹는다
　　서울 백반집에 마주 앉아 밥을 먹을 때 그는 골짜기를 다 데려와
　　오물오물 밥을 씹으며 참 아름다운 입가를 골짜기를 나에게 보여
준다
　　　　　　　　　　　　　　　　　　　　　—문태준, 「老母」 전문

노모의 입 주변에 여러 갈래의 골이 패었다. 그 "입가 사방에" 몰려든 골짜기에는 "산새 소리와 꽃과 나물"과 "맑은 샘물과 구름 그림자와 산뽕나무와 으름덩굴"이 다 들었다. 이 축지(縮地)를 가능케 한 것은 물론 내 마음, 내 사랑이다. 시인은 사랑의 눈으로 노모의 오랜 삶

을 읽었다. 시에서 마음이 내려앉은 자리는 어디보다도 먼저, "오물오물"이다. 이 의성어가 소리의 결을 따라 노모의 "참 아름다운 입가"에, "골짜기"에 스며들었던 것이다. 이를테면 이렇다. 3행, "오물오물 밥을 씹을"은/오물-오물-바블-씨블/로 읽는다. "오물오물"에 든/ㄹ/의 리드미컬함이 다른 부분을 지탱하는 것이다. 4~5행도 그렇다.

골짜기에 사는 산새 소리와 꽃과 나**물**을
맑은 샘물과 구름 그림자와 산뽕나무와 으름덩**물**을 (강조는 인용자)

오물오물, 노모는 참 맛있게 밥을 씹는다. 그게 바로 "골짜기"의/골/이기도 했던 것이다. 이 시의 골짜기는 그 모습으로도, 소리로도 참 아름답고 맛있는 골짜기다.

겨울나무여 내 발등을 한번 찧어볼래? 달빛아
내 광대뼈를 한번 후려쳐볼래? 흐르다 멈춰버린 얼음장아 내 손톱을 한번 뽑아볼래?
사랑아 낮에 켜진 가로등을 찾아내볼래? 기어코?

저녁이 되자 길가의 소나무들이 어두운 이야기를 하기 시작한다 조상들에 대해서 이야기한다 그래 어쨌다는 거야? 하고 묻노라면 재빨리 이번엔 사랑한다고 수없이 말해주었다던 여인 이야기를 금방 돋는 별빛들도 좀 섞어 말한다 말한다 여전히 어두운 이야기지만 말한다……잊을 만하면 으르렁 으르렁대는 한밤의 보일러 소리

"편자 신은 연애"는 개발에 편자라는 속담에서 나왔다. 그의 연애
는 전혀 어울리지 않는 연애며, 연한 발바닥 살에 박은 편자처럼 디딜
때마다 아픈 연애다. 시인은 연애의 후일담에서부터 얘기를 시작한
다. 발등을 찧고, 얼굴을 후려치고, 손톱을 뽑는 고통이 연애 뒤끝의
시인에게 남았다. 시인은 "기어코" 그렇게 해야 속이 시원하겠느냐고
주변의 물상에 묻는다. 서정시인은 주변의 모든 풍광에서 사연을 읽
는 사람이다. "소나무들"이 옛이야기를 꺼내고(소나무를 보며 옛이야
기를 생각하고), 왜 그러냐고 소나무에게 묻고(혼자서 다시 반문하고),
소나무에게서 그보다 이전 시절에 관해서도 듣고(오래전을 거슬러 생
각하고)…… 그러고 나서 남은 것은 혼자서 돌아가는 "한밤의 보일러
소리"였다. 여전히 시인에게 호의적이지 않은, 아니 혼자 맞은 겨울밤
을 그나마 따뜻하게 해주는 한밤의 보일러 말이다. 옛 시인들이 가을
밤 풀벌레 소리에 잠을 못 이루었다면, 지금의 서정시인은 한밤의 보
일러 소리에서 독수공방의 설움을 읽어낸다. 그것은 여전히 어떤 대
화, 어떤 사건의 편린이다.

장석남이 소리에서 마음의 흔적을 보았다면, 이병률은 냄새에서 그
흔적을 느꼈다.

대문 앞에 내놓은 짐들 위로 가랑비 내리고
박박 긁어모은 돈을 잠시 가슴 안쪽에 품어봤던 날
식초를 쏟았다

언제였나 이 집에 몸을 들인 무슨 이유라도 있었나

생각하고 생각해봐야

하나의 몸으로 와 하나의 몸 이루고 가는 게 고작인데

어찌 더 쓸쓸하라는 것인지 비워야 할 집에 식초를 쏟았다

겨울은 갔어도 여전히 겨울이었다

빈집 마루에 손을 얹었더니 이사한 곳까지 따라와

큰 짐승인 체하며 질컥이는 슬픈 냄새

그 먼 길 그토록 간절히 나를 따라와

내 목덜미 핏자국들을 치우는 고단한 냄새

냄새로 핥아 지우는 것이 내 허물만은 아니어서

서럽고 차가운 벽을 핥아 잇대으니

환해지고 채워진 듯 또 한 생을 펼칠 만도 하였다

나를 묻은 겨울밤이었으나

달빛이 젖은 껍질 벗어 초 냄새를 덮는 봄밤이기도 하였다

　　　　　──이병률, 「한 뼘 몸을 옮기며 나는 간절하였나」 전문

　이사라는 게 본래 빈 몸을 저쪽에서 들어 이쪽에 부리는 일이다. 공수래공수거(空手來空手去)의 현대어역인 셈이다. 시인이 "한 뼘 몸을 들어" 이사를 가려는데, 그만 식초를 쏟았다. 빈집에 식초를 쏟았으

니, 그 집은 독하고 시큼한 냄새로 "더 쓸쓸"해졌으리라. 그런데 새로운 집에 짐을 부리고 나자, 그곳에 식초 냄새가 따라왔다. "빈집 마루에 손을 얹"어 그 빈집의, 가고 없는 주인의 옛 흔적을 거듭해서 증거하던 그 식초 냄새가 옛 주인을 못 잊고 찾아왔던 것이다. 여기에는 두 번의 전이(轉移)가 있다. 내게서도, 내 한 뼘 몸에서도 그런 냄새가 난다. 시인이 식초 냄새를 일러 "큰 짐승인 체하며 질컥이는 슬픈 냄새"라고 쓸 때에, 큰 짐승이 바로 그 자신이었다. 작은 짐승이 작은 슬픔을 담는 그릇이라면 큰 짐승은 큰 슬픔을 담는 그릇이다. 독하고 시큼하고 쓸쓸한 그 냄새는 사실 식초 냄새가 아니라 내 자신의 냄새였다. 이게 첫번째 전이다. 그다음, 식초 냄새는 "내 목덜미 핏자국들을 치우는 고단한 냄새"였다. 단순히 식초 냄새 덕분에 피비린내가 지워졌다는 말이 아니다. 그 냄새는 슬픈 냄새였고, 시인에게 그 슬픔을 환기함으로써 약육강식의 세상을 견뎌낼 힘을 주었던 것이다. 이게 두번째 전이다. 나는 식초처럼 간절하였는가? 옛집을 어루만지던 손을 들어, 옛 주인을 따라 새 집에 따라올 만큼 삶에 대해 절실하였는가? 식초 냄새는 달빛에 서서히 지워져갈 테지만, 나의 간절함은 여전히 거듭해서 쓸쓸함을 불러일으킬 것이다. 시인은 쓸쓸함을 간절함의 동의어로 썼다. 쓸쓸해져본 자만이, 혹은 간절해져본 자만이 이 둘이 근친 관계임을 알 것이다.

어제도 오늘도
그 사람이 그 사람인
그 사람들이나 지나다닌다

나무 한 그루 없는 골목쟁이

심심함이

바닥을 패고

시멘트벽을 금내고

페인트칠을 벗긴다

낯선 강아지 한 마리가 흘러들거나

어느 집에 손님이라도 오면

골목쟁이는 두근두근

보안등을 밝히고 귀를 바짝 세운다

내가 백 번도 천 번도 더 읽은

우리 집 앞 골목쟁이

골목쟁이도 날 훤히 외울 것이다

때로 골목쟁이도

다른 발걸음이 읽고 싶어질 것이다.　── 황인숙, 「골목쟁이」 전문

　　여기에는 주체와 대상의 선연한 자리바꿈이 있다. 시인이 골목을
"골목쟁이"라 부를 때, 골목은 더 이상 풍광이나 배경이 아니다. 1연
이 그 골목의 말이다. 이 골목에는 매번 같은 사람이 지나다닐 뿐이
다. 골목도 심심함을 못 이겨 조금씩 낡아갔다. 간혹 다른 이들이 등
장하면 골목은 가슴을 두근대며 귀를 세웠다. 2연은 췌언이지만, 붙
일 만한 췌언이다. 시인이 "내가 백 번도 천 번도 더 읽은/우리 집 앞
골목"을 이야기한 것은, 그렇게 내 집 앞 골목을 나만 지나다녔기 때

문이다. 난 이 골목이 지겨워. 늘 나 혼자만 등장할 뿐이야. 골목아, 너도 그렇지? 골목이 심심함을 못 이겨 "바닥을 패고/시멘트벽을 금 내고/페인트칠을 벗기"는, 자해(自害)에 가까운 놀이에 골몰해 있는 동안, 나 또한 그렇게 늙어갔다. 골목은 쓸쓸함의 흔적이며, 그렇게 늙어/낡아가는 내 몸의 흔적이다.

        등산하다가 손에 송진이 묻었는데
        수건으로 닦고 물로 씻어도
        끈적거림이 좀체 지워지지 않는다
        송진이란 소나무의 깊은 상처에서 흐르는
        소나무의 피나 고름 같은 것

        그대가 내게 남기고 간 사랑의 상처에서도
        그처럼 뜨겁고 끈적끈적한 진액 같은 게
        한사코 흐르던 적이 있다
        한사코 별은 빛나고 수레 소리 들려도
        틈만 나면 내리는 비의 우울에 노출된
        저주와만 같은 눈물의 엘레지들

        하물며 질경질경 씹다가 함부로 내뱉는 껌도
        그대 옷에 붙어 그대를 낭패에 빠뜨리리라고
        원망해댈 힘조차 잃어버린 동안
        소나무는 그 상처의 진액으로

맑고 투명한 보석, 琥珀을 만들었으니

내 다시는 사랑하지 않으리라 해보지만
평생 내가 헤어나려고 몸부림치는 악몽이
사랑 아니겠느냐 하는 이 화려한 비탄이여
사랑은 여전히 安心法門을 모른 체
피그말리온의 염원처럼
피가 마르도록 꿈꾸는
그대의 분홍빛 연한 부드러운 살   ─ 고재종, 「못된 사랑」 전문

이 비교는 낯익은 것이다. 송진은 소나무의 상처에서 흐르는 "소나
무의 피나 고름 같은 것"이다. 사랑의 상처에서도 그처럼 "뜨겁고 끈
적끈적한 진액 같은 게" 흘렀다. 몇 마디 덧붙이기는 했지만, 그건 그
냥 슬픔이고 감상이다. "비의 우울" "눈물의 엘레지"라고 적어가는 시
인의 손길에는, 슬픔보다는 자조가 짙게 배어 있다. 유행가에나 기대
는(내 짐작이 옳다면 "별은 빛나고"는 「별이 빛나는 밤에」라는 라디오 음
악프로 이름이다) 자신의 처지에 대한 한탄이 여기에 있다. 다음 부분
에서 시는 비교에서 대조로 넘어간다. 내가 빚은 진액이 옷에 붙은 껌
처럼 그대를 난처하게 할 뿐이라면(나는 그대에게 징징거렸다, 그대는
나를 성가시고 귀찮아했다, 어쨌든 나는 외출복 입은 그대를 낭패에 빠뜨
렸다 운운), 소나무의 진액은 "맑고 투명한 보석, 호박(琥珀)"이 되었
다. 진주와 호박은 상처가 만들어낸 고결함의 상징이다. 그것들의 다
른 이름은 그래서 늘 승화(昇華)다. 이 생각도 낯익은 것이다.

이 시의 빼어난 점은 그다음에 있다. 사랑은 등산하다가 손에 묻힌 송진에서도, 음악프로에서도, 하다못해 씹다 버린 껌에서도 제 비교 대상을 찾을 만큼 오래되고 중요하고 강력한 것이다. 그것은 악몽이자 비탄이지만, 여전히 화려하다. 사랑은 "안심법문(安心法門)"을 모른다. 혜가(慧可)가 스승인 달마에게 마음의 평안을 얻기를 청했다. 달마가 불안한 네 마음을 가져오라고 일렀다. 제자가 그걸 찾을 수 없다고 아뢰자, 달마가 대답했다. "찾을 수 있었다면 그게 마음이겠니? 나는 이미 네게 평안한 마음〔安心〕을 주었단다." 혜가가 홀연 깨달았다. 안심은 처음부터 형상과 문자를 초월한 것이다. 진정한 마음의 평안은 이심전심(以心傳心)이요 불립문자(不立文字)다. 사랑이 안심법문을 모른다는 말은, 사랑에는 진정한 평안이 없다는 말이기도 하고, 사랑이 마음으로만 전해지는 것이라는 말이기도 하다. 안심에 법문은 없다. 사랑은 처음부터 안심도 몰랐고 법문도 몰랐다. 그다음, 자신의 조각상을 깊이 사랑한 피그말리온 이야기. 아프로디테 여신에게 자신의 사랑이 이루어지기를 빌자, 여신이 조각상에 숨결을 불어넣었다. 그러자 대리석에 핏기가 돌면서 조상은 "분홍빛 연한 부드러운 살"을 가진 여인이 되었다. "피그말리온의" "피가 마르도록"— 시인은 이 말놀이를 통해서 사랑이 몸을 통한 것임을, 내 앞에 만지고 보듬을 수 있는 그이에 대한 마음만이 오직 사랑임을 말하고 있는 것이다. 피가 도는 사랑, 피가 마르는 사랑. 앞이 사랑의 구체성이라면 뒤는 사랑의 엘레지다. 송진은 그 사랑을 끄집어내기 위해 행한 사혈(瀉血)의 일종이었던 것이다.

당신은 침대였다가
커튼처럼 활짝 열렸다가
사소한 웃음이 되었다가
당신은 변기에 빠져
변기의 저편까지 흘러가다가
세븐일레븐의 상품들 사이에
하루종일 진열되다가

오후가 되자 당신은
고등어의 목처럼 두 동강이 났으며
쓰레기봉투에 담겨
재활용되었으며
또 당신은 이빨 사이에 끼여
보이지 않게 부패해 갔지만

어느덧 당신은 12층에서 추락한 후
엘리베이터를 타고 올라오고
당신은 어두운 밤이 되어
희미한 옛사랑을 부르다
부르다
세수를 하고
홈쇼핑 채널에 출연하였으나 어느덧,
다시 침대가 되어   ── 이장욱, 「당신의 활동 영역」 전문

308

이 시는 일차적으로는, 당신에 관한 이야기가 아니라 나에 관한 이야기다. 나는 자리에서 일어나 커튼을 열고 가볍게 웃고 화장실에서 볼일을 보고 편의점에 들러 물품을 샀다. 오후에는 생선을 다듬고 쓰레기를 버리고 식사를 했다. 나는 몇 번 엘리베이터를 오르내렸고 노래를 흥얼거리고 세수를 하고 TV를 보고 잠자리에 들었다. 그런데 다시 말하면, 이 시는 나에 관한 이야기가 아니라 당신에 관한 이야기다. 내 모든 생활 가운데 당신이 있었다. 나는 오늘 하루, 나의 모든 활동 영역에서 당신을 만났다. 당신의 수많은 전신(轉身)이 당신의 활동 영역을 표시한다. 결국 당신의 영역은 내가 잠이 깨서 다시 잠이 들 때까지의 모든 때, 모든 곳에 걸쳐 있었다. 짐짓 무심한 듯 기술하고 있지만, 시인은 온 곳, 온 때에 오매불망 당신을 생각하고 있는 것이다(이번에도 내 짐작이 옳다면, 이 시인이 말하는 "당신"은 타계하신 어머니다). 흔적이, 그리움이 너무도 강해서, 당신이 몸을 얻으신 것일 게다.

마음의 흔적을 보여주는 시편들을 읽었다. 시는 그 흔적들을 생생하게 복원함으로써, 흔적이 증거하는 어떤 사건을, 어떤 사람을, 혹은 그(것)들에 대한 마음의 움직임을 드러내준다. 마음은 그 움직임 속에서만 모습을 드러낸다. 내가 아니라, 내가 관계 맺고 있는 사람들, 사건들, 세상들이 그래서 언제나 중요하다. 마음이 태어나고 자리 잡고 숨 쉬는 곳은, 좁은 흉곽이나 두개골 안이 아니라, 바로 그 사람들, 사건들, 세상들이 있는 곳이기 때문이다.

사이들

1

악기에 비유하자면 시는 관악기쯤 될 것 같다. 소설이 현악기처럼 끊임없이 사설을 토해놓고, 희곡이 타악기처럼 단속적으로 갈등을 주고받는다면, 시는 구멍, 곧 뭔가 빈 것을 통해 말한다. 관악기는 구멍을 포함해서 악기다. 제가 아닌 것을 품는 것, 제가 아닌 것으로 제자신을 보증하는 것—그게 관악기와 시의 공통점이다. 시는 '사이'에서 성립하는 장르다. 시는 원래 촘촘한 글이 아니다. 시적 언어의 핵심은 압축이 아니라 비약에 있다. 시적 언어는 많은 말을 하나의 전언에 우겨넣는 방식으로 만들어지지 않는다. 차라리 시적 언어는 하나의 말과 거기에 이어져야 할 다른 말을 묵언으로 연관지을 때 생겨난다. 묵언, 곧 영도(zero degree)의 언어가 한 상상을 다른 상상으로 건너뛰게 해준다. 진공 속에서 어떤 도움닫기 현상이 일어난다. 한 세상을 단번에 차고 오르는 탄력이, 한 삶을 단번에 움켜쥐는 악력이 그 안에 들었다. 그래서 사이는 꿈꾸기의 방식이기도 하다. 현실의 논리와 드잡이하는 사랑의 논리가 거기에 있기에, 사랑은 비약이다. 꿈이 왜곡과 일탈을 일삼는 것은 왜곡과 일탈이 바로 꿈의 추동력이기 때문이다. 언제나 중요한 것은 모순 그 자체. 이상한 논리와 일그러진 모습을 그럴듯하게 혹은 반듯하게 펴지 말고 그 논리와 모습 그대로 받아들이는 것, 그게 모든 꿈과 이야기를 즐기는 기본 방식이다. 물론 시에서도 그렇다.

2

김윤식의 「김제의 홍어」에 나 있는 빈틈은 사랑의 틈이다.

다 두고 왔다고 생각했는데
김제에 홍어가 먼저 와 있다.
오월 늦봄이 꽃잎을 깔고 앉아 바다 냄새를 피운다.
홍어는 아래께가 유명하다지.
금산사 가는 입구
무어라고 내게 극락 같은 김제벌 물길을 묻는가.
일어서다 말고 그 처녀 뒷모습을 물결처럼 잠시 돌아본다.
떠나올수록 무엇인가 너울너울 뱃전처럼 흔들린다.
왜 홍어가 떠올랐는지.
부처가 앉았다가 일어나도

옷에서 이렇게 쓰라리고 고독한 냄새가 풍길 텐가.

　행과 행 사이에 빈틈이 무수한데, 그 빈틈으로 홍어 냄새가, 홍어
가 이끌고 온 바다가, "그 처녀"를 빌려 출렁이는 그녀의 모습이 밀려
온다. 1행과 2행 사이에 벌써 빈틈이 있다. 내가 두고 온 과거와 홍어
철인 지금을 이어주는 것은 아무것도 없는데도 "홍어가 먼저 와 있
다." 시인은 홍어를 포함해서 다 두고 왔는데, 홍어는 자신을 앞세워
시인이 두고 온 것을 다 데리고 온다. 3행은 처음부터 빈틈을 품었다.
꽃자리가 어떻게 바다를 품게 되었을까? 봄날이 "꽃잎을 깔고 앉아"
피우는 "바다 냄새"는 그녀와의 추억 냄새가 분명하다. 꽃자리에서 풍
기는 비린내는 바다로도 가고 그녀에게로도 간다. 그녀의 "아래께" 역
시 홍어처럼 독한 냄새를 풍겼을 터, 그러니까 4행의 대상은 겉으론
홍어지만 속으론 그녀다. 그다음에는 "금산사"와 "극락 같은 김제벌
물길"과 "그 처녀"가 나온다. 비슷한 음운들을 함께 품은 이 대상들에
서 어떤 서사를 엮을 수도 있겠지만, 어쨌든 그 추억들은 두고 온 바
다처럼 너울거린다. 돌아본다—떠나오다—흔들리다—떠오르다—
일어나다가 다 그 너울거림의 파생이다. 이 계통발생적 술어들은 홍
어가 불러일으킨 "쓰라리고 고독한 냄새"의 결과물이다. 10행 역시
앞뒤 말과 연관되지 않는다. 이 사이에는 "부처님 가운데 토막"이라는
숙어(숙어는 '熟語'라 쓴다. 그러니 숙어 역시 잘 익은 말이다)가 숨었
다. 세속적인 욕망에는 꿈쩍도 않는 부처님이라도 독한 홍어 냄새에
는 들썩하고 일어날 게다. 다르게 말해서 부처님 가운데 토막이라도
홍어만큼 강렬한 그녀 냄새 앞에서는 앉았다 일어나지 않을 수 없을

게다. 이 움직임이 사랑이 아니고 무엇이겠는가?

정끝별도 「끝없이 투명한 블루」에서 그런 틈을 냈는데, 안타깝게도 그 틈은 사랑해야 하는 이들이 서로 다른 이들을 품으면서 생긴 틈이다. "어머니는 노란 샤쓰 입은 사나이와 살구요 아버지는 빨간 구두 아가씨와 살아요." 멋들어진 두 노래가 어머니, 아버지가 품은 환상을 증거한다. 어머니와 아버지는 사나이와 아가씨를 따로 만난 후에 "개나리처럼" 혹은 "진달래처럼" 물이 들었다. 그러나 그들이 그렇게 서로를 밀쳐두고 마음에 들였던 "노란 샤쓰 입은 사나이"와 "똑똑똑 빨간 구두 아가씨"는 사실 그들을 묶어주는 환영이었다. 우리는 그렇게 평생 다른 이를 꿈꾸며, 혹은 꿈만 꾸며 살아간다.

반평생을 그렇게 세상 어머니들은 떨어지려는 아버지를 노란 샤쓰
단추 구멍에 단단히 채운 채 말없는 노란 샤쓰 입은 사나이와 살았구요
세상 아버지들은 달아나려는 어머니를 빨간 구두굽에 박은 채 똑똑똑
빨간 구두 아가씨와 행복하게 살았답니다

3

최하림은 「얼음장 아래로」에서 그 '사이'가 실존의 자리임을 말한다.

얼음장 아래로 흰물이 흐르고

바람이 얼고

잣나무들이 허겁지겁

청계산으로 중미산으로 두더지처럼

눈 속을 기어간다 구름 속의 해는 달과도

같이 중천에 떴다 잣나무들은

골짜기 건너 저편 골짜기에서

가지들을 들고 일어선다

나는 블레이크를 밟고 차를 세운다

나는 차 문을 열고 나온다

山壁 아래 무엇이

있느냐고 나는 묻는다 무엇이 있기는

있는 것이냐고 되묻는다 홍천과

가평으로 넘어가는 308번 국도 위

겨울나무들은 허옇게 가지를 나부끼고

눈송이들이 날리고 잠시잠깐

저녁 빛도 거기 머물러

있다 나도 거기

있다

한 적막한 풍경이 대우(對偶)를 이루며 펼쳐졌는데, 이 맞짝에는
나도 포함되어 있다. 맞짝은 삶이 어떤 왕복의 과정이라는 걸 보여준
다. 대우를 이룬 문장을 간추려보자. 흰물이 흐르는데 바람은 얼어붙
었다(1~2행). 잣나무들은 눈 속을 기어가고 해는 달처럼 중천에 떴

다(3~6행). 혹은 나무들은 일어서고 나는 섰다(6~9행). 내가 산벽 아래 무엇이 있느냐고 물으니, 메아리가 그 말을 되묻는다(11~13행). 이 길은 홍천과 가평을 잇는 길이다(13~14행). 나무가 가지를 흔들고 눈이 날리는데, 저녁 빛과 나는 거기에 있다(15~19행). 이 대우 문장들은 무엇을 의미하는가? 첫째, 여기선 고요함과 부산함이 한 몸이다. 물이 흐르고 나무가 기어가거나 흔들리고 내가 차를 몰고 눈발이 날린다. 그러나 한편으로 바람은 얼었고 해는 하늘에 고정되었으며 나는 차를 멈추었고 저녁빛은 머물러 있다. 부산하게 움직인 것들이 사실은 적막의 다른 지표였던 것이다. 최하림의 최근 시는 최대의 적막이 최소의 소음을 잡아낼 수 있게 조율되어 있음을 극명하게 보여준다. 너무 조용하면 얼음장 아래로 물이 흐르는 소리가, 나무들이 기어서 산을 넘는 소리가 들리는 거다. 둘째, 이것은 내면의 쓸쓸함에 대한 탁월한 형상이다. 나는 차 문을 열고 나와서, 산벽 아래 무엇이 있느냐고 소리 내어 묻는다. 질문의 상대가 나와 있질 않으니 메아리가 대답한다. 대답은 물론 질문을 복사한 것이어서 나를 향한 반문이다. 나는 질문과 대답, 혹은 질문과 거듭된 질문 사이에 있을 뿐이다. 셋째, 이 곤혹스런 적막 혹은 질문의 피드백이 삶이다. 이 길은 "308번 국도"로 홍천과 가평을 잇는 길이다. 길은 한 삶과 다른 삶을 잇는 사이여서, 과정으로서의 삶에 대한 오래된 은유다. 한편 처음엔 해가 중천에 떴는데 어느새 저녁빛이 머물러 있다. 그러니까 나는 공간적으로도 시간적으로도 어떤 과정 가운데 있으며, 그것이 삶이었던 것이다. 넷째, 그러므로 질문은 대답이며 삶은 그런 '사이'다. 12~13행을 보자. 저 아래 뭐가 "있느냐고" 나는 묻고, 뭐가 있기는 "있는 것이냐고" 거듭 묻는다. 그다음 마지막 두 행을 보라. 저녁빛이 거기에 머물러 "있다." 그리고 내가 거기에 "있다." 이 시의 낯선 행갈이는 이 있음의 문답을 강조하기 위한 것이다. 질문을 한 때는 한낮인데 지금은 이미 저녁이다. 나는 저녁빛처럼 잠시 머무르다 곧 지고 말 것이다(내 삶은 오래 남지 않았다!). 그러므로 이 풍경은 한 쓸쓸한 삶에 대한 정교한 요약이다. 삶은 그 사이에서, 겨우, 지탱된다.

4

함성호의 「무지에 대하여」에서는 어조와 전언 사이에 간격이 있다. 이를테면 같은 제목을 가진 한 작품에서, 화자는 다음과 같이 말한다. "썩지만 않는다면 죽음도/옆에 두고 친할 만하다/인형에게 말을 건네는 아이들은/살아 있는 죽음을 보고 있다/익사자는 어느 순간 생을 포기하게 마련이다/뻔한 낙관이지만/나는 그 순간에야 무엇이 보일 것 같다/소는 불이 나면 그냥 서서 타죽는다/처음부터 삶은 없었던 것이든가, 아니면/가위에 눌린 꿈의 다른 방식이라는 걸까?" 그의 발언은 매우 강력해서 "~ 일 것 같다"거나 "~ 이라는 걸까?" 같은 추측이나 의문이 사실은 다 단정이다. 그런데 어째서 제목은 「무지에 대하여」일까?

이 시인은 자주 잠언에 기댄다. 잠언만큼 동일률의 지배를 받는 언어 형식은 없다. 거기엔 늘 술어를 지배하는 강력한 주어가 있다. 잠언에서 발화의 주체는 구문상의 주어를 진리의 보증인으로 삼는다.

"A는 B"라고 "나는 말한다." 왜 A는 B인가? 그것이 내 말이기 때문이다. 나는 그 말에 나를 걸었다. 베팅한 내가 곧 베팅에 던져진 나다. 내가 너의 에미 애비다. 그런데 함성호는 이 동일률에 기대어 동일률에 시비를 건다. 이것은 일종의 산파술이다. 내 잠언들은 다 무지에 대한 것들이다. 나는 내가 모른다는 것을 말한다. 내 얘기는 무지에 바쳐졌다. 이 사이에서, 우리는 강력한 화자의 소심한 발언을 접한다. 같은 제목을 가진 다른 시에서는 그 일탈이 괄호 안에 갇혔다. 앞부분만 옮겨 적는다.

어제는 왔을까? 창을 열면 벚꽃나무 아래서 낯선 얼굴이, 웃으며 손을 흔들고 있다 어제 같은 자리에서 다른 여자에게 뺨을 맞던 그 남자다 길은 늘 엇갈린다 일테면, 갯벌에 가면 멀리 물러나 있는 상심한 나의 바다가 있다 조금이면 돌아올 그 바다로 굳이 물어물어 찾아가는 (깊은 상처 같은) 갯고랑처럼 오늘은 어제를 찾아간다

시간의 문제가 만남과 헤어짐에 관한 통속적인 반복을 예증 삼아서 검토된다. 다음에 잠언이 나온다: "길은 늘 엇갈린다." 그다음 다시 예증이 나온다. 바다가 썰물이 되어 물러갔다. 바다는 밀물이 되면 다시 돌아올 테지만(어제 저 여자에게 뺨맞은 남자가 오늘 웃으며 이 여자에게 손을 흔들듯, 그렇게, 통속적으로), 나는 굳이 그 길을 물어물어 찾아간다. 바다로 난 길이니 그 길은 갯고랑이며, 어제와 오늘이 또한 그 길을 들고 난다. 거기에 이상한 췌언이 덧붙었다: "(깊은 상처 같은)" 시간의 골이 상처와 같다는 뜻이며, 그렇게 들고 나는 바다

처럼 감정은 사랑과 상처를 넘나든다는 뜻이다(인용하지 않은 부분에 삽입된 괄호 속 발언 역시 비슷한 기능을 한다). 잠언을 최초의 발언으로 환원하는 시인의 거듭되는 교정은 밀물과 썰물을, 같은 방식으로 나와 남을, 묘사와 진술을, 서술과 부연을, 단정과 의심을 넘나드는 바닷물을 닮았다. 자신 있게 발설하고는 자신 없이 의심하면서, 함성호는 시인과 화자라는 전통적인 구분이 더는 유효하지 않게 된 어떤 시인/화자가 되었다. 그는 지금도 그 빗금, 그 사이에 있다.

내통들

내통(內通): ① 외부의 조직이나 사람과 남몰래 관계를 가지고 통함. ② 남녀가 몰래 정을 통함. ③ 몰래 알림.

　　은밀히 통하는 것, 그것이 시의 속성이다. 내통이라는 말에는 다음과 같은 의미소가 숨어 있다. 첫째, 통기성(通氣性): 사물화되거나 화석화된 것들에 숨구멍을 내는 것. 이 숨구멍을 통해서 차가운 사물들이 물활성(物活性)을 부여받는다. 예컨대 시에서 돌은 말 못 하는 사물이 아니라 말하지 않는 사람, 이를테면 묵언 수행 중인 존재다. 둘째, 전도(顚倒): 대상의 외피(外皮)를 벗겨내고 내부를 노출하는 것, 곧 안팎을 뒤집어 보이는 것. 시적 사물들은 물활성을 부여받자마자 전통적인 이분법인 외연과 내포에서 벗어난다. 가령 시에서 별은 밤하늘에서 빛나는 가스 덩어리가 아니라 내 안의 희망이거나 내밖의 사람들이거나 내 자신의 명운(命運)이다. 셋째, 수화(手話): 말하지 않으면서 말하고 말하면서 말하지 않는 것. 시의 언어는 그것이 말하는 것 너머의 어떤 것을 지칭한다는 점에서 언어가 아닌 언어다. 요컨대 시는 어떤 손짓을 그려 보이는데, 그 손짓은 단순한 손의 움직임이 아니라 특별한 약호 체계를 가진, 또 다른 언어다. 넷째, 간음:

정상적인 사물의 질서를 깨뜨리고 금지된 방식으로 사물들을 결합하는 것. 그것은 은밀히 이루어지며, 그만큼 쾌감을 준다. 다섯째, 속삭임: 공적인 언어로 포고하는 것이 아니라 사적인 언어로 전달하는 것. 그것은 선언(宣言)이 아니며, 따라서 공리적인 성격을 띤 말도 아니다. 그것은 성경의 말대로 "들을 귀 있는 자만 듣는" 그런 언어다. 가까이 다가와서(시는 광장에서가 아니라 밀실에서 읽는다), 귓바퀴를 간질이고(그것이 음악이다), 추억을 상기시키며(회감이 그것이다), 고백적 언사를 늘어놓는 것(시는, 바로 당신에게만 말한다). 시는 그렇게 속삭인다.

문정희의 「술 취한 친구」는, 너무 깊어 아무것도 아닌 관계에 대해 말한다. 시인은 벗과 멀리 떨어져 나왔으나, 그 거리가 바로 깊은 관계를 보증하는 척도였다. 멀리 있어 가까운 삶, 이것이 내통이다.

> 한마디로 우리는 깊은 관계이다
> 이렇게 먼 곳까지 함께 오다니
> 이제 전화 음성만으로도
> 그가 소주를 몇 잔째 들이켰는지 훤히 안다
> 한 시절, 독재자가
> 한강 모래 위에 심어놓은 포플러처럼
> 우격다짐으로 입혀 놓은 제복 속에서
> 함께 흔들리며 시를 썼다
> 겁도 없이 미래를 시에다 걸었으니

청춘은 불치의 내상을 입을 수밖에
그거란 그게 무슨 상관이랴
우리는 아직도 시를 쓰고 있다

상처 많은 뿌리로
모래 위에 시를 쓰고 있다
오늘 또 술에 취해 그가 소리친다
야, 한 코 주랴
죽는 날까지, 한 코 달라고 조르는 척하며
어느새 이 멀고 깊은 곳까지 들어와 버렸다
어찌 할까, 더 늦기 전에
이번엔 내가 먼저 한 코 달라고 덤벼든다면
혼비백산 도망치고 말겠지
그러나 그게 또 무슨 상관이랴
우리는 이미 밖으로 나가는 길을 잃어버렸으니

　반어가 아닌데도 시의 속뜻은 시인의 단호한 발언의 지지를 받지
못하고 자꾸 미끄러져 떨어진다. 우리는 깊은 관계다. 너무 멀리 와
버렸기 때문이다. 멀리 왔다는 생각, 그건 무엇인가를 두고 왔다는
생각과도 통한다. 이곳은 그곳과 너무 멀다. 우리는 이전에서 멀리
떨어져 나왔으며, 지금도 서로 멀리 떨어져 있다. 전화 목소리만으로
도 나는 그가 마신 술잔의 수위(水位)를 안다. 취기로 우정을 재는 관
계도 확실히 깊기는 깊은 관계다. 우리는 포플러처럼 함께 흔들렸고

함께 푸르렀다. 우리는 "겁도 없이 미래를 시에다 걸었"다. 시에 모든 것을 걸었으며, 그래서 미래의 어떤 전망이 지금의 시를 쓰는 추동력이었다는 말만이 아니다. 현재의 어떤 행동이, 어떤 관계가 시를 쓰는 동안 자꾸 연기되었다는 뜻이다. 그래서 "청춘은 불치의 내상을 입을 수밖에" 없었다. 우리는 아무것도 하지 않았다. 우리는 다만 "함께 흔들리며 시를 썼다."

시인은 다시 말한다. "그러나 그게 무슨 상관이랴／우리는 아직도 시를 쓰고 있다." 이 말 역시 단호한 말이 아니다. 우리는 "모래 위에 시를 쓰고 있"기 때문이다. 금세 지워질 어떤 흔적을 남기는 것—시에 미래를 걸고 나서, 삶은 시 쓰는 행위 다음으로 자꾸 연기되고, 그 연기 덕에 시는 완성되지 않는다. "한 코 주랴." 그의 발언은 연기(延期)면서 연기(演技)다. 그는 "조르는 척하며," 나는 그걸 받아주는 척하며 "어느새 이 멀고 깊은 곳까지 들어와 버렸다." 멀리 떨어져 나온 삶, 멀어진 관계—사실은 그게 깊어진 삶이며 깊은 관계였다. 우리는 아무 일도 하지 않았으면서 모든 일을 했고, 청춘을 희생하면서 청춘을 살았다. 우리는 이미 늦어버렸지만, 여전히 아주 늦지는 않았다. 내가 조른다면 이번엔 그가 도망칠 테지만 "우리는 이미 밖으로 나가는 길을 잃어버렸"다. 우리는 모래 위에 글을 쓰듯, 정말로 미래의 전망을 시에 아로새겼던 것이다.

이은봉의 「책바위」는 바위를 두고 읽어 내려간 일종의 독서 일기다. 이 일기에 담긴 특별한 변신담, 이것이 인간과 사물 사이의 내통이다. 시는 이렇게 시작한다.

바위는 제 몸에 낡고 오래된 책을 숨기고 있다

바위 위에 앉아 그냥 벅찬 숨이나 고르다 보면 이 흐릿한 책의 글자들 보이지 않는다

표지가 떨어져나가고 여기저기 갈피가 찢겨져 나가 자칫하면 책이 숨겨져 있는 것조차 알지 못한다

지금은 逸失된 옛 글자로 씌어진 이 책을 읽기 위해서는 자꾸 더듬거릴 수밖에 없다

어떤 산행 가운데, 바위가 있었다. 벅찬 숨을 고르다 보니, 거기에서 시인을 기다리던 바위의 내력이 궁금해졌다. 그 기록을, 지금은 알 수 없는 문자를 읽기 위해선, 힘들여 더듬거려야 한다. 내가 "더듬거리"자 바위 속에서 그녀가 나타났다. 힘들여 읽는 행위를 애무하는 행위로 바꾸어낸 시인의 감각이 놀랍다.

제 몸에 숨기고 있는 이 낡고 오래된 책의 내용들이 대견스러워서일까 그녀는 가끔씩 엉덩일 들썩이며 독해를 재촉하기도 한다

내 둔한 머리로는 뽀얗게 형상을 그려가며 읽어도 간신히 몇 마디 뜻을 깨칠 수 있을 따름이다

그럴 때면 앞단추를 따고 자꾸 제 젖가슴 열어 보이는 그녀의 엉덩이 위에 철썩, 하고 손바닥 내려놓을 수밖에 없다

문득 그녀도 정신을 차리는 모양이다

너무 서둘지는 마세요 벌써 겨울이 오고 있지만요 그녀는 내게 은근

히 다짐을 주기도 한다

바위는 "그녀"로 변신해서 시인에게 자신을 마저 읽으라고 속삭인다. 이 신기한 변신은 책 속의, 자연 속의, 그녀 속의 비밀을 알아가는 시인의 기쁨이 성희의 기쁨에 버금가는 것임을 알려준다. 사실 바위에 젖가슴이 어디 있으며 엉덩이가 어디 있겠는가. 내 손 닿는 곳이 곧 가슴이요 엉덩이다. 나는 열심히 더듬거렸다. 그러자 그녀가 정신을 차렸다. 사실 들뜬 그녀가 무슨 정신을 차렸겠는가. 시인의 손길에 호응하여 그녀는 간신히 몇 마디 했을 뿐인데, 그 말의 앞뒤가 또 다르다. "너무 서둘지는 마세요." 너무 성급하게는 마세요. 천천히 나를 읽어주세요; "겨울이 오고 있지만요." 내가 식기 전에 다 읽어주세요.

사물과의 내통이 한 번의 자리로 다 끝나지는 않을 것이다. "명년 가을이 와도 그녀는 내가 이 책을 다 읽지 못할 것을 이미 잘 알고 있는 듯하다." 시인은 내년에도 또 이곳을 찾을 것이다. 시는 다음과 같이 끝난다.

언젠가는 바위의 숨소리만 듣고도 그녀가 제 몸에 숨기고 있는 책의 내용을 다 알 수 있는 날이 있으리라

"바위의 숨소리"는 전이된 감각이다. 시인이 다시 이 바위를 찾을 때 처음에 그랬듯 숨차할 것인데, 그를 받아 안는 바위/그녀 또한 그럴 것이다.

안현미의 「육교」는 육교(陸橋)이면서 육교(肉交)다. 밤의 거리를 건너가는 것, 그건 접붙인 육신을 건너가는 것이기도 하다. 시인에 따르면, 청량리는 서울에 자리 잡은 사막이다. 한 사내가 힘들게 그곳을 지나쳐가고 있다. 고된 사내의 행로, 이것이 사람과 사람 사이의 서글픈 내통이다.

낙타의 쌍혹 같은
사내의 고환을 타고
달도 없는 밤을 건넌다
육교(肉交)
새벽은 멀다
수상한 골목
검은 구두 발자국 소리
누군가 지나가고 있다
50촉 백열등 불빛처럼
신음소리 새나간다
정작, 불온한 것은
그립다는 것이고
사막이 아름다운 건
흔적을 부정하기 때문이다
이곳은 청량리 588번지
오아시스도 낙타도 없는 사막

새벽은 멀고
육교의 마지막 계단으로 내려와
달을 본다
토끼눈을 한 사내가
방아를 찧고 있다
뼈를 찧고 있다
여자는 그믐이다

첫 행의 비유부터 돌발적이다. "낙타의 쌍혹 같은/사내의 고환"이
란, 육교(肉交)가 그만큼 메마르고(성교가 사막을 건너는 일만큼이나
힘겹다), 거창한 일이라는 뜻이다(고환이 낙타의 혹만 하다는 건 작은
걸 크게 확대해보았다는 얘기다. 포르노의 화면을 생각하면 될 것이다).
골목은 수상하고 발소리는 음험하다. "50촉 백열등 불빛처럼" 희미하
고 작은 소리가 거기서 새어나온다. 그다음 이상한 잠언이 나온다:
"불온한 것은/그립다는 것이고/사막이 아름다운 건/흔적을 부정하
기 때문이다." 사막이 창녀촌과 겹쳤으므로, 이 잠언은 우선 르포 기
사의 결론과 같은 것이다. 육교를 그리워하는 일은 옳은 일이 아니다,
이곳이 남자들에게 별천지인 것은 바람피운 흔적이 남지 않기 때문이
다 운운. 그러나 그뿐만은 아니다. 사막은, 그 황량한 삶의 조건 너머
에 어떤 희망을 숨기고 있다. 그 희망의 장소가 오아시스며 그곳을 찾
아가는 수단이 낙타다. 물론 "청량리 588번지"는 오아시스도 낙타도
없는 사막이지만, 대신에 낙타를 닮은 사내의 고환과 오아시스를 닮
은 여자의 음부가 있는 곳이다. 그래서 이 잠언은 거듭해서 읽어야 한

다. 이 삶은 황폐하고 불온하지만 그래서 더더욱 그리워할 만한 곳이다. 사막이 아름다운 건 이곳의 삶이 흔적 곧 과거의 것이 아니라 생성 곧 현재의 것이기 때문이다. 적어도 이곳에는 제 몸으로 캄캄한 밤을 건너가는 절실하고 치열한 삶이 있다.

이제 시는 육교의 마지막 계단을 이야기한다. 사내는 오르가슴의 능선을 타고 내려왔다. 거기서 본 달은 이 삶의 거울과 같은 것이다. 충혈된 눈으로 제 몸동작에 열중하는 사내와 달리 "여자는 그믐이다." 그녀는 보름달처럼 충만할 수가 없다. 육교의 내통과 착란이 여기에 있다.

이성복의 「입술」은 내통의 어려움에 관해 말한다. 입술은 한 몸과 다른 몸을 잇는 통로인데, 안타깝게도 그걸 가로막는 무언가가 있었다.

입술을 유리창에 대고 네가 뭐라고
속삭일 때 네 입술의 안쪽을 보았다
은박지에 썰어 놓은 해삼 같은 입술
양잿물에 헹궈 놓은 막창 같은 입술
쓰레기통 속 고양이 탯줄 같은 입술,
이라고 말하려다 나는 또 그만둔다
애인이여, 내 눈에 축축한 살코기밖에
보이지 않는다, 꿈에 낀 내 백태 때문에

나와 당신 사이를 가로막는 것이 있었다. 가시적 지표로 그것은

"유리창"이며, 비가시적 지표로 그것은 "꿈에 낀 백태"다. 그 때문에
당신의 입술은 해삼 같은, 멍게 같은, 버려진 고양이 탯줄 같은 "축축
한 살코기"로만 보인다. 시인은 이전에, 같은 제목의 다른 시에서,
"입술은 그리워하기에 벌어져 있습니다 그리움이 끝날 때까지 닫히지
않습니다 내 그리움이 크면 당신의 입술이 열리고 당신의 그리움이
크면 내 입술이 열립니다 우리 입술은 동시에 피고 지는 두 개의 꽃나
무 같습니다"(「입술」)라고 말한 적이 있다. 그 시에 따르면 우리가 정
신을 놓을 때 짓는 표정, 이를테면 멍한 눈과 벌어진 입술은 그리움의
표지다. 내 입술은 당신의 혀를 받아들이던 그때를 기억해서, 무심결
에 벌어진다. 그런데 지금 유리가 소리를 막고 백태가 입술 모양을 일
그러뜨렸다. 두 시편 사이의 거리는 멀고멀지만, 그럼에도 두 시는
일란성쌍둥이다. 하나가 보이지 않는 그대와의 거리를 상상의 힘으로
메웠다면, 다른 하나는 보이는 그대와의 거리가 현실의 힘에 의해 차
단당했다. 어느 쪽이든 시인은 소통에 대한 간절한 바람을 버리지 않
았다. 나는 이 간절함이 가장 중요한 것이라 생각한다.

제3부

도플갱어의 꿈

──황인숙의 시 세계

여기는 내게 자명한 세계
낙엽 더미 아래는 단단한, 보도블록

보도블록과 나 사이에서
자명하고도 자명할 뿐인 금빛 낙엽들

나는 자명함을
퍽! 퍽! 걷어차며 걷는다

내 발바닥 아래
누군가가 발바닥을
맞대고 걷는 듯하다.
──「자명한 산책」부분

1

황인숙 시의 운동 형식을 반복이라 불러도 좋을 것 같다. 거듭해서 되살아나는 계절이 그렇고(황인숙 시의 계절은 거의 언제나 봄이다. 봄은 시인이 몇 편의 시에서 말한 대로 원무〔圓舞〕와 같은 것이어서 "낯선 것들"과 "익숙한 것들"을 교대로 보여준다), 20여 년 써온 시편들의 이쪽저쪽에서 동일하게 발견되는 모티프들, 제목들, 이미지들이 그렇고, 무엇보다도 먼저 나와 다른 나 사이의 끊임없는 오고 감이 그렇다.

나는 너무 자주 거울을 보고
눈과 입이 모로 돌아가네.

거울은 내 눈알을 자기 눈알에 집중시키기를 고집하고
그런 주제에 따분해하고
나는 사랑도 없이
그를 감시하네.

칼자루는 내가 쥐고 있다는
우리의 아닌 관계를 깰 수 있는 건
거울이 아니라 나라는
별 즐거움을
거울은 적막하게 웃네.   —「거울」 부분

거울은 자기 성찰이라는 꼬리표가 붙은 오래된 매개물이다. 이상이 나와 거울 속의 나 사이에서 불화를 발견했고, 윤동주가 연민을 발견했다. 불화나 연민은 어쨌든 그 둘이 서로 다르다는 생각에서 온다. 이곳의 나는 저곳의 나와 친해지고 싶은데, 그것이 잘 안 된다는 거다. 그런데 황인숙은 그 둘이 다 나라고 말한다. 거울 밖의 내가 여전

히 거울 속 나의 주인이다. 나는 "거울을 보고" "눈과 입이 모로 돌아"갔다. 그러니 나는 문법적으로도 사실적으로도 나 자신의 주인이다. 사정이 이렇게 된 것은 내가 거울 속의 나를 보았기 때문이 아니라, "거울" 자체를 보았기 때문이다. 나는 할 일이 없어 거울이나 보고 있었다. 아, 따분해. 어디 근사한 사랑 하나 없을까. 시인의 이런 상념 덕에 거울이 그 사람으로 나섰던 것이다. 날 봐. 그래도 따분하네. 그만둘까, "칼자루는 내가 쥐고" 있으니.

황인숙 시의 특징은 이 "다른 나"를 대개는 "거울"과 같은 사물로 대상화한다는 것이다. 첫 시집 『새는 하늘을 자유롭게 풀어놓고』에서 그 대상은 주로 새와 나무다.

> 보라, 하늘을.
> 아무에게도 엿보이지 않고
> 아무도 엿보지 않는다.
> 새는 코를 막고 솟아오른다.
> 얏호, 함성을 지르며
> 자유의 섬뜩한 덫을 끌며
> 팅! 팅! 팅!
> 시퍼런 용수철을
> 튕긴다.   ──「새는 하늘을 자유롭게 풀어놓고」 전문

하늘이 새를 풀어놓는 게 아니라 새가 하늘을 풀어놓았다는 사실에서 보이는 감각의 역전, "코를 막고" "함성을 지르며" "팅! 팅! 팅!"

에 담긴 감각의 경쾌함이 주로 평자들의 주목을 받았다. 하지만 새가 "자유의 섬뜩한 덫을 끌며" 날아간다는 구절은 대개 이 설명에서 누락되었다. 시인에 따르면 자유는 "섬뜩한 덫"이다. 새는 자유에 사로잡혔다. 새가 자유로웠던 게 아니라 자유로울 수밖에 없었다는 뜻이다. 새는 한자리에 머물지 못하고 풀려날 수밖에 없었다. 사실 이 새는 하늘이 아니라 나무가 풀어놓은 것이다.

> 나무들은 자기 심장의 박동대로
> 새를 날린다. ──「안개비 속에서」 부분

그렇다면 나무와 새는 어떤 관계인가? 미리 말하자면 나무는 한자리에 고정된 나이고, 새는 자유로이 이동하는 나다. 새와 나무는 나의 변체여서, 떨어져나간 나이거나 한자리에 붙박인 나다. 나는 나무와 새를, 혹은 그 사이를 왕복한다.

> 나무를 지워버리렴.
> 그 둥지가 여기가 아니고
> 항상 저 너머인 나무.
> 항상 한 가지에서 다른 가지로
> 날으는 순간만 '여기'일 새여. ──「새를 위하여」 부분

나무는 늘 한자리에, "여기" "거기"에 드문드문 서 있다. 새가 나무에 앉는다고 해서 그 자리가 새의 "여기"가 되는 것은 아니다. 그곳은

334

처음부터 나무의 자리이기 때문이다. 새는 날아오를 때에만, 다시 말해 붙박인 나무를 벗어날 때에만, "여기"를 확보할 수 있다. "나무를 지워버리렴./그러면 그대는/어디서나 자유." 나무를 지운다면 혹은 정주(定住)가 없다면 새에게는 모든 곳이 "여기"일 것이다. 나무는 그렇게 한자리에 머물러 날아가는 새의 자리를 측정해준다.

> 내 가슴은 텅 비어 있고
> 혀는 말라 있어요.
> 하지만 난 조금 느끼죠.
> 이제 모든 것이 힘들어졌다는 것.
> 가을이면 홀로 겨울이 올 것을
> 두려워했던 것처럼.　　　　　　　　　—「잠자는 숲」 부분

　자신이 텅 비고 말라 있을 때면 시인은 "은사시나무숲으로 가고" 싶다고 고백한다. 이 고백은 시인의 고백이자 늦가을을 맞은 나무의 고백이기도 하다. "어느 날 갑자기 나무는 말이 없고/생각에 잠기기 시작한다"(「어느 날 갑자기 나무는 말이 없고」). 나무는 긴 내성(內省)에 든 나의 분신인 셈이다. 처음에는 나무에 자신을 견주었다가, 다음에는 나무와 동일시된다. "한 치의 빈틈도 없이/내 머릿속에 나무 하나가"(「내 머릿속에 나무 하나가」) 자리를 잡았다. 그리고 마침내는 "발바닥부터 가슴까지 목질이"(「여섯 조각의 프롤로그」) 된다. 드디어 나는 나무가 되었다. "내 가지 끝으로/바람이 불어"온다.

2

두번째 시집 『슬픔이 나를 깨운다』에서도 사정은 다르지 않다. 나는 나무이며, 그것도 꽃 피우지 못하는 나무다.

> 여덟시 십분 전의 공중목욕탕 욕조물처럼
> 그대로 식기 전에 누군가의 몸 속에 침투하길 열망하는
> 누우런 손가락엔
> 열 개의 창백한 손톱 외에
> 아무것도 피어 있지 않다.
> 내 청춘, 늘 움츠려
> 아무것도 피우지 못했다, 아무것도.
>
> ──「꽃사과 꽃이 피었다」부분

저 "꽃사과"에는 꽃이 피었는데 나는 아무것도 피워내지 못했다. 나는 손님 끊긴 목욕탕의 욕조물처럼 서서히 식어갈 것이다. 내 청춘은 움츠러들었으며 내 열망은 상대를 얻지 못했다. 많은 이들이 지적한 것처럼, 이 시집에서부터 자신이 늙었다는 사실을 거듭 토로하는 화자가 등장한다. 그것이 과연 조로(早老)에 대한 고백일까? 나는 아니라고 생각한다. 처음부터 대상화된 것들은 나의 다른 모습이었다. 나는 그것들에 의탁해서 나와 내 밖의 다른 나를 갈라 말했다. 이제는 시간이 나를 나누었을 뿐이다, 지금의 나와 예전의 나로, 혹은 나무

336

와 새로, 혹은 나와 너로.

> 홀연히 너를 만나도 좋겠는데
> 무연하기만 해라, 우리는.
> 나는 콧노래를 부른다.
> 거울을 향해 걷는 듯
> 끊임없이 나인 듯한 것들이
> 마주 걸어와
> 나를 투과한다.　　　　　——「밤, 안개 속으로」 부분

　"무연"은 무연(無緣)이면서 무연(憮然)이다. 너를 만나고 싶었으나, 우리는 인연이 없었고 그래서 나는 멍하니 있었을 뿐이다. 건너편에서 많은 이들이, 수많은 네가 걸어왔으나 사실은 "끊임없이 나인 듯한 것들"이었다. 그들은 너이면서 나의 분신들이다. 이것이 나무와 새의 왕복 운동과 다르지 않다는 것은 분명하다. 나는 붙박였거나 떠돌았는데, 어느 쪽이든 다른 쪽을 포괄하지 못했다. 나는 갈라졌고, 갈라진 서로에 대해서, 거울을 대한 것처럼, 권태를 느꼈다. "아는 사람이나 우연히 만나면, 아니!/누구고 마주칠까, 지겹다…… 어디로……"(「진공」) 이 분신, 이 아바타, 이 도플갱어는 지겹고 무섭다. 자신의 도플갱어를 본 사람은 곧 죽는다고 한다. 다른 나라는 거, 끔찍하고 무서운 일이다. 그런데 그 공포가, 바로 내가 살아 있음을 증거한다. "나는/막막하여 캄캄하여/무섭고 무섭고 무섭기만 하여![……] 하지만 어느 한 문을 열고 들어선들/공포가 입 벌리지 않았

을라구./나 한 손으로 목을/또 한 손으로 심장을 누르고/자고 있었으니./살고 있으니"(「산그늘에 서다」).

내 귀는 네 마음속에 있다.
그러니 어찌 네가 편할 것인가.
그리고 내게
네 마음밖에 그 무엇이 들리겠는가.　　　——「응시」 전문

자, 닿았는가
그대 상처의 뿌리에 내 손이 닿았는가
그리고 그때 그대
어떻게 아물 수 있겠는가.　　　——「종소리…… 거짓말!」 부분

　나와 다른 나의 접촉은, 서로를 불편하게 만들거나 덧난 상처를 헤집는 일이다. 나는 끊임없이 네 마음에 귀를 기울인다. 마음 안에 다른 귀가 돋았으니, 너는 불편했으리라. 나는 네 상처에 손을 넣고 휘저었다. 상처의 바닥에 닿았으니, 너는 아팠으리라. 그 상처가 삶이며 꽃이다. "생(生)이 짙게 다가온다, 마치/〔……〕/서서히 배어나는/피같이/향기로운 꽃 만발한"(「돌아오라, 소렌토로」). 내가 여전히 식물성이라는 데 주의하라. 나는 이곳에서 붙박인 나고, 너는 저곳에서 떠도는 나다.

세번째 시집 『우리는 철새처럼 만났다』와 네번째 시집 『나의 침울
한, 소중한 이여』에서, 황인숙은 자신이 보고 그린 세상이 자신의 그
림자였다고 말한다. 세번째 시집에 실린 시를 먼저 보자.

나는 무엇을 보았고
무엇을 그린 것일까?
이지러진
잠결의 낙서
모든 것의 바로 그것인
그림자.   ─「서쪽 창에 의자를 놓고」 전문

이 시를 황인숙의 시론으로 간주해도 좋을 것이다. 시인은 자신의
시작(詩作)에 대해 두 가지 대답을 내놓는다. 이것들은 "잠결의 낙
서"여서 "이지러진" 것이다. 이 세상이 있는 그대로가 아니라, 내 무
의식에 조응하여 일그러진 꿈의 산출물이라는 얘기다. 나는 "모든
것" 자체가 아니라 모든 것의 "그림자"를 그렸다. 그런데 그 그림자가
바로 "모든 것의 바로 그것"이었다. 실체가 아닌 그림자가, 분신이,
바로 그 실체였다는 얘기다. 나는 도플갱어의 꿈이었으며, 도플갱어
는 나의 꿈이었다. 거듭 말하자. 나는 사로잡힌 나고 너는 나를 벗어
나 떠도는 나다.

너, 사람 잡는

너, 아무것도 아닌

(그렇지만, 아무것도 아닌 것도 아닌 것 같은)

—「휘황하다」 부분

너는 "아무것도 아닌" 존재지만, "아무것도 아닌 것도 아닌" 존재
다. 괄호 친 이중 부정이 시인의 속내를 말해준다. 내가, 여기에, 지
금 살고 있으니 너는 아무것도 아니지만, 네가, 거기에, 예전에 살았
으니 너는 아무것도 아닌 것이 아니다. 나는 예전의 그곳으로, 네게
로 가고 싶다. 그 소망 가운데서도 여전히 나는 나무다. 바로 여기에
붙박여 있으니까. "너를 향해/내 발바닥엔 잔뿌리들 간지러이 뻗치고
/너를 만지고 싶어서/내 모든 팔들에/속속 잎새들 돋아난다"(「밤의
노래」).

시인은 이 소망을 한 번도 버린 적이 없다. 그래서 그녀의 시는 여
전히 간절하고 여전히 생생하다. 무관심과 권태마저 열정으로 바꾸어
내는 시인의 모습이 여기에 있다. 네번째 시집을 보자.

비가 온다.

네게 말할 게 생겨서 기뻐.

비가 온다구!

〔……〕

비가 온다구!

나의 소중한 이여.

나의 침울한, 소중한 이여.   —「나의 침울한, 소중한 이여」 부분

비가 온다는 사실은 별것이 아니다. 너와 나의 사이 역시 별것이 아니다. 그래서 나는 무심하게 말한다. "비가 온다구." 그런데 한편으로 나는 그 별것 아닌 말로 네게 말 건넬 수 있다는 사실이 기쁘다. 인용에서 생략한 부분은, 내가 비가 되어 네게 날아가리라는 상념으로 가득하다. "나는 신나게 날아가./〔……〕/네 이마에 부딪칠 거야./네 눈썹에 부딪칠 거야./너를 흠뻑 적실 거야." 시인의 생기 넘치는 감각이 나와 너를 잇대려는 열망에서 생겨난 것임을 짐작하게 하는 구절이다.

이 소통에 대한 열망은 흔히 전화선으로 표현된다. 세번째 시집에 전화선에 관한 시가 두 편 있다. 어느 날 나는 전화를 받지 않겠다는 결심을 했다. "나는 유쾌한 섬이" 될 것이다. 그런데 벨이 세 번쯤 울리자, 나는 "허둥지둥" 전화를 받으려 든다. 전화선은 "비틀어진 탯줄"이다(「어느 개인 가을날」). 전화를 받지 않자, "닝닝닝" 울리는 소리가, 그 너머의 누군가가 내 "모가지를 친친" 감는다는 걸 느꼈기 때문이다(「봄날」). 봄부터 가을까지, 나는 그 비비 꼬인 탯줄을, 신생에 대한 소망을 포기할 수가 없다.

4

『자명한 산책』을 살펴보자. 이 시집에서도 나와 다른 나(혹은 너)에
대한 진술을 여러 곳에서 발견할 수 있다.

> 이제 나는 나 자신의 찌꺼기인가?
> 아직 나 자신인가?
> 아니, 고쳐 물어보자
> 나는 나 자신의 찌꺼기인가?
> 나 자신인가?　　　　　　　　　　　　　——「나」 전문

　처음 질문을 똑같이 반복해서 물어보고는 고쳐 물었다고 했으므로,
두번째 질문은 처음 질문과 같은 것이 아니다. 먼저 "나 자신"과 "나
자신의 찌꺼기"(나의 분신)가 같으면서도 같지 않아서 이런 현상이 생
겼다. 나는 나 자신이자 나 자신의 찌꺼기, 그림자, 도플갱어다. 다음
으로 "이제"와 "아직"이 같으면서도 같지 않아서 이런 현상이 생겼다.
나는 "아직" 나인가? 다르게 말해서 예전의 내 자신으로 생각하던 그
나인가? 혹은 나는 "이제" 나 자신의 찌꺼기인가? 다르게 말해서 내
가 나라고 생각해온 것의 부산물인가?
　내가 이 자명한 세상을 걸을 때면, 내 밑에서 "누군가가 발바닥을/
맞대고 걷는 듯하다"(「자명한 산책」). 내 그림자 역시 나다. 앞서 말한
바와 같이, 모든 것은 "모든 것의 바로 그것인/그림자"(「서쪽 창에 의

자를 놓고」)이기도 한 것이다. 이 이중화된 나, 이중화된 세계가 이 시집에서 비로소 활짝 펼쳐진다. 나와 세상은 이제 따블이거나 따따블이다(도플갱어를 영어로 그냥 double이라고 한다). 이제 시인이 왜 그토록 봄에 집착하는지 알 것 같다. 봄날의 만화방창하는 세상이, 바로 도플갱어의 꿈이었던 것이다. 이 모습을 몇 가지로 나누어 살펴보자. 먼저 사람들.

> 너는 종종 네 청년을 그리워한다
> 하지만 나는 알지
> 네가 켜켜이 응축된 시간이라는 것을
> 네 초상들이 꽉꽉 터지도록
> 단단히 쟁여져 있는 존재라는 것을
> 지나온 풍경들을 터지도록
> 단단히 쟁여 지니고 날아다니는 바람이
> 너라는 것을   —「방금 젊지 않은 이에게」 부분

너는 "방금" 늙었다. 다르게 말해서 네 늙음은 이제 갓 잡아올린 생선처럼 싱싱하다. 네가 품은 주름은 "네 초상들"을 쟁여 넣기 위해서 만들어진 것이다. 너는 네 모든 이전의 초상들, 풍경들을 품고 단단히 응축되었다. "꿈에 나는/거울을 본다/젊고 아리땁다!/[……]/그러다 잠이 깨면/거울을 본다/젊어서 뭐 할 건데?"(「꿈들」) 젊어서 뭐 하겠는가? 세상이 꿈이고 그림자인데. 아리따워서 뭐 하겠는가? 늙음이란 게 이미 그 아름다움을 품고 있는 것인데. 노인은 그렇게 "감

정"과 행위"와 "잠"과 "기억"과 "욕망"과 "생(生)"과 "흔적"의 서민이
다(「노인」). 노인이 그 모든 것을 품은 보통 사람이라는 뜻이다.

다음 시간들.

> 어제가 좋았다
> 오늘도 어제가 좋았다
> 어제가 좋았다, 매일
> 내일도 어제가 좋을 것이다 　　　　　　　　—「희망」 전문

　여기서 탄식과 슬픔만을 읽어선 안 된다. 그랬다면 시인은 이 시에
'절망'이라는 제목을 붙였을 것이다. 우리는 늘 어제가 좋았다고 탄식
하면서 산다. 나는 이 세계의 희망을 어제에 걸어두었다. 그런데 오
늘이 바로 "내일"의 "어제"다! 지금 누리는 게 앞으로 누릴 세상보다
더 낫다는 말이다. 그러니 희망이라는 제목이 맞다. "그때는 잘 나갔
지 뭐. 한 달에/백오십만 원씩 꼬박꼬박 받았으니까"(「관광」). 회상만
으로도 나는 자랑스럽고 세상은 살 만하다.

　그다음 공간들.

> 거대한, 첩첩의, 비의 장벽으로
> 광활해지는
> 내 작은 방, 의 내밀함이여. 　　　　　　　　—「비」 부분

　저 밖에서 비가 퍼붓고 있다. 비는 "거대한, 첩첩의" "장벽"이다.

344

그런데 그 비 덕택에 이 왜소한 방이 비로소 광활해진다. 이 방은 내밀(內密)하다. 다시 말해서 비밀스럽거나 안으로 촘촘하다. 노인이 젊은 시절의 자신을 주름 속에 넣었듯이, 오늘이 어제를 담았듯이, 이 방의 내부는 빽빽함을 품었다. "이 길에선 모든 게 기울어져 있다/〔……〕/무엇보다도 길 자신이/가장 기울어져 있다"(「해방촌, 나의 언덕길」). 풍경이 바로 서고 길이 기울어졌다고 보아도 좋고, 길은 똑바른데 다른 모든 풍경이 기울어져 있다고 보아도 좋다. 풍경은 기울기로 인해 두 가지 풍경이 되었던 것이다. 동네 이름이 품은 바와 같이, 이것이 풍경을 자유롭게("해방") 한다.

마지막으로 주체들.

문은 헤맨다
열려야 할지 말아야 할지
그토록 완강하게
그는 문을 흔들고 있다
문은 정신이 하나도 없다
그는 부술 듯이 문을 두드린다
문은 흔들리면서 마음을 굳혔다
난 몰라, 널 모른다구! 알고 싶지도 않고   ──「막다른 골목」 부분

누군가 부술 듯 문을 흔든다. 문은 그에게 멱살이 잡혀 "정신이 하나도 없다." 안에 든 사람의 기척이 도무지 없으니, 문이 열릴 리가 없다. 시인은 그 문에 안에 든 사람의 마음을 담았다. 문을 흔드는 사

람의 상대로 문을 대상화했다고 보아도 좋다. "난 몰라, 널 모른다 구!" 그다음에 붙인 말이 절묘하다. "알고 싶지도 않고." 문은 알 수 없는 게 아니라 알고 싶지 않은 것이다. 이미 주체가 안에 든 사람에 게서 문으로, 혹은 그 사람에게서 문으로 전이되었다. 실제로 두드리 는 사람은 하나인데 주체가 둘이 되었다. "인간이 다니지 않은 길로/ 신이 다닌다"(「폭풍 속으로 2」). 폭풍 속에는 바람의 길이 있다. 사람 이 다니지 않는데도 폭풍이 제 길을 내니, 그 속에서 신이 다니고 있 는 게 분명하다. 폭풍을 헤치고 걷는 이들이 "극도의 조심스러움과 예의를 갖추고/호기심을 감추고/경건하게" 다니는 것이 그 증거다. 사람이 가지 않는 길이란 게 사실은 또 다른 주체가 다니는 길이었다. 한 소년이 "강도 강간 살인죄로 15년을 선고받았다"(「갇힌 사람」). 그 는 "다른 세상은 없다"고 "오직 여기밖에 없다"고 생각하며 견딘다고 했다. 그랬더니 "창살 밖"의 "하늘과 먼 산"이, "오동나무"가 또한 갇 혔다. 내게 차단된 저 바깥의 세상은 나를 이곳에 가두고 나서 제 스 스로 갇힌 것이다. 이번에는 주체가 소년에게서 풍경으로 전이된 셈 이다.

5

황인숙은 이 세계를 "자명한 세계"라 불렀다. 스스로 밝은 이 세상 아래에, 흐릿하고 어두운(그림자는 본래 어둡다) 또 다른 내가 "발바 닥을 맞대고 걷"고 있었다. 우리는 황인숙이 "여기"와 "거기" 사이의 왕복 운동으로 세상을 설명했음을 보았다. 그 각각의 자리를 대표하는 주체가 나무와 새였으며, 나와 다른 나였다. 나는 나 자신과 다른 나(혹은 너)를 왕복하며, 자명한 세상과 자명하지 않은 세상을 두루 겪었다. 네가 나의 변체라고 해서, 시인이 그려 보인 세계를 단순히 유아론(唯我論)의 산물로 받아들여선 안 된다. 그 반대다. 실제로 시인이 하고 싶었던 말은, 모든 분열과 분리 뒤에 그것들을 끌어안거나 통합하는 또 다른 힘이 있다는 것이다. 나는 여럿으로 갈라졌지만, 그것은 나를 분열증으로 이끄는 게 아니라 이타(利他)로 이끈다. 세상은 여러 겹으로 나뉘었지만, 그것은 세상을 어지럽게 하는 게 아니라 풍요롭게 한다.

황인숙의 시에는 괄호 친 말들이 자주 나온다. 괄호 속에 든 말들은 대개 독백인데, 독백 역시 나와 다른 나 사이에서 산출된 것이다. 문면에 떠오르거나 발화된 말을 하는 내가 있고, 내 안에 숨은 다른 내가 있다.

　　만수산 드렁칡이 된
　　화석 같은 머리통에
　　매달린 몸통의 막막함.

　　그래, 이야말로 고전적인 고질.
　　매사 (매사? 도대체 무슨 일이
　　있기나 있단 말인가?)
　　내가 벌을 받고 있다는 기분.　　──「조그만 회색의 유리창」 부분

나는 늘 굳은 머리와 막막한 몸으로 살았다. 문맥에서 "매사"는 '늘'이란 뜻이다. 그런데 "매사"를 한자로 '每事'라고 쓴다. '하는 일마다'란 뜻이다. 겉의 나는 하는 일 없이 언제나 그렇게 헝클어져서, 딱딱해져서, 막막해져서 살았는데, 속의 나는 하는 일이 그렇게나 많았다고 말하고 있는 셈이다. 괄호의 안팎에서 나는 내 자신의 도플갱어다.

나와 다른 내가 모순된 상태로 공존한다는 것은 시인이 그 둘을 다 품었다는 말이다. 나를 대신하는 사물들도 그렇게 이중적인 속성을 갖고 있다.

　　　이, 어린애 같아 보이는 길

　　　정작은 나이배기일 것 같은 길

　　　시멘트가 빈틈없이 깔려 있는

　　　그러나 이 야성적인 길.　　　　　　　—「아주 외딴 골목길」부분

이 길은 "길인 듯 아닌 듯"한 길이다. 길은 길이지만, "인기척 없는 집들의/인적 없는" 길이기 때문이다. 길은 사람이 다녀야 비로소 길이다. 인적이 끊겼으니 길이 제 구실을 못하고 있는 거다. 사실 이 길은 내 마음이 낸 길이거나 내 마음에 난 길이다(그러니 다른 이가 출입할 리가 없다). 나는 길에 자신을 빗댔다. 나는 "어린애 같아" 보이지만 "정작은 나이배기"다. "시멘트가 빈틈없이 깔려"서 숨이 막히지만, 사실 나는 아주 "야성적"이다……

이런 까닭에 우리는 황인숙의 시를 최소한 두 번은 읽어야 한다. 읽는 사람으로서 한 번, 읽은 것을 다시 읽는 사람으로서 또 한 번. 우리는 그렇게 독서를 거듭해야 한다. 그때 시인의 시는 자명한 발언 뒤에 숨은 다른 발언을 내보일 것이다. 따스하고, 풍요롭게, 우리에게 말을 건넬 것이다.

유비 · 연대 · 승화
―― 이진명의 『단 한 사람』

　유비(類比)는 사물들 사이에서 유사성을 찾아내는 오래된 방법이다. 수사학이 정립되면서 유비는 은유의 일부이거나(유비는 아리스토텔레스가 든 네 가지 은유 가운데 하나였다), 은유의 알리바이로(은유의 원리인 대상의 전이를 설명하는 방법이 바로 유비였다) 지위가 낮아졌으나, 본래의 유비는 풍부한 함의를 지니고 있었다. 은유가 유사성을 통해 사물들이 주고받는 개별적인 속성을 공유한다면, 유비는 유사성을 통해 사물들이 가진 총체적인 속성을 공유한다. 우리는 유비에 다음과 같은 성격을 부가해야 한다. 첫째, 인과성: 유비는 가시적인 지표에 비가시적인 속성을 부여한다. 호두가 머리를 좋게 한다(혹은 두통을 낫게 한다)는 속설은 호두 속이 뇌를 닮았기 때문이 아니다. 반대로 호두가 머리를 좋게 하기 때문에 뇌를 닮은 것이다. 둘째, 적절성: 유비는 사물들의 질서를 설명한다. 임금이 아버지요 신하가 어머니요 백성이 어린아이라는 생각은 하늘의 큰 빛이 해요 작은 빛이 달이요 산천초목이 그 혜택을 누린다는 생각과 동일한 사고 지평에 펼쳐져 있다. 셋째, 모방성: 유비에는 늘 짝패가 있다. 사물들을 동일한 평면에 배치할 수 있는 것은 사물들이 이런 방식으로 결합되어 있기 때문이다. 법은 울타리를 흉내 내고(그것들이 우리를 위험에서 보호해준다), 동물은 사람을 따라 하고 사람은 신을 따라 한다(인간은 동물과 신의 중간적 존재다). 넷째, 정체성: 사물들이 유비적 관련을 맺고 있다는 것은, 그것이 깊은 의미에서 동일한 질서를 구현하고 있어서다. 식물은 직립한 동물이며 동물은 움직이는 식물이다. 그것들은 현상(식물은 서 있는 사람과 닮았고, 사람은 식물처럼 섭생한다)만이 아니라 그 본질에서도 유비적이다(모두 숨탄것들이다).

그러니까 유비란 세상의 모든 것을 동일한 지평에 놓고 사고하는 방식이다. 은유가 부분적이라면 유비는 전체적이며 은유가 단편적이라면 유비는 체계적이다. 유비에도 수직적인 유비가 있고 수평적인 유비가 있다. 우리가 아는 유비는 대개 수직적인 유비인데, 이는 확실히 전체성의 소산이다. 예컨대 기독교인은 세상에서 신의 손길을 느낀다. "하나님이 세상을 창조하신 그때부터 보이지 않는 그분의 속성, 곧 그의 영원한 능력과 신성한 본질이 그가 만드신 만물을 통해 분명히 나타났으니, 이제 죄인들은 변명할 수 없으리라"(「로마서」 1장 20절). 천지만물이 신의 창조와 능력과 신성을 증명한다. 천지가 있으니 만드신 분이 있을 것이며(인과성), 그것들이 정교하게 질서지어져 있으므로 신의 섭리가 있는 것이 분명하고(적절성), 말씀으로 세상을 만들었으므로 사물들은 태초의 말씀을 따르고(모방성), 그것들이 신의 손길에 따라 지어졌으므로 신이 천지만물의 아버지다(정체성). 수직적인 유비는 반드시 일자(一者)로 환원된다. 고대에 일자는 특별한 지식이었다. 만신전을 가득 메운 신들의 운명, 카르마에서 벗어나는 힘, 그노시스 혹은 사원소 같은 것이 그런 지식이었다. 중세의 일자는 신이거나 이치(理致)였으며 근대의 일자는 사유하는 인간이었다. 정신분석은 그 일자에 무의식이라는 이름을 붙였고, 정치경제학은 자본이란 이름을 붙였다. 어느 것이든 수직적인 유비는 일자에 의해, 일자를 따라, 일자를 위해 계층화된다. 유비의 체계성 안에는 반드시 일자라는 중심이 있다.

시학에서도 마찬가지다. 은유가 가진 저 강력한 힘은 모든 것을 단일한 지점으로 수렴하는 일자의 힘에 의한 것이다. 그것이 진리이든 역사이든 심지어 자의식이든 모든 시는 하나의 목소리로 수렴되는 특별한 언표를 드러내기 위해 배열되어 있다. 바흐친이 시를 단성적(單聲的)이라 말한 것은 시가 본디 일자의 목소리였기 때문이다. 재래의 시는 일자의 모노드라마다. 그것은 자기 환원적이어서, 천지만물이 일자의 조각난 거울들이다. 그것들은 일자의 조각난 모습을, 부분적인 목소리를 흉내 낸다.

수평적인 유비라는 게 있을까? 일자로 환원되지 않는, 일자에 의해 계층화되지 않는, 일자를 위한 질서가 아닌 유비가 있을까? 나는 이진명의 시가 그런 예가 될 수 있다고 생각한다. 이진명의 시에서 사람들과 사물들은 서로 기대면서(다르게 말하면 서로 존재의 근거가 되어주면서) 살고, 나란히 살면서 비슷한 질서 아래 있다(이쪽의 삶과 저쪽의 삶이 다 비슷한 삶이다). 이 질서는 일자를 만들어내는 단일한 질서가 아니다. 이쪽과 저쪽은 서로 닮았다는 점에서 비슷할 뿐이다. 그것들은 복수적이다. 사람과 사물의 질서를 적어나가는 화자가 있으나, 적어도 이진명 시의 "나"는 일자가 아니다. "나"는 그것들의 기록 자일 따름이다. 심지어 감탄할 때에도 "나"는 타인과 사물들의 감탄을 대신할 뿐이다. 나는 두 개의 세상이 접면하는 그 어름에 있다. 이것이 이진명 시의 첫번째 방법론이며, 시작(詩作)의 시작(始作)이다. 「쓸다가 문득 못 쓸다가」의 1연과 2연을 읽어보자.

사탕껍질, 과자봉지, 껌종이, 크림 묻은 아이스바, 츄이멜 곽. 애새
끼들과 그 에미들을 싸잡아 욕하며 껍데기들을 쓸다가, 부삽에 담다가,
문득 고개가 들리고 명치가 찔려. 명치가 따갑게 타들어와.

설총과 원효가 왔다. 가을 산사. 설총은 안에 들지 못한 채 절 마당
을 비질한다. 긴 대나무 빗자루로 깨끗이 깨끗이 낙엽을 쓸어모은다.
나타난 원효, 낙엽을 한 움큼 주워올린다. 쓸어논 마당에 흩뿌린다. 가
을 마당에는 낙엽이 굴러야 하느니라. 일별도 없이 뒤돌아 읊으며 사
라진다.

아이들이 공동주택 마당에 쓰레기들을 잔뜩 버렸다. 화를 내며 비
질을 해대는 내가 그 옆에 선다. 그다음, 무대는 천삼백여 년 전의 신
라로 바뀐다. 설총이 마당을 비질하자 원효가 낙엽을 뿌려 원래대로
되돌려놓았다. 세속의 질서는 그러모아 정돈하는 것이며 자연의 질서
는 흩어 보존하는 것이다. 비질을 멈추며 반성하는 내가 그 곁에 선
다. 그런데 공동주택 마당이 세속에 속한 곳이라면 아이들은 자연에
속한 이들이다. 마당은 정돈되어 있어야 하지만 아이들은 어지르는

게 본성이다. 나는 어느 쪽에도 속할 수 없지만 어느 쪽에 속하지 않을 수도 없다. 내가 어찌해야 할까? 4연을 적는다.

　　과자껍데기를 쓸다가 못 쓸다가, 부삽에 쓸어 담은 사탕껍질을 다시 쏟아 아까의 자리쯤에 흩뿌려 놓다가 도로 줍다가, 아니야. 깊은 산사 가을 낙엽이 아니야. 인연 어려운 공주와 스님, 그 사이에 떨군 한 잎 아들이 아니야. 막을 수 없는 자연, 흐르는 순리가 아니야. 다시 싹싹 빗자루질을 하다가, 그러다가,

　　아이들의 본성을 인정하면서 나는 비질을 멈추고, 공동주택 마당을 알아보면서 나는 비질을 계속한다. 경계의 자리가 바뀌지 않는 한 이 단속적인 동작은 계속될 수밖에 없을 것이다. 시가 쉼표로 끝난 건, 이 멈춤/움직임이 이후에도 여전할 것이라는 뜻이다. 그런데 그 순간, 유비되었던 두 세계가 포개진다. 공주와 스님이 떨군 "한 잎 아들"이 바로 설총이다. 원효는 춘심(春心)이 발동하자 저잣거리에 나가 "누가 자루 빠진 도끼를 빌려주랴, 내가 하늘을 떠받칠 기둥을 깎아보겠다"고 큰소리쳤다. 이 음담패설의 결과가 설총이다. 그는 어려운 인연을 이어 붙인, "막을 수 없는 자연, 흐르는 순리"의 소산이었다. 그런데 바로 그 아이가 마당을 쓸고 있지 않나? 2연의 이야기에서 원효가 자연의 질서를 표상한다면 설총은 세속의 질서를 표상한다. 하지만 4연에 오면 설총 자신이 이미 자연의 한 결실이다. 그러니까 쓰레기를 버린 아이들을, 그들의 본성을 긍정하면서도 비질은 계속되어야 한다. 마당은 쓸려야 할 것이기 때문이다. 내가 아무것도

선택하지 않았던 것은 아니다.

두 세계가 유비되면서 포개질 때에, 시인은 어느 한쪽을 선택하지 않았고(그랬다면 우리가 아는 익숙한 일자의 세계가 열렸을 것이다) 선택을 포기하지도 않았다(그랬다면 우리는 무책임한 방기와 방임만을 보았을 것이다). 이진명의 시에서 두 세계는 평등하게 만났고 행복하게 동거한다. 이를테면 길을 가다가 넘어진 범상한 사건에서, "길바닥이 나의 발을 건 것은/내가 계속 어떤 생각을 물고 있었기 때문/옛 동네 길바닥이 옛 우정으로/그걸 쳐 떨어뜨려 준 것"이라는 깨달음(「슬픈 날의 우정」)이 그러하다. 나는 이걸 세계의 연대(連帶)라 부르고 싶다. 어느 한쪽이 우월하거나 열등했다면 연대는 가능하지 않았을 것이다. 이것이 이진명 시의 두번째 방법론이며, 이 방식을 통해 시가 골격을 갖춘다.

이진명의 시에서 이 연대는 자주 언어를 통한 연대이기도 하다. 말이 두 개의 세계를 함께 끌고 오는 것이다. 「명자나무」에서 어린 명자와 처녀 명자를 떠올리는 일이 그렇다. 2연과 4연의 따스한 고백을 들어보자.

명자야. 뭐하니. 놀자. 명자야. 우리 달리기 하자. 돌 던지기 하자. 숨기놀이 하자. 명자야. 나 찾아봐라. 나 찾아봐라. 숨어라. 숨어라. 나와라. 나와라. 〔……〕

명자 씨. 우리 결혼해. 결혼해주는 거지. 명자 씨. 우리 이번 여름휴가 땐 망상 갈까. 망상 가자. 모래가 아주 좋대. 명자 씨. 망상 가서,

망상 바다에 떠서, 멀리 멀리로.

물론 이 연대는 "숨기놀이"처럼 떠오르는가 싶으면 곧 사라지는 것이며(언어로 무엇인가를 잡아낸다는 것은 어려운 일이다), "망상" 해수욕장이란 이름처럼 있지도 않은 것이다(언어는 '무엇 자체'가 아니라 '무엇에 대한 무엇'이어서, 실재가 아니다). 하지만 적어도 우리가 명자나무를 보고 "명자야" 아니면 "명자 씨" 하고 부르는 순간, 나무는 어린아이로 혹은 다 큰 처녀로 우리 앞에 모습을 드러낸다. 비구니를 낮춰 "중년"이라고 욕할 때에, 내 나이도 "중년(中年)"이야 하고 동문서답하는 것(「중년」)이나, 푸른 연[靑蓮]에서 이미 멀어진 청춘[靑年]을 떠올리고 나는 이미 흰머리가 났으니 흰 연[白蓮]이라고 말하는 것(「청련, 청년, 백련」)이 다 이런 연대의 방법이다.

「영원(永遠)—개 두 마리」에서는 말을 통한 연대가 또 다른 연대를 불러왔다. 연대가 거듭되면서 세 개의 세계가 만들어진 셈이다. ① 겨울산을 오르는데 이정표에 "영원"이라는 말이 새겨져 있었다. 영원암(永遠庵)을 찾아 올라갔더니 계단 표지판에 "개 조심" 안내가 거듭 적혀 있었고, 과연 두 마리 "늑대"만 한 개가 나를 물어뜯었다. 다친 나는 찬바람을 맞으며 그곳을 내려왔고 뒤에서 개들이 컹컹 짖어댔다: 이것이 사실적으로 간추린 이 시의 줄거리다. ② 영원으로 가는 길은 구도의 길이다. 그 길은 "그리운 피, 그리운 꽃, 그리운 울음"으로 상형되는 곳이어서, 어떤 희생을 감수해야 하는 길이다. 개 두 마리는 그 성스러운 땅을 지키는 수호수(守護獸)다. 나는 그들에게 "팔"도 잃고 "코"도 잃고 너덜너덜해진 다음에야, 영원의 얼굴을 마주하고 영원의 마당을 밟을 수 있었다: 이게 신화적으로 형상화된 이 시의 이야기다. ③ 길을 가다가 느닷없이 콧구멍으로 차가운 냄새가 들어왔다. 차가운 기운이 몰아쳐 "등골이 오싹거렸"으며, 급기야 피를 흘렸고 마침내 몸져누웠다. 귓속으로 개가 울듯 "커엉" 하는 이명이 들렸고, 그곳에서 나는 "해(害)가 아니라, 축복의 깊은 혜(惠)를" 입고 나서야 "몸뚱이를 수습하고" 내려왔다. 그렇다면 영원은 병고(病苦)에 든 자가 휘말려들지도 모르는 사자(死者)의 땅일지도 모른다: 이것이 우의적으로 숨겨놓은 이 시의 전언이다. 어느 쪽으로 가든 우리는 시인을 따라 영원에 다녀왔는데, 한 번의 산행으로 세 번의 산행을 대신했으니 거듭된 유비라고 해야 옳겠다.

「두 사직(社稷)에 대한 비탄」은 세대의 교체를 왕조의 흥망성쇠에 빗대어 말한다. 세월이 흐르면 한 세대가 다른 세대를 완전히 대신할 테지만, 거기에 든 것은 사실 비탄이 아니다. 1연에서 5연까지를 먼저 옮긴다.

결혼 10년 내 왕조의 社稷之臣에는 이런 重臣들이 있습니다
쌀바가지 국자 걸레 행주 고무장갑 빗자루 음식가위……

出世 8년 딸아이 왕조의 社稷之臣에는 이런 重臣들이 있습니다
신데렐라 백설공주 인어공주 엄지공주 헬로키티 뮤츠……

면면을 보니 내 중신들의 사정이 좀 딱해 보입니다
도리 없지요. 저들 인연이 그러하니 인연 따라 든 것일밖에요

딸아이 중신들은 공주과답게

시도 때도 없이 내 왕조에 들이닥쳐 시비가 많습니다
일 많은 조정을 막무가내로 어지럽힙니다
일 잘하는 굽은 내 중신들을 유리구두로 막 칩니다

"내 왕조"의 목표는 열심히 먹고사는 데 있으며 "딸아이 왕조"의 목표는 열심히 놀고먹는 데 있다. 내 신하들은 서민들이며 딸아이의 신하들은 공주들이다. 인연에 따라 하나의 가계를 두 개의 왕조로 분할하면서 은유들이 모여 특별한 유비를 이루었다. 왕조는 "천년만년 가는" 적이 없고, "성진(星辰)이 다른 두 사직이 서로" 뒤바뀔 리도 없다(인간은 천년만년 살 수 없으며, 나와 딸아이는 다른 별자리를 타고났다는 뜻이다). 그런데 "딸아이가 엄마가 될 땐 완전 뒤바뀐다!" 하나가 다른 하나를 완전히 대체하는 것이다. 여기에서 착취/피착취, 지배/피지배를 읽는 것은 잘못이다. 왕조의 교체라면 지배권의 다툼이겠지만 세대의 교체라면 사랑의 다툼일 테니까. 서로 사랑하겠다는 싸움이니까. 나는 딸아이를 열심히 거둬 먹이는 게 사랑이고, 딸은 열심히 먹고 어지르는 게 사랑이니까.

세대와 사랑에 관한 이야기가 여기서 끝났다면 이 유비를 특별하다고는 해도 평등하다고는 할 수 없었을 것이다. 시의 뒷부분에 와서야 참된 연대가 이루어진다.

토지와 곡물이 말라가는

내 왕조의 사직단 앞을 대면한 어느 날은

딸아이의 남은 사직이 많음을 부러워하기도 했습니다만

일어났던 사직이란 모두 슬픈 인어공주

제 사직의 비밀을 홀로 품고 벙어리, 벙어리로

깜깜한 바다 속 물거품 되어 꺼지는 것을

깜깜한 하늘에는 또

슬픈 국자 북두칠성이 박히겠습니다

"생이란 왕조에 불이 꺼질 때면 사직위허(社稷爲墟)"가 된다. 모든
왕조에 폐허가 마련되어 있듯이 모든 삶에는 죽음이 마련되어 있다.
내 사직단의 향불이 먼저 꺼질 테지만, 딸아이의 놀이 속에도 이미 끝
은 예정되어 있었다. "슬픈 인어공주"는 "제 사직의 비밀"을 품고 죽
어간다. 인어공주는 사랑을 품고 물거품이 되어 사라졌다. 딸아이는
제 자신을 희생함으로써만 지켜낼 수 있는 사랑의 운명을 이미 알고
있었던 것이다. 딸아이의 왕조는 사라지고 그 자리에 어머니의 왕조
가 들어설 것이다. 왕조의 상징인 북두칠성, 그 국자가 바로 세상 모
든 어머니의 상징이다.

이진명의 시가 품고 있는 유비는 한 세계로 다른 세계를 억눌러 두
고 얻어진 유비가 아니다. 그것은 한 세계가 다른 세계와 연대하면서
얻어졌다. 이걸 연대라 부를 수 있는 건, 세계를 결속하는 방식이 서
로에 대한 존중과 배려에 기반을 두고 있기 때문이다. 아주 많은 시가

불행과 비탄을 양분 삼아 태어난다. 그건 어쩌면 세계에 상처가 미만해 있기 때문일지도 모르겠다. 아픈 나와 추한 세상에 대해 행복과 찬탄을 내보일 수는 없는 법이다. 섣부른 화해는 이런 불행을 고의로 무시하거나 배척한 데서 얻어진다. 하지만 적어도 이진명의 시가 얻어낸 연대는 아픈 세상을 아픔으로 감싸 안는다는 의미에서 특별한 연대다. 연대한 각각의 세계가 왜곡되지 않았으므로 그것은 성급한 화해가 아니다. 더구나 이 연대에서 아름다운 또 다른 세계가 문득, 솟아난다. 이것이 이진명 시의 세번째 방법론이며, 궁극적인(시를 완성하는) 방법론이다. 세계를 유비하고, 그 세계를 다른 세계와 연대하고, 그러고 나서 새로운 차원의 세계를 열어젖히는 일. 「기쁜 일」을 보자. 시인은 "외진 데 사는 동생네 허름한 집에서 하룻밤을 자다가" 빗소리에 잠이 깼다. 문득 이 비가 "10년 전의 옛날 옛적/홀로 살던 문간방의 한지문 밖 한밤 내 머리맡을 때리던 장대비"와 겹쳤다. 시인은 지금의 비가 10년 전의 비를, 한 세계가 이전의 다른 한 세계를 기억나게 했다고 말했으나, 그것은 적어도 단순한 기억이 아니다. 마지막 부분이다.

여기 현관 밖 흙마당과 머리 누인 방바닥이 한 바닥이 되었기에
소리를 만난 거다. 만나고 만 거다. 빗소리
소리의 소리다운 춤, 소리의 소리다운 목청
소리의 질주, 소리의 불, 소리의 칼
소리의 최후통첩 같은 모든 것을
먼동이 오려는가본데 옛 장대의 얼굴 전혀 돌리지 않는

소리의 생생한 獨樂 쳐다보며 눈물 고이는 일 기쁘구나

"흙마당"과 "방바닥"이 한 바닥이 되었으니 이미 나는 이 방을 벗어나 저 비에 들었고, 같은 빗소리가 10년의 안팎을 포개었으니 이미 나는 지금을 벗어나 옛날에 들었다. 시공간을 넘어선 이 자리에서 마침내 "소리의 생생한 독락(獨樂)"이 시작된다. 춤추고 목청껏 소리 지르고 뛰어다니고 타오르고 칼춤을 추는 것—이것이 어찌 "옛 장대"의 묘기가 아니겠는가? 장대 위에서 곡예를 넘던 저 「청산별곡」의 독락과 다르겠는가?

이 시집의 가장 빛나는 성취 가운데 하나가 여기에 있다. 연대를 통해 얻어낸 이 특별한 세계. 이 세계의 아름다움. 이 세계의 생생함. 「독거초등학생」을 읽는다. 먼저 2연이다.

　　소녀는 여덟 살 초등학교 1학년
　　단칸 셋방에 할머니와 둘이 산다
　　병중이던 할머니 2개월 전 돌아갔다
　　엄마는 집 나간 지 오래
　　아버지는 5년째 교도소 수감 중
　　할머니 돌아가자마자 동사무소에서는
　　매달 지급해주던 생계보조비를 끊었다
　　생활보호대상자가 아니라는 것
　　보호자가 어쨌든 생존해 있으므로
　　소녀는 자격이 없다는 것

법이 그렇다는 것

그 사실성으로 인해 바짝 말라붙은 보고서가 여기 있다. 우리는 소녀 가장 얘기를 많이 알고 있으나 부양가족이 없기에 그 아이를 소녀 가장이라고 부를 수도 없다. 여기에 연민을 덧붙인다면, 우리는 다시 일자의 세계에 편입되고 말 것이다. 그런데 시인은 그다음에 바로 그 소녀의 안쪽으로 들어간다. 여기엔 (소녀에 대한) 연민이나 (소녀를 그렇게 만든 사회에 대한) 비판이 끼어들 틈이 없다. 4연을 옮겨 적는다.

밥 짓는다
바가지에 쌀 씻어 밥솥에 안친다
방 청소한다
빗자루로 쓸고 쓰레받기로 한다
옷 빨래는 대야에 넣고
비누칠 찰싹찰싹
이웃이 넣어주고 간 밑반찬에
저녁밥 올려 먹고
깜깜해져오네 불 켠다
형광불빛이 깜박깜박 깜박깜박 깜박, 다섯 번 만에 들어온다
엎드려 공책 편다
연필 꼭꼭 눌러 쓰기 숙제를 한다 아버지 어머니
아버지 어머니를 책가방 속에 잘 챙겨넣는다
이부자리 편다 베개 올려놓고

마지막 형광등 스위치를 탁, 내린다
불이 꺼지고
눈이 꺼지고
몸이 꺼져……

보고서 바깥에 이미 한 삶이, 한 세상이 있었다. 보고서는 가정환경만을 기록했을 뿐이다. 보고서가 기록할 여백을 가지지 못했던 또 다른 삶과 세상이 여기에 있다. 이 삶은 그 자체로 충만하지만(소녀는 할 일을 하나하나 다 한다), 그렇다고 해서 자족적인 것도 아니다(4연의 마지막 부분이 다시 현실성의 세계로 나가는, 출구다). 사정이 이렇게 된 것은 소녀가 아이도 어른도 아닌, 특별한 경계에 놓인 사람이기 때문이다. 소녀에게선 소꿉놀이와 생활이 구별되지 않으며 노동의 즐거움과 삶의 고달픔이 구분되지 않는다. 소녀는 겨우 여덟 살, 어른일 수가 없다. 하지만 소녀가 맡은 일은 어른의 일, 아이가 감당해낼 만한 일이 아니다. 4연이 건네는 말이 이런 말이다.

시인은 "신문 하단 몇 줄 기사에서"(6연) 소녀를 만났다. 거기서 시인에게 빛과 소리가 자꾸 다가왔다. 그에 대한 묘사는 빼어나게 아름다워서 인용해둘 가치가 있다. 7연이다.

소리—플라스틱통 같은 데서, 플라스틱 컵일지, 그런 걸로 쌀을 한 컵 또는 두 컵 떠내는 소리. 역시 플라스틱 바가지일지, 떠낸 쌀을 담아 물 받는 소리. 조물조물 씻는 소리. 마지막 물속 쌀알이 차륵이는 소리.

빛—파르르파르르 파르르파르르 파르르. 다섯 번이나 떨리다 들어오는 소녀의 방 형광등불. 펼친 공책 위에 새하얗게 깔리는 형광불빛. 형광불빛의 잔디밭. 잔디밭 위에 엎드린 소녀. 꽃 나무 나비가 모이는 공책 칸칸마다 또 파르라니 쏟아지는 잔디.

그다음, 시인은 자기 자리로 돌아온다. 내가 아무리 상상을 해도 그 삶에 끼어들 수는 없다. 나는 다만 상상하고 덧붙일 뿐이다. 8연의 일부다.

그런데, 독거노인이라고 들었을 때는 밭은기침, 세발 수발, 오물 수발, 간병, 말벗 등의 여러 말이 으레 떠올라와 주는데, 독거초등학생이라고 불러봐 보니 아무, 아무 떠오르는 게 없다.

그럴 리가 있겠는가. 방금 읽은 대로 시인은 이미 "곁인 듯 파고드는 가늘은 그것. 빛과 소리"(6연)에 대해 상세히 묘사하지 않았던가. 그러니 "떠오르는 게 없다"는 말은 거짓말이다. 정확히 표현해서 이 말은 동정과 연민 따위의 편견이 생겨나지 않았다는 뜻이다. "밭은 기침, 세발 수발, 오물 수발, 간병, 말벗" 같은 말들이 그렇게 오염된 말들이다. 마침내 시인은 일자에 의해 물들지 않은, 일자의 목소리로 지배하지 않는 아름다운 세계를 바라볼 수 있게 되었던 것이다. 마지막 연이 이렇게 해서 떠오른 또 다른 세계를 보여준다.

나는 그 소녀의 독거초등학생이란 이름을 지워버리며 마지막으로 뒤

돌아보았다. 그딴 이름 지워지자마자 소녀는 저 아득한 우주 꽃씨로 잠들었다. 우주 어둠이 내려와 펼쳐진 채인 소녀의 알림장 보호자 확인란에 별을 박았다. 빛나는 우주 사인을 했다. 소녀 잠들기 직전 소녀의 꽃손을 빌어 쥐고서 했다.

메마른 사실성의 세계와 풍요로운 내면의 세계를 지나 마침내 새로운 차원의 세계가 열렸다. 우주가 다가온 건, 그 사이에 아무도 없었기 때문이다. 소녀를 가로막는 것이 아무것도 없었기 때문이다. 소녀가 별을 둘러쳐 잠들었기 때문이다. 소녀는 보호자가 없었으므로 다른 이의 도움을 얻을 수 없었고(이게 사실의 문법이다), 그래서 스스로 보호자임을 자처했다(이게 내면의 문법이다). 그런데 이 사이에서, 저 텅 빈 공간이 소녀를 아끼는 사랑의 넓이라는 놀라운 깨달음이 생겨난다. 우주 전체가 소녀의 보호자였던 것이다.

나는 제3의 세계를 열어젖히는 이 방법을 승화(昇華)라 부르고 싶다. 이진명의 시가 가진 특별함은 이 승화가 이전 세계를 희생하고 얻어진 것이 아니라는 점에 있다. 시인은 이전의 세계를 탈색하거나 왜곡하지 않았다. 「기쁜 일」의 빗소리는 시인을 10년 전으로 데리고 갔으나, 비가 그치고 나면 시인은 10년 후인 지금으로 돌아올 것이다. 「독거초등학생」의 소녀는 여전히 여덟 살이고 혼자 산다. 하지만 지금 빗소리는 10년 안팎의 시인을 놓아둔 채 홀로 생생하고 우주는 소녀를 감싸 안은 채 함께 따스하다. 변한 것은 아무것도 없는데 이미 많은 것이 변했다. 승화가 한 세계를 벗어나서 다른 세계로 건너뛴 것이 아니라, 그 세계의 내부에서 이루어졌기 때문이다.

아름다운 시, 「용문(龍門)」 연작 역시 이런 내재적 초월의 경지를
보여준다. 「용문(龍門)·1」에는 '학골 신씨 할아버지 용'이란 부제가
붙어 있다.

학골
길 끊어진 마지막 마을
여호와의 증인에 나가는 신씨 할아버지 사신다
일찍 상처하고, 남자 몸으로 아들 오형제를
흙부뚜막에서 밥 지어 학교 시키고 다 출가시키시었다

시인은 할아버지의 내력에 관해 40행에 걸쳐 얘기한다. 시가 이렇
게 길어진 것은, 이 시가 할아버지의 내력을, 그 일생을 요약했기 때
문이다. "할아버지는 자그마하고 말랐고 고우시고 조용하시다/수줍어
하시는 것 같으면서도 줄곧 웃음 띠신다." 이 평탄하고 선량한 삶은,
마지막에 가서 문득 다음의 삶과 접속된다. 시의 마지막 부분이다.

[……] 할아버지의 허리 이미 많이 꼬부라지셨다
마당둑에 한껏 모가지가 긴 흰 겹접시꽃
소복소복하게 제 꽃송이의 사다리 놓으며 올해도 하늘나라
할아버지의 젊은 아내에게로 간다

마지막에 와서야 비로소 "용문"이 참다운 등용문(登龍門)임이 드러
난다. 조만간 할아버지는 "젊은 아내에게로" 갈 것이다. 할아버지는

늙어 허리가 굽었는데, 그 굽은 허리가 바로 하늘나라에 오르는 사다리였다. 할아버지의 아내를 "젊은 아내"라 부른 건 아내가 젊어서 죽었기 때문만은 아니다. 아내는 여전히 아름다울 것이며(할아버지의 기억이 노화를 가로막았다), 할아버지는 하늘나라에서 젊음을 되찾을 것이다(아내를 만날 때 할아버지의 하늘 나이는 겨우 한 살이다). 할아버지는 세월의 풍화작용에 낡아갔지만, 사실은 그 낡음/늙음이 바로 승천(昇天)의 전제였던 셈이다. 승천이란 이 세상을 버리는 데서 얻어지는 게 아니라 이 세상을 잘 살아내는 데서 얻어지는 것이다.

「용문·2」 역시 그런 내적인 승화에 관해 말한다. 이 시에는 '번개 탄공장 자리의 그녀 용'이란 부제가 붙어 있다. 이번 주인공은 외딴 집에 혼자 사는 "젊은 처자"다. 모르는 남자가 건 한밤중 전화에 겁을 먹기도 하고 산길에서 멧돼지를 만나 놀라기도 했지만, 그녀 역시 잘 산다. 학골 할아버지가 준 싸리버섯을 아껴가며 먹기도 하고 여름숲의 짙은 음영을 감상하기도 하면서 말이다. 역시 마지막 부분이다.

이따금 그녀 상공으론 알지 못할 비행기가 높이 떠간다
흰 비행선을 그으며 꺼트리며 빠르게 사라져간다
이역만리를 가려나 중얼거려보는
날아오르는 꿈을 특히 많이 꾼다는 그녀에겐
날개 달린 것의 대낮 출현은 좋은 낮꿈이었다

비행기는 하늘을 날아갈 뿐이고 그녀는 지상에 누워 오수를 즐길 뿐이다. 그런데 날아가는 저 비행기마저도 그녀가 꾼 꿈의 일부이지 않은가? 그녀의 중얼거림 속에 "이역만리"가 포함되어 있지 않은가? 비행기는 그녀의 "날아오르는 꿈"을, 그렇게 무심히 지나치면서, 이미 실현했던 것이다. 이것이 시인의 승화가 가진, 그리고 시인이 우리 시에 새롭게 소개하는 특별한 징후다.

　이진명의 시는 천천히, 명상하듯 읽어야 한다. 삶의 이런저런 속내를 찬찬히 짚어가는 시인의 손길을 촉감으로 읽어야 한다. 촉감으로 세상을 유비한다는 것은, 내가 만지고 쓰다듬고 움켜쥔 그것이 세계의 확실성을 보장하는 유일한 길이라는 믿음이 있을 때에만 가능한 일이다. 그것은 근시의 방법론이 아니다. 세상이 그런 방식으로 유비의 지평에 펼쳐져 있기 때문이다. 많은 시인들이 그다음 단계를 건너뛰곤 했다. 그들은 세상을 제 자신의 인생론으로 채색하거나 자신과 상관없는 불가지(不可知)의 맨땅에 던져두었다. 그래서 많은 이들이 아는 것만 말하거나 모르는 것을 아는 척 말하곤 했다. 많은 시가 독백이나 교설, 중언부언에 가까워졌다는 뜻이다. 그런데 이진명의 시에는 세상을 고의로 희생하거나 왜곡한 후에 얻어내는 비약이 없다. 비약은 세상 안에만 있다. 시인은 이 세상의 내부에 이미 디딤돌이 놓여 있음을 발견했다. 유비된 세상의 연대가 만들어낸 튼튼한 디딤돌 말이다.

'오래된 미래'로 난 길

──이문재 시의 역학

1. 과거/미래로 나아가는/거슬러 가는 길

이문재는 시집 『마음의 오지』에 덧붙인 글에서, "과거는 모두 '지나간 미래'다. 그 지나간 미래 가운데 일부가 '오래된 미래'다. 오래된 미래는 과거의 영토에서 홀쩍 날아올라 미래로 가 있다. 나는 지나간 미래와 오래된 미래 사이에서 어떤 저녁을 맞이하고 있다"고 썼다. "오래"와 "미래"를 동격에 놓는 말놀이를 통해서 시인은 지나간 것과 아직 오지 않은 것을 겹쳐 놓았다. 이 이중 인쇄된 지도는 시인의 설명을 넘어선 곳에서도 그의 세계를 편력하는 데 유용한 정보를 제공한다. '오래된 미래'는 '라다크'라는 오래된 공동체에서 미래의 삶을 모색하려는, 헬레나 노르베리 호지의 유명한 보고서에 나오는 말이다. 시인은 문명과 자연, 물질과 정신, 도시와 농업의 양극을 시의 지형학에 기록해두었는데, 이 지형학에는 기억과 현재, 몸과 마음, 방랑과 정주 같은 양극이 기록되어 있기도 하다. 이문재의 시는 이런 양

극적인 지표를 동시에 운행하는 기록이다. 이 섬세한 시인은 과거로
난 길이 실은 미래로 이어지는 것임을 이 이중적인 운동을 통해서 보
여준다. 이문재 시의 주체가 어떻게 움직이는지를 살펴, 그의 세계를
여행해보자.

2. 선회(旋回)

첫 시집 『내 젖은 구두 벗어 해에게 보여줄 때』는 둥근 것들로 가득
하다. 둥근 것은 무엇보다도 먼저 기억의 속성이다.

> 마지막으로 내가 떠나오면서부터 그 집은 빈집이 되었지만
> 강이 그리울 때 바다가 보고 싶을 때마다
> 강이나 바다의 높이로 그 옛집 푸른 지붕은 역시 반짝여주곤 했다
> 가령 내가 어떤 힘으로 버림받고
> 버림받음으로 해서 아니다 아니다
> 이러는 게 아니었다 울고 있을 때
> 나는 빈집을 흘러나오는 음악 같은
> 기억을 기억하고 있다
>
> 우리 살던 옛집 지붕에는
> 우리가 울면서 이름 붙여 준 울음 우는
> 별로 가득하고

땅에 묻어주고 싶었던 하늘

우리 살던 옛집 지붕 근처까지

올라온 나무들은 바람이 불면

무거워진 나뭇잎을 흔들며 기뻐하고

우리들이 보는 앞에서 그 해의 나이테를

아주 둥글게 그렸었다　　　　—「우리 살던 옛집 지붕」앞부분

　기억은 나무가 "나이테"를 만들듯 자신의 주변에 모든 것을 기록한
다. 기억이 둥근 것은 "기억을 기억하고 있다"에서 보듯, 기억이 제
자신을 목적어로 삼고 있기 때문이다. 기억은 늘 제 안으로 회귀하는
어떤 것이어서, 각을 이루는 것들과 달리 멀고 가까운 것을 만들지 않
는다. 이 아름다운 시에서 기억은 "우리 살던 옛집 지붕" 주변에 모여
든다. 지붕은 나무를 닮아서 푸르다. 아니 그 집은 그 자체로 나무다.
나무의 둥근 모양과 푸른빛은 첫 시집의 세계를 표상하는 유력한 양
과 질이다. 예를 들겠다. 먼저 둥근 모양: "마로니에 잎은 둥글어지
고/멀리 가서 보면 나무 전체 둥글다"(「마로니에 잎은 둥글어지고」).
나무의 둥근 모양은 세계의 모양이기도 하다. "지구는 태양을 바라보
며 둥글어지고"(「저녁의 푸른 노우트」). 다음 푸른빛: 나무를 닮아 세
계도 푸르다. "세계는 푸른 윤곽만으로/가을을 가득 채우고 푸른 윤
곽만으로/생애의 어두운 잔등을 두드리고 있다." 이 빛은 내 안에도
가득하다. "해가 바라보는/나의 초록빛 옷은 그가 만들어준 것이다"
(「내 젖은 구두를 해에게 보여줄 때」).
　둥근 것은 충만하다. 하지만 이문재의 시에서 둥근 것은 결여의 다

른 이름이다. 둥글게 감싸 안은 것들은 있으나, 그렇게 안긴 중심에
는 나도 대상도 없다. "내가 떠나오면서 그 집은 빈집이 되었"고, 내
가 "울고 있을 때" 그 집은 "빈집을 흘러나오는 음악"이 되어서 내 울
음을 대신했다. 그 울음이 기억의 형식이다. 기억은 주체와 대상을
갈라놓는다. 어떤 것을 기억한다는 것은 그 기억의 형식으로써만 그
것이 내게 현존한다는 말이다. 다시 말해서 기억은 존재의 복원이면
서 부재의 확인이다. 나이테는 중심을 겹겹으로 감싸지만, 정작 그렇
게 감싸 안은 중심에는 아무것도 없다. 기억의 주인은 내가 아니다.
나무들도 둥근 기억을 보존하지만 정작 제 자신은 비었다. 그래서
"나무들 사이에 엎드려/나는 외로움을 배운다"(「저녁의 푸른 노우
트」). 기억의 형식이 둥근 것은 오랜 상처 때문이기도 하다. 시인은
"오래된/물방울 하나 바다에 이르고/다시 물방울로 되기까지/얼마
나 상처 입어 둥글어지는지"(「시간의 책」), "돌이 둥근 어깨를 가지기
까지"(「죽음의 집의 이사」) 얼마만한 아픔이 있어야 하는지에 관해 말
했다. 결국 둥근 것은 삶의 실존적 조건을 이룬다. "내가 둥근 둥지에
서 태어났으므로/여자의 어두운 몸에서 자랐으므로"(「金과 진공」),
나는 처음부터 마모될 운명을 타고났다.

　최동호의 수일한 평문이 말하듯 이문재의 첫 시집은 방랑과 편력의
기록이다. 이 기록의 특징은 그 방랑과 편력이 늘 기억의 주변을 순회
한다는 점에 있다. 나무가 나이테를 만드는 것처럼, 시인은 기억의
주변을 떠돈다. 시집의 제목이 된 시에는, 미당의 어법으로 그려낸
자화상이 있다.

극히 드문 일이지만 어떤 이들은 나의 이상한
눈빛은 초록빛 옷에서 기인한다고도 말하고
눈빛이 초록빛이라고도 말하는데
나와 오래 이야기하려 들지 않는다
　　　　　　　—「내 젖은 구두를 해에게 보여줄 때」 부분

　초록빛 눈과 옷은 저주받은 시인의 상징이다. 시인은 이 눈빛을 나
무에서 배웠다. 방랑하는 자는 오래 진창을 걸었고, 그래서 젖은 구
두를 햇볕에 쬐어 말렸다. 이 자세가 곧 나무의 형상이다. 나무를 떠
도는 자의 표상으로 내세움으로써(나무는 길이 있는 곳이면 어디나 있
다), 시인은 방랑과 정주를, 편력과 고독을 동시에 제 것으로 삼았다.
시인은 자신을 "도보 고행승"(「검은 돛배」「새야 새야」)이라 불렀는데,
그의 방랑과 편력이 목표로 하는 곳은 자신이 떠나온 바로 그곳이다.
그곳에 도달했을 때 그는 방랑을 끝내며 도보 고행승으로서의 여정을
끝내야 한다. "나는 무덤이라도 커야 한다/무덤 하나라도 검은 나를
힘껏 안아주어야 한다"(「검은 돛배」). 해탈이 곧 적멸이어서, 소란에
서 비켜나면 평온한 죽음이 온다. 거듭 말하지만 기억하는 나와 기억
되는 그것이 일치될 수는 없는 법이다. 시인의 방랑과 편력은 처음 기
억에 대한 헌사이지만, 정작 나는 그 기억에서 이탈해 있을 수밖에 없
다. 첫 시집에서 가끔 보이는 반복은, "기억을 기억하"기 위한 힘겨운
노력에서 비롯된 것이다. 처음부터 반복은 재귀(再歸)의 유력한 형식
이기 때문이다. "오전에 읽던 죽은 사람들의 책"(「슬픈 로오라」「조용
한 도시」)과 "죽어간 사람들의 책"(「지금의 집」)을 거듭 읽는 일이 그

렇고, "이 봄비가 멎으면 황사가 오리라"(「옛날 주소」)는 예측과 "이
른 황사가/시작하고 있다"(「오래된 악보」)는 진단이 그렇다.

　첫 시집의 사연이 자주 가족사로 엮이는 것도 이와 관련될 것이다.
가족은 선험적으로 주어진 삶의 조건이어서, 가족의 내력은 기억의
맨 안쪽에 기록되어 있다.

> 아버지의 담배 연기를 실어나르는 저문 강은 고요하다
> 아버지는 나를 위해 강을 키운다 한다
> 아버지는 나를 위해 그물을 말린다 한다
> 안동으로 내려가는 화물열차가 강에서 머뭇거리고
> 메기들이 금잔디 동산에서 마르는 여름
> 가끔 아버지는 저문 강으로 나가 돌을 던진다
> 돌을 던진다 그 돌은 어둡고 강은 어두운 만큼
> 어두운 파문을 강가로 돌려보내고 강 언덕 저문 진흙 위
> 아버지의 자꾸 길어지는 그림자가 나를 부르고 있다
> 　　　　　　　—「저문 강을 이름 붙이려 함」 마지막 부분

　아버지는 처음부터 내 안에 있는 불화(不和)의 표상이다. 시인의
의심은 "아버지는 나를 위해 강을 키운다" "아버지는 나를 위해 그물
을 말린다" 같은 부양의 의무를 인용으로 바꾸어버렸다. 아버지의 모
든 행동은 나를 위한 것이었다. 그러나 정말 그런가? "화물열차"가
강에서 머뭇거린다. 아버지가 만든 파문 때문이다. 아버지가 만든 일
렁이는 물그림자 때문에 열차는 자꾸 접히고, 그래서 나는 그곳을 떠

374

나지 못한다(잘 알려진 대로 열차는 탈향의 수단이다). "메기들"은 금 잔디 동산에서 마른다. 아버지와 함께했던 한 시절이 말라버렸기 때문이다. 아버지가 하는 일은 "저문 강으로 나가 돌을" 던지는 일뿐이다. "자꾸 아니라고 했는데도 아버지는 누이를 때렸고/날이 아주 어두워져 버렸는데도 나는 염소를 몰고/어둠의 맨 변두리에서 싹튼 풀잎을 찾아다녔다"(「백색교회 · Ⅱ」)를 보면, 저문 강에 돌을 던진다는 상징적 행위의 이면을 알 수 있을 것 같다. 날 부양해야 할 아버지가 사실은 그물을 던진 게 아니라(시의 앞부분에서, 아버지는 내 그물질을 말린다) 돌을 던졌던 것이다. 강이 어둡고, 던진 돌과 이로 인해 생긴 파문도 어둡다. 아버지란 이름에 묶인 한 시절이 끝나가고 있기 때문이다. 이 시집의 초판에는 마지막에 한 줄이 덧붙어 있다(시인이 시집의 나중 판에서 삭제한 구절이다). "아버지 가슴에 고인 물은 영 강으로 내려가지 않는다." 시절은 저물고 있으나, 여전히 아버지란 이름으로 묶인 한 시절의 기억은 시인의 가슴에 고여 있다는 뜻이다. 기억의 맨 처음에서도 시인은 여전히 떠도는 자였으며, 여전히 그 처음에 묶여 있으되 처음으로 돌아갈 수는 없는 자였다. 첫 시집이 가진 선회(旋回)의 움직임은 여기서 비롯된 것이다.

3. 산책(散策)

이문재가 그 기억에서 떠난 것은 서른 살 이전이다. "그때 서른 살이 언덕 너머 멀리에 있을 때 그때/나는 왜 그곳을 떠나갔을까"(「나는 그를 모른다」). 두번째 시집 『산책시편』에서 시인은 세속 도시에 나왔다. 시인이 살던 빈집은 무너져내렸다.

멀리, 살던 집 무너진다, 나는
속수무책으로 식은 밥 내려다본다
기억력이 힘이 되던 시절은 어느덧
옛날이다, 비릿한 물내음처럼
나도 가벼운 공기 속으로 흩어만 지고

살았던 집 이제 찾을 수 없다
부스럼같이 벗겨져 있는 공장부지들
불켜진 공장 굴뚝은 빳빳하다
불끈거리는 저 성욕들 뒤로
민둥산이 이루는 느슨한 능선 을씨년하다

옛집을 떠올리는 순간만으로 덜컹
힘이 나 내달리던 적의는 이제 없다
이따위로 서른 살을 넘고 말았다
찬술 더워지도록 오래 잡고
먼 길 끝을 본다, 내 지나온 길은
죄다, 저렇게 죄다 도마뱀 꼬리 모양
잘려나가고 말았으니

포클레인 한 대 불을 켜고

마을 우물을 메우고 있다

　　　　　──「돌아보지 말거라, 네가 돌아보지 않아도

　　　이미 소금기둥 되어 있으니──副詞性 10」 전문

"기억력이 힘이 되던 시절은 어느덧/옛날이다." 기억만으로도 빈집
은 어렵게 서 있었으나, 이제 그 집은 무너져내렸다. "살았던 집 이제
찾을 수 없다." 이 단정은 단호함을 품지 않고 망연함을 품었다. 빈집
이 있던 자리를 "공장부지들"이 차지했다. 도시의 삶에 대한 시인의
비판이 두번째 시집에 가득하다. 도시에서 생산은 욕망의 다른 이름
이다. 남근처럼 공장 굴뚝이 솟았고, 민둥산은 벌거벗은 여인처럼 을
씨년스럽다. 『산책시편』의 화자는 옛집과의 연계를 잃어버렸다. 예전
에 시인은 그 빈집과의 거리로 제 방랑의 자리를 측정하곤 했다. 그런
데 이제 지나온 길은 "죄다, 저렇게 죄다 도마뱀 꼬리 모양/잘려나가
고 말았다." 이제 그의 길은 방랑과 편력의 연대기가 아니다. 그는 다
만 떠돌고, 떠돌면서 세속의 모습을 비판적으로 적어나갈 뿐이다. 연
대기는 어떤 방식으로든 처음과 중간과 끝을 보존한다. 그러나 '산
책'에는 시작(동기)이 없고 끝(목적)이 없다. 그는 다만 떠돌 뿐이며,
그 방랑에 동행하는 것은 찢겨져 나간 자의 심정뿐이다. "너무 빨리
들 늙는구나, 전속력으로/예까지들 왔구나, 희망에들 속았구나"(「염
전중학교」). 혹은 "우리들 몸 속의 전기(電氣) 무엇이 꺼내 갔는가,/
빼내 가는가"에 담긴 심정.

　시인이 연작의 이름으로 덧붙인 '부사성(副詞性)' 역시 산책의 속성

에서 비롯된 말이다. 부사는 자립할 수 없다. 부사는 덧붙는 말이다. '다만' '매우' '겨우' 따위에 제 심정을 의탁하는 자의 참담함이 『산책 시편』에는 있다. 인용한 시에서 시인은 세월의 무상함을 갑자기 떠올리는 "어느덧"이란 말, 거듭해서 적은 "죄다"란 말, 기막혀서 내뱉는 "이따위로"란 말에 기댄다. "한때/네가 능선으로 보인 적이 있어서/네가 그어대는 산과 하늘의 경계 앞에서/예감으로 달떴었거늘, 그 산 무너지고/나 여기 불탄 자리에서 식물들을/배우고 있다"(「火田에서의 며칠간─副詞性 9」). 한때 자연은 사랑의 은유여서, "네가 능선으로 보인 적이" 있었다. 시인은 자연의 모습을 적어나가며 삶과 사랑에 관해 배웠다. 그러나 이제는 "불탄 자리"뿐이다. 이 참담함이 밖으로 향할 때, 세속 도시에 대한 시인의 공격성이 터져 나온다.

> 그렇다, 나에게 말을 걸어오는 이것은
> 인격이 아니다, 먼 기억도 아니고 책갈피도
> 아니다, 바람에 뒤켠을 들키는
> 여름나무의 잎사귀처럼 나를 한 순간
> 뒤집는 것도 불현듯 길을 막아서던
> 옛사랑이 아니다
> 이 도시이다, 도처에서
> 이 도시가 나에게 말을 걸어오는 것이다
> 내가 있는 곳이란 이 도시의 중얼거림과 속삭임
> 담화문과 스파트뉴스 사이일 뿐이다
>   ─「두 눈과 귀 틀어막다」 부분

이 간격을 어떻게 설명할 수 있을까. 도시는 "인격"과 "먼 기억"과 "책갈피"와 "옛사랑"의 반대편에서 내게 말을 걸어온다. "담화문과 스파트뉴스 사이"를 왕복하는 말은 대화도 정담도 고백도 아니다. 도시가 건네는 말은 소음일 따름이다. 소음을 적어나가는 방법론으로 시인이 선택한 것 가운데 하나가 말놀이다. 말놀이는 음운이 비슷한 말들을 잇대어 의미를 연계시킨다는 점에서 소음을 닮았다. 거기에는 형식과 내용의 불일치가 있다. 억지로 만든 형식에 내용을 우겨넣는다는 점에서 그것은 폭력적이다. 말놀이는 세번째 시집에서도 흔하게 관찰된다. 두번째와 세번째 시집에서 두 편씩 예를 든다.

> 地理여, 地異여, 智異인 것이여
> 그 사이사이에 실상은 있는가   ──「實相寺 가는 길·1」 부분

> 그 한시절을 우리, 電力 없이
> 무참히, 감춰둔 戰力도 없이
> 속수무책으로 누전만   ──「누전 ── 副詞性 2」 부분

> 隊伍는 大悟를 이루는가   ──「되새떼」 부분

> 나는 俗里에 있고
> 친구는 俗離에 있다
>   ──「그렇다고 기린이 왜가리를 좋아할 리 없다」 부분

인용한 각 부분들에서, 말놀이에 실린 가벼움은 어조에 담긴 무거움과 충돌한다. 사뭇 진지한 말을 유쾌하게 말하는 셈인데, 이런 간격은 시인이 느끼는 곤혹스러움을 효과적으로 보여준다. 『산책시편』에 등장하는 화자는 '오래된 미래'를 살아가는 혹은 '오래된 미래'로 나아가는 화자가 아니다. 첫번째 시집이 '기억의 접속'에서 솟아나 그 기억을 에두르고, 세번째 시집이 미래에 보존된 과거의 삶으로 '나아가는/돌이키는' 왕복 운동을 보여주는 데 반해서, 두번째 시집은 현재형에 가깝다. 시인은 세속 도시를 '지금' '부사'적으로, 스쳐가고 있는 것이다. 과거와 미래가 겹쳐 있으므로 첫번째와 세번째 시집은 이중의 동력을 받는다. 안타깝게도 『산책시편』에서의 현재형은 충만한 현재가 아니다. 이 시집의 현재는 과거(기억)나 미래(전망)와 절연되어 있다. 처음부터 시인이 산책자로 자신을 설정했기 때문이며, 부사성으로 그 성격을 규정했기 때문이다. 그는 부정형(不定形)이자 부정형(否定形)이다. 세속 도시를 떠돌면서도 세속 도시에 정착하지 못하고, 세속 도시의 성격을 내면화하지 못하는 것. 성과 속 혹은 지금과 지금 아닌 것 사이의 간극은 크고 넓으며, 시인은 이 사이를 다만 떠돌 뿐이다.

4. 왕복(往復)

고통스런 한 시절을 지나쳐 온 후에도 여전히 시인의 안쪽, 내면에 적힌 것이 있었다. 그것은 기억과 닮아 있지만 같은 것은 아니었다. 시인은 그 안쪽을 찾아 귀환한다. 세번째 시집『마음의 오지』의 들머리에 놓인 작품이 그 귀환에 관해 일러준다.

어두워지자 길이
그만 내려서라 한다
길 끝에서 등불을 찾는 마음의 끝
길을 닮아 물 앞에서
문 뒤에서 멈칫거린다
나의 사방은 얼마나 어둡길래
등불 이리 환한가
내 그림자 이토록 낯선가
등불이 어둠의 그늘로 보이고
내가 어둠의 유일한 빈틈일 때
내 몸의 끝에서 떨어지는
파란 독 한 사발
몸 속으로 들어온 길이
불의 심지를 한 칸 올리며 말한다
함부로 길을 나서
길 너머를 그리워한 죄   ──「노독」 전문

이 풍경에 "그리움도 고이면 독이 된다"(「적막강산」)는 첫 시집의 잠언을 덧붙일 수 있을 것이다. 길에 접어든 자만이 "노독(路毒)"을

느낄 것이다. 그것은 여전히 "길 너머를 그리워한 죄"여서, "길 끝에서 등불" 곧 마음의 정처를 찾는다. 처음의 기억이 사라진 곳에서도 여전히 움직이고 있는 것이 있으니, 그것이 곧 마음이다. 사방은 어두워졌으며(기억이 사라졌다는 은유로 읽을 수 있겠다), 그래서 더는 길을 갈 수 없다. 남은 것은 마음인데, 그 마음자리를 확인하는 순간 역전이 일어난다. "등불이 어둠의 그늘로" 보이고(등불의 그늘이 어둠이니 명암을 바꾸어 말하면 어둠의 그늘이 등불이다), "내가 어둠의 유일한 빈틈"이 되는 것이다(나는 캄캄하고 무겁다고 여겼으나, 등불을 찾는 마음만큼은 어둠이 아니다). 이 역전은 "마음의 끝"에 몸이 있으며, "몸의 끝"에 또한 마음이 있다는 안팎의 확인을 통해 일어난다. 등불, 곧 "내 몸의 끝에서 떨어지는/파란 독 한 사발"은 끝내 마음이며, 이 마음의 움직임이 그리움이다. 시인은 이제 그리움에 관해 말할 수 있게 되었다.

> 활은 시위를 팽팽하게 걸고
> 맨 처음의 圓과 角으로 돌아가
> 단 한 개의 직선을 눈 쪽으로
> 끌어당긴다
> 완강한 기억력
> 터질 듯한 그리움이다   ——「情人」 부분

　최대한 자신을 끌어당긴 활과 "단 한 개의 직선"으로 '정인'을 향한 화살을 일러, 시인은 "완강한 기억력/터질 듯한 그리움"이라 불렀다.

그것은 물론 사랑에 대한 은유다. 대상은 제 안에 없으되, 이미 대상을 품은 자, 그가 바로 사랑하는 자의 형상이 아니고 무엇인가. 그 마음이 다음과 같은 아름다운 시를 낳는다.

> 몸에서 나간 길들이 돌아오지 않는다
> 언제 나갔는데 벌써 내 주소 잊었는가 잃었는가
> 그 길 따라 함께 떠난 더운 사랑들
> 그러니까 내 몸은 그대 안에 들지 못했더랬구나
> 내 마음 그러니까 그대 몸 껴안지 못했더랬었구나
> 그대에게 가는 길에 철철 석유 뿌려놓고
> 내가 붙여댔던 불길들 그 불의 길들
> 그러니까 다 다른 곳으로 달려갔더랬구나
> 연기만 그러니까 매캐했던 것이구나   ──「마음의 지도」 전문

　도처에 숨은 "그러니까"는 이 마음의 지도를 찬찬히 짚어가는 길 안내판과 같다. 떠도는 자의 발아래 놓인 것이 길인 줄 알았으나, 사실은 떠도는 자의 몸이 이루어낸 긴 흔적이 길이었다. 그 길을 따라 "더운 사랑"이 함께 떠났다. "사랑"은 마음이자 몸이다. 은유의 길을 따라가면 정인을 향한 마음의 움직임이 사랑이 되고, 환유의 길을 따라가면 정인을 지칭하는 몸의 구현이 사랑이 된다. 그래서 4행과 5행에서 몸과 마음은 짝을 이루면서 엇갈리고 스며든다. 그대를 향해 나 있는 "불의 길"들은 그대에게 가 닿지 못하고 "연기만 매캐"했으나, 적어도 시인이 그 길을 그대 쪽으로 냈다는 것만큼은 분명하다. 시인은

제 마음들을 분가시켜 그대에게 보낸다. "마음 밖으로 나간 마음들" "내 안의 또 다른 나였던 마음들"(「마음의 오지」)은 더는 내 것이 아니지만, 그럼에도 여전히 내 것이다.

『마음의 오지』는 이런 몸과 마음의 변증법으로 활발하다. "마음의 극지"가 "몸의 맨 앞"(「새벽의 맨 앞」)이어서, 시인은 안팎을 왕복하며 오래된 것과 아직 오지 않은 것을 만나게 한다. 예를 몇 든다. 먼저 밖을 향한 마음: 내게서 떠났던 마음들로 인해 나는 문을 열고 개화(開花)한다. "오래된 마음자리 마르자/꽃이 벙근다"(「수국」). 다음으로 안을 향한 마음: "다름 아닌 자기 자신이 그리워/죽을 지경이라는 어떤 그리움이 찾아와/오래된 심지에 불을 당길 터"(「燈明」). 그리움은 마음의 움직임인데, 그 움직임이 지금 내성화된 통로를 따라 내 안에 흘러왔다. 그다음으로 밖을 향한 몸: "옷 벗어 알몸이고 싶어/몸 벗어서 알이고만 싶어서/[……]/그때 봄 아니던 몸/어디 있었는가 말이다"(「간지럼」). 옷을 벗고, 몸마저 벗고 나가고 싶은 봄이 여기 있다. 그다음다음으로 안을 향한 몸: "몸 안에 있는/큰 몸 — 풍덩/우물로 풍덩 빠지는 보름달"(「몸은 더워져서 산다」). 보름달은 거대한 알몸이어서, 우물로 은유된 내 안에 들어온 몸이다.

안팎의 변증법을 통해 시인은 '오래된 미래'로 나아간다. 기억의 형식이 아니고서도, 시인은 오래된 것에 관해 말할 수 있게 되었다. 기억은 안팎을 구별하고 안으로 자신을 걸어 잠근다. 그러나 기억을 기억하는 마음은 안팎을 뒤집어 밖으로 안을 내보인다. 시인이 말한 바, '농업 박물관'이 바로 바깥에서 확인할 수 있는 안 혹은 미래에 보존된 과거 가운데 하나다. 「농업 박물관 소식 — 거리에 낙엽」「석류」

「저녁 등명(燈明)」「모든 배는 길을 싣는다」 같은 빼어난 시편들이 이를 보여준다. 이 시편들은 '오래된 미래'의 귀환을 겨우, 안쓰럽게, 그리고 아름답게 말한다.

5. 이문재 시의 역학

선회와 산책과 왕복으로 이문재 시의 동력(動力)을 간추려보았다. 단순화의 위험을 무릅쓰고 간추리자면, 기억의 주변을 선회하던 시인은 세속 도시를 떠돌았으며, 마침내 몸/마음이라는 안팎의 변증을 통해 귀환했다. 첫번째 시집이 감성에, 두번째 시집이 이성에 충실했다면, 세번째 시집은 그 둘 사이에서 균형을 이루었다고 말하고 싶다. 이문재의 네번째 시집『제국 호텔』은 처음에 비해서 명료하고 단순해졌으나, 오히려 그 단순함으로 인해 풍요롭다. 이제 그는 안의 안과 바깥의 바깥에 관해서도 말한다. 가령「지구의 가을」은 게송을 앞머리에 얹었으면서도 부황한 깨달음을 내세우지 않았으며,「제국 호텔」은 풍자를 방법론으로 선택했으면서도 우화의 상투성에 빠지지 않았고,「촛불 이야기」는 촛불의 상징에 몰두했으면서도 원형이 가진 도식성을 벗었다. 이 시편들에 관해서는 다른 기회를, '오래되지 않은 미래'를 기약하고자 한다.

'이다'와 '아니다' 혹은 그 사이
──차창룡의 『나무 물고기』

제자들이 장자에게 물었다. "어제 산 속의 나무는 쓸모가 없어서 천년을 살 수 있었고, 오늘 주인 집 기러기는 쓸모가 없어서 죽었습니다. 선생님은 어느 쪽에 계시겠습니까?"

장자가 웃으며 대답했다. "나는 쓸모 있는 것과 쓸모없는 것의 사이에 있겠다. 쓸모 있는 것과 없는 것의 사이는 도(道)와 비슷하지만 도는 아니다. 그러니 화를 면할 수는 없을 것이다."(「山木」,『장자』)

중도든 득도든 길이란 가지 않으면 안 되는 준엄한 명령이어서, 오늘도 없는 길을 찾기 위해 밥을 먹는다. 밥은 먹자마자 없어진다. (차창룡,「길 위에서, 길 안에서, 길 밖에서, 길 아래에서」)

언어는 언제나 '이다Be'의 형식으로만 가능한 그 무엇이다. '이다'는 모든 주체와 객체를, 모든 이것과 저것을 연관짓는 유일한 형식('A는 B이다')이며, 모든 존재자들의 자기 동일성을 보증하는 유일한 내용('A가 있다')이다. '이다'는 모든 술어에 내재한 존재의 자기 반영, 곧 존재의 되먹임이다. "나는 사과를 먹는다"라는 문장은, "나는 먹는 존재다"와 "사과는 먹히는 존재다"의 결합('내가 사과를 먹는 행위가 있다')이다. 그러니까 내가 있고 사과가 있고 먹음/먹힘이 있다. '이다'는 그 모든 기표를 떠받치는 기의며, 그 모든 의식적인 존재와 행위의 아래에 놓인 무의식이다. 시학이 겉으로 표명해왔던 동일성의 믿음—저 오랜 명명법이 또한 그렇다. "신은 사랑이다" 혹은 "내 마음은 호수다"라는 문장은, 신의 속성으로 신의 존재를 증명하거나 호수의 속성으로 내 마음을 묘사한다.

그러나 정말 그럴까? '이다'가 스스로 단호한 존재의 성벽을 구축한 이래, 그 성벽은 끊임없이 금이 가고 허물어지고 마침내는 붕괴해왔다. '이다'의 명증성이 보장되려면 주사와 빈사의 가역성(可逆性)이 전제되어야 하는데, 그 둘을 바꿀 수 없다(신은 사랑이지만 사랑은 신이 아니며 내 마음은 호수이지만 호수가 내 마음은 아니다). 또 '이다'의 진리치가 완성되려면 비진리의 영역이 획정되어야 하는데, 그 기준을 정할 수 없다(세상에는 사랑이 있으나 사랑이 신이 있음을 증명하는 것은 아니며 세상에는 호수도 있으나 호수가 내 마음의 속성과 넓이와 깊이를 다 보여주는 것도 아니다). 그래서 실제로 시학이 속으로 품어왔던 동일성이라는 믿음에는 언제나 이타성(異他性)이라는 사실이 내재되어 있으며(이것이 시의 외연을 넓힌다), 저 오랜 명명법은 명명하지 않은 것들을 끌어안고 있었다(이것이 시의 내포를 풍요롭게 한다). 시는 말한 것으로써 말하지 않은 것들을, 바라보는 것으로써 바라보지 않은 것들을 아울러 이야기하고 살핀다. 이것이 시가 언어의 법칙, 곧 문법을 넘어서는 방법이다. 씌어지지 않은 여백으로 씌어진 문자를 보충하고 대리하는 것, 종이의 흰빛으로 문자의 검은빛을 감싸 안는 것—이런 방법으로 시학은 두 번 말한다. 언표된 말 곧 '이다'가 하나요, 언표되지 않은 말 곧 '아니다'가 다른 하나다.

특이하게도 차창룡은 이 두 말을 모두 드러내놓는다. 그는 '이다' 옆에 '아니다'를, '있다' 옆에 '없다'를 나란히 놓고 싶어한다. 이런 병치는 강박적이라고 해도 좋을 만큼(실제로 강박증의 특징 가운데 하나가 이런 모순 행위이기도 하다) 이 시집에 지속적으로 나타난다. 시인의 서법이 늘 역설을 품고 있는 것은 이 모순의 동시성 때문이다. "길은 어디에나 있고, 어디에나 있기에 사실은 없다" 혹은 "팽이가 돌다 보면 팽이는 팽이가 아니다. 팽이 대신 팽이가 돈다. 팽이 대신 도는 팽이는 팽이가 아니다. 팽이 대신 도는 팽이 대신 팽이가 돈다"(「길 위에서, 길 안에서, 길 밖에서, 길 아래에서」). 한 문장이 다른 문장을 이어 길처럼 이어지거나 팽이처럼 돌고 있는데, 논리는 정확히 이 연접과 순환의 사이를 질러간다. 길 밖을 두어야 길이 길일 수 있는데, 길이 어디나 났으므로 길은 없다. 이 길은 진리[道]나 삶의 다른 이름이기도 하다. 도는 팽이는 돌지 않는 팽이와 다르다. 여기에 "팽이" 대신 "도는 팽이"가 있는데, "도는 팽이"는 또한 "팽이"가 아니므로 "도는 팽이 대신 팽이가 돈다." 이 두 팽이는 본질과 현상의 다른 이름이기도 하다. 존재하는 것과 존재하지 않는 것 혹은 존재와 존재자가 언제나 짝을 지어 등장하는 셈인데, 이로써 '이다/아니다'의 동시적 현존이 가능해진다. "부서지지 않는 끈질긴 부서짐이여"(「무량사의 김시습 울음소리」)가 말하는 부서짐 자체의 부서지지 않음이 그렇고

("부서짐"은 그 내부에 이미 부서짐을 포괄하고 있으므로 부서지지 않아야 부서진다), "파도가 두들기는 목탁소리," 그 "없는 소리"를 집어먹는 "벌레들"(「목탁 12—狂風」)이 그렇고(목탁 소리는 파도 소리이므로 목탁이 내는 소리는 본래 없다), "저 먼 가까운 하늘"의 달과 물고기의 관계가 보여주듯 "없어지기 때문에 없어지지 않는 사랑"(「밤하늘 5—범종」)이 그렇다(본원적인 사랑은 영원하지만 세속적인 사랑은 그렇지 못하다).

차창룡 시의 동력은 이 사이의 왕복운동에서 온다. 아니, 처음부터 왕복운동이 사이를 낳았다고 해야 한다. 왕복은 이것/저것, 있음/없음, 이다/아니다를 자르고 나누고 마침내 횡단한다. 빼어난 시 「목탁 13—갈치」가 그것을 보여준다.

바다는 오늘도 수없이 잘리네
팔이 잘리고 다리가 잘리고 내장이 잘리네
잘리고 잘려서 하나도 잘리지 않네
하나도 잘리지 않는 바다를 갈치는
오늘도 칼질하네 잘리지 않기 때문에
너무도 쉽게 잘리는 바다를 한시도 쉬지 않고
갈치는 온몸의 보습날로 쟁기질하네
쉴새없이 쟁기질 당하는 바다의 밭에서
미역이 솟아오르네 배부른 식인 상어가
저 밑 햇빛의 먹이가 되네 쉬지 않고 갈치는
은빛 칼날을 휘둘러 바다에 구멍을 내네

바다의 구멍에서 해삼이 기어나와

바람으로 조각나네 저 밑 구름의

꼬리가 되네 갈치는 구름의 꼬리를 자르면서

바다 속으로 빠지네 바다 속으로 빠지는

갈치를 후려치며 바다는 용솟음쳐 칼날을 갈아주네

—「목탁 13—갈치」 앞부분

"목어"가 나무 물고기라면 "갈치"는 칼 물고기다. 바다는 처음부터 수없이 잘린다. 천변만화가 바다의 속성이므로 바다는 잘리면서 "하나도 잘리지 않는"다. 그 잘리는/잘리지 않는 사이를 갈치가 질러간다. 이 빗금(/)을 갈치의 상형이라 보아도 좋다. 그저 질러가는 일만으로도 갈치는 바다를 칼질하거나 쟁기질하여 모든 사이를 만들고, 이 사이에서 미역이 솟아나고 상어가 가라앉고 해삼이 기어나온다. 갈치는 절단하고 횡단하는 운동 자체를 나타내는 기호며, 그래서 토막 나고 썩고 부서지고 나서는 마침내 다시 "온전히 갈치가 된"다. 갈치라는 기호가 있었으나, 그 기호가 없어도 바다는 잘리고 미역은 솟고 상어는 죽고 해삼은 생겨날 것이다. 분할이라는 이름이 있기 전에 이미 분할의 움직임이 있었으니, 처음부터 사이가 아니라 왕복이 있었던 셈이다. 왕복이 변화를 낳고 변화가 사이를 낳고 사이가 '이다'와 '아니다'를 낳았다. 그러므로 갈치는 그 모든 사이와 변화의 절단선이며 횡단면이다.

　그러나 이다/아니다를 포괄하는 이 '사이'가 곧 바른 길〔道〕은 아니다. 장자가 말한 쓸모 있음과 쓸모없음의 '사이'는 적당히 쓸모가 있거나 없다는 의미에서의 중도가 아니다. 그것은 쓸모 있지 않음과 쓸모없지 않음이며, 그래서 '이다'의 '아니다'요 '아니다'의 '이다'다. 이 이중부정의 세계를 면할 도리가 없다. "중도든 득도든 길이란 가지 않으면 안 되는 준엄한 명령이어서, 오늘도 없는 길을 찾기 위해" 우리는 밥을 먹는다. '사이'는 그렇게 화를 면할 수 없는 천변만화의 길 위에, 길 안에, 길 밖에, 길 아래에 있다. "밥은 먹자마자 없어"지고, 우리는 그렇게 소멸과 생성이 한 몸인 "우로보로스ouroboros" (「러닝 머신」)의 길을 달린다. 건강을 위해 운동을 열심히 하면, "이런 동작을 반복하면 언젠가는 죽을 수 있"듯이(「헬스클럽에서」). 변화하는 사이의 자리에서는 죽음이 삶의 어버이고 삶이 죽음의 자식이다. 이렇게.

주목나무의 창자에는 수많은 피리,
아비의 시체를 파먹은 느타리버섯과
남편을 산 채로 잡아먹은 버마재비와
자식에게 잡아먹히는 고사리와
흙으로 기어가는 지렁이와
지렁이 속으로 기어들어오는 흙,
흙과 지렁이를 먹고사는 때까치,
흙과 때까치를 먹고사는 구렁이,
흙과 구렁이를 먹고사는 땅꾼들,　　　—「목탁 14 ─ 朱木」부분

"피리를 불기 위해/제 몸에 구멍을" 내는 "주목나무"는 그 자체로

피리와 구멍을 곧 실재와 부재를 동시에 구현한다. 제 몸에 품은 허공까지 합쳐야 비로소 온전한 주목나무다. "반은 죽어서/주목나무는 온전히 살아 있으므로/반은 살아서/주목나무는 온전히 죽어 있다네"(「천년을 죽어가는 주목나무 아래에서」). 이 나무는 천년을 살아왔으니 천년을 죽어왔고, 온전히 살았으니 온전히 죽었다. 죽은 아비를 양분 삼아 자라는 버섯과 교미 중에 수컷을 뜯어먹는 버마재비, 제가 낳은 자식 때문에 말라죽는 고사리, 흙의 몸속을 가는 지렁이와 지렁이의 몸속을 가는 흙, 이 둘을 한꺼번에 먹는 때까치와 이 셋을 먹는 구렁이 그리고 이 넷을 먹는 땅꾼들이 모두 죽음의 터전에 삶을 펼친다. 아니 차라리 삶은 죽음의 연장이어서, "당신과 나의 아이"는 "당신과 나의 무덤"이다(「사마귀」). 「목탁 16 ─ 거미」에서 시인은 이 연기론(緣起論)을 거미에 빗대어 말한다. 거미는 처음부터 거미줄의 주인이어서 "거미의 다리는 바로 거미줄"이었다. 거기에 말벌이 걸렸다. 거미는 말벌을 친친 감고는, 죽어서 "이미 벌이 아닌 벌의 몸뚱어리를 벌인 듯이" 먹었다. 그렇게 뱃속에 들어간 벌레들은 "이 컴컴한 지옥으로부터 빠져나가는 것이 꿈이어서," "거미줄이 되면 빠져나갈 수 있을 거라는" 생각을 했다. 그렇게 해서 거미줄이 공중에 걸렸는데, 거기에는 수많은 "보이지 않는" 벌레들이 제 몸을 바꾸어 펼쳐져 있다. 거미의 다리에 지나지 않았던 거미줄은 이제 모든 벌레들이 힘을 합쳐 만든 화엄 세계가 되고, 마침내 우주에 걸친 "아름다운 별자리"가 된다. "그 별자리를 무덤 삼아, 달이라는 곤충이 평안하게 죽어"간다. 한 마리 거미의 몸 안에 우주가 숨어 있었던 것이다. 『화엄경』에 나오는 인다라(因陀羅) 그물이 바로 이 거미줄이다.

바꿔어가는 몸이 겪는 전생(轉生)은 여러 번의 죽음을 포함한 삶이다. 삶은 삶이지만 죽음은 삶이 아니어서, 죽고 나서야 사는 삶은 그모든 '아니다'를 포괄한 '이다'다.

어느 날 깨어나 보니 등에 커다란 나무가 솟아나 있었다. 그리고 나의 몸은 잉어였다. 물고기인 나는 헤엄을 쳐야 했지만, 커다란 나무 때문에 꼼짝도 할 수 없었다. 밤에는 눈감고 잠을 자고 싶었으나, 물고기 눈은 절대 감을 수가 없었으니, 나는 항상 깨어 있어야 했으며, 그리하여 늘 참선을 할 수밖에 없었다. 그 참선의 공덕으로 등에 솟아난 나무가 내 몸으로 들어왔고, 나는 아무것도 먹지 않아도 되었다. 거추장스런 내장을 다 치우고 보니 나의 뱃속에는 아름다운 소리를 내장한 허공이 들어찼다. 내 뱃속을 막대기로 두들기면 모든 사람들은 눈을 떴고, 물고기들의 몸에서는 나무가 자라올랐다. 사람들을 깨우고 물고기를 괴롭히는 것이 하 나는 즐거워, 아침저녁으로 두들겨댄 뱃속의 허공은 자꾸만 깊어만 갔다.　　　　　　　　　　　—「선암사 목어」 부분

어떤 스님이 스승의 가르침을 어긴 벌로, 죽어 등에 나무가 돋은 물고기로 태어났다. 배에 탄 스승을 본 물고기는 잘못을 빌고 나무를 없애달라고 청했다. 스승이 수륙재(水陸齋)를 올려 고기의 몸을 벗어나게 해주니, 이 나무가 물고기의 형상으로 수행하는 이들을 경계했다고 한다. 목어의 유래다. 혹은 물고기처럼 밤낮 눈감지 말고 정진하라는 뜻으로 목어를 두었다고도 한다. "어느 날 깨어나 보니"라는 서두가 전생의 한 지절을 지시한다. 어느 땐가 나는 나무였고 물고기였

고 또 "등에 커다란 나무가 솟"은 물고기였다. 나무 물고기는 나무와 물고기의 '사이'인 존재여서, 나무도 아니고 물고기도 아니다. 허공으로 배를 불렀으니, 이 물고기가 또한 산 것과 살지 않은 것의 '사이' 임을 알겠다. 시의 다음 부분에서 이 물고기는 "용문(龍門)"에 오르는데, "아직 용이 되지 못한 물고기들에게 잠깐 연민의 정을 느낀 탓으로 몸뚱이는 그만 물고기로 남게 되었다." 선암사 목어는 그렇게 "물고기와 나무와 용의 몸을 한꺼번에 짊어진" 채 그 어떤 것도 아닌, '사이'의 존재로 남았다. 머리가 용이 되었으니, 이 목어를 두드리면 "용울음 소리"가 난다. "나의 노래를 듣는 사람들은 물고기가 되"었으니, 이 목어와 사람의 이야기가 깨달은 자와 깨닫지 못한 자의 이야기 임을 또한 알겠다. 마침내 시의 마지막 부분에서, 나는 다시 "어느 날 깨어"나고, "붕어"가 된 자신을 발견한다. 잉어가 오래 깎이고 닳아 또 다른 전신(轉身)을 이루었으니, 시인과 장자의 말을 이 생성과 소멸의 중심에 다시 놓아둘 수 있을 것이다: '사이'는 "먹자마자 없어진다" 혹은 '사이'로 "화를 면할 수는 없을 것이다." 붕어가 된 목어 역시 그 나름의 생을 살아갈 것이므로, 이 이야기는 수미를 이어 붙인 또 다른 우로보로스의 일대기가 된다. 나무가 죽은 후에야 "새로운 생애"를 시작하는 "숯"이나(「숯공장 탐방기」), 잡혀 "250개의 깡통 속으로" 들어가 "해탈"한 "참다랭이"(「목탁 15—참다랭이」), "내소사"의 "대웅전 창살" 무늬로 솟아난 "채석강 홍합"(「목탁 17— 홍합」)의 일대기가 또한 그렇다. 시간만이 전생을 설명하는 것은 아니다. 공간도 그렇다. 작은 것과 큰 것, 변화하는 것과 불변하는 것 '사이'에도 전생의 논리가 개재해 있다. 이를테면 노숙자의 참혹한 죽음이 "영산

394

회"를 치르고(「그것은 단지 꿈에 불과했다」), 세계수(世界樹)의 피질은 동냥하는 노인의 "나무껍질 같은 손"이며(「죽지 않는 나무」), 하루살이와 나는 "시집 『나는 너다』" 위에서 만나, 화자의 자리를 맞바꾼다(「목탁 18─하루살이」). "이슬 같은 세상에서"는 "세상에서 가장 무서운 것"이 바로 그 이슬이기 때문에(「이슬」), 나와 남의 구별을 할 수도 없고 해서도 안 된다.

삶이 죽음이 되고 생성이 소멸이 되는 지점이 바로 '사이'임을 말했다. 우리는 '사이'에서 삶(이다 Be)과 죽음(아니다 Be Not)을 동시에 겪는데, 이때 '사이'는 사랑의 다른 이름이기도 하다. "사랑을 통해서만 있는 우리는/사랑을 통해 없다"(「사마귀」). 사마귀의 성욕에는 에로스와 타나토스가 공존한다. 암컷은 수컷을 사랑해서 잡아먹고 새끼는 어미를 사랑해서 잡아먹는다. 이 사랑은 번식욕의 다른 이름이지만, 이타주의(利他主義)의 다른 이름이기도 하다. 우리는 이 '사이'에서 죽음을 피할 수 없지만, 마침내 이 '사이'에서 사랑을 발견할 것이다. 죽도록 사랑하는 경지가 정말로 있는 것이다.

> 갠지스 강물 위에 불꽃 떠가네
> 히말라야의 얼음이 녹아 흐르는 차가운 강물은
> 불꽃을 사랑하여 꼭 껴안아주고 싶지만
> 껴안으면 불꽃은 곧 죽고 만다네
> 뜨거운 햇살에 검게 탄 손으로 띄운 불꽃은
> 강물을 사랑하여 그 젖가슴 물고 싶지만
> 그러면 곧 죽고 만다네

강물은 불꽃을 데불고 흘러갈 뿐

불꽃은 강물이 가는 곳을 좇아갈 뿐

마침내 불꽃이 수명을 다하면

강물은 그 시신 고이 안아

부드러운 젖가슴 물려주네   ─「죽어야만 이루어지는 사랑」 전문

　강물은 불꽃을 사랑하지만 불꽃이 죽을까 봐 함께 흐를 뿐이며, 불꽃은 강물을 사랑하지만 자기가 죽을까 봐 다만 좇아갈 뿐이다. "마침내 불꽃이 수명을 다하면/강물은 그 시신 고이 안아/부드러운 젖가슴"을 물려준다. 죽음과 삶은 결국엔 만날 것이다. 물과 불이 서로 접근하지 못하는 것도 사랑이며(이 틈이 곧 소멸할, 그리고 우리가 기대어 살아가는 '사이'다), 서로 만나는 것도 사랑이다(사랑은 끝내 '사이'를 뛰어넘는다). 시인은 마침내 '사이'에서 어렵게 살아가는 우리에게, 아니 살아서 죽어가는 우리에게, 그 죽음의 길마저 사랑임을 말하고 있는 것이다.

　이 길은 차창룡이 처음 등장했을 때, 그러니까 한 무더기 "똥"을 들고 나타났을 때부터 예정된 길이기도 하다. 똥의 길을 거슬러 오르면 입구인 "구멍"이 나타나고, 똥의 길을 미루어 나아가면 세상이 펼쳐진다. 첫 시집(『해가 지지 않는 쟁기질』)에 실린 「무서워요」와 「우리들의 찌그러진 영웅」이 이 둘을 각각 보여준다. 이 길은 생성과 소멸의 이차선 도로며(똥은 낳는 것이 버리는 것이다), 가장 더러우면서도 가장 고결한 길이다(그래서 시인은 똥에 대한 풍자와 예찬을 왕복한다). 살아 있는 한 우리는 먹고 싸는 일을 그만둘 수 없는데, 그래서 똥은

삶과 죽음을 동시에 증거하는 알리바이다. 아니 처음부터 우리의 앎
이라는 게 "지식의 배설물들"(「도서관에서」)이 아니었던가? 이 뜨겁
고 냄새 나는 혹은 향기 나는 것들이 질펀한 길을 우리는 거쳐왔다.
우리는 끝내 소멸을 면할 수는 없을 것이다. 하지만 그 소멸의 길이
바로 사랑의 길이다.

복화술사의 고백
—이윤학의 시

    우리는 흔히 시가 상처의 소산이라는 말을 들어왔다. 아픈 자들이 곧 시인이며, 그들의 신음을 녹취한 기록이 곧 시다. 시가 아름다운 것은 고통을 미화하기 때문이 아니라 고통을 정확하게 묘사하기 때문이다. 시는 화농 속에서 피어나는 꽃이다. 고통은 관찰의 결과나 묘사의 대상이 아니다. 그것은 늘 현재적인 체험의 산물이다. 그래서 고통은 대개 목소리(어조)와 관련되어 있다. 아픈 자들은 왜, 어떻게 아프다고 말하지 않는다. 그들은 그저 아프다고, 아주 아프다고 말할 수 있을 뿐이다. 아픔에는 더한 아픔과 덜한 아픔이 없다. 수치로 측량하거나 비교하는 것이 아니기에, 아프다고 비명을 지르는 자의 말은 음절로 분해되지도 않고, 의미소로 간추려지지도 않는다. 그 말은 굳이 말하자면 감탄사에 가깝다. 물론 감탄사만으로는 시를 쓸 수가 없다. 이 자리가 타자가 들어오는 자리다. 김소월과 한용운과 서정주의 '임'이 모두 세상과 나를 잇는 매개항으로서의 타자였다. 그런데 임이 절대화되고 나면, 오히려 세상이 자취를 감추고 만다. 그래서

398

그들의 시에서도 여전히 가장 중요한 것은 어조다. 김소월과 한용운과 서정주의 문장은 비유적인 의미에서, 모두 감탄문이다.

목소리가 아닌 이미지로서의 고통이 있을 수 있을까. 고통을 관찰하거나 묘사하는 일이 가능할까. 아니, 관찰하고 묘사하는 일로 제 자신의 고통을 드러낼 수 있을까. 이윤학의 시가 그에 관해 대답해준다. 이윤학은 시적 상황을 구성하는 데 뛰어난 솜씨를 지닌 시인이다. 그의 시를, 시가 제 자신의 상황을 어떻게 구축하는지를 보여주는 하나의 교본(敎本)으로 삼아도 좋을 것이다. 그런데 그게 다가 아니다. 명료하고도 투명하게 구성된 상황이 또 다른 전언을 낳는다. 한 편의 시에서 복수의 전언이 떠올라오는 것이다.

둥근 소나무 도마 위에 꽂혀 있는 칼
두툼한 도마에게도 입이 있었다.
악을 쓰며 조용히 다물고 있는 입
빈틈없는 입의 힘이 칼을 물고 있었다.

생선의 배를 가르고
창자를 꺼내고 오는 칼.
목을 치고 몸을 토막 내고
꼬리를 치고,
지느러미를 다듬고 오는 칼.

그 순간마다 소나무 몸통은

날이 상하지 않도록
칼을 받아주는 것이었다.

토막 난 생선들에게
접시나 쟁반 역할을 하는 도마.
둥글게 파여 품이 되는 도마.
칼에게 모든 걸 맞추려는 도마.
나이테를 잘게 끊어버리는 도마.

일을 마친 생선가게 여자는
세제를 풀어 도마 위를
문질러 닦고 있었다.

칼은 엎어놓은 도마 위에
툭 튀어나온 배를 내놓고
차갑고 뻣뻣하게 누워 있었다.   —「짝사랑」 전문

　생선가게에서는 통나무를 도마로 쓴다. 주인 여자는 생선을 토막
내고 다듬고 나서 식칼을 그 도마에 찍어 두었다. 시인은 무심하고도
건조한 말투로 이 풍경을 적어간다. 그는 때로는 묘사하고 때로는 진
술하면서(이를테면 "칼에게 모든 걸 맞추려는 도마" 같은 구절이 그렇
다), 이 풍경의 안팎을 완성했다. 드디어 비린내 가득한 한 편의 시가
모습을 갖춘다. 그다음, 시인은 이 풍경에 "짝사랑"이란 제목을 붙였

다. 이로써 식칼과 도마가 사랑하는 이들에 관한 은유라는 게 드러난다. 이 은유는 단순히 하나의 사물로 다른 사물을 대치하는 차원의 은유가 아니다. 이 은유는 이 세상의 온갖 장삼이사들의 삶을 요령 있게 형상화한다. 이 관계에서 어떤 이는 가재도구를 때려 부수고 아내를 두들겨 패는 술 취한 남편을 떠올릴 수도 있을 것이고, 어떤 이는 애인을 괴롭히고 착취하는 무정한 애인을 연상할 수도 있을 것이고, 또어떤 이는 사랑의 이름으로 자행되는 일반적인 폭력과 수탈의 현장을 그려볼 수도 있을 것이다.

게다가 이 풍경은 빼어난 세부를 품었다. 먼저 1연: "악을 쓰며 조용히 다물고 있는 입/빈틈없는 입의 힘이 칼을 물고 있었다." 도마가 악을 쓴다는 것은 도마가 그저 고분고분히 있지 않다는 뜻이다. 그런데 도마가 쓰는 "악"은 '있는 힘을 다해 모질게 쓰는 기운'이란 의미의 악이 아니라, '이를 악물고 참다'라고 말할 때의 그 악이다. 칼이 도마를 찍어댈 때 도마는 그 찍힌 상처로 칼을 물고 있다. 안타까운 일이긴 하지만, 사랑은 원래 상대적이다. 심지어 짝사랑에서도 그렇다. 하나는 때리고 하나는 맞는데, 그게 그들의 사랑법이다. 다음 2~3연: 칼은 "생선의 배를 가르고/창자를 꺼내고" "목을 치고 몸을 토막 내고/꼬리를 치고,/지느러미를" 다듬는 데 쓴다. 도마는 그걸 다 받아주면서, "날이 상하지 않도록" 제 몸통을 내준다. 칼은 생선과 도마 둘 다에게 해를 입힌다. 도마는 생선과 같은 자리에서, 나란히 누워 피해를 입는다. 그런데 칼이 토막 내려는 것은 사실 생선이다. 도마는 이 살육의 현장에, 칼날이 상하지 않도록 칼을 돕는다. 그러니까 도마는 다치는 생선이며 해치는 칼이다. 사랑은 그 사람의 자리에 서는 것이다. 그에게 해를 입고서도 나는 그의 편에서 생각한다. 나를 때리는 그의 손은 얼마나 아팠을까. 그다음 4연: 이번에는 도마의 얘기다. 도마는 "토막 난 생선"을 담는 "접시나 쟁반"이며, "둥글게 파여 품"을 이루고 있으며, 제 "나이테를 잘게 끊어"버린다. 사실은 이 모두가 사랑하는 이의 형상이었다. 생선을 떠받치는 사랑, 상처로 넉넉한 품을 만드는 사랑, 세월의 침식을 고스란히 받아들이는 사랑 말이다. 마지막으로 6연: 칼과 도마는 마침내 하루의 일과를 끝내고 엎어져 있거나 누워 있다. 이 역시 잠자리를 같이한 사랑하는 이들의 형상이다.

짝사랑은 일방통행이라는 점에서는 불구의 사랑이지만, 상대의 행동에 따라 영향을 받는 사랑이 아니라는 점에서는(짝사랑에 빠진 이는 밀고 당기는 법을 모른다) 이상적인 사랑이기도 하다. 도마는 칼이 하는 모든 행동을 제 몸으로 받아낸다. 여기에 사랑의 처음과 끝이 있으나, 안타깝게도 그 처음과 끝은 맞물리지 않는다. 이윤학의 시에 숨은 사랑은 대개 이런 단절을 품고 있다.

종합병원 로비에 켜진 TV
푸른빛이 끊임없이
바닷물을 열람하고 있다.

플라스틱 칼라 의자의 열에
맞춰 앉은 사람들
조금씩 입을 벌려

바닷물을 들이켜고 있다.

손바닥으로
찢어지는 입을 틀어막고 있다, 눈물이
찔끔찔끔 나오고 있다.

TV 화면을 등진 한 사람
가랑이를 쭉 벌리고
머리통을 처박고 있다.

터지는 머리통,
머리털을 움켜쥐고 있다.

고통은 바위덩어리 속에 있다.
단번에 깨부술 수 없다, 그는
얼마 안 된 보호자이다.

우악스런 손가락들
바위 속으로 뿌리를 박고 있다.   ──「손」전문

　"종합병원 로비"의 "TV"는 끊임없이 "푸른빛"을 뿜어대고 있다. 그
게 "바닷물"이다. 이 빛을 열람하는 사람들은 입을 벌려 "바닷물을 들
이켜"거나 "눈물"을 흘린다. 지루한 하품으로 대표되는 부지하세월이

거기에 있다. 저들은 환자가 아닌 보호자들이어서 익사할 위험이 없다. 어서어서 시간이 흘러 이곳을 빠져나가길 바랄 뿐이다. 이 풍경을 등지고 한 사내가 앉아 있다. "가랑이를 쭉 벌리고／머리통을 처박고 있다." 비통과 고통이 굳어 저런 형상이 되었다. 그는 "얼마 안 된 보호자" 곧 초보 보호자여서, 보호해야 할 사람을 제대로 지켜내지 못했다.

사내의 웅크린 몸이 만든 자리와 종합병원 로비는 상반된 두 가지 상황, 두 가지 풍경을 대표한다. 광장／밀실, 개방／폐쇄, 사람들／한 사람, 지루함／고통스러움, 흐름(바닷물)／단단함(바위)의 대립항이 각각의 풍경에 속해 있다. 사내의 등은 저 넓은 로비의 틈입을 가로막는 완강한 방어막이다. 그는 제 자신의 고통으로 터질 듯한데, 정말로 머리통이 터져 나갈까 봐 손가락으로 머리털을 움켜쥐었다. 시인은 여기에 한 마디 말을 덧붙인다. "고통은 바위덩어리 속에 있다." 바위는 사내의 단단한 머리통이기도 하고, 깊은 슬픔의 형상물이기도 하다. 사내는 그 고통에 뿌리를 내렸다.

이윤학의 시에서 보이는 이런 단절감은 정교하게 구성된 풍경 때문에 더욱 비극적이다. 그의 시가 대개 현재 시제로 적힌 것도 이런 사실과 관련되어 있다. 내게서 독립적인, 나와 동떨어진 사물의 존재 형식이 바로 저 완강한 풍경이다. 그것은 저렇게, 현재형으로, 존재할 뿐이다. 그러나 풍경을 적어나가는 시인의 서법(敍法)이 제 자신의 정조와 분리될 수는 없을 것이다. 서경은 본래 주관화된 객관이다. 풍경의 곳곳에 풍경을 보는 이의 시선과 심사와 문법이 스며들어 있는 것이다. 물론 똑같지는 않다. 이윤학이 그려낸 풍경은 처음부터 객관의 형상을 한 주관이었다. 같은 말 같지만 다른 말이다. 그는 풍경의 이야기를 하면서, 바로 그 이야기로 자신의 심사를 이야기한다. 그런 의미에서 그의 시는 복화술사의 고백과도 같다. 그가 이야기하는 고통도 그렇다. 단절과 격절이, 나와 세상의 먼 거리가 고통을 낳았는데, 사실 그는 먼 세상으로 자신의 모습을 그려 보이고 있었다.

　　진흙탕에 덤프트럭 바퀴 자국 선명하다.
　　가라앉은 진흙탕 물을 헝클어뜨린 바퀴 자국 선명하다.
　　바퀴 자국 위에 바퀴 자국.
　　어디로든 가기 위해
　　남이 남긴 흔적을 지워야 한다.
　　다시 흔적을 남겨야 한다.
　　물컹한 진흙탕을 짓이기고 지나간
　　바퀴 자국, 진흙탕을 보는 사람 뇌리에
　　바퀴 자국이 새겨진다.
　　하늘도 구름도 산 그림자도
　　바퀴 자국을 갖는다.
　　진흙탕 물이 빠져 더욱
　　선명한 바퀴 자국.
　　끈적거리는 진흙탕 바퀴 자국.
　　어디론가 가고 있는 바퀴 자국.
　　　　　　　　　　　　　　　──「진흙탕에 찍힌 바퀴 자국」 전문

흔적으로 삶을 설명하는 방식도 단절의 형식 가운데 하나다. 바퀴 자국은 이전의 바퀴 자국을 지우며 "어디론가 가고" 있다. 사실 그 흔적을 남긴 덤프트럭은 이미 어디론가 가버렸다. 흔적이 남아 흔적을 남긴 제 주인을 따라 길을 간다. 바퀴 자국은 그 자체로 이미 어떤 부재를, 이전과 지금의 단절을 보여준다. 새로운 흔적은 이전의 흔적을 지우고, 조만간 이후의 흔적에 자리를 양보할 것이다. 흔적은 계속되겠지만, 그 흔적으로 증거해야 할 사물은 이미 그 자리에 없다. "너" 역시 그렇다.

한 그릇 짬뽕을 시켜놓고
흰 플라스틱 컵을 들었다.
짧은 머리카락 하나가
바닥 귀퉁이에 빠져 있었다.

자세히 보니
머리카락이 아니었다.
짧은 금이었다. 때가 긴
짧은 금이었다.

물을 한 모금 마신 것뿐인데
컵에 있던 금이
내 머릿속에 옮겨와
선명해졌다.

밥을 시켜놓고

혼자 앉아 있을 때마다

컵을 확인하게 되었다.

네 부재를 확인하게 되었다.　　　　　　　　　　—「식당」전문

　부재의 부재가 여기에 있다. 홀로 떨어진 머리카락은 네가 그곳에
있었다는 것을 증거하는 더없는 알리바이다. 너는 여기에 없고, 네가
흘린 머리카락만이 너를 대신하고 있었다. 그런데 사실은 그것도 아
니었다. 컵에 머리카락이 빠져 있다고 여겼는데, 사실은 "짧은 금"이
었다. 너는 흔적마저 거두어갔으며, 남은 것은 흔적의 흔적, 부재의
부재였다. 시인은 거기에 슬쩍 자신의 모습을 내비친다. "밥을 시켜
놓고/혼자 앉아 있을 때마다" 나는 네가 없다는 걸 확인한다.

　이윤학의 시가 보여주는 풍경은 이처럼 부재하는 풍경이다. 나는
풍경만 말했을 뿐인데, 그로써 나 자신이 포함되지 않은, 나와 무관
한, 내 자신을 소거한 어떤 세계가 실제로 있다는 게 밝혀진다. 저 완
강한 사실성의 세계는, 이 쓸쓸한 슬픔의 세계를 역설적으로 증거한
다. 둘을 잇는 매개자로서의 너는 이미 자취를 숨겼다. 나는 다만 너
의 흔적을 발견할 뿐이다. 다르게 말해서 네가 거기에 없다는 것만을
확인할 뿐이다. 몇몇 예를 더 읽어보자. ① "담장 높이 피어난 개나
리/거기 담이 있음을/새삼 확인시켜 준다.//너의 얼굴은 보이지 않
고/너의 옷이/너와 만난 그 시절의/오후 시간의 끝없는 길이 눈앞에

펼쳐진다"(「개나리」). 높은 데서 피어 있는 개나리가 담장 놓인 자리를 일러주듯, 너의 옷이 네가 거기 없다는 것을 가르쳐준다. 네가 빠져나가 축 늘어진 옷가지처럼 저 길은 늘어진 채로 끝없이 펼쳐져 있을 뿐이다. ② "네가 어렸을 때 보았다/양지바른 양옥 담벼락 밑에/복숭아 속처럼 쪼그리고 앉아/뜨뜻한 오줌 누던 모습"(「하얀 민들레」). 그 시절은 이미 가버린 지 오래인데, "네가 오줌 눈 자리에서/하얀 민들레"가 가득 피어났다. 이 민들레는 "네가 오줌 눈 자리에서/양은 솥뚜껑 열린 듯/가물가물" 피어오르던 바로 그 김이다. 봄이 될 때마다 하얀 민들레는 뜨뜻한 김처럼 솟아나 너의 부재를 증명할 것이다. ③ "붉은 벽돌집 양곡감리교회/첨탑을 에워싼 트리 불빛들/앞다투어 알은 체를 해댄다.//그동안 어디 갔었니? 어디 갔다/이제야 돌아왔니?"(「크리스마스트리」). 일 년 만에 돌아온 것은 그 크리스마스트리의 불빛인데, 불빛이 나를 보며 묻는다. 사랑의 상대성에 대해 기억하자. 그가 나를 떠난다는 말과 내가 그를 떠났다는 말은, 다른 말 같지만 같은 말이다. 도마가 악문 입으로 자신을 내려치던 식칼을 물었던 것을 기억하자. 트리의 불빛 역시 너의 눈빛이다. "이제 와서/그녀 눈빛이 모두 불빛이 되었다.//형제철공소 절단기에서 나오는/별똥별보다도 많은/그녀 눈빛이 모두 불빛이 되었다." 시인이 덧붙인 말을 기억하자. "이제 와서." 시인의 탄식이, '다 늦어서야, 돌이킬 수도 없는데, 겨우'와 같은 어감이 거기에 묻어 있지 않은가? ④ "나무 곳간 바깥 벽 소나무 기둥/못에 걸려 비스듬한/물지게 죄 삭아버렸다"(「십자가」). 물지게(거기에 똥장군을 매달았다)를 이고 가는 이가 바로 십자가형을 받은 사람이다. 저 비스듬한, 삭아버린 물지게는

"십자가 되어 함께 걷던 그가 지난봄에" 죽었다는 걸 일러준다. 십자가는 죽음의 도구이니, 물지게를 진 사람이 이미 이 세상 사람이 아니라는 게 또한 이상하지 않다. ⑤ "그는 안에서 긁혀 있었다./그 상처 때문이었지/들여다보는 사람 얼굴도 긁혀 있었다"(「장롱에 달린 거울」). 거울은 내면을 가진 사물이다. 거울을 들여다보는 자는 제 안을 들여다본다. 거울 뒷면에 칠한 수은과 연단이 긁혀 있어서, 거울을 들여다보는 얼굴이 긁혀 보였다. 오래전 상처가 그의 안쪽에 여전히 기록되어 있었다는 뜻이다. "그는 과거에 살았던 사람"이었다. ⑥ "푸른 물이끼 뒤엉킨 찬 우물 속/어느 병 깊은 짐승이 옆으로 누워/간신히 숨 고르고 있다"(「찬 우물」). 우물 역시 내면을 가진 사물이다. 저 짐승, 저 우물은 복수(腹水)가 차오른 병자의 모습이다. 저 짐승은 우물에 제 자신을 비춰본 시인 자신의 자화상이기도 하다.

단절과 격절을 품은 채로 세상은 완강하다. 시인은 풍경을 그려 제 말을 했다. 이윤학의 시가 소개한 새로운 어법이 여기에 있다. 목소리를 높이지 않은 채, 다시 말해서 어조에 기대지 않은 채 사물의 양태와 배치만으로 제 자신의 슬픔을 말하는 방식 말이다. 그는 제 자신에 관해서는 별로 말한 바가 없으나, 이미 너무 많은 말을 했다. 입을 막고서도 울음이 새어나오고 눈을 감고서도 눈물이 흘러나온다. 그는 복화술사처럼 말했는데, 그 말은 대화가 아니라 고백이었다. 우리 역시 풍경이 건네는 아픈 고백에 귀 기울여볼 일이다.

왜곡 · 분절 · 연장
—— 김록의 『광기의 다이아몬드』

1

대개의 작문 교본에는 '편지 쓰는 법'이라는 항목이 있다. 이름 부르는 일과 시후(侍候)에서 시작하여, "아뢰올 말씀은 다름이 아니오라……"로 시작하는 본문, 날짜와 서명으로 매듭짓는 결어까지, 게다가 추신 쓰는 법까지 자세하다. 이 같은 방식으로 편지를 쓰는 것은 실은 아무 말도 하지 않는 것이다. 예의와 범절 속에, 말의 인플레이션 속에 숨은 무관심만이 빛난다. 설득력 있는 편지는 실은 이 구성을 무시한 편지다. 서두에서 본문을 시작하거나("저녁에도 라면을 먹었어요, 아버지" 운운), 추신에서 본문을 시작하는 일("그런데 참 아버지, 생활비가 떨어졌어요" 운운)이 그렇다. '시 쓰는 법'이란 교본도 있다. 시중에 나와 있는 수많은 시작법(詩作法) 책들이 그렇다. 교본에 따라 시를 지으면 감상하기에 적당한 시 한 편이 생겨난다. 사실은 이런 시 자체가 인플레이션이다. 김록의 시는 이를 무시한 자리에서 시작한다. "왜 이런 번문욕례(繁文縟禮)를 깔아뭉개지 못하는가"(「벌레에 대한 변호」). 그런데 특이하게도 김록이 기대는 방법이 바로 그 인플레이션이다.

> 그의 원리주의자는 날을 받아놓고 숭배의 집무를 원한다
> 이 사랑스러운 넉살에 슬픔만이 깊이 관여하고 있다
> 뭘까 서글픈 마음은
> 365개의 교훈 가운데 하나의 에피소드일까
> 날 사랑하고 있는 것 같다
> 슬픔이 날
> 소위 해부학적 자세라는 걸 취해 볼까
> 슬픔을 향해 앞을 보고 똑바로 누워서
> 또는 서서
> 손바닥을 앞으로
> 그렇지, 발기된 슬픔 앞으로   —「생일」 1연

'그는 생일상 받아먹고 싶어한다'로 간추려질 첫 행은, 김록의 시가 일상의 감정을 어떻게 비틀고 나누고 늘이는지를 보여주는 한 예다. 생일을 챙기고 싶어하는 그의 고집은 사랑스럽고 슬프다. 생일은 그걸 깨우쳐주는 "365개의 교훈 가운데 하나"일 뿐인데, 그러니까 세상의 모든 그와 그녀들이 그 교훈 가운데 하나를 골라 갖고 있는 것인데, 그런데도 그날을 고집하는 그는 사랑스럽다. 그에 대한 내 사랑은 착란 속에서 나에 대한 그의 사랑으로 전환된다. 그가 "날 사랑하

고 있는 것 같다." 어떻게? 슬픔을 공유함으로써. 그래서 시인은 뒷
말에 기대어 이 말을 교정한다: "슬픔이 날" 사랑하고 있는 것 같다.
슬픔이 충만하고(그래야 우리는 사랑을 나누니까), 나는 그 슬픔을 껴
안는다. 재래의 시들이 그 슬픔의 정신성에 기대고 있다면, 김록의
시는 그 슬픔의 육체성에 기댄다(이 점은 뒤에 다시 살필 것이다). "깊
은 슬픔"을 "발기된 슬픔"으로 환치하는 이 감각은 정서적 고양이란
것이 육체적 흥분과 그리 먼 거리의 것이 아님을 보여주는 감각이다.
김록의 시가 길어진 것은 이런 육체의 인플레이션 때문이다. 자동화
(自動化)된 언어를 비틀고 나누고 늘이는 일, 곧 왜곡(歪曲)과 분절
(分節)과 연장(延長)——이를 시인은 "파생과 변형과 조합"(「自序: 말
할 필요」)이라 불렀다——이 육체, 곧 사물화된 주체의 발화 방식이다.
왜 그렇게 되었을까? 해 아래 새것이 없기 때문이다.

> 상형(象形)이 있기 전, 해와 달과 산과 나무가 있었다. 오래 전, 밭
> 과 쟁기와 소가 있었다. 나귀와, 물고기, 새가 있었다
> ——「불러올 이름도 없고, 새 이름으로 저장할 수도 없는」 마지막
> 부분

해와 달과 산과 나무가, 밭과 쟁기와 소가, 나귀와 물고기와 새가
있었다. 그 뒤에 문자가 생겼지만, "상형이 있기 전"은 "오래 전"과
동격이다. 그러니까 문자는 처음부터 그 사물에 들러붙어 있었다. 사
물의 추상화 과정에서 상형이 생겨났을 터인데, 그 때문에 상형은 처
음부터 사물의 왜곡과 분절과 연장이었다. 이제 상형 앞에서 새로운

문자는 없다. 불러올 이름도 없고, 새 이름으로 저장할 것도 없다. 창조가 불가능하다는 것, 이게 전언의 핵심이다. 다만 기호만 있을 뿐이다. 새것은 없고 헌 기호만 있다. 기호에 대한 의도적, 비의도적 착란은 이 때문에 생겨난다. 그래서 기호는 깨어져야 한다. 기호의 연쇄가 뒤틀리고, 이렇게 부서진 틈으로 새로운 주체가 솟아오른다. 김록의 시가 어떻게 이를 실행하는지 살펴보자.

먼저 왜곡: 문법에 대한 고의적인 무시에서 감각의 착란까지.

　자신의 느낌을 알아내기 위해
　또는 다시 느끼기 위해
　비문법적인 것을 감수한다　　　　　　　—「여러 가지」부분

문(文)의 법(法)은 문장을 엮어가는 자에게 부과된 강제 규약이다. 물길이 높은 데서 낮은 데로 나듯이(법은 원래 물(水)이 가는(去) 길이다), 문의 길은 주체(주어)에서 시작하여 행위(서술어)나 대상(목적어)이나 대리물(보어)로 뻗어간다. 그런데 그 행위와 대상과 보충대리의 논리가 주체의 논리일까? 김록은 문법의 파괴가 "자신의 느낌을" 발견하거나 재발견하는 일이라고 말했다. 시인에 따르면, 주체를 중심으로 행위와 대상과 보충대리의 논리가 다시 씌어져야 한다. 그것은 얼핏 보면 착란과 다른 것이 아니다. 다만 잘 계산된 착란이라는 게 다르다.

비. 비가 불시에 쏟아댄다. 그들을 계속 용서해 왔다. 그것은 잘못

이었다. 그들의 가증스러운 혀는 은쟁반 위로 올라왔다. 이미지와 함께 꿈틀대기 위해서. 나는 그들을 자유롭게 해주므로 아무도 나를 도와주지 않는 것이다. 내 도움을 받던 자들이기에 복종하길 원하는 것이다. 모두들 나를 이용해야 함을 안다.

나의 멍청함은 포화되었다. 기다릴 만큼 기다렸다. 갓 짜낸 피를 핥는 정신의 난폭함이 내 피를 굶겼다. 달궈진 혀에서 하얀 가루들이 떨어진다. 무수한 주름살이 잘린 혀에서도 잡힌다.

순수성을 아낄 필요가 있었다. 황홀한 무호흡 상태. 부동의 능력. 그들은 자신을 돌보지 않았다. 잘못해서 웃지 않도록 품귀된 복대를 차고 생각날 때마다 허공을 응시한다. 그들은 자신이 무서워서! 서툰 멸시에 향응하는 검은 입술을 하나씩 사들인다. 주름을 잡은 채 굳은 혀에 달아주려고.

남김없이 증명하리. 미친 시간들. 노쇠한 폭발음. 눈먼 자의 시신경에 경악을 주입하여 분절음이 계속되게. 정맥에서 이탈한 공포가 혈의 장치를 조준하였다. 몰려드는 붉은 군중은 기어드는 조짐. 어린아이들의 놀이동무가 되기 위하여!　　　　　　　　　　　　—「궁핍함」전문

"나는 너무 멍청했다"로 교정해야 할 2행의 첫 문장("나의 멍청함은 포화되었다")에서부터 "혈관에 팽팽하게 차오른 공포 때문에 심장이 얼어붙는 듯했다"로 교정해야 할 4행의 문장("정맥에서 이탈한 공포가 혈의 장치를 조준하였다")까지 온통 문의 길은 나뉘고 막히고 엇갈린다. 그러나 그렇게 관용어들을 이용하여 교정하고 나면, 이상하게도 시는 급속히 식어버린다. 그러니까 이 시의 격렬함은 처음부터 왜곡

에서 생겨난 것이다. 자세히 읽어보자. 처음, "비, 비가 불시에 쏘아 댄다." "비"를 두 번 거듭한 것은 빗방울이 복수(複數)이기 때문이다. 그런데 복수는 복수(復讐)이기도 해서, 비는 갑자기 내리는 것이 아니라 불시에 쏘아댄다. 다음, 비는 혹은 "그들의 […………] 혀는 은쟁반 위로 올라왔다." 그들이 올라온 것이 아니다. 처음부터 빗방울은 "혀" 외에 다른 것이 아니었기 때문이다. 혀는 핥고 나는 젖는다. 혹은 혀는 참언(讒言)을 일삼고 나는 모욕당한다. 그것이 비와 나의 불편한 관계다. 그다음, "나는 그들을 자유롭게 해주므로 아무도 나를 도와 주지 않는 것이다." 대체로 나는 비에 무심했으나 비는 나에게 그렇지 않았다. 자유롭게 두었다는 것은 방치했다는 뜻이다. 나는 그들을 무 관심하게 여겼으나 그렇게 놓여난 이들은 나를 가만두지 않았다. 왜 곡된 주인-노예의 변증법인 셈이다. 나는 빗줄기에 얻어맞으며 구속 되고 빗방울은 나를 힐뜯으며 자유롭다. 사랑의 관계가 그럴 것이다. 나는 멍청했고 나를 괴롭히는 이들은 마지막 피 한 방울까지 짜내려 들었다. 그래서 나는 빈혈이다("정신의 난폭함이 내 피를 굶겼다"). 그 다음, "순수성을 아낄 필요가 있었다. 황홀한 무호흡 상태. 부동의 능 력." 나는 이 공격으로 인해 창백해졌고("순수성"), 숨을 쉬지 못했고 ("무호흡"), 움직이지 못했다("부동"). 마침내 비는 검은 땅(아스팔트 길이었으리라)을 흘러 가버렸는데, 시인은 그게 자신의 순수한 대응에 합당한 처벌이라고 여긴다. 빗방울들은, "그들은 자신이 무서워서! 서툰 멸시에 향응하는 검은 입술을 하나씩 사들인다." 시인은 거기에 "황홀한" "능력" 같은 어사를 덧붙여, 문형을 다시 일그러뜨린다. 이 일그러짐은 일종의 환원이다. 사실 갑자기 내린 비는 청신(清新)하다. 이 느낌을 보존하기 위해 격렬한 적의로 들끓던 말은 "황홀한" "능력" 같은 어사의 도움을 얻어 다시 최초의 느낌으로 돌아간다. 비는 계속 내리고("분절음이 계속되게"), 나는 비가 내리는 동안 그 모든 것을 남김없이 말할 것이다("남김없이 증명하리"). 마지막 구절에서, "몰려드는 붉은 군중"은 다시 빗방울인데, "어린아이들의 놀이동무가 되기 위하여" 그렇게 몰려들었던 것이다. 무질서한, 한계도 시효도 없는 놀이, 그게 아이들의 놀이다.

구문이 왜곡되면서, 이 비틀린 틈으로 들어온 상상은 제 임계점까지 부풀어오른다. 자동화된 구문은 그렇게 많은 상상을 거느릴 수가 없다. "비문법적인 것을 감수한다"는 시인의 말은, 이 임계점을 겨냥한 말이다. 감각은 왜곡을 통해 상반된 두 극점을 왕복한다. 이 착란은 「궁핍함」에서, "용서, 잘못, 자유, 복종, 이용, 난폭함, 황홀, 웃음, 무서움, 멸시, 경악, 공포" 등을 거느린다. 화해할 수 없는 두 끝을 한 번에 말아 쥐는 방법이 반어이거나 역설이다. 이 빈틈 많은 구문이 때로는 반대의 말로, 때로는 모순된 말로 엮인 것은 이 때문이다.

다음, 분절과 연장: 짧은 시간(공간)을 늘이거나 긴 시간(공간)을 축약하는 것. 그 과정을 거듭하면서 상상의 뒤를 좇는 것. 그것은 김수영의 말을 뒤집어 말하자면, 반성을 반성하는 것이며 거듭 반성하는 것이며 끝끝내 반성하는 것이다.

> 나무는 잠시 그늘을 보여주었다
> 한 그루 침묵을 심으신 대지에 둘러싸여,
> 무성한 잎들이 더 사납게 새침 떼는 것은

아뇨, 난 그런 말 잘 알지도 못해요
라고 말하는 것이 아닐까를 생각했다
그리고 좀 더 생각한 끝에
역시 그럴듯한 생각이라는 생각을 했다

그리고 나는 시무룩해졌다
한 그루 생각을 심으신 바람에 둘러싸여,
무성한 잎들이 아까보다 더 사납게 새침 떼는 것은
내 생각이 맘에 드냐는 말에
아뇨, 난 그런 말 알지도 못해요!
라고 말하는 것이 아닐까를 생각했다

나무는 해를 기다렸다가 그늘을 바짝 구워 버렸다
아무래도 나무는 내 입까지 먹어 치우고 있다
아무래도 나무는 차근차근 내 가슴을 뜯어먹고 있다
아아 그래서 나무는 깊이 뿌리를 내렸구나   ——「원천」 전문

  1연이 분절이라면 2연은 연장이다. 먼저 1연을 보자. 조용한 나무
한 그루에 대한 "생각"이 무려 네 번이다. 이 분절은 나무와 대지에서
읽어낸 풍경에 대한 거듭된 생각을 다시 대상화한다. 나무는 대지에
그늘을 늘이고 있을 뿐이다. 그늘은 "무성한 잎들"의 몫이며 또한 대
지의 몫이다. 대지가 침묵에서 길어올린 한 그루 나무에 어찌 생각이
없을 것인가. 침묵한다는 자체가 또한 생각에 빠졌다는 뜻이니 말이

다. 생각이 없다면 어찌 나무와 대지가 저렇게 웅숭깊은 그늘을 드리울 수 있을 것인가. 그늘이 깊다는 말이 또한 제 안의 침잠을 말하는 것이니 말이다. 그래서 무성한 잎들은 "더 사납게 새침 떼는 것"이다. 사나운 것은 아우성의 몫인데, 재미있게도 새침데기가 그 자리에 앉아 있다. 깊은 생각이란 그렇게 왕성하고 그렇게 조용한 것이다. 그러나 한편으로 그 상징을 읽어내는 것은 내 몫이지 나무의 몫이 아니다. "무성한 잎들"은 고개를 저으며 그런 말을 부정할 것이다(이게 첫번째 생각이다). 처음에는 나무와 대지에서 그늘의 깊이를 읽고 다시 그것을 부정했으니, 어느 생각이 맞는 것일까? "좀 더 생각"해야 한다(이게 두번째 생각이다). 좀 더 생각해보니, 무성한 잎들이 고개를 저으며 부정하는 것 자체가 이미 그것을 생각했다는 뜻이다(이게 세번째 생각이다). 베드로는 예수를 세 번 부인했다. 처음에는 부정하다가 나중에는 저주하기까지 했다. 왜 그랬을까? 그분을 긍정했기 때문이다. 말장난 같지만, 생각을 거듭 부정해도, 그 생각의 목적어("무엇"을 생각하다/생각하지 않다)는 남는다. 그게 자의식의 비밀이다. 생각의 생각 곧 "생각이라는 생각"이 그렇다. 그래서 내 생각이 이 모든 생각을 완결지었다(이게 네번째 생각이다). "말을 또 들었다면/그 말은 보통 말보다 말만큼의 말이 더 있는 듯하다"(「한 폭의 그림」)에서, 다섯 번 거듭된 "말" 또한 동일한 분절의 방식을 보여준다.

　　2연의 들머리에 놓인 "그리고"란 접속어가 2연이 1연의 연장임을 보여주는 첫번째 지표다. 이제 나무는 거듭된 생각 덕택에 허공에 떠오른다. 침묵이 대지에 뿌리내렸다면("한 그루 침묵을 심으신 대지"), 생각은 하늘로 잎을 뻗었다("한 그루 생각을 심으신 바람"). 향지성(向

地性)과 향일성(向日性), 나무는 이 상반된 지향을 통해 정주와 유랑을 동시에 성취한다. 더 강한 부정이 나오지만, 이 부정은 1연의 연장이자 강조일 따름이다. 3연은 관찰의 대상인 나무와 주체인 나의 관계에 관해 말한다. 나무는 해를 기다려(향일) 그늘을 굽고(향지), 그래서 나는 침묵하거나("내 입까지 먹어 치우고") 감동한다("내 가슴을 뜯어먹고 있다").

2

  제목을 이룬 "광기의 다이아몬드"라는 말이, 김록이 왜곡과 분절과 연장을 통해 이르고 싶은 어떤 경지를 지시해준다. 이 제목은 시집 본문에서는 보이지 않는다("광기"란 시어가 두 번, "미친"이란 시어가 두 번 출현할 뿐이다). 김록은 아마도 핑크 플로이드Pink Floyd의 곡 「Shine On You Crazy Diamond」(1975)를 참조했을 것이다. 이 곡은 핑크 플로이드의 초기 멤버인 시드 배럿Syd Barrett에게 바쳐졌다. 시드 배럿은 그 천재성으로 찬란한 빛을 발했으나, 그의 여리고 섬세한 심성은 찬사와 후광을 견뎌낼 수 없었다. 마약과 정신분열로 점철된 그의 이력은 한 천재가 그 천재성을 감당하지 못하고 몰락해가는 과정을 극적으로 보여준다. 노래에 따르면 그는 낯선 사람이었고 전설이었고 순교자였으며, 쾌락주의자였고 미래를 내다본 사람이었고 화가였고 피리 부는 사나이였고 죄수였고 그리고 무엇보다도 광기의 다이아몬드였다. 김록은 이 모든 것을 끌어안은 예인(藝人)에게서 시인의 모습을 보았음에 틀림이 없다. 소외의 운명 속에 사는 사람 stranger, 자신은 사라지고 그의 시만이 소문처럼 떠돌게 될 사람 legend, 자신의 목숨을 지불하고 시를 얻은 사람martyr, 아름다움에 탐닉하는 자raver, 미래적 전망을 가진 사람seer of visions, 이미지 의 제작자painter, 쥐와 아이들을 데리고 사라진 바로 그 사람piper, 그럼에도 사회와 이목에 구속된 사람prisoner. 찬란한 빛을 발하지 만, 그 빛 속에서 소진되어가는 자. 제어되지 않는 찬란함, 그게 광기 의 다이아몬드다.

기억해. 네가 어렸을 때 너는 태양처럼 빛났지.
이제 네 눈 속에 보이는 것은 하늘의 블랙홀 같은 것.
—「Shine On You Crazy Diamond」에서

적어도 시드 배릿에게, 성공과 실패, 빛과 어둠은 그렇게 뒤섞여 있었다. 하나는 과거의 것이고 다른 하나는 현재의 것인데, 과거와 현재는 그렇게 분할되어 있으면서도 또 뒤섞여 있다. 그의 성공에는 실패가 예고되어 있었고, 그의 몰락에는 과거의 영화가 아로새겨져 있었다. 김록에게도 빛과 어둠은 미분(未分)의 중요한 지표다.

어둠은 여기에 있지만
형체를 알아볼 수 없게 뭉개져 있다.
의심할 수 없는 어둠이긴 하지만
혹시 빛이 아닐까!

흑과 백에 대해서 얘기하고자 하는 게 아니다.

나도 모르게 마음이 어둠을 따라가고 있다.

감성과 이성에 대해서도 아니다.

드러내고자 하는 것은

밤이나 아침처럼 달이나 해를 보여주지 않는다.

그런데 나는 알몸으로 우는 것 같다.

단단히 붙어 있지 못하여 언젠가는

떨어질 듯한 가슴을 달고.

가슴이 없는 사람에 대해 어떻게 해야 되는지 묻지 않는다.

　　　　　　　　　　　　　　　　　　　—「집중」 1연

　어둠에는 본래 형체가 없다. 그러나 형상이 없이 질료만으로 존재할 수 있는 사물이란 없는 법이다. '형상eidos'은 원래 '보다idein'라는 동사에서 나왔다. 나는 어둠을 보고 있으나, 어둠은 "형체를 알아볼 수 없게 뭉개져 있다." 다시 말해 형상을 갖추지 못했다. 나는 내가 본 것의 형상을 그려낼 수 없다. 나는 도대체 무엇을 본 것일까? "의심할 수 없는 어둠"에 대해 의심하는 일이 그래서 생긴다. 그렇다면 빛 또한 그런 것이 아닌가? 이건 흑백논리가 아니다. 어둠과 빛은 서로의 결여이거나 잉여다. 이미 둘은 조금씩 삼투하고 있다. "우연한 빛이/검열하는 어둠과 바람에 맞서는/초의 고름으로 흘러나와/흘러간다"(「불행의 이유」). 빛이 미치지 못하는 곳이 어둠이고 빛의 너머에 있는 것이 어둠인데, 그럼에도 빛과 어둠은 두부 자르듯 그렇게 갈라지지 않는다. 형상이 없기 때문이다. "감정과 이성" 역시 그렇게 갈라지는 것이 아니다. 형상이 없기 때문이다. 어둠이 이 생각을 촉발시켰으나 이 생각은 이제 어둠과도 무관하다. "어둠 때문에 거기에 있는 말을 상상한 것이 아니기를"(「진화」).

그다음에야 김록은 단 하나의 확실성, 육체의 코기토에 자리를 잡는다. "나는 알몸으로 우는 것 같다." 이건 확실하다. 형상이 있기 때문이다. 이것이 슬픔의 육체성이다. "슬픔이라는 말은 슬픔을 담고 있지 않은 채로 슬프구나/내 입에 물려 있어야 할 말이 어디로 갔을까"(「한 폭의 그림」). 슬픔이라는 말만으로도 슬픈데, 지금 슬픔은 내 입 안에 있지 않고(다시 말해 발음되지 않고) 내 몸에 있다(다시 말해 나는 울고 있다). 시인이 슬픔에 경도되는 것은 슬픔이 몸을 느끼는 가장 확실한 방법이기 때문이다. 슬픔은 육체로 하여금 육체 자체의 움직임에 집중하게 만든다. 시인이 가끔 신파(新派)의 언어에 기대는 까닭도 물론 여기에 있다.

① 나의 낮은 밤이 있어서 산다
　 나의 밤은 낮이 있어서 산다
　 낮과 밤의 살갗에 수놓은 주술처럼
　 나.는.너.를.기.다.린.다.
　 사랑은 소리 없이 맹세에 눈물을 장전한다
　　　　　　　　　　　　　　　——「옹색한 제안」 2연

② 매혹 때문에 당하지 않겠다는 건
　 욕망의 과제가 아니라서

욕망에 대한 욕설도 ■

어쩔 수 없이 눈물을 흘린다.

—「욕망에 대한 욕설과 매혹」 마지막 부분

③ 이처럼 일기(日記)란 일기(日氣)와 같아서

　군이 사소한 자취를 연출할 필요가 없는 것이다

　일기(日氣)는 때맞추어 사람의 아둔한 감정을

　비련의 주인으로 행사하게끔 요술을 부리므로

—「위로」 1연 부분

　서로에게 스며든 빛과 어둠은 여기서 사랑하는 두 사람으로 전환된
다. 독백이거나 밀어이거나, 사랑의 언술들은 다른 이에게 노출되면
신파적인 언어가 된다. 김록이 이런 언어를 마다하지 않은 것은, 이
언어가 적어도 육체의 확실성에 토대를 둔 언어이기 때문이다. 사랑
의 언어는 기호로서는 낡은 말이되, 그 말을 내뱉거나 주고받는 이들
에게는 기호 이상의 무엇이다. 이미 찌그러진 말이지만, 그 말을 하
지 않고서는 견딜 수 없는 어떤 욕망이 있으며("말은 사기 같다(아마
도, 외로움이리라)"〔「어떻게 지내십니까?: 아마도 사파리」〕), 다시 그
욕망까지도 찌그러뜨리는 우스꽝스러움이 있다("찌그러뜨린 말/일러
바치는 광기/본뜬 익살"〔「벌레에 대한 변호」〕). 시인은 망가진 말들로
욕망과 광기를 노출하고 다시 그것을 비웃는다. 시인이 망가진 말을
활용하는 것은 망가진 말들의 틈에서만 욕망과 광기가 솟아나기 때문
이며, 다시 그것을 비웃는 것은 그렇게 솟아난 말들이 이미 망가진 말

들이기 때문이다. 어쨌든 이 이중의 방식을 통해 김록의 시는 고무줄처럼 줄어들거나 늘어난다. "짧은 입맞춤"에 대한 해부학적 소묘라 할「각도」나, 거기에 앞뒤로 서사를 덧붙인「관능 속에서의 멈춤」이 그 양극을 분명히 보여준다.

인용한 부분들을 살펴보자. ① 당신과 나는 빛과 어둠처럼, 그렇게 갈라져 있으면서 또한 그렇게 하나다. "밤"이 "낮"을 기다리고 "낮"이 "밤"을 기다리듯, "나.는.너.를.기.다.린.다." 이 분절은 나와 너의 거리를 계량화(計量化)한다. 하루가 24시간이고 그것의 절반이 낮이고 절반이 밤이듯, 너에 대한 내 기다림은 어떤 촘촘한 연속이며 그 연속된 기다림의 반이 나이고 반이 너라는 뜻이 되겠다. ② 욕망 또한 기다림의 유로(流路)를 일러준다. 내게서 흘러나와 너를 향하는 것이 욕망이라면 네게서 흘러나와 나를 끌어당기는 것이 매혹이며, 그 견인에 대한 버팅김이 욕설이다. 그러나 나와 너 사이의 끊임없는 피드백은 둘의 거리를 조금도 좁히지 못한다. 눈물이 그 결과가 되겠다. ③ 일기(日記)는 일기(日氣)처럼 변덕스럽다. 더구나 일기는 독백의 언어여서, 제 밖의 상황에 무심하다. 지나고 보면 "사소한 자취"일 뿐이나, 일기는 그것을 일인칭 주인공 시점으로 각색한다. "아둔한 감정"을 가진 이가 "비련의 주인공"이 되는 일이 그래서 가능하다.

당신과 나 사이에 가로놓인 이 화해할 수 없는 거리는 동일성의 시학이 포괄할 수 없는 거리다. 밤낮이 서로 스며들어 있으면서 나뉘어 있듯, 내 안에는 당신이 스며들어 있으면서 배제되어 있다. 당신은 내 안에 있으면서 내 밖에 있다. 김록의 어법을 빌린다면, 열망은 처음부터 좌절의 운명을 타고났다. 이 도착을 인정할 수밖에 없다. 내가 포함되고 싶어하는 당신은 이 지점에서 내가 배제해야 할 당신들로 바뀐다.

> 나의 날뛰는 에너지는 상상력으로 돌려쓰지 못하는 무용의 고체이다. 그것은 현존하는 나에로의 욕망이 강렬한 허무로 지탱됨을 반영한다. 모든 활력 있는 경제 원리를 무시하는 힘에의 승리욕이란 부재하는 인간에 대한 집착만큼 벗어나기 힘든 변태적인 욕망이라는 것을 안다. 하지만 내가 안다는 것은, 내가 인간으로서 한 유형을 이루어야 하는 의무와는 별개이다. 그대들은 이러저러한 존재의 규범과 전형에 소속되어 있다.　　　　　　　　　　　　　　　—「잘못 지은 시」 1연

첫 구절을 빌려, 김록의 시를 "에너지"의 시학이라 불러도 좋을 것이다. 동일성의 시학은 나와 당신과 그들을 동일한 평면에 놓는다. 나와 당신과 그들은 같은 자질을 나누어 갖는 지표일 따름이다. 그런데 김록은 처음부터 자신의 에너지가 "상상력으로 돌려쓰지 못하는 무용의 고체"라고 말했다. 에너지는 사방으로 분산되어 한곳으로 수렴되지 않으며, 그런데도 날뛴다. 나의 욕망이 "강렬한 허무로 지탱"된다는 것은, 그 욕망이 동일성이라는 인식론적 지반을 갖고 있지 않다는 뜻이다. "이러저러한 존재의 규범과 전형"이 곧 인식론적 동일성이다.

　"마땅히 인간이라면……."
　오오 인간

그대들은 인간적인 사려들로 징집되었는가?

그렇다면 그대들은 타당하다.　　　　　　—「잘못 지은 시」 2연

　"인간"이라는 범주에는 "인간적인"이라는 속성이 포함된다. 마땅히 해야 할 일(규범)과 마땅히 되어야 할 존재(전형), 그것이 존재의 연속성이 포함되는 지평이다. 푸코에 따르면, "인간"은 최근에 만들어진 개념이다. 19세기가 되어서야 인간은 개별자의 역사를 통합하는 유일한 동일자로서 자신을 정립했다. 그런데 그것을 불변의 근원으로 간주할 까닭이 어디 있는가? 시인이 광기를 표제로 내세운 것도 이 때문이다. 광인(狂人)은 인간이라는 지평에 포함되지 못한 사람이다. 그런데 광인을 통해서만 인간은 인간이 된다. 광인을 자신과 구별하는 방식을 통해 인간은 인식론적 지평에서 정위(定位)된다. 김록은 같은 방식으로 "그대들"을 부정하면서 자신의 자리를 잡는다.

　　나는 살아가는 방식을 정했다. 내가 조금 전에 쓴 것을 다시 읽어보지 않는 것! 이것이, 펜 끝에 누군가 눌러 죽인 벌레가 붙어 있는 것만큼 혐오감을 불러일으킬 수 있음 또한 나는 간과하지 않는다. 겸손이나 자학보다는 양보하는 정신이 항상 나의 부정성(否定性)을 긍정해준다.　　　　　　　　　　　　—「잘못 지은 시」 6연

　"조금 전에 쓴 것"은 문자를 통한 존재 증명이다. 내가 쓴 것이 내 흔적을 이루므로, 나는 쓰는 행위를 통해서도 증명된다. 자신이 쓴 것을 돌보지 않는다는 것은, 글을 쓰기 시작했던 최초의 존재로 환원

426

되지 않겠다는 뜻이다. 나는 이미 시행이 진행된 그만큼 최초의 나 자신에게서 떠나왔다. 과거의 나와 현재의 나 사이에 연속성을 보장할 필요가 어디에 있을까. 그것이 "그대들"에게 "혐오감"을 불러일으킬지라도 나는 그렇게 할 것이다. "3개월, 아니 정확히 3개월 이전과 3개월 이후와의 접촉점,/그 경계선에 나는 있다/그러니까 나는 떳떳하게 본인임을 증명한다/[……]/그런대로 똑똑한 계산법 덕분에/나는 그대들에게 증명받는다"(「증명사진」). 3개월 전에 찍은 증명사진이 지금의 나를 증명하는 방법이 꼭 그와 같다. "그대들"이 변치 않으므로 내가 변해야 하겠지만, 그대들이 변치 않으니 3개월 이전과 이후가 같지 않다는 내 생각 또한 변하지 않을 것이다. "겸손"하게 자신을 부정하거나, 나는 왜 동일하지 않은가를 "자학"할 필요는 없다. 그저 나는 그대들에게 "양보"할 뿐이다. "그대들의 그 반박은 옳다/그대들에게는!//나는 '그대들' 기준에서 그것을 인정하고 양보한다." 그래서 그대들이 과거의 나와 연대하는 동안, 나는 앞으로 계속 나아갈 것이다. 이제 관계는 역전된다.

　그대들은 나더러 왜 대답을 안 하냐고 자꾸 그러는데, 나는 정말이지, **할 말을 다 했다.** 난 싫증을 느낀다. 지금까지 동원된 기재(器材)들이 불운하게 느껴진다.　　　　　　　　　—「잘못 지은 시」 14연 부분

　내 대답은 다시 연속성의 지평에 나를 포함시킬 것이다. 그러나 달라진 것을 설명할 필요는 없다. 나는 이미 할 말을 다 했으며, 그것도 이탤릭체와 굵은 글씨체로 강조할 만큼 다 했다. 내 말에 "나는 싫증

을 느낀다." 거듭 말하지만, 나는 이제 새로운 기재를 써서, 새로운 말을 찾아 나아갈 것이다.

3

  김록의 언어는 그 제목이 떠올린 것과 다르게, 무의식과 광기의 언어가 아니다. 세계의 표상마저 집어삼키는 강력한 자아가 그녀의 시에 있기 때문이다. 김록이 표명한 새로운 주체는 기존의 언어를 파쇄(破碎)하는 과정에서 산출된다. 왜곡과 분절과 연장이라는 방식을 통해 솟아나는 이 주체는 제 안의 존재와 불화하는 주체라는 점에서 불행한 주체이지만, 끝끝내 그 부정을 제 존재의 기율로 삼는다는 점에서 행복한 주체이기도 하다. 현상적으로 보자면 이 주체의 발화 방식은 중얼거림에 가깝고, 언술은 일기나 시론에 가깝다. 자신의 이야기를 고백하든 자신의 믿음을 표명하든, 김록의 시는 일인칭 주체의 독백에 해당한다는 점에서 특징적이다. 시는 "나"를 중심으로 회전하는데, 이 회전의 변방에 자동화(自動化)된 세계와 사람들이 산다. 이 동심원을 가로질러, 나와 타자를 잇는 직항로를 개설하는 것이 앞으로의 과제가 아닐까 싶다. "늘어진 혀를" "무딘 꿈들을" "드러난 말들을" 내리치는 "정각(正刻)"의 언어(「그리고」)가 그녀에게는 있기 때문이다.

사랑의 아이콘들

──안도현의 『너에게 가려고 강을 만들었다』

1. 사이

안도현의 시에서, 삶과 사랑은 유의어(類義語)다. 안도현은 그 둘을 자주 치환해서 쓴다. 삶은 나와 당신에게 각각 소속되었지만, 사랑은 나와 당신의 관계에서만 생겨난다. 전자가 실체라면 후자는 형식이다. 안도현은 이 둘을 고의적으로 혼동함으로써, 모든 개별자들이 서로 이타적인 관계를 맺고 있음을 보여주려 한다. 나와 당신은 삶을 지탱하는 두 개의 기둥이거나, 사랑이 들고나는 두 개의 구멍이다. 나와 당신이 힘을 합쳐 어렵게 지탱하는 무게가 삶의 무게라면, 입구에서 나와 출구로 가는 모든 움직임이 사랑의 움직임이다. 이 때문에 소중한 것은 당신과 내가 있는 그 자리가 아니라, 당신과 나의 거리, 간격, 사이다.

숲을 멀리서 바라보고 있을 때는 몰랐다

나무와 나무가 모여

어깨와 어깨를 대고

숲을 이루는 줄 알았다

나무와 나무 사이

넓거나 좁은 간격이 있다는 걸

생각하지 못했다

벌어질 대로 최대한 벌어진,

한데 붙으면 도저히 안 되는,

나무와 나무 사이

그 간격과 간격이 모여

鬱鬱蒼蒼 숲을 이룬다는 것을

산불이 휩쓸고 지나간

숲에 들어가 보고서야 알았다　　　　　—「간격」전문

　　시인이 나무에서 찾아낸 사랑의 아이콘은 서로 가지를 이어 붙인
연리지(連理枝)가 아니다. 나무들은 "벌어질 대로 최대한 벌어진,/한
데 붙으면 도저히 안 되는" 간격을 서로 수락했다. 이 간격이 사랑의
거리다. 나무들은 이 간격만큼 사랑한다. 서로 멀어질수록 나무의 사
랑은 커질 것이다. "산불"과 같은 참화를 입을 때, 나무들은 불을 옮
기지 않으려고 몸 대신 마음을 태웠을 것이다. "몰랐다"에서 "알았다"
로 옮겨가는 서법은 물론 수사적인 것이지만, 이 이행 덕분에 숲은 제
안에 품은 간격을 한껏 넓힐 수 있었다(이 시는 정희성, 「숲」〔1970〕의
세심한 변주다).

2. 그늘

나무들만 사이를 가진 것이 아니다. 한 그루 나무 역시 제 안에 사이를 품었다.

　일생 동안 나무가 나무인 것은 무엇보다도 그늘을 가졌기 때문이라
고 생각해본 적이 있다
　하늘의 햇빛과 땅의 어둠을 반반씩, 많지도 적지도 않게 섞어서
　자기가 살아온 꼭 그만큼만 그늘을 만드는 저 나무가 나무인 것은
　그늘이라는 것을 그저 아래로 드리우기만 할 뿐
　그 그늘 속에 누군가 사랑하며 떨며 울며 해찰하며 놀다가도록 내버
려 둘 뿐
　스스로 그늘 속에서 키스를 하거나 헛기침을 하거나 눈물을 닦거나
성화를 내지 않는다는 점이 참으로 대단하다고 생각한 적이 있다
　말과 침묵 사이, 혹은
　소란과 고요 사이
　나무는 저렇게
　그냥 서 있다
　　　　　—「그 드물다는 굳고 정한 갈매나무라는 나무」부분

그늘은 처음부터 간격이다. 그것은 빛도 어둠도 아닌, 그 어름에 있다. 그늘에는 햇빛과 어둠이 "반반씩, 많지도 적지도 않게" 섞였다.

그러니까 그것은 하늘의 일과 땅의 일을 두루, 알맞게, 포괄한 것이다. 그늘은 "말과 침묵 사이"에 있다. 그러니까 그것은 존재(태초에 말씀이 있었다)와 부재(제 곡조를 못 이기는 사랑의 노래는 언제나 님의 침묵, 그 묵언을 휩싸고 돈다)를 동시에 품은 것이다. 말과 말 사이 놓인 것이 침묵이며, 침묵과 침묵 사이에 끼어든 것이 말이다. "한 번 울고 나서, 그 다음에 울 때까지/그 사이에 장끼는 무엇을 하는가 궁금했다"(「장끼 우는 봄」). 그늘은 그 모든 걸 껴안은 간격이다. "그러니 사랑에 눈먼, 환한 저 이끼를/그늘의 육체라고 부르면 안 되겠나"(「이끼」).

사람살이와 관련된 모든 일이 그 그늘 안에서 일어나지만, 정작 나무는 제 스스로 나서는 적이 없다. 그래서 시인은 "빈한한 지붕 끝처럼 서 있는 저 나무를/아버지, 라고 불러도 좋을 것"이라고 말한다. 아버지가 꼭 그렇기 때문이다. 자식들이 "사랑하며 떨며 울며 해찰"하는, 그 모든 일을 부드럽게 품는 이가 바로 아버지 아니겠는가? 이제 빛과 어둠 사이에, 아니면 "말과 침묵 사이"에 있는 저 나무 그늘은 아버지 슬하의 보금자리다.

저 나무는 언젠가 쓰러지며 "땅 위에 태연히 일획을" 긋게 될 것이다. 아버지가 무너지고 나면, 아버지 그늘이 사라지고 나면 내가 아버지가 된다. 이번에는 몸에 돋은 나무 얘기다.

목욕탕에서 아들놈의 거뭇거뭇해진 사타구니를 슬쩍 보는 거
내심 궁금하고 흥미로우면서도
좀 슬픈 일이다

문득 내 머릿속에는

왜 이십 수년 전 아버지 숨 놓았을 때 염하는 사이 들여다 본

형편없이 자줏빛으로 쪼그라든 그것이 떠올랐던 것일까

아무래도 아버지와 아들 사이에 엉거주춤 서 있는

나의 그것 때문일 텐데,

내 가능성과 한계를 동시에 머금고 있는

결국은 가련한 그것! (……킥킥)   —「가련한 그것」 부분

오래전에 아버지는 숨을 놓으면서 그늘을 벗었다. 나는 아버지 그
늘을 벗어나 새로운 그늘을 지었다. 다르게 말해서 일가를 이루었다.
이제는 아들 사타구니가 거뭇거뭇해졌다. 그늘을 드리우기 시작한 거
다. "나의 그것은" "아버지와 아들 사이에 엉거주춤" 서 있다. 내 엉
거주춤한 자세가 "내 가능성과 한계"다. 나는 여전히 그늘을 드리울
수 있지만 내 그늘 아래서 또 다른 그늘이 자라고 있었다. 나는 이미
그늘을 이루었으니 어리지 않으며, 아들이 아직 그늘을 벗지 않았으
니 늙지 않았다. 이것이 한 세대에서 다음 세대로 건네주는 사랑이다.
아들이 수건으로 성급히 제 물건을 가릴 때에, "물방울이 그 끝에서
뚝뚝 듣는 것을 나는 또 본다." 아버지에게서 떨어져 나온 물방울에서
내가 생겼고 내가 떨어뜨린 물방울에서 아들이 생겼다. 나는 그 물방
울을 이미 여러 번 보았다.

3. 막대기

　몸에 돋아난 나무는 슬프다. 늘 구멍을 찾아가기에, 아니 스스로 구멍을 품고 있기에, 그것은 일종의 결여태며, 그래서 또 다른 의미의 구멍이다. 보라, "아궁이에서 굴뚝까지는/입에서 똥구멍까지의/길"과 같다. 그 길을 지나야 "세상의 밑바닥에 닿는다, 겨우"(「굴뚝」).

　　그러나 지금 굴뚝의 비애는
　　무너지지 않고 제 자지를 세우고 있다는 거

　　〔……〕
　　저 굴뚝은 사실 무너지기 위해
　　가까스로 서 있다
　　삶에 그을린 병든 사내들이
　　쿵, 하고 바닥에 누워
　　이 세상의 뒤쪽에서 술상 차리듯이　　　　　　—「굴뚝」 부분

　염할 때 보았던 아버지의 그것처럼 언젠가 무너져내릴 텐데도, 간신히, 안간힘을 쓰며 버티고 있는 굴뚝은 슬프다. 굴뚝이 쓰러지면, 사내들은 누운 채로, 병풍 뒤에서, 산 자들에게 마지막 술상을 차려준다. "빈집의 굴뚝"은 지나간 모든 삶을 비워낸 채로 낡아가는, 병든 육신을 제유한다.

몸에 돈은 육봉(肉棒)은 꺾이기 전까지 그렇게 구멍을 찾아갈 것이
다. 그것이 육봉의 운명이며, 그래서 그것은 슬프다.

> 수조관 속 곰장어는 슬퍼서 몸이 길구나
> 물 속을 얼마나 후려치며 싸돌아다녔기에
> 이렇게 길쭉해졌다는 말이냐
> ―生이란, 대가리부터 꼬리까지
> 그 길이 몇 뼘 늘리는 일이었구나   ―「곰장어 굽는 저녁」 부분

곰장어는 그 생긴 모습 때문에, 일종의 정력제다. 사슴은 모가지가
길어서 슬프지만, 곰장어는 온몸이 길어서 슬프다. 아니, 슬퍼서 몸
이 길다. 제 온몸으로 물에 구멍을 내고 다녀야 하는 운명이기 때문이
다. 일생을 그 길이만으로 설명해야 하는 삶은 슬프다. 하지만 그 슬
픔은 결여의 형식에서 필연적으로 파생된 것이며, 그 결여태에서 충
족태로 나아가려는 움직임이 바로 사랑의 움직임이다. 시는 다음과
같이 끝난다.

> 포장마차 밖에는 눈보라의 긴 꼬리가
> 세상 속에다 구멍을 내는 저녁

곰장어에서 시작하여 구멍으로 끝나는 것, 그게 무릇 사랑 아닌가?

4. 구멍

시인의 말에 따르면, 그건 참 "거시기"한 일이다.

　전주에서 지리산을 가자면 남원 조금 못 미쳐 춘향터널을 통과해야
한다 나는 컴컴한 이 터널을 다 지나가고 나면 매번 요상하게도 거시기
가 힘이 쪽 빠지대 한 어르신께서 농을 던지자, 으아 춘향터널이 세긴
센가 보네 어쩌고저쩌고 하면서 자신의 거시기를 생각하는지 모두들
거시기한 표정으로 차창 밖으로 고개를 돌리는데, 일행 중에 누군가
문득, 자기는 춘향터널 입구에 당도하기만 하면 거시기가 왈칵 묵직해
지더라고 너스레를 떨었던 것인데, 그 뒤로 나는 전국 각처 터널을 드
나들 때마다 참 거시기한 생각에 빠져들곤 하는 것이다

　　　　　　　　　　　　　　　　　　　　　　　　—「춘향터널」 전문

　구멍에 드나들 때마다 "거시기"가 묵직해지거나 힘이 빠진다. 그건
참 "거시기한 생각"이며, 그런 생각을 하는 이들은 다들 "거시기한 표
정"을 짓는다. "거시기"는 본래 말을 하면서 무엇인가 얼른 떠오르지
않을 때에 쓰는 말이다. 다들 알고 있으면서 눙치고 있으니, 구멍을
관통하는 움직임이 모든 사랑에 고유한 은근한 동력(動力)임을 알겠
다. "거시기"는 말로 지칭하기 어려운 대상을 입에 올릴 때에도 쓰는
말이다. 몸("자신의 거시기")에서 마음("거시기한 생각")까지 거시기로
포괄했으니, 구멍을 찾아가는 운명이 모든 삶에 편재(遍在)한 운명임

을 알겠다.

우리가 먹고사는 일에도 그런 에로스가 숨어 있다.

거 왜 있잖아, 앵두의 입술에 내 입술이 닿을 때,

앵두 알을 깨물어서 입안에서 환하게 토도독 터져서는 물기 번질 때,

하루 내내 먹어도 배가 부르지 않을 것 같은 그런 때,

장차 내 인생이나 네 인생에 쉽사리 잘 오지 않을 것 같은 그런 때,

앵두를 먹을 때,

툇마루 끝에 앉아

앵두를 먹었지

앵두 씨를 툿, 툿, 툿, 뱉어가며 먹었지

그런데 있잖아, 앵두 씨에도 혀가 있다는 말 들어봤나?

하나도 아니고 둘도 아니고

혀끝으로 발라 우리가 마당에다 내뱉은 만큼

앵두 씨가 자기를 밀어 올리는 것 봤나?

지금 앵두의 혀가

날름날름 연초록 바람을 골라 먹고 있다니까!

　　　　　　　　　　　　　　　　—「앵두의 혀」 부분

　이 시의 앵두는 '앵두 같은 입술'을 말할 때의 그 앵두다. 그래서 앵두를 입에 댈 때가 바로 "앵두의 입술에 내 입술이 닿을 때"다. 우리가 아무리 앵두를 "입에 우겨 넣어도 볼이 불룩해지지 않는 것은/

앵두 알을 씹는 사이, 그 어느 틈에/씨앗을 발라 뱉는 기막힌 혀가 있기 때문"이다. 이것이 감미로운 입맞춤을 말하는 게 아니고 무엇이 겠는가? 이 순간이 바로, 환하게 물기가 번지는 순간이며 먹지 않아도 배부른 순간이며 우리네 삶에서 가장 행복한 순간이다. "음, 하고 입을 꼭 다문 복숭아를/아, 하고 입을 벌려 깨물었는데/갑자기 내 입 속의 마른논으로/물 들어오네"(「복숭아」). 마른논을 채우는 물의 사랑이 우리에게 먹히는 것들이 우리에게 주는 사랑이다. 우리가 앵두 씨를 뱉으면("톳, 톳, 톳"은 내가 앉아 있는 "툇마루"의 "툇"과 관련되어 있으며, 입을 맞출 때의 동그랗게 오므린 입술 모양과도 관련되어 있다), 앵두가 마당에서 혀를 내민다. 무릇 살아 있는 것은 모두들 그렇게 사랑을 주고받는 것이다.

그걸 막으면 삶은 고이고 썩는다. "바다의 입이 강이라는 거 모르나/강의 똥구멍이 바다 쪽으로 나 있다는 거 모르나/입에서 똥구멍까지/왜 막느냐고 왜가리가 운다/꼬들꼬들 말라가며 꼬막이 운다"(「왜가리와 꼬막이 운다」). 새만금에서, 강은 엉덩이를 바다에 대고 부유물을 싸놓는다. 바다는 입을 강에 대고 그것들을 받아먹는다. 갯벌은 화장실이자 식당이어서, 오염 물질을 거르는 탁월한 정화 시설이다. 왜가리와 꼬막의 울음은 삶의 자연스런 순환을 가로막는 저 무서운 인위(人爲)에 대한 비탄을 보여준다.

5. 옆모습

안도현에 따르면 사랑은 옆에 서는 것이다. 옆에 서서, 서로에게 간격을 허락하거나 들고나는 것이다.

나무는 나무하고 서로 마주 보지 않으며
등 돌리고 밤새 우는 법도 없다
나무는 사랑하면 그냥,
옆모습만 보여준다

옆모습이란 말, 얼마나 좋아
옆모습, 옆모습, 자꾸 말하다 보면
옆구리가 시큰거리잖아

앞모습과 뒷모습이
그렇게 반반씩
들어앉아 있는 거   —「옆모습」 부분

그늘이 빛과 어둠을 반반씩 섞은 것이듯, 옆모습은 앞모습과 뒷모습을 반반씩 포개놓은 것이다. 우리가 보는 나무는 늘 옆모습이다. 이 발견은 무척 아름답다. 옆모습은 우리에게 사이를 허락한다. 함께 나란히 서는 것, 그게 사랑의 본래 형식이다. 사랑하는 이가 내 옆에

있을 때 나는 옆구리가 시큰거린다. 다르게 말해서 나는 그에게 떼어
준 갈비뼈를 느낀다(갈비뼈를 뜻하는 수메르어 닌Nin은 본래 생명을 만
든다는 뜻이다). 그 사람은 나의 일부였다. 나는 그 사람과의 간격을
수락해야 하는 슬픔과, 건너뛰고 싶은 열망을 동시에 가진 채, 그저
서 있다. 마주하지도 않고 등을 돌리지도 않은 채, 바로 옆에서, 나무
의 형상으로 말이다. 그게 우리가 '함께'라는 말로 지칭하는 형상이
다. 이를테면 "누군가를 사랑하려면 같이 울어주어야 한다는 것"(「돌
의 울음」).

어머니가 내게 자꾸 술을 권하던 것도 그 옆모습이 안쓰러워서였을
것이다.

지나가다 허기를 짜장면 냄새한테 그대로 들켜버린 건 시골 중국집
앞에서였다. 우리 일행은 목단인 듯 작약인 듯 사방연속 꽃무늬 벽지
로 도배한 내실로 들어갔다

40대 후반쯤 되어 보이는 여주인은 혼자서 오차도 따르고 주문도 받
고 단무지도 양파도 내왔는데, 그릇에 그득히 담겨온 뜨끈한 짜장면을
허겁지겁 먹다가 나는 어쩌다가 자개장롱 위에 일렬횡대로 도열해 있
는 술병들을 보게 되었다

인삼주 다래주 더덕주에다 그 밖에 이름도 모를 열매로 담근 술이
예닐곱 술병마다 가득하였는데, 그 우러날 대로 우러난 슬픔 같은 게
발그스레할 대로 발그스레해진 것을 보면서 나는 문득 싸하게 목이 메

어왔는데,

  그 까닭은 장롱 맞은편 벽에 넥타이를 매고 벌써 다른 데로 가기에
는 누가 봐도 좀 이르다 싶게 안쓰러운 중년 남자의 흑백 영정 사진 하
나가 삐뚜름히 유리 액자 속에 박혀 있었기 때문이었다

  그 남자 술을 좋아했던 것일까 생전에도 저렇게 천연덕스런 목숨의
빛깔이 우러나온 담근 술을 물끄러미 바라보는 일을 사랑했던 것일까
밀가루 반죽을 탕탕 치고 면발을 흔들다가 그 남자 어느 날 어떻게 미
련 없이 등을 보인 것일까 그 남자 생각이 툭툭 입가에서 이어지다 끊
어지다 하는 것이었다

  그랬다 혼자 된 어머니가 아들에게 자꾸만 담근 술을 권하던 날들은
서러웠다 나는 한번도 어머니의 남편이 되어주지 못하였고, 거 참 술
이 다네 한 잔만 더 해야지, 흐뭇하게 잔을 내밀지 못하였고, 모로 누
워 자는 척하며 귀찮은 듯 손사래를 치기만 하던 날들이 있었다
                                              ─「시골 중국집」전문

  술병들이 나란히 늘어선 형상 역시 사랑의 옆모습을 보여주는 것이
다. 나란히 선 술병들은 곱게 익어갔지만, 사내는 살아생전에 그 술
들을 다 즐기지 못했다. 게다가 그는 어느 날 "미련 없이 등을" 돌리
고 사진 속으로 걸어 들어갔다. 사내나 "혼자 된 어머니"는 사랑하는
사람과 저 술병들처럼 나란히 서지 못했다. 남아 있는 익은 술들은 그

렇게, 생전에 못다 한 사랑을 증거하고 있는 것이다. "우러날 대로 우러난 슬픔"이 거기에 있었던 것이다.

6. 모퉁이

안도현의 시에서는 빽빽한 것이 아니라 성근 것, 가득 찬 것이 아니라 비어 있는 것, 번쩍이거나 캄캄한 것이 아니라 그늘을 드리운 것, 구멍을 찾는 막대기들, 나란히 선 것들이 다 사랑의 아이콘이다. 삶과 사랑의 정교한 착란(錯亂)이 낳은 마지막 아이콘은 모퉁이다. 그것은 그저 넓은 것, 휑하니 뚫린 것, 쭉쭉 뻗어 있는 것들 사이에 끼어들어, 그것들에 숨구멍을 만들어놓는다.

> 모퉁이가 없다면
> 그리운 게 뭐가 있겠어
> 비행기 활주로, 고속도로, 그리고 모든 막대기들과
> 모퉁이 없는 남자들만 있다면
> 뭐가 그립기나 하겠어
>
> 모퉁이가 없다면
> 계집애들의 고무줄 끊고 숨을 일도 없었겠지
> 빨간 사과처럼 팔딱이는 심장을 쓸어내릴 일도 없었을 테고
> 하교 길에 그 계집애네 집을 힐끔거리며 바라볼 일도 없었겠지

인생이 운동장처럼 막막했을 거야

모퉁이가 없다면
자전거 핸들을 어떻게 멋지게 꺾었겠어
너하고 어떻게 담벼락에서 키스할 수 있었겠어
예비군 훈련 가서 어떻게 맘대로 오줌을 내갈겼겠어
먼 훗날, 내가 너를 배반해 볼 꿈을 꾸기나 하겠어
모퉁이가 없다면 말이야

골목이 아냐 그리움이 모퉁이를 만든 거야
남자가 아냐 여자들이 모퉁이를 만든 거지   ─「모퉁이」전문

　모퉁이는 두 가지 뜻을 품었다. 구부러지거나 꺾여 돌아간 자리가
첫번째 모퉁이라면, 변두리나 구석진 곳이 두번째 모퉁이다. "계집애
들의 고무줄"을 끊고 달아나는 곳, "하교 길에 그 계집애네 집을" 숨
어서 엿보는 곳, "자전거 핸들을" 꺾어야 하는 곳이 튀어나온 모퉁이
라면, 몰래 숨어서 키스를 나누는 곳, 오줌을 누는 곳, 널 배반할 꿈
을 꾸는 곳은 움푹 들어간 모퉁이다. 그것과 대척을 이루는 것이 "비
행기 활주로, 고속도로, 그리고 모든 막대기들"과 남자들이다. 쭉쭉
뻗어 있는 것들이거나, 그렇게 뻗은 것들을 몸에 붙이고 다니는 사람
들 말이다. 세상이 그것들뿐이었다면, 삶은 "운동장처럼 막막했을"
것이다. 사랑은 은밀한 것이며, 숨어서 그리워하는 것이며, 다른 걸

꿈꾸는 것이다. 모퉁이가 정확히 그렇다.

모퉁이는 골목마다 있지만 정작 모퉁이를 만든 것은 그 골목에 붙여둔 우리의 그리움이며, 모퉁이에 숨은 이는 남자이지만 정작 모퉁이에 남자를 숨겨준 이는 여자다. 다음 시가 형상화하는 것도 모퉁이다.

풀숲에 호박이 눌러앉아 살다 간 자리같이
그 자리에 둥그렇게 모여든 물기같이
거기에다 제 얼굴을 가만히 대보는 낮달과도 같이 ──「적막」 전문

제목이 "적막"인 것은 이 풍경에 잡스러운 소음이 섞이지 않아서만이 아니다. 이 풍경은 그 자체로 자족적이어서, 여기에 더 이상 덧붙일 말이 없기 때문이다. 호박과 낮달에 여자와 남자를 이입할 필요도 없고 물기에 그리움이란 이름을 붙일 필요도 없다. 이 움푹 들어간 모퉁이 때문에 낮에도 달이 떠올랐다('달이 뜨다'와 '달뜨다'란 말은 혹시 같은 부모를 가진 게 아닐까?).

7. 자전거처럼……

사랑의 논리로 안도현의 시를 읽었다. 시인이 사이, 그늘, 구멍, 모퉁이를 든 것은 그 빈자리에 사랑이 흘러들기 때문이다. 그것이 평탄하거나 쭉 뻗어 있었다면, 그래서 아무 고일 곳이 없었다면 "인생이 운동장처럼 막막했을" 것이다. 옆모습은 그렇게 사이와 그늘과 구멍

과 모퉁이를 허락한 이들의 자세며, 막대기는 그것들을 찾아가는 삶의 운명이다.

시 한 편을 더 인용하고 글을 마쳐야겠다. 자전거에는 그 모든 사랑의 아이콘을 제 몸에 새긴 사람의 모습이, 어쩌면 시인의 자화상이 숨어 있다.

나중에 다시 태어나면
나 자전거가 되리
한평생 왼쪽과 오른쪽 어느 한쪽으로 기우뚱거리지 않고
말랑말랑한 맨발로 땅을 만져보리
구부러진 길은 반듯하게 펴고, 반듯한 길은 구부리기도 하면서
이 세상의 모든 모퉁이, 움푹 패인 구덩이, 모난 돌멩이들
내 두 바퀴에 감아 기억하리
가위가 광목 천을 가르듯이 바람을 가르겠지만
바람을 찢어발기진 않으리
나 어느 날은 구름이 머문 곳의 주소를 물으러 가고
또 어느 날은 잃어버린 달의 반지를 찾으러 가기도 하리
페달을 밟는 발바닥은 촉촉해지고 발목은 굵어지고
종아리는 딴딴해지리
게을러지고 싶으면 체인을 몰래 스르르 풀고
페달을 헛돌게도 하리
굴러가는 시간보다 담벼락에 어깨를 기대고
바큇살로 햇살이나 하릴없이 돌리는 날이 많을수록 좋으리

그러다가 천천히 언덕 위 옛 애인의 집도 찾아가리

언덕이 가팔라 삼십 년이 더 걸렸다고 농을 쳐도 그녀는 웃으리

돌아가는 내리막길에서는 뒷짐 지고 휘파람을 휘휘 불리

죽어도 사랑했었다는 말은 하지 않으리

나중에 다시 태어나면   ―「나중에 다시 태어나면」 전문

　나도 왼쪽과 오른쪽을 반반씩 섞어 균형을 잡는 사람, 세상의 모든 모퉁이와 구멍을 기억하는 사람, 천천히 햇살을 돌리며 그늘을 만드는 사람이 되고 싶다. 천천히 헛돌며 세월을 보낸다 해도, 옛 애인에게 "죽어도 사랑했었다는 말은 하지" 않으리라. 삶과 사랑이 다른 말이 아니므로. 살아 있으므로, 그리고 지금도 사랑하고 있으므로.

내 안의, 이토록 낯선
——이규리의 『앤디 워홀의 생각』

1. 아버지

먼저 아버지가 있다. 아버지는 "9시"의 주인이다. 시인의 생활은 9시를 전후로 하여 토막이 났다. "9시는 아버지의 세상이 문을 닫는 시각이지요. 책을 읽거나 밥을 먹거나 섹스를 할 때에도 나는 9시에서 멈추어야 합니다"(「아직도 9시가 있다」). 시인은 아버지의 법을 어길 수 없었다. 그걸 지켜야 할 때마다. 그녀와 그녀의 삶은 서로 어근 버근해졌다. 9시는 무얼 시작할 수도, 하던 일을 끝낼 수도 없는 시각이다. 그 시각은 "완성되는 시각이 아니라 중단되는 시각"이다. 시간의 원환(圓環)은 완결되지 못했다.

9시는 과거의 시각이다. 24시가——0시로 몸을 바꾸는——순환의 시각이라면, 9시는 흘러가지 않는 시각이다. "아버지가 읽는 현재란 언제나 과거이다/내 삶의 곳곳에 밑줄을 그었던 아버지"(「아버지의 방」). 아버지는 시인이 노트를 채워 넣기 전에 이미 그 노트의 주인이었다. 아니, 시인 자신이 아버지가 쓴 책의 내용이었다. 시인의 가족은 "밑줄 친 문장 속에서 옴짝달싹할 수 없는/활자의 식구들"이었다. 그는 곳곳에 밑줄을 그어, 중요한 것과 사소한 것을 지정했고 시인의 발언에 주석을 달거나 시인이 참고해야 할 다른 목록을 작성했다. 시인이 출가한 세상마저 아버지의 몸이었다. 이를테면 "파계사 순환도로"에 도열한 단풍잎들은 아버지의, "하얀 티슈 위를 찍었던 각혈"이거나 그걸 닦느라 "붉게 묽든 내 손들"이다(「단풍나무 잎, 그리고 아버지」). 그 시절은 사라진 것이 아니다. 제목이 이르듯, 아직도 지상에는 9시가 있기 때문이다. 아버지는 내 안에서, 여전히 금지의 원칙으로 현전하는 입법자다.

2. 몸

그리고 이토록 야윈 몸이 있다. 몸은 내 것이지만, 제 자신의 의지와 기율을 배반할 때 몸은 더 이상 내 것이 아니다. 사정은 정반대여서 외려 몸이 나를 제 것이라 주장했다. 상처가 날 때마다, 몸은 상처 안에서 밖으로 나가려고 나를 긁어댔다. 그것도 늘 그랬다: "흉터를 열어보면 격렬하게 자신과 다투는/한 사람 있다/신경섬유의 올 사이를 지나는 봄여름가을겨울 있다"(「가려움증」). 시인은 자신과 몸과 세상 사이의 간격을 말할 때마다, 이 마른 몸을 느낀다.

브래지어에서 출발하는 사춘기도 있다. 가족들이 집을 비운 사이,

서랍 속에 접어 둔 언니의 봉긋한 브래지어는 내가 꿈꾼 조숙하고 달콤한 흥분이었다. 겨우 밤톨만 한 젖멍울이 생겼을 뿐인 내 가슴을 단숨에 수식했던 브래지어의 황홀을, 밤마다 나는 재촉했다. 내 가슴이 부풀어 저 브래지어의 우듬지에 닿기를, 분홍빛 유두가 살며시 끝을 향해 긴장해 있기를, 그러나 재촉했던 지식, 재촉했던 사랑처럼 내 가슴은 그리 빨리 부풀지 않았고 언니의 에로틱한 브래지어는 겉돌았다. 자라지 않은 가슴과 팽팽하게 솟은 브래지어 사이의 공간만큼 나는 일찍부터 공허 같은 걸 품고 다닌 게 아닐까.   ─「재촉하다」 부분

가슴에 맞는 브래지어가 아니라 브래지어에 맞는 가슴을 갖기를 바랐던 어린 시인의 꿈은, 세상의 기율을 제 것으로 삼기를 바랐던 사춘(思春) 이래의 소망이다. 시인은 소망했던 만큼 가슴이 크지 않았다는 말을 하면서, 슬쩍 "재촉했던 지식, 재촉했던 사랑처럼"이란 수식을 붙여두고 지나간다. 내 앎도, 내가 재촉했던 사랑도 그렇게 세상과 틈을 보였던 것이다. 내가 생각하는 몸과 실제 몸 사이의 간격은, 그녀가 처음부터 수락할 수밖에 없었던 세상과의 간격이었다. 나는 그렇게 굳어버렸다, 마네킹처럼.

저 여자 내 생을 설명하는 거라면
누군가 그 아래 의자를 놓아주지 않을까

유리통 안
수줍음도 굳으면 딱딱해져서

몸에 피가 돌지 않는 걸

젖가슴과 허리둘레와 사타구니로
참 많은 사람들이 끈적끈적한
눈 지문들 붙여 놓고 갔다

천 번 달아나고 천 번 돌아와
아침밥을 거른 날
아시는지, 누군가 절걱
사지를 틀어 빼는 것   ──「마네킹」부분

　의자를 놓아주고 싶을 정도로 내내 서서 보내야 하는 삶, 탐욕스런
사람들이 묻혀놓은 "끈적끈적한/눈 지문들"을 견뎌야 하는 삶, 그러
다 죽음이 "절걱/사지를 틀어" 빼듯 덮쳐올 나날을 기다리는 삶. 마
네킹은 헐벗은 몸이며, "피가 돌지 않는" 몸이며, 무엇보다도 죽음과
친숙한 몸이다. 나는 처음부터 바짝 말라서, 허공을 품고 있었다. 시
인은 몸에 관해 이야기할 때마다 어떤 불화와 단절에 관해 말한다. 예
컨대 코르셋은 "꽉 조인 하루"(「코르셋」)고, 내 몸은 "검은 망토 한
겹"(「유령의 말씀」)이다.

3. 당신

이 간격 너머에 당신이 있다. 야윈 몸을 악기로 삼아서 나는 당신에게 신호를 보낸다. 모든 야위고 헐벗은 것들은 그렇게 소리를 낸다. "찬바람 속 빨랫줄과 겨울나무, 전선에서도/땅!/전자기타 소리가 나네요/욕망까지도 소리가 되는,/앙상한 몸들이 서로 닿으려/현을 만들었을까요"(「틈」). 나도 당신도 야위었는데, 빈약한 우리 몸이 어떤 간절함을 낳았던 셈이다. 나는 당신에게, 단번에, 쏟아지고 싶다.

내 생각은 겨울에 뜨겁습니다. 집중 때문이지요. 열 개의 손가락에 퍼져 있는 삼천오백 볼트의 전류를 지니고 칩거하는 날은 바람이 더욱 맵지요. 반작용을 아십니까? 들끓는 생각은 수위를 넘고 내 언어가 없는 곳에 당신이 있습니다. 말이 닿지 않는 곳, 하여 내가 검지를 펴서 당신을 지목한다면 삼천오백 볼트의 전류가 순식간에 늑골을 관통해 한 마을을 지우겠지만 그냥, 깜짝깜짝 놀라며 나는 여기 더 살아 있을게요 당신을 탁 놓고
　　　　　　　　　　　　　　　　　　　　　　　——「정전기」 전문

"내 언어가 없는 곳에 당신이" 있다. 말로 당신을 이루 다 형용할 수 없었다는 말이다. 하지만 내 열정은 "삼천오백 볼트의 전류"여서 순식간에 "한 마을을" 지울 정도이지만, 정작 내가 할 수 있는 일은 "깜짝깜짝 놀라며" 살아 있는 것뿐이다. 당신을 받아들일 수도 내칠 수도 없다. 우리는 그 간격의 이쪽저쪽에서 "들끓는 생각"만으로 견뎌

내야 한다.

사정이 이렇게 된 것은, 당신이 내 간절한 그리움의 결과가 아니라 내가 당신의 풍경에 포함된 한 사람에 지나지 않기 때문이다. 그래서 이 시인이 말하는 당신은, 통상의 서정시가 그렇듯, 내 자신의 변체(變體)가 아니다. 차라리 내가 당신의 일부라고 말해야 한다. 나는 내 자신의 형신(形身)을 부인했다(시인의 몸이 처음부터, 시인과 불화하고 있었음을 기억하자). 그 부인의 결과는 가혹했다. "말하자면 형이상학 때문에 나는 그 남자를 잃었다. 오랜 뒤 그가 왜 떠났는지 알게 되었을 때에도 나는 엉거주춤 형이상학을 거머쥐고 있었다. 놓치기 싫은 헝겊인형의 추억처럼 아무런 체온도 없었던 형이상학을 들고 다니면서 속수무책 청춘이 흘러갔다"(「얼레지꽃, 그 형이상학」). 사랑은 형이하(形而下)의 영역에 있다. 피와 살을 가진 몸으로 하는 것이기 때문이다. "허리를 곧추세우고 시선을 내린 저 완고한 외면이 내 형이상학에 닿아 있다"고 시인은 썼다. 외면(外面)은 대면을 꺼려 시선을 돌린다는 말이기도 하고, 그냥 바깥 면이라는 말이기도 하다. 나는 당신을 대면할 수 없었거나, 처음부터 바깥에 있었다. 시인의 마른 몸은 사랑이 증발한 육신의 다른 표상이기도 했다. 당신이 내 육체를 알아보았을 때에, 나는 비로소 당신의 풍경 가운데 하나가 된다.

> 내 생리는 아무 때나 찾아와서 질척거려
> 그 주홍을 당신은 노을빛으로 받아 밑그림에 넣곤 해
> 〔……〕
> 모래밭에서 탱탱한 살 자글자글 태우는

妻妾들의 순진무구 앞에
선명하게 검정 테를 두르는
당신은 정오의 햇살을 옮기어
그늘을 당겨 앉히네
입술이 불그름한 여자들
그림자처럼 조용히 따라가고 있네
            —「나는 고갱의 세번째 여자」 부분

　"세번째 여자"는 내가 저 순진무구한 "처첩(妻妾)들" 가운데 한 명이라는 뜻에서 한 말이다. 고갱의 하늘을 수놓는 "노을빛"은 내 육체성에서 추출한 것이다. 내가 당신을 알아본 것이 아니라 당신이 나를 알아본다는 것, 당신이 내 육신에서 붉은빛을 적출하고, 내 육신에 "검정 테"를 두른다는 것, 나는 그때까지 먼저 손을 뻗을 수 없다. 이 수동성은 당신이 내 안에 있으되, 어떤 타자(他者)로만 내게 현존한다는 것을 일러준다.

4. 성애

　당신에 대한 소통에의 열망이 성애를 낳았다. 이 성애는 적극적인 것이 아니다. 시인이 가진 것이 일종의 형이상학이었으므로, 시인은 성애를 낳는 긴장감을 다 감당할 수 없었다. 성애는 몸과 마음이 결합할 때에만 가득 피어오른다. 이규리 시의 성애는 겨우, 몸과 마음이 불편하게 동거하는 것을 증명할 뿐이다. "내 생리는 아무 때나 찾아와서" 질척거렸거나, "28일 주기"로 정확하게 찾아왔다(「사막 편지 3」). 생리 주기가 규칙적이었든 불규칙적이었든 그게 중요한 게 아니었다는 말이다. 중요한 것은 시인이 여전히 육체성의 불편한 증거를 의식하고 있다는 것이다. "그가 내 노트에 별자리를 그리기 시작했다. 말을 버리고 손끝으로 별을 낳는 사람, 그의 손을 거쳐 나온 별들은 젖멍울이 단단해져 있었다"(「그가 내 노트에 별자리를 그리기 시작했다」). 시인의 성애는 노트 위에서만 겨우 반짝인다. 노트는 육체를 되비치는 종이 거울이다. 그래서 노트에 그려진 별은 이미 내게 한 번 걸러진 육체다. 그의 손끝을 따라 젖멍울이 부풀어올랐는데, 그 멍울은 시인의 것이 아니라 별의 것이다. 육체는 이미 지나간(아버지!), 내게 남아 있지 않은(야윈 몸!), 지금은 없는(당신!) 어떤 흔적을 보존하고 있다.

허물어진 마음도 저리 아름다울 수 있다면
나도 너의 폐허가 되고 싶다
살아가면서 누구에겐가 한때
폐허였다는 것, 또는
폐허가 날 먹여 살렸다는 것.

어떤 기막힌 생이 분탕질한 폐허에 와서
한판 놀고 가는 바람처럼
내 놀이는

지나간 흔적들 빠꼼히 들여다보는

쌈박한 도취 같은 것

콜로세움은 폐허가 아니었고

상처가 아니었고

먼 훗날 아들의 아들, 손자의 손자가

할애비의 놀이터를 구경하라고

날 무딘 칼로 뚜껑을 썰어 연

단

면

도 　　　　　　　　　　　　　—「폐허라는 것」 전문

　나는 "허물어진 마음"을 "허물어진 몸"이라 읽고 싶은 유혹을 느낀
다. "살아가면서 누구에겐가 한때/폐허였다는 것"을 아는 마음은 별
이 대신한 육체만큼이나, 한 번 걸러진 마음이다. 마음은 몸에 새겨
진 어떤 흔적을 반추할 뿐이다. 내 유일한 즐거움은 "지나간 흔적들
빠꼼히 들여다보는" 일이었다. 그런데 시인은 그걸 "쌈박한 도취 같은
것"이라 부른다. 이 도취는 정신이 육체를 온전히 접수할 때에 일어나
는 황홀, 혹은 접신의 체험과 다르다. 그것은 "먼 훗날, 아들의 아들,
손자의 손자가" 구경하는 "할애비의 놀이터" 같은 것이다. 지나간 것
은 이미 완전하게 지나갔다. 시인은 돌이킬 수 없는 것만을 돌이킨다.
그래서 그것은 폐허도 상처도 아니다. 내 안에 생생하게 기록되어 있
는 과거는 단순한 흔적이거나 폐허가 아니며(지금도 아프기 때문이

다), 단순한 고통이거나 상처가 아니다(현재와 완전하게 단절되어 있기 때문이다). 성애는 이런 두 시절(과거와 현재)을 왕복하는 가운데, 두 사람(나와 당신)을 왕복하는 가운데서 생겨난다.

5. 앤디 워홀

마지막으로 시집의 표제에 오른 인물인 앤디 워홀이 있다. 앤디 워홀Andy Warhol(1928~1987)은 실크 스크린silk screen을 이용하여 대중문화의 속성(원본의 부정, 대량생산, 심미적 의식의 마비, 광고 효과의 극대화)을 현대 추상미술에 도입했다. 시인이 앤디 워홀을 든 것은 이 시대의 사랑과 행복을 비판하기 위한 것만이 아니다.

내가 빌렸던 입술, 내가 빌렸던 꽃잎,
내가 빌렸던 손,
내가 빌렸던 여자
한데 쏟아 넣고 보글보글 끓이면 농심라면이다
퉁퉁 불어터진 면발과
식은 국물로
허기를 채우던 밤은 이제 가라
빼곡한 세상의 진열대
복제된 사랑 안에서 오늘 누가 울고 있나
추억도 나날이 소비되는 것

신제품에 밀려 구석진 곳에서 먼지를 쓰고 있는

저 느렸던 날들의 행복에 대해선

이제 말하지 말자

나는 나를 믿을 수 없다

굳기름 둥둥 떠다니는 치사한 연애는

이제 내다버려라

쇼핑백 속 훌쩍거리는 비애덩어리들

지상의 화면을 빠져 나가면

대량 생산된 사랑 코카콜라처럼 마셨던

여름이 있을 뿐   ─「앤디 워홀의 생각」부분

　"복제된 사랑"과 "치사한 연애"와 "대량 생산된 사랑"이 "저 느렸던 날들의 행복"과 반드시 대척의 자리에 놓였다고 말할 수 없다. 나 역시 입술과 꽃잎과 손과 여자를 빌렸거나 빌려주었기 때문이며, 추억을 소비했기 때문이며(추억은 본래 그렇게 되작이는 것이다), "지상의 화면"에 포함되었기 때문이며, 그런 사랑을 "코카콜라처럼" 마셨기 때문이다. 이 이야기 속에는, 나 역시 어떤 이의 사랑에 포함된 한 여자였거나 한 남자의 사랑을 그렇게 소비했다는, 쓰디쓴 발견이 담겨 있다(워홀의 대표작 가운데 하나가 그 유명한 「스물다섯 개의 마릴린 먼로」다. 시인이 「나는 고갱의 세번째 여자」를 썼다는 사실을 기억하자). 지나간 모든 사랑이란 게, 한 줄로 세워놓으면(한꺼번에 반추하면), 대량 생산된 사랑이 아니고 무엇이겠는가? "가상공간 같은/압구정동과/대치동 사이"(「서울 야화」)로 대표되는 서울이야 그 자체로 거대한 키

치지만, 실제로 이런 키치는 미세한 영역에도 두루 스며들어 있다. 예를 들어, 가족마저 나란히 놓고 보면 그렇게 키치적일 수가 없다.

> 첫번째 서랍을 열고 아버지를 넣는다
> 두번째 서랍을 열고 할아버지를 넣는다
> 곱게 빨은 시간들
> 왼쪽 서랍 윗칸은 어머니를 넣는다
> 왼쪽 서랍 아래칸은 할머니를 넣는다
> 한사코 다른 곳으로 이사하려는 어머니를 겨우 말렸다
>   ―「이걸 아파트라고 하면 안 되나」 부분

이 아파트는 삶의 형식이며(그들은 복제된 주거 공간의 소비자들이다) 기억의 형식이다(그들은 내가 배열한 추억에 따라 정돈되어 있다). 이들이 모여 나의 가계를 이룬다(참고삼아 말하면 왼쪽과 오른쪽은 남녀의 계보며, 위쪽과 아래쪽은 세대의 계보다). 시인은 이 속물성의 감옥에서 헤어날 수 없다. 차라리 속물성이 내 사랑의 일부였다고 말해야 한다. 내 안에 든, 징그러운 이 사랑의, "짧았던 한때의 부글거림"(「노을 문신」).

6. 내 안의, 이토록 낯선

몇 개의 키워드로 이규리의 시집을 읽었다. 그것들은 모두 시인의

안에 든, 불편한 동거인들이다. 내 안에 있으면서 끊임없이 나를 지연시키고(나는 아버지 때문에 완성될 수 없었다), 분리시키고(내가 생각하는 몸은 이토록 야윈 지금의 몸이 아니었다), 욕망하게 하고(당신을 향한 마음의 움직임을 이렇게 부를 수 있다면 말이다), 지나간 욕망을 다시 욕망하게 하고(이토록 쓸쓸한 성애란!), 비판하게 만드는(워홀은 나의 적수이자 주인공이다) 동거인들. 이들이 시인과 길항하면서 시인에게서 무엇인가를 빼앗아갔다. 몇 개의 삶, 몇 개의 사랑, 몇 개의 추억을. 그리고 그 빼앗은 것들을 우리에게 돌려주었다. 수많은 시들을. 거기에 충만한 단아한 아픔을, 입을 가린 울음을, 아무 일도 일어나지 않았던 황홀한 밤들을 이제 우리가 경험할 차례다.

■ 각 글의 출처 및 본문에서 인용, 참조한 시의 텍스트

(해당 시가 시집에 실린 경우에는 시집을, 실리지 않은 경우에는 발표지면을 적었다.)

제1부

감각의 논리(『문학동네』, 2004년 봄)

이성복, 『뒹구는 돌은 언제 잠 깨는가』(문학과지성사, 1980); 『남해 금산』(문학과지성사, 1986); 『그 여름의 끝』(문학과지성사, 1990); 『호랑가시나무의 기억』(문학과지성사, 1993); 『아, 입이 없는 것들』(문학과지성사, 2003); 『달의 이마에는 물결무늬 자국』(열림원, 2003); 김행숙, 『사춘기』(문학과지성사, 2004); 이덕규, 『다국적 구름 공장 안을 엿보다』(문학동네, 2003)

기호의 제국(『문학 판』, 2005년 봄)

박상순, 『6은 나무 7은 돌고래』(민음사, 1993); 『마라나, 포르노 만화의 여주인공』(세계사, 1996); 『Love Adagio』(민음사, 2004); 김형술, 『물고기가 온다』(문학동네, 2004); 이기성, 『불쑥 내민 손』(문학과지성사, 2004)

아프로디테의 자식들(『시선』, 2004년 봄; 『문학동네』, 2005년 여름)

김언희, 『말라죽은 앵두나무 아래 잠자는 저 여자』(민음사, 2000); 『뜻밖의

460

대답』(민음사, 2005); 채호기, 『수련』(문학과지성사, 2004); 박서원, 『이 완
벽한 세계』(세계사, 1997)

뜨거운 환상과 차가운 환상(『포에지』, 2002년 여름)
조말선, 『매우 가벼운 담론』(문학세계사, 2002); 김행숙, 『사춘기』(문학과
지성사, 2004); 김민정, 「한밤이면 꼭 다물어지는 입」(『문학사상』, 2000년
6월); 정재학, 「매듭」(『포에지』, 2000년 가을); 『어머니가 촛불로 밥을 지으
신다』(민음사, 2004); 이수명, 『왜가리는 왜가리 놀이를 한다』(세계사,
1998); 『붉은 담장의 커브』(민음사, 2001)

풍경과 나(『문학동네』, 2004년 여름)
배용제, 『이 달콤한 감각』(문학과지성사, 2004); 조용미, 『삼베옷을 입은 자
화상』(문학과지성사, 2004); 정재학, 『어머니가 촛불로 밥을 지으신다』(민음
사, 2004)

진선미(眞善美) 혹은 모던한 것(『포에지』, 2002년 봄)
김영승, 『무소유보다 찬란한 극빈』(나남출판, 2001); 김정란, 『용연향』(나남
출판, 2001); 전영주, 『붉은닭이 내려오다』(나남출판, 2001)

상사(相似)의 놀이들(『문예중앙』, 2005년 가을)
함기석, 『국어선생은 달팽이』(세계사, 1998); 「언어란 무엇일까?」(『현대시』,
2001년 7월); 황지우, 『새들도 세상을 뜨는구나』(문학과지성사, 1983); 박
상순, 『6은 나무 7은 돌고래』(민음사, 1993); 김행숙, 「포르노그라피」(『서정
시학』, 2004년 겨울); 이민하, 『환상수족』(열림원, 2005); 이근화, 「뮤직박
스」(『현대시』, 2004년 11월); 「칠일 간」(『세계의 문학』, 2004년 가을); 조연
호, 『죽음에 이르는 계절』(천년의 시작, 2004); 「돌의 탄생」(『창작과비평』,
2005년 여름); 김언, 「떨어진 사람」(『현대시』, 2005년 4월)

미래파(『문예중앙』, 2005년 봄)

장석원, 「金秋子에게 보내는 戀書」, 『2002 신춘문예 당선시집』(문학세계사, 2002);「지난해 ○○여관 때로 △△여관에서」(『시현실』, 2002년 봄); 황병승, 『여장남자 시코쿠』(랜덤하우스중앙, 2005); 김민정, 『날으는 고슴도치 아가씨』(열림원, 2005); 유형진, 『피터래빗 저격사건』(랜덤하우스중앙, 2005)

제2부

전범들(『파라21』, 2004년 겨울)

황지우, 『겨울-나무로부터 봄-나무에로』(민음사, 1985); 『게눈 속의 연꽃』(문학과지성사, 1990); 기형도, 『입 속의 검은 잎』(문학과지성사, 1989); 이문재, 『내 젖은 구두 벗어 해에게 보여줄 때』(민음사, 1988); 최승자, 『이 시대의 사랑』(문학과지성사, 1981); 김명인, 『푸른 강아지와 놀다』(문학과지성사, 1994); 김춘수, 『김춘수 전집 1—시』(문장사, 1984); 송재학, 『그가 내 얼굴을 만지네』(민음사, 1997); 이성복, 『뒹구는 돌은 언제 잠 깨는가』(문학과지성사, 1980)

서정주와 김춘수가 만나는 자리(『현대시학』, 2001년 11월)

김춘수, 『김춘수 시전집』(민음사, 1994); 황동규, 『나는 바퀴를 보면 굴리고 싶어진다』(문학과지성사, 1978); 『악어를 조심하라고?』(문학과지성사, 1986); 정진규, 『들판의 비인 집이로다』(교학사, 1977); 오규원, 『오규원 시전집 1』(문학과지성사, 2002); 서정주, 『서정주 시전집』(민음사, 1983)

김수영 시의 계보(『작가세계』, 2004년 여름)

김수영, 『김수영 전집 1—시』(민음사, 1981); 백석, 『백석 시전집』(창비, 1987); 이성복, 『뒹구는 돌은 언제 잠 깨는가』(문학과지성사, 1980); 황지우, 『겨울-나무로부터 봄-나무에로』(민음사, 1985); 『새들도 세상을 뜨는구나』(문학과지성사, 1983); 박남철, 『지상의 인간』(문학과지성사, 1984)

실험에 관하여(『현대시학』, 2003년 2월)
안도현, 『그리운 여우』(창비, 1997)

집과 시(『시와 사람』, 2002년 겨울)
허수경, 『혼자 가는 먼 집』(문학과지성사, 1992); 장석남, 『젖은 눈』(솔, 1998); 심재휘, 『적당히 쓸쓸하게 바람부는』(문학세계사, 2002); 정진규, 『도둑이 다녀가셨다』(세계사, 2000); 문정희, 『오라, 거짓 사랑아』(민음사, 2001); 기형도, 『입 속의 검은 잎』(문학과지성사, 1989); 송재학, 『그가 내 얼굴을 만지네』(민음사, 1997); 황지우, 『게눈 속의 연꽃』(문학과지성사, 1990); 강연호, 『잘못 든 길이 지도를 만든다』(문학세계사, 1995); 이정록, 『풋사과의 주름살』(문학과지성사, 1996); 정병근, 『오래 전에 죽은 적이 있다』(천년의 시작, 2002)

구멍들(『한국문학』, 2005년 가을)
장옥관, 「돋보기 맞추러 갔다가」(『작가세계』, 2005년 여름); 박후기, 「강철 혈관」(『문예중앙』, 2005년 여름); 문인수, 「남행하게 된다」(『현대시학』, 2005년 7월); 김혜순, 「양파」(『문학 판』, 2005년 여름); 이희중, 「짜증論」(『현대시』, 2005년 8월); 신기섭, 「우리집에서나가주세요」(『시와 정신』, 2005년 여름); 박판식, 「장방형의 슬픔」(『시작』, 2005년 여름); 최문자, 「복사꽃」(『현대시학』, 2005년 8월)

흔적들(『한국문학』, 2005년 여름)
이수명, 「어떤 소용돌이」(『열린시학』, 2005년 봄); 문태준, 「老母」(『문학동네』, 2005년 봄); 장석남, 「편자 신은 연애」(『미소는, 어디로 가시려는가』,

문학과지성사, 2005); 이병률, 「한 뼘 몸을 옮기며 나는 간절하였나」(『현대시학』, 2005년 3월); 황인숙, 「골목쟁이」(『한국문학』, 2005년 봄); 고재종, 「못된 사랑」(『현대문학』, 2005년 3월); 이장욱, 「당신의 활동 영역」(『열린시학』, 2005년 봄)

사이들(『현대문학』, 2003년 7월)
김윤식, 「김제의 홍어」(『창작과비평』, 2003년 여름); 정끝별, 「끝없이 투명에 가까운 블루」(『현대시』, 2003년 6월); 최하림, 「얼음장 아래로」(『동서문학』, 2003년 여름); 함성호, 「무지에 대하여」(『파라21』, 2003년 여름)

내통들(『현대문학』, 2003년 11월)
문정희, 「술 취한 친구」(『한국문학』, 2003년 가을); 이은봉, 「책바위」(『현대시』, 2003년 10월); 안현미, 「육교」(『현대시』, 2003년 9월); 이성복, 「입술」(『작가세계』, 2003년 가을); 이성복, 『그 여름의 끝』(문학과지성사, 1990)

제3부
도플갱어의 꿈(『문학과사회』, 2004년 여름)
황인숙, 『새는 하늘을 자유롭게 풀어놓고』(문학과지성사, 1988); 『슬픔이 나를 깨운다』(문학과지성사, 1990); 『우리는 철새처럼 만났다』(문학과지성사, 1994); 『나의 침울한, 소중한 이여』(문학과지성사, 1998); 『자명한 산책』(문학과지성사, 2003)

유비 · 연대 · 승화(시집 『단 한 사람』 해설, 2004년)
이진명, 『단 한 사람』(열림원, 2004)

'오래된 미래'로 난 길(『문학동네』, 2002년 가을)

이문재, 『내 젖은 구두 벗어 해에게 보여줄 때』(민음사, 1988); 『산책시편』(민음사, 1993); 『마음의 오지』(문학동네, 1999); 『제국 호텔』(문학동네, 2004)

'이다'와 '아니다' 혹은 그 사이(시집 『나무 물고기』 해설, 2002년)

차창룡, 『해가 지지 않는 쟁기질』(문학과지성사, 1994); 『나무 물고기』(문학과지성사, 2002)

복화술사의 고백(『한국문학』, 2004년 겨울)

이윤학, 『꽃 막대기와 꽃뱀과 소녀와』(문학과지성사, 2003); 「손」(『한국문학』, 2004년 겨울)

왜곡 · 분절 · 연장(미발표, 2002년)

김록, 『광기의 다이아몬드』(열림원, 2003)

사랑의 아이콘들(시집 『너에게 가려고 강을 만들었다』 해설, 2004년)

안도현, 『너에게 가려고 강을 만들었다』(창비, 2004)

내 안의, 이토록 낯선(『현대시학』, 2004년 7월)

이규리, 『앤디 워홀의 생각』(세계사, 2004)